Fire&Ice

Band 1

Ryan Black

Allie Kinsley

Cover Foto: bigstockphoto.com, NejroN Photo

ISBN: 1494435977
ISBN-13: 978-1494435974

1 TALIN

SKY

"Endlich zurück!", rief Maya ihrer besten Freundin Sky zu.

Ja, dachte Sky, *endlich zurück in Talin!*

Das jährlich zweiwöchige Mittelalterfestival besuchten die zwei Freundinnen mit ihrer Gruppe seit acht Jahren. Immer das gleiche Team, nur Sky war die letzten zwei Jahre nicht mit von der Partie gewesen. Sie freute sich, endlich wieder mit ihren Freunden unterwegs sein zu können, die letzten zwei Jahre waren die Hölle für sie. *Daran möchte ich jetzt nicht denken!* Sie nahm sich fest vor, diesen Teil ihrer Vergangenheit fest zu verschließen und die Zukunft zu genießen.

Gregor, der selbsternannte Anführer ihrer Gruppe, rief: "Meine Damen und Herren, nehmen wir es in Angriff! Wir fangen mit dem großen Zelt an, alle bitte hierher." Wie die Jahre zuvor arbeiteten alle Hand in Hand, und ihre Unterkunft für die nächsten 14 Tage stand in drei Stunden. Das Lager bestand aus einem großen, schwarzen Schlafzelt mit Platz für bis zu 20 Personen und ihrem Vorzelt, einer schwarzen Jurte mit gut 15 Metern Durchmesser. Als alles fertig aufgebaut war, machten sich Maya, Alexa, Zoey und

Nina an die Dekoration des Lagers. Jack, Tom und Taylor besorgten Holz und Stroh vom Ausgabeplatz und Gregor kümmerte sich bereits um ihr Lagerfeuer.

Sky setzte sich ein wenig abseits auf eine kleine Decke und sog einfach nur die Atmosphäre des Lagerlebens in Talin in sich auf. Nach einigen Minuten setzte sich Fabio, ihr bester Freund aus Sandkastenzeiten, zu ihr und fragte: "Geht's dir gut?"

"Klar!", antworte Sky. Okay, es klang nicht ganz so überzeugend, wie sie es wollte, aber sie war einfach zu weit mit ihren Gedanken abgedriftet.

"Sky ..."

"Nein, ehrlich Fabio. Mir geht es gut, besser als gut! Ich war nur für einen Moment in Gedanken, aber ich möchte jetzt nur noch vorwärts schauen!", unterbrach Sky ihren besten Freund in seiner Ansprache.

"Okay, Kleines, aber bitte melde dich bei mir, wenn ich dir helfen kann! Und nicht erst wieder, wenn es schon fast zu spät ist!", war seine Antwort.

Den Seitenhieb auf ihre Fähigkeit, um Hilfe zu bitten, konnte sie ihm auch nicht verübeln. Sie lehnte sich an ihn, und gemeinsam genossen sie es, dem Treiben auf dem Zeltplatz zuzusehen. Sie liebte es, sich in seine Arme zu kuscheln, viel zu lange musste sie auf seine Gesellschaft verzichten.

RYAN

"Ryan, Ryan, wir sind hier."

Ryan sah Alex, seinen besten Freund aus seiner Kindheit in Deutschland, von weitem winken. Er parkte seinen schwarzen Porsche Cayenne am Straßenrand des großen Walls, der das Lager in zwei Hälften trennte, und lief die restlichen 200 Meter zu dem Platz, in dem er die nächsten zwei Wochen verbringen würde.

Sein gesamter Jahresurlaub! Seit er vor 11 Jahren im Alter von 18 die Firma seines Vaters übernommen hatte, gönnte er sich kaum noch einen freien Tag. Er hatte seinem Vater kurz vor dessen Tod versprochen, alles in seiner Macht stehende zu tun, um das Unternehmen zu erhalten. Er tat es gern. Er liebte die Verantwortung und er liebte es, niemandem unterstellt zu sein. Auch die Annehmlichkeiten, die es mit sich brachte, einer der erfolgreichsten Jungunternehmer Bostons zu sein. Geld und Frauen waren Dinge, für die es sich durchaus zu schuften lohnte.

Trotzdem war er wieder einmal froh darüber, für zwei Wochen alles hinter sich lassen zu können. Zwei Wochen einfach nur einer unter 5000 anderen Mittelalterverrückten zu sein. Keiner, der ihn als den Unternehmer erkannte. Keine falschen Freunde, die nur auf dem Trittbrett seines Erfolges mitfahren wollten. Keine geldgeilen Weiber, die alles tun würden, um ihn an sich zu binden, um sich dann von ihm aushalten zu lassen. Er konnte hier einfach einmal nur er selbst sein. Einfach einmal nur Ryan und nicht Ryan Black, der top Jungunternehmer und begehrtester Junggeselle Bostons sein.

Er erreichte Alex und seine Gruppe und fiel ihnen in die Arme. Einige Schulterklopfer, Umarmungen und ausgetauschte Floskeln später versuchte Ryan, sich einen Überblick zu schaffen. Fazit: völliges Chaos!

"Mensch Alex, seit wann seid ihr hier?", fragte Ryan.

"Hmm … ca. drei Stunden, die Jungs und ich wollten aber erst mal auf unser Wiedersehen anstoßen", grinste Alex ihm entgegen und Chris drückte Ryan sogleich ein kühles Bier in die Hand.

Für die meisten ihrer Gruppe war die Zeit in Talin die einzige Möglichkeit, mal auszuspannen. Daher hielt niemand viel davon, sich von irgendetwas stressen zu lassen. Da es aber bereits auf den Abend zuging, wurde es Zeit, sich dem Lageraufbau zu stellen.

"Es hilft alles nichts, Jungs, wir müssen mit dem Aufbau beginnen."

Allgemeines Gemurmel und Murren stieg auf, doch alle

tranken schnell ihr Bier aus und machten sich ans Werk. Ryan sah sich auf dem Lagerplatz um und betrachtete die Lager der anderen Gruppen. Tolle Zelte mit wunderbarer Dekoration. Große und kleine Gruppen, die alle schon größtenteils mit dem Aufbau ihrer Lager fertig waren. Am linken Rand des Lagerlatzes entdeckte er eine Gruppe, die bereits zu Abend aß. Die blonde junge Frau in ihrer Mitte fiel ihm sogleich ins Auge.

Die werde ich später noch kennenlernen, dachte Ryan und machte sich mit den anderen an den Aufbau.

SKY

Sky sah den schwarzen Porsche auf den Lagerplatz fahren. *Was für ein Angeber,* dachte sie, als der Wagen direkt am Straßenrand hielt. Als der Fahrer ausstieg, verschlug es ihr schier die Sprache. Groß, breit, dunkel, schön und unglaublich sexy. Er bewegte sich mit der Eleganz eines Panthers und strahlte dabei ein starkes Selbstbewusstsein aus. Er stand oben auf dem Wall und überblickte den Zeltplatz mit der Arroganz und Dominanz eines Alphamännchens. Gefährlich, flüsterte ihr Unterbewusstsein.

Sie konnte keine Einzelheiten seiner Züge erkennen und als Gregor zum Essen rief, war sie froh darüber, denn sie hatte schon fast nach einer Ausrede gesucht, um in seine Nähe zu kommen, damit sie ihn näher betrachten konnte.

Gemeinsames Abendessen mit all ihren Freunden wusste sie erst seit kurzem richtig zu schätzen. Solche Annehmlichkeiten waren ihr in den letzen zwei Jahren verwehrt geblieben. Sie aßen Gegrilltes, Folienkartoffeln und Brot. Nach dem Essen saßen sie noch lange um ihr Lagerfeuer, tranken und lachten gemeinsam. Fabio setzte sich hinter sie und zog sie erneut in seine Arme. Sie saß zwischen seinen gespreizten Beinen und lehnte mit dem Rücken an seiner breiten Brust. Er war Vieles für sie. Ein

Freund, ein Gefährte, ein Bruder und ihr Ritter in strahlender, weißer Rüstung. Er half ihr immer wieder, nicht nur physisch, sondern vor allem auch emotional und dafür liebte sie ihn unermesslich.

Sie genoss die Zeit in seinen Armen und unter seiner Fürsorge, denn diese würde bald wieder vorbei sein. Sie war fest entschlossen, ins Ausland zu gehen. Ein neues Leben auf eigenen Beinen anzufangen. Sie hatte den anderen bereits von ihrem Plan erzählt. Dass sich ihr Vorhaben in den letzten Wochen jedoch konkretisiert hatte, wusste bislang nur Maya. Sie würde es all ihren Freunden am Ende dieser zwei Wochen sagen müssen, aber die Zeit in Talin wollte sie ihnen und sich selbst nicht verderben. So genoss sie einfach den Abend in den Armen ihres großen – wenn auch nicht leiblichen – Bruders und inmitten ihrer Freunde und sie würde die nächsten zwei Wochen nur im Hier und Jetzt leben.

RYAN

Zweieinhalb Stunden später war auch Ryans Gruppe mit dem Aufbau ihres Lagers fertig. Tyler, von allen nur Ty genannt, hängte gerade noch das Banner mit ihrem Gruppennamen über den Eingang.

"Fire&Ice", murmelte Ryan ihren Gruppennamen, den sie sich vor zehn Jahren aufgrund einer Feuershow in Russland gegeben hatten. Es war ihr erster offizieller Auftritt gewesen und die Kombination aus dem russischen Winter und der Feuerspuckershow hatte bei der ganzen Truppe bleibenden Eindruck hinterlassen. Chris hatte damals Fire&Ice gemurmelt und Alex meinte, dass das der perfekte Name für ihre Gruppe sei. Alle waren begeistert und niemand hatte ihn bis heute angezweifelt.

"Jedes Jahr aufs Neue der Hammer, oder?", fragte Alex und riss Ryan damit aus seinem Trip in die Vergangenheit.

"Ja", war Ryans Antwort, noch ganz gefangen in seinen Erinnerungen.

"Wie sieht's aus, Großer, sollen wir mal schauen gehen, was dieses Jahr so zur Jagd zur Verfügung steht?", grinste Alex ihn schelmisch an. ‚Großer', dachte Ryan und lächelte in sich hinein, weil Alex mit seinen 1,86 m nur drei Zentimeter kleiner war und er somit eigentlich nicht wirklich als größer durch ging.

"Nein, sorry Alex, ich hab meine Beute schon vor dem Aufbau ausgemacht", grinste Ryan zurück.

Alex riss die Augen auf, sagte aber nichts über die fixe Art seines Freundes. Er kannte ihn ja bereits seit über 25 Jahren und Ryan war schon immer sehr entschlussfreudig gewesen.

"Gut, dann zieh ich mit Chris, Ty und den anderen los, wir sehen uns später am Feuer", sagte Alex und ging zu ihren Freunden.

Als Ryan sich abermals nach der süßen Blonden umsah, sah er gerade noch, wie sie in Richtung Waschwagen abbog. Allein.

Meine Chance, dachte er und lief ihr schnell hinterher. Als er um die Ecke bog, sah er sie an einem ihm unbekannten Lager Platz nehmen.

Schlechte Bedingungen, dachte er, blieb aber stehen in der Hoffnung, dass sie bald wieder aufbrach. Sie lachte leise mit den Fremden. Sie hatte ein bezauberndes Lachen. Unaufdringlich, sanft, faszinierend. Alles an ihr faszinierte ihn. Sie hatte blonde, fast taillenlange Haare, eine schlanke Figur, einen schönen runden Hintern und volle Brüste. So von Nahem konnte er all das noch viel besser erkennen als bei dem kurzen Blick, den er vor dem Zeltaufbau auf sie werfen konnte. Ja, er begehrte sie, er hatte sein Ziel für dieses Jahr entdeckt.

Als hätte sie sein Mustern gespürt, schaute sie auf und fand seinen Blick über das Lagerfeuer hinweg. Ryan musste sich beinahe setzen. Ihr Gesicht war makellos, herzförmig, wunderschöne, große und ausdrucksstarke Augen in dem strahlensten Blau, das er jemals gesehen hatte. Blau, wie die klarsten Aquamarine. Eingerahmt von dichten, langen, schwarzen Wimpern. Die Form der Augen war leicht katzenhaft. Zum krönenden Abschluss zwei perfekte Augenbrauen, die ihrer Augenpartie ein gewisses Maß an Arroganz andichteten. Zwei Drittel nach oben, das letzte Drittel nach unten, schmal und fast so dunkel wie ihre Wimpern. Sie hatte eine süße kleine Nase, dessen Ende sich leicht nach oben bog. Hohe Wangenknochen und volle rosafarbene Lippen rundeten das Gesamtbild ab. Eben dieser perfekte Mund verzog sich zu einem schüchternen Lächeln, ehe sie den Blick senkte.

"Ryan, Ryan!" Die helle Stimme riss ihn aus seiner Starre und schon im nächsten Moment hing eine dünne Brünette um seinem Hals. Er kannte sie, ihm wollte nur nicht einfallen, woher …

"Oh Ryan, ich habe mir so gewünscht, dich dieses Jahr wiederzusehen", sagte sie und da fiel es ihm wie Schuppen von den Augen. An seinem Hals hing die Beute des Vorjahres und hoffte auf eine Wiederholung.

"Okay, hey, hi", antwortete Ryan und entfernte sacht ihre Arme von seinem Hals. Er sah sich um, konnte die kleine, blonde Göttin aber nirgends mehr finden.

Shit, dachte er, *dieses dünne Vorjahresflittchen hat mir meine Beute vertrieben.* Er war sauer, aber immerhin wusste er, wo er sie suchen musste. Die Brünette fing wieder an, an ihm herum zu tatschen. Er packte ihre Hände und schob sie ein Stück von sich.

"Hey, hör mal, schön, dich wieder gesehen zu haben", dabei betonte Ryan die Vergangenheitsform ganz besonders, "aber ich muss jetzt echt los."

Sie lächelte und versuchte, sich bei ihm einzuhaken. Ryan entzog ihr schnell seinen Arm und fügte etwas schärfer hinzu: "Ohne dich!" Das saß und er sah, wie ihre kleinen, braunen Augen sich langsam mit Wasser füllten. Bevor sie ihm eine Szene machen konnte, drehte er sich um und lief zurück zu seinem Lagerplatz.

SKY

Als Sky Mr. X, wie sie den Fahrer des schwarzen Cayenne nannte, über das Lagerfeuer ihres langjährigen Freundes Andy erspähte, konnte sie ihren Blick nicht von ihm wenden. Er war wunderschön, das hatte sie schon von Weitem erkannt, aber hier, direkt vor ihr, wurde sie von seiner Schönheit beinahe hypnotisiert.

Kinnlanges, rabenschwarzes Haar, das seidenweich aussah, sodass Sky sich sogleich vorstellte, wie es wäre, mit den Fingern hindurch zu fahren. Dunkle, fast schwarz wirkende Augen mit dichten, dunklen Wimpern, auf die viele Frauen neidisch wären. Eine lange, gerade Nase, schmale Lippen und einen hinreißenden Dreitagebart. Seine funkelnden Augen fixierten sie über das Feuer hinweg und sie erwiderte das Lächeln, das sich über seine Lippen ausbreitete, sofort. Hastig senkte sie den Blick, sie wollte keine neuen Bekanntschaften mit Männern schließen. Und schon gar nicht mit welchen, die so gefährlich anziehend waren wie dieses Exemplar.

Sie hörte eine schrille Stimme nach einem Ryan rufen und als sie aufsah, hing eine wunderschöne, aber fast dürre Brünette an Mr. X' Hals. Als diese wieder zu sprechen begann, wusste sie endlich den Namen des schönen Mannes auf der anderen Seite des Lagerfeuers. Ryan. Der Name war schön wie der Mann selbst. Er schien sich nicht wohl in den Armen der Frau zu fühlen, aber so, wie sie Männer im Allgemeinen kannte, hatte er sich das sicher selbst eingebrockt.

Sie nahm Andi kurz in den Arm, um sich von ihm zu verabschieden, winkte den anderen flüchtig zu und ging zurück in ihr eigenes Lager.

Sie und ihre Freunde hatten es sich zum Ritual gemacht, am Abend des Aufbaus bei einem Glas Wein am Lagerfeuer zu sitzen und gemeinsam zu singen. Wie jedes Jahr packten Taylor und Tom ihre Gitarren aus. Sie sangen alle neue und alte Lieder, doch die Trägerstimmen hatten eindeutig Maya, Fabio und sie. Sie saßen nicht mehr lange zusammen. Alle hatten einen langen Tag und eine anstrengende und weite Anreise, sodass sie weit vor Mitternacht gemeinsam ins Schlafzelt gingen.

Wie früher lag sie zwischen Maya und Fabio. Und genau wie früher zog Fabio sie einfach an sich, bettete Skys Kopf auf seiner Brust und schlief nach wenigen Minuten ein. Auch Sky konnte sich des warmen, vertrauten Gefühls nicht erwehren und schlief schneller ein als an jedem anderen Tag seit zwei Jahren.

RYAN

Ryan versuchte, so schnell wie möglich zu seinem Lager zu kommen, was sich als deutlich schwieriger erwies, als er dachte. Er traf haufenweise Freunde und alte Bekannte auf seinem Weg zurück. Und ebenso Frauen, mit denen er in den vergangen Jahren mehr oder weniger kurze Affären oder One-Night-Stands gehabt hatte. Er lachte und trank mit ihnen allen und obwohl er immer so schnell wie möglich weiter hetzte, benötigte er doch über drei Stunden für seinen Rückweg, sodass es schon nach Mitternacht war, als er an ihrem Lager vorbeikam. Es war bereits alles dunkel und er verfluchte die Brünette vom Vorjahr für ihre Anhänglichkeit. Nur wegen ihr war ihm die Blondine durch die Lappen gegangen, da war er sich sicher.

Nun ja, vielleicht ganz gut so, dachte er, so konnte er sich zumindest voll ausschlafen und morgen früh gestärkt auf die Jagd gehen. Er freute sich bereits. Ihre schüchterne Art hatte ihn endgültig davon überzeugt, dass sie die Richtige für diesen Urlaub war. Mit ihrem Bild vor Augen, legte er sich in sein leeres Zwei-Mann-Zelt. Shane, sein bester Freund aus Amerika, würde erst morgen anreisen.

Morgen, dachte Ryan, *ja, morgen kann die Jagd beginnen.*

2 DAS MARKTFEST

SKY

Sky erwachte am nächsten Morgen von den leisen Hintergrundgeräuschen des Lagerlebens. Ihr war heiß und sie fühlte sich wie erdrückt. Irgendetwas Schweres lag ihr über Bauch und Beine. Zögernd öffnete sie ein Auge und blinzelte gegen die Helligkeit an. Sie versuchte, ihre Beine zu befreien,, erntete dafür aber nur ein verärgertes Knurren. Sie drehte ihren Kopf, um den Ursprung des Geräuschs zu orten, und sah direkt in die verschlafen blinzelnden Augen von Fabio.

"Guten Morgen", grummelte er und versuchte, sein Gesicht wieder in ihren Haaren zu vergraben, so wie sie es früher schon als Kinder getan hatten. Sky aber hatte sich verändert und fühlte sich momentan nur erdrückt.

"Geh runter von mir, du bist zu schwer und hast mindestens 40 Grad Fieber", knurrte Sky ihren besten Freund an.

"Na, du hast ja mal wieder prächtige Laune, Morgenmuffel!", antwortete dieser und rollte sich auf die andere Seite.

Hinter ihr erklang Gekicher. Der Rest der Truppe war

wohl ebenso wach geworden und amüsierte sich prächtig über die morgendliche Vorstellung.

"Ja, ja, lacht ihr nur, ihr wurdet ja nicht unter einem 200 kg Bären begraben!", sagte Sky, die sich nun ein Lächeln auch nicht mehr verkneifen konnte.

Langsam krochen alle aus ihren Schlafsäcken, wuschen sich und richteten sich für ihren ersten Tag im Mittelalter her. Tom hatte bereits das Lagerfeuer entfacht, als Sky aus dem Zelt trat. Sie frühstückten alle gemeinsam an dem länglichen Holztisch und besprachen, wie sie den Rest des Tages verbringen mochten, als ihr Nacken zu kribbeln begann. Sie wandte sich um und sah direkt in die dunklen Augen von Ryan. Er stand ca. 20 Meter entfernt von ihr auf dem Wall, auf dem der Weg zu den Toiletten- und Waschwagen entlang führte.

Er sah sehr gut aus in der grauen Jogginghose und dem gleichfarbigen, ärmellosen T-Shirt. Er sah sie unverwandt an, fixierte sie nahezu und Sky wurde von Sekunde zu Sekunde unruhiger. Sie kannte diesen Blick, den Blick eines Raubtiers, das seine Beute ausgemacht hat. Sie begann, unruhig auf ihrem Stuhl hin und her zu rutschen. Fabio, der schon immer ein gutes Gespür für ihre Gefühlslagen hatte, sah sie fragend an, legte aber dann ohne ein weiteres Wort seinen Arm auf die Stuhllehne. Sky vergrub beinahe augenblicklich ihr Gesicht in seiner Schulter. Suchte Schutz vor den Blicken des Fremden, die sie zu sehr an jene aus ihrer Vergangenheit erinnerten.

Erst als sie hörte, dass Ryan weggerufen wurde und sie seinen Blick nicht mehr auf sich spüren konnte, richtete sie sich auf und frühstückte weiter. Sie ignorierte die fragenden Blicke der anderen, so gut es ging, wusste aber, dass Fabio ihr später keine Ruhe mehr lassen würde, bis sie mit der Wahrheit rausrückte. Sie seufzte und versuchte, ihn mit einem Lächeln zu beruhigen.

RYAN

Ryan entdeckte das schöne Mädchen mit den blonden langen Haaren auf dem Weg zu seiner Morgenroutine. Er konnte sie nur anstarren, sie sah wunderbar aus. Sie trug ein dunkelblaues Leinenkleid mit Trompetenärmeln und einer feinen Schnürung am Rücken. Ihr Haar war zu einem dicken Zopf geflochten und die herausgeschlüpften Strähnen glänzten in der warmen Morgensonne.

Als hätte sie seinen Blick gespürt, wandte sie sich um und sah ihm direkt ins Gesicht. Ihre himmelblauen Augen leuchteten und er hätte den Blick nicht mal von ihr nehmen können, wenn er gewollt hätte. Er bemerkte, dass sie immer nervöser wurde, verstand aber nicht weshalb.

Der Mann zu ihrer Rechten legte ihr den Arm auf die Rückenlehne, als würde er sie für sich beanspruchen, und zu Ryans Ärger kuschelte sie sich sofort an seine Schulter. Er wäre am liebsten sofort zu ihr gestürmt und hätte sie aus seinen Armen gerissen und fortgetragen. Ryan schüttelte den Kopf über seine Gedanken. *Wo kam das denn her?*, dachte er.

Hinter sich hörte er Alex rufen: "Ryan, Alter, komm schon, Mann, wir wollen doch rechtzeitig zum Frühstück zurück sein."

"Was ist los mit dir, Mann?", fragte Alex und Ryan antworte nur: "Ich muss sie haben!"

Das entlockte Alex nur ein Grinsen. "Oh, oh, vielleicht sollte ich die Kleine warnen, dass der Tiger angebissen hat", griente Alex.

Ryan schnaubte verärgert. "Bloß nicht, ich glaub, es läuft sowieso schon auf eine verdammt anstrengende Jagd hinaus. Als erstes muss ich herausfinden, wie sie zu dem Typ steht, an den sie sich gerade so geklammert hat."

Alex schüttelte den Kopf und ging voran in Richtung der sanitären Anlagen.

SKY

Zusammen mit ihren Freunden saß Sky am Lagerfeuer. Fabio hatte sich wieder hinter ihr platziert, sodass sie ihren Rücken an seiner Brust anlehnen konnte.

"Was war das vorhin, Sky?", fragte er sie leise und direkt in ihr Ohr.

"Nichts. Alles okay. Ich hatte nur das Gefühl, angestarrt zu werden", murmelte sie und verschwieg bewusst, wer sie da angestarrt hatte.

"Kein Thema, aber sag es doch das nächste Mal gleich, dann kann ich mich darum kümmern."

"Das will ich nicht. Du sollst dich nicht darum kümmern. Ich bin einfach nur froh, wenn ich mich bei dir verstecken kann."

"Immer, Süße. Immer. Das weißt du auch, oder?"

"Ja, danke."

Der Tag verging träge und so gern Sky Fabio mochte, versuchte sie, ihn doch ein wenig auf Abstand zu halten. Er suchte ihre Nähe, spürte vermutlich ihre Unsicherheit, denn er kannte sie einfach in- und auswendig. Zumindest die alte Sky. Denn er bemerkte nicht, dass sie das Drängen seinerseits noch unbehaglicher fühlen ließ.

Daher nutze sie die Gelegenheit, als Fabio zur Toilette ging, um Maya zu bitten, mit ihr auf den Markt zu gehen. Gregor, der ihr Gespräch mitbekommen hatte, nickte, um ihnen zu verstehen zu geben, dass nichts weiter auf der Agenda der Gruppe stand und sie Zeit hatten, sich den Markt anzusehen. Maya stimmte zu und die beiden gingen schnell dorthin, wo die Händler ihre Waren zum Verkauf anboten. Der Markt war herrlich. Viele verschiedene Stände, an denen alles angeboten wurde, was das Mittelalterherz höher schlagen ließ. von Speisen und Getränken über Kleidung, Taschen, Schmuck, Ton- und Holzartikel jeder Art.

Maya und Sky hatten sich einen Becher Honigmet von

ihrem Lieblingshändler besorgt und standen dann an einem Stand mit Silberschmuck.

"Oh, sind die nicht wunderschön?", fragte Maya und hielt ihr zwei silberne Ohrringe mit kleinen roten Steinchen entgegen. Sky nickte, war aber völlig versunken in den Anblick einer atemberaubenden Halskette. Feine silberne Glieder, ein tropfenförmiger dunkelblauer Stein hing als Anhänger herunter und würde wunderbar zu ihrem neuen Kleid passen.

So kam es, dass sie Ryan erst bemerkte, als er direkt neben sie trat.

"Sie würde dir wunderbar stehen und deine Augen betonen, wie es dein Kleid tut." Ryan lächelte sie an, während Sky allein aufgrund seiner Nähe in eine Starre verfiel.

"Mein Name ist Ryan ... darf ich deinen erfahren?"

Sie starrte ihn weiter an, bis Maya sie anstieß und ihr zuraunte: "Mund zu, du sabberst gleich!"

Sie schüttelte innerlich den Kopf über sich selbst. Was hatte dieser Mann nur an sich, dass sie sich benahm wie ein Teenie?

"Sky", murmelte sie leise und senkte den Blick auf den gepflasterten Weg des Marktes.

"Sky? Was für ein außergewöhnlicher Name. Sehr schön, wirklich. Wie die Frau, die ihn trägt", sagte Ryan mit einer Stimme so dunkel und rau, dass er nahezu erregt klang. Sie mochte die Art, wie er sprach, und diese Tatsache ängstigte sie noch mehr.

"Skyler Evé Alister, dass ich dich mal wieder hier treffe!"

Sky hasste die Stimme und trotzdem war sie ihr im Moment mehr als willkommen. Dass Susanne ihren Namen wie immer nicht richtig aussprach, störte sie wenig. Richtig gewesen wäre Skyla Iv Alist'r. Aber Susanne würde das wohl nie richtig hin bekommen.

"Hallo Maya, jetzt kommt doch rüber, setzt euch zu uns. Wer ist der neue Mann an deiner Seite?", fragte

Susanne und hatte ihren Blick schon auf Ryan fixiert.

Aha, daher weht der Wind also. Nun ja, sie konnte es Susanne durchaus nicht verübeln. Sie war eine große, schlanke und äußerst attraktive Brünette und würde perfekt zu Ryan passen. Sollte es so sein. So würde sie ihn bestimmt schnell wieder los, was eigentlich auch voll zu ihrer Entscheidung zu einer männerfreien Zukunft passte. Trotzdem empfand sie einen leisen Stich der Eifersucht, als Ryan Susanne musterte und ihr dann ein Raubtierlächeln schenkte.

Sky seufzte innerlich auf. *Ich will ihn ja gar nicht!,* dachte sie und sagte auf dem Weg zu dem Tisch: "Susanne, das ist Ryan. Ryan - Susanne" und gleich darauf: "Maya, komm, lass uns noch nach einer Tasche schauen."

Sky packte ihre Freundin am Ärmel und zog sie schnell Richtung Gassenausgang.

RYAN

Was soll das denn jetzt, dachte Ryan, als Sky ihre Freundin den Markt hinunter führte.

"Sky, kommst du heute Abend auf das Marktfest?", rief Ryan ihr hinterher.

Sky sagte nichts. Entweder, sie hatte ihn nicht gehört oder sie stellte sich taub. Maya, wenn er den Namen richtig mitbekommen hatte, schaute kurz über die Schulter, nickte und zwinkerte ihm einmal zu.

Wer hätte das gedacht, grinste er in sich hinein, *da bekomme ich sogar noch Hilfe von der Gegenseite.* Nun grinste er nicht nur innerlich, sondern ließ das Grinsen über sein Gesicht huschen.

"Hallo Ryan, ich komme heute Abend auch, wollen wir dann etwas zusammen trinken gehen?", gurrte Susanne ihm ins Ohr.

Zu jeder anderen Zeit hätte er sie als leichte Beute für zwischendurch mitgenommen. Aber dieses Jahr hatte er sein Ziel schon gesetzt und er hatte das Gefühl, dass

Susanne und Sky nicht die besten Freunde waren. Er hielt noch höflich ein paar Minuten Small-Talk mit Susanne, vielleicht würde einer seiner Freunde sie später haben wollen. Sie war ja durchaus ein sehr hübsches Exemplar der weiblichen Gattung. Er verabschiedete sich und ging zurück zu dem Schmuckhändler.

Diese Kette ist das optimale Abschiedsgeschenk nach unseren zwei Wochen, dachte er, denn er war fest davon überzeugt, dass es wie immer sein würde. Er bekam, was er wollte, dicke Tränen am Ende und ein auf Nimmerwiedersehen, da er zurück in sein wahres Leben ging. Er kaufte die Kette, ließ sich eine schöne Geschenkverpackung dazu geben und machte sich erneut auf die Suche nach Sky, fand sie dieses Mal aber leider nicht mehr wieder.

Zurück in seinem Lager, bemerkte er den großen Trubel sofort. Wo so ein Chaos herrschte, konnte sein bester Freund Shane nicht weit sein. Da saß er auch schon inmitten seiner nicht ausgepackten Sachen, eine Flasche Bier in der einen Hand und auf seinem Schoß eine kleine, süße Rothaarige. Wusste der Teufel, wo er die in der kurzen Zeit aufgegabelt hatte. Die Gruppe hatte sich um ihn versammelt und er gab Geschichten aus ihrem Nachtleben in Amerika von sich. Ryan grinste. Shane entdeckte ihn und sprang auf, dabei wäre die Kleine beinahe zu Boden gestürzt, sie konnte sich aber gerade noch so an Alex abfangen. Shane rannte auf Ryan zu und sie umarmten sich und klopften sich freundschaftlich die Schultern.

"Hey Men, schön dich zu sehen!"

"Hey Shane, wie war die Reise?" Shane musste noch einen Tag länger in Amerika bleiben, da gestern Abend noch ein wichtiger Geschäftstermin anstand, aber darüber wollte Ryan jetzt nicht nachdenken. Es waren schließlich seine einzigen freien Tage im Jahr.

"Gut, gut, thanks", antwortete Shane und strahlte über

beide Ohren, als die kleine Rote sich wieder an ihn schmiegte.

"Ich werde jetzt mal alles aufräumen, Lissy hilft mir", sagte Shane mit einem verschmitzten Grinsen, das Ryan sofort sagte, dass er für die nächsten Stunden nicht im Zelt erwünscht wäre. Er wollte sie für sich, zumindest vorerst, später würde er sie teilen. Aber Ryan hatte sowieso kein Interesse und setzte sich erst mal zu seiner Gruppe ans Lagerfeuer.

"Ich heiße Lucy", hörte Ryan das Mädchen noch zicken, aber Shane schob sie nur mit einem gemurmelten "Sure, äh, sicher, Lucy", vor sich her ins Zelt.

Ryan genoss die Gespräche um ihn herum und malte sich währenddessen den Abend mit Sky aus. Dieses Mädchen war genau sein Ding! Klein, schlank, mit tollen Kurven an den richtigen Stellen, ein wunderschönes Gesicht und ihre schüchterne Art machten ihn derart an, dass er merkte, wie allein bei dem Gedanken daran, sie zu verführen, seine Hose eng wurde.

Ja, heute Abend, dachte er, seufzte dann und schüttelte die Gedanken ab, bevor die ganze Gruppe sehen konnte, wie erregt er war.

SKY

"Maya, ich will da nicht hin!", bettelte Sky. Ihre ganze Gruppe war schon dabei, sich für die Auftaktparty der Mittelalterwochen zurechtzumachen. Zoey ließ sich gerade die Haare von Maya flechten und grinste Sky frech an.

"Nur weil ER da ist. Mensch Sky, da werden noch tausende andere Personen sein. Es ist doch nicht einmal sicher, dass du ihm überhaupt begegnen wirst! Mach dich locker, wir sind alle da und selbst, wenn wir ihm begegnen sollten, ich würde mich freuen. Nach allem, was Maya über ihn erzählt hat, muss er ja echt lecker sein." Zoey grinste während ihres Vortrags über beide Ohren. Sky wusste, dass Zoey nichts anbrennen ließ. Und Zoey bekam immer, was sie wollte. Sie war eine wunderschöne, große Blondine in Kleidergröße 34. Sie war die Tochter reicher Eltern, verdiente mittlerweile aber selbst gutes Geld auf dem Laufsteg. Sie war nie um Worte verlegen und eben solche musste nun auch Sky über sich ergehen lassen.

"Zieh dich um, hopp hopp, nimm das Schwarze mit dem Mieder, das lässt deine Haare und Augen schön leuchten. Dann komm wieder und ich schminke dich für heute Abend. Maya macht dir bestimmt auch die Haare", sagte Zoey und sah um Zustimmung heischend über die Schulter zu Maya.

Diese nickte nur und befestigte die letzten Spangen in Zoeys Haar.

"Na gut", murmelte Sky und gab sich geschlagen. Sie zog sich zurück in das Schlafzelt, um sich wie geheißen umzuziehen.

Zehn Minuten später stand sie vor Zoey die sie schminkte, während Maya ihr das Mieder band und die Haare geschickt hoch steckte. Eine weitere Viertelstunde später war auch Sky fertig für die Party. Sie bekam von den Frauen ein zustimmendes Nicken und die Männer ihrer Gruppe warfen ihr anerkennende Blicke zu. Fabio pfiff kurz durch die Zähne.

"Wow, Sky, du siehst zum Anbeißen aus!", sagte er. Sky lächelte flüchtig und wand sich ein bisschen unter den Blicken der Truppe. Fabio nahm sie bei der Hand. Sie war ihm dankbar. So fühlte sie sich gleich ein bisschen sicherer und beschützt, wenn sie unter all die Menschen ging. Geschlossen gingen sie zum Festplatz, welcher in der Nähe des Marktplatzes lag.

RYAN

"Hey Shane, wo ist dein Mädchen von heute Mittag?", fragte Ryan.

Shane antwortete: "Hab ich zurückgebracht. Hat nicht gehalten, was die Verpackung versprochen hat. Wow, was ist das denn Feines. Oh Honey, ich brauche dich!"

Ryan folgte Shanes Blick und ihm wären fast die Augen aus dem Kopf getreten. Nur etwa zehn Meter vor ihm lief Sky, gekleidet in ein atemberaubendes schwarzes Brokatkleid. Das Mieder war fest geschnürt und zeigte dadurch ihre perfekte Sanduhrfigur. Die Haare waren hochgesteckt, entblößten ihren langen, wohlgeformten Hals und die schönen nackten Schultern. Er musste hart schlucken und auch seine Libido meldete sich schon wieder als bereit.

"Nein!", knurrte er Shane an. Dieser sah ihn verwirrt an. "Die ist schon vom Markt, die gesamten zwei Wochen, und ich werde auch nicht mit dir teilen, dass das gleich klar ist!" Ryans Tonfall hatte sich nur wenig vom Knurren entfernt, woraufhin Shane nur die Augenbrauen hoch zog.

"Okay, okay, hab ich verstanden. Mann, die hat's dir aber mächtig angetan, was Bro?"

Ryan schüttelte über sich selbst den Kopf und nickte nur. Er wusste nicht, warum er sich so extrem benahm, aber er wollte sie einfach. Sie machte ihn an, viel mehr als die meisten Frauen in den vergangen Jahren. Außerdem war er verärgert. Ging sie doch Hand in Hand mit dem Typen, bei dem sie sich schon heute früh versteckt hatte. Und dieser strahlte auch noch so etwas wie Besitzerstolz aus. Dieser Angelegenheit würde er noch heute auf den Zahn fühlen, vielleicht konnte er einen seiner Freunde auf ein Mädchen der Gruppe ansetzten. Nicht Sky natürlich, aber es standen ja genügend andere attraktive Damen zur Wahl. *Ja, das ist ein hervorragender Plan,* dachte Ryan und wandte die ganze Zeit seinen Blick nicht von Skys Rückansicht ab.

SKY

Es war eine berauschende Atmosphäre. Es war mittlerweile dunkel geworden und auf dem gesamten Marktplatz leuchteten Fackeln. Die Flammen tanzten im lauen Sommerwind. Überall waren Menschen, sie lachten, tranken, aßen und tanzten. Sky war wie jedes Mal, wenn sie die Party zum Auftakt des Festivals besuchte, völlig überwältigt von den Eindrücken. Fabio, der dieses Phänomen bereits kannte, hatte Skys Linke in seine linke Hand gelegt, um sie mit der Rechten am unteren Rücken sanft weiter vorwärts schieben zu können. Sky war froh darüber, sie hätte den Anschluss zu ihrer Gruppe verloren, wenn Fabio sie nicht weiter gedrängt hätte.

An einem der vielen runden Tische, die am Rande des Platzes standen, nahmen die Setarips, wie Skys Gruppe sich nannte, Platz. Sie bestellten sich alle zusammen etwas zu Essen und zu Trinken und sahen dem bunten Treiben zu.

"Na Sky, hast du Mr. Right schon entdeckt?", stichelte Zoey in die noch nicht verheilte Wunde.

"Wer ist Mr. Right?", wollte Fabio wissen und legte nicht ganz so unauffällig, wie er dachte, seinen Arm auf Skys Rückenlehne. Sky verdrehte die Augen, sowohl über Zoey als auch über Fabio.

"Niemand. Maya, kommst du mit mir zur Toilette?"

Sky wollte weg von den beiden, die es nicht lassen würden, in dem Thema zu stochern, bis sie wimmernd am Boden lag. Maya verstand sofort, ohne ein Wort stand sie auf und ging mit Sky über den Platz in Richtung der Toiletten.

"Du weißt, dass sie es nicht so meinen", versuchte Maya die Wogen zu glätten.

"Ja, Zoey hat nun mal das Feingefühl eines wilden Bullen und Fabio führt sich in letzter Zeit auf wie ein Platzhirsch", schnaubte Sky verächtlich.

Sie sah zu Maya, die wie hypnotisiert nach vorne stierte. Stirnrunzelnd überlegte sie, was Maya wohl hatte. Als sie den Kopf wenden wollte, um zu sehen, was Maya so aus der Bahn warf, prallte Sky gegen eine Wand. Starke Arme fingen sie ab, als sie zurücktaumelte und beinahe ins Straucheln geraten wäre. Sie schüttelte ihre Benommenheit ab und hob den Blick, um zu sehen, wogegen sie gerannt war. Eine breite Brust. Eine sehr breite, sehr nackte, braun gebrannte, unbehaarte Brust. Schön definierte Muskeln, die in einen 1A Six-Pack übergingen. Unterhalb des Bauchnabels führte eine schmale Linie schwarzer Haare in die bunte, lockere, knielange Hose.

"Es freut mich wirklich, dass dir gefällt, was du siehst, Sky, und ich stehe jederzeit gerne für eine eingehende Musterung zur Verfügung. Leider muss ich aber in zwei Minuten auf der Bühne sein, sodass wir unser Vorhaben auf später verschieben müssen."

Die Worte rissen sie aus ihrer Trance. Röte stieg in ihr Gesicht. Sie wandte ihren Blick schnell wieder zu Boden und sah zwei perfekt geformte Unterschenkel und zwei schöne Füße. Sogar seine Zehen waren ansehnlich, obwohl Sky Zehen im Allgemeinen als hässlich empfand.

Als sie sich bewusst wurde, dass sie ihn schon wieder musterte, wurde sie noch ein bisschen roter und wandte den Blick Maya zu. Diese starrte mit offenem Mund über ihre Schulter und fragte: "Wer zum Teufel ist dieser göttergleiche Adonis an Ryans Seite?"

An Ryans Seite?, dachte Sky. Ihr war nicht aufgefallen, dass Ryan nicht alleine gewesen war. Sie wandte sich um, um Ryans Begleiter zu sehen. Von hinten glichen sich die beiden wie eineiige Zwillinge.

Oh, waren wohl wirklich zu zweit gewesen ...

Skys Blick heftete sich auf Ryans Rückansicht und sie war von diesem Anblick fasziniert. Er hatte einen breiten Rücken und eine schmale Taille. Über seinem Hosenbund sah man zwei Grübchen links und rechts der Wirbelsäule. Sein Po war zum Niederknien. Sky konnte ihn in dem Moment, als Ryan die Bühne betrat, hervorragend unter der Gauklerhose erkennen.

Prompt ertappte Ryan sie dabei, wie sie ungeniert seine Rückseite musterte, und zwinkerte ihr kurz zu. Beschämt errötete Sky erneut und senkte ihren Blick schnell wieder. Maya zog sie an den linken Rand des Platzes, um die Show besser sehen zu können, und erwartete wohl keine Antwort auf ihre Frage von Sky, die eindeutig in den Anblick von Mr. Right versunken war.

RYAN

"Brauchst du eine kalte Dusche, ne schnelle Nummer oder hast du auch so noch genügend Blut für dein Gehirn zur Verfügung, um unsere Show durchzuziehen?", feixte Shane, der aber selber seine Hose zurecht rückte, um genügend Platz für seine beginnende Erektion zu schaffen.

Ryan hob nur eine Augenbraue, blickte demonstrativ auf Shanes ausgebeulte Hose und zurück in seine Augen. Dieser grinste nur und sagte: "Hast du das Wahnsinns-Mädel neben der zukünftigen Mrs. Black gar nicht gesehen? Mann, die hat mich quasi mit Blicken ausgezogen!"

Ryan schüttelte den Kopf und versuchte, sich zu erinnern, wer da neben dem Objekt seiner Begierde gestanden hat. *Hmm, ach ja,* dachte er und sagte: "Maya."

"Ich dachte, sie heißt Sky", sagte Shane und runzelte verwirrt die Stirn.

"Nein, ja, ach, sie heißt Sky und Maya war die Frau neben ihr. Und ja, wir können die Show starten, ich bin bereit."

"Sehe ich", grinste Shane, wandte sich dann aber ab und gab dem Rest von Fire&Ice das Zeichen zum Start.

Der Auftritt lief reibungslos. Alle Einlagen liefen wie geschmiert und sie hatten keinen der Tricks verlernt. Shane und Ryan hielten sich körperlich extrem fit und sie trainierten auch regelmäßig zusammen die Übungen für die Auftritte. In der Gruppe war es aber doch immer etwas anderes. Es war auch erst das dritte Jahr, dass sie ihre Shows auch auf der großen Bühne zeigten und nicht nur für die Besucher ihres Lagers.

Sie klopften sich gegenseitig auf die Schulter und beglückwünschten sich zu dem Auftritt. Die Jungs einigten sich darauf, in der für sie reservierten Sitzecke Platz zu nehmen und den gelungenen Auftritt gebührend zu feiern.

Ryan hingegen wollte lieber nach Sky suchen und wie es aussah, würde Shane ihn begleiten, ob Ryan wollte oder nicht. Shane hatte dieses Glitzern in den Augen und Ryan war alles andere als froh darüber, dass er ausgerechnet Maya als die Seine für heute erwählt hatte. Sollte Shane Maya bereits nach einer oder zwei Nächten abservieren, wäre Sky wohl nicht mehr sonderlich gut auf ihn zu sprechen. Er könnte den Hund erwürgen!

Auch Ryan war niemand, der an die große Liebe oder auch nur die Liebe überhaupt glaubte, aber er wählte seine Frauen wenigstens dem Zeitraum entsprechend aus. Shane machte sich nicht die Mühe, er nahm, was ihm vor die Füße lief und ihm gefiel, ohne Rücksicht auf Verluste.

Ryan schüttelte den Kopf, er mochte noch so lange nachdenken, Shane würde sich ebenso wenig von einem gesetzten Ziel abbringen lassen wie er und sein Ziel war ganz sicher Sky. Die schüchterne, herrlich errötende Sky, die ganz offensichtlich ihm gegenüber auch nicht abgeneigt war.

Er sah sich um und sah, dass sie dabei war, den Platz zu überqueren, um zurück zu ihren Freunden zu gelangen. Er musste sich beeilen, wollte sie erreichen, bevor sie sich wieder an ihren Beschützer klammern konnte. Nicht, dass ihm dieser Typ das Wasser reichen könnte, aber er hatte so ein Gefühl, dass es besser wäre, sich nicht mit ihm anzulegen, denn das würde ihm bei seinen Plänen eher im Wege stehen.

Ryan quetschte sich durch die Menge. Es war nicht leicht. Viele Bewunderer und Gratulanten hielten ihn auf, um mit ihm ins Gespräch zu kommen. Er servierte sie alle so schnell und höflich wie möglich ab und hoffte, dass Shane sich etwas länger von dem ein oder anderen weiblichen Fan ablenken ließ.

Dann ließ er seine Blicke wieder über die Menge schweifen. Da, sie war nur noch knapp 20 Meter von ihrer

Gruppe entfernt. Er beeilte sich und war nach einer weiteren Minute bei ihr. Er griff nach ihrer Schulter und ihn durchfuhr ein Stromstoß, als hätte er an den Zaun einer Koppel gefasst. Auch sie zuckte zusammen und wirbelte mit Schreck geweiteten Augen zu ihm herum. Ihre Reaktion verwirrte ihn und deshalb sprach er mit leiser beruhigender Stimme: "Hey Sky, sorry, ich wollte dich nicht erschrecken."

Sie wich zwei Schritte zurück, schien sich dann aber wieder zu entspannen. Sie sah ihm in die Augen, nickte kurz und wollte sich schon wieder abwenden. Aber so schnell wollte er dieses hinreißende Geschöpf nicht gehen lassen.

"Würdest du etwas mit mir trinken gehen? Mit mir auf den gelungen Auftritt anstoßen? Es hat dir doch gefallen?", stellte er schnell seine Fragen, bevor sie sich aus seiner Reichweite schleichen konnte. Sie sah ihn wieder an und er versank in ihren Augen. Sie lächelte ein wenig und Ryan konnte sein siegesgewisses Lächeln nicht mehr unterdrücken.

Treffer, dachte er, *oder auch nicht,* als er sah, wie ihr Lächeln abrupt verschwand.

"Nein, danke", sagte sie leise und wollte sich schon abwenden. Ryan runzelte verwirrt die Stirn. Was war denn nun schon wieder los? Er griff erneut nach ihrer Schulter, aber Sky drehte sich aus seinem Griff, wich einige Schritte zurück und funkelte ihn aus ihren schönen Augen mit einer Mischung aus Angst und Trotz an.

"Lass das!", fauchte sie. Ryan hob beschwichtigend die Hände und versuchte, sie mit seiner Körperhaltung und seinen ruhigen Worten zu beschwichtigen.

"Es tut mir leid, Sky. Wirklich, alles, was ich wollte, war, mit dir etwas zu trinken und ein bisschen mit dir zu sprechen. Alles okay! Wenn du nicht möchtest, dass ich dich anfasse, ist das okay. Wirklich, ich wollte dich nicht erschrecken, Sky!"

Sky legte den Kopf schief und musterte ihn lange und

intensiv. Er bemühte sich, so unschuldig, wie es einem Mann von seiner Statur möglich war, auszusehen und seine Verwirrung nicht durchblicken zu lassen. Was war nur los mit diesem Mädchen? Sie hatte durchaus Interesse an ihm, soviel traute er sich aus ihrem Blick zu deuten. Aber sobald er seinen Charme auf sie wirken ließ, machte sie dicht. Er verstand sie noch nicht, nahm sich aber fest vor, eine Lösung für das Rätsel Sky Evé Alister zu finden.

SKY

So sehr er es auch versuchte, Sky kaufte ihm seinen Verlorener-Welpe-Blick nicht ab. Aber die Verwirrtheit, die er ausstrahlte, schien echt zu sein. Auch wenn sein Ego mehr als groß genug zu sein schien, wie das Raubtierlächeln nach seiner Einladung ihr sagte, tat er ihr nun doch ein bisschen leid. Sie wollte nicht, dass er ihre Ablehnung persönlich nahm, denn das war sie nicht. Sie betraf Männer im Allgemeinen und Männer, die mehr als Freundschaft im Sinn hatten, im Besonderen.

Sie überlegte, ob sie nicht einfach für ein Getränk mit ihm gehen sollte, nur um ihm zu erklären, dass sie kein Interesse hätte - obwohl das schlicht gelogen wäre, denn Interesse an ihm hatte sie sehr wohl, wollte es aber nicht haben - als zwei Hände sie packten und über eine Schulter warfen. Sie begann schon, sich zu wehren, als sie die dazugehörige Stimme hörte: "Sky-Schätzchen, wir suchen dich schon überall! Ich soll dich umgehend an unseren Tisch befördern!"

Jonas, ihr langjähriger und homosexueller Freund aus ihrem Heimatdorf. Sie liebte ihn und seit er sich geoutet hatte noch viel mehr, weil sie sich nie Sorgen darum machen musste, dass er einmal etwas falsch verstand. Jonas wollte sich gerade zum Gehen wenden, als Sky im selben Moment los kicherte, in dem Ryans Gesicht sich von ungläubig zu wütend änderte und er knurrte: "Lass sie sofort los oder ich breche dir jeden Finger einzeln!"

Sky verstummte abrupt. Sie und Jonas sahen verwirrt Ryan an, dessen Miene nun auch wieder von wütend zu verwirrt wechselte. Die Situation war so verkorkst, dass Sky einfach wieder kichern musste. Jonas wandte sich einfach ab und steuerte den Tisch der Setarips an. Als Sky den Kopf höher hob und sich an Jonas Rücken abstützte, um noch einmal nach Ryan zu sehen, ächzte Jonas leicht auf. Sie fand Ryans nachdenklichen Blick und rief ihm zu: "Sorry Ryan, ich hab Besuch bekommen!" Sky deute auf den Neandertaler unter sich und schenkte Ryan ein befreites Lächeln.

Er lächelte unwillkürlich zurück. Es war das schönste und ehrlichste Lächeln, mit dem er sie je bedacht hatte, und sie wusste, dass sie diesem Lächeln nichts ausschlagen könnte.

RYAN

In Ryans Kopf drehte es sich. Zum Einen wusste er nicht, was in ihn gefahren war, warum er so aggressiv auf diesen Typen reagiert hatte. Ja, er hatte sie angefasst, und ja, Ryan selber durfte das anscheinend nicht, aber das war Skys Entscheidung und nicht seine.

Sie hatte gekichert. Ryan hätte nie gedacht, dass Sky eine Frau war, die kicherte. Sie wirkte immer ein bisschen kühl, schüchtern und ruhig. Das Gekicher von jeder anderen Frau ging ihm gewaltig auf die Nerven, aber Skys war himmlisch. Echt, nicht so aufgesetzt wie bei den Meisten. Der Fremde trug sie mit großen Schritten davon und sie sprach mit voller, kräftiger Stimme zu ihm, als wäre der Mann unter ihr ein persönlicher Verstärker. Und dann auch noch dieses Lächeln, ein Lächeln, wegen dem mancher Krieg ausbrechen konnte.

Wow, wo kamen den diese Gedanken her? Er musste sich dringend auf die Suche nach Shane machen, bevor all diese philosophischen Ideen sich noch einnisteten. Er wollte das Mädchen schließlich nur für zwei Wochen. *Also*

Shane suchen, Kopf gerade rücken und neuer Versuch bei Sky, legte er sich seinen Plan zurecht und begab sich auf den Weg zu seiner Gruppe.

SKY

Jonas ließ Sky auf einen Stuhl herab, beugte sich über sie, drückte ihr einen Kuss auf die Stirn und ließ sich dann neben sie fallen. Sie lächelte ihn an und sah sich dann am Tisch um. Die Gruppe war nicht vollzählig.

Alexa bemerkte ihren Blick und erklärte: "Maya hat dich unterwegs verloren und kam ziemlich panisch zum Tisch zurück. Die anderen sind sofort los, um dich zu suchen. Mann Sky, kannst du ihnen nicht mal sagen, dass du kein Baby mehr bist?" Alexa klang ein bisschen schnippisch und zog gleich ihr Handy heraus, um alle Sucher über ihre Rückkehr zu informieren. Sky konnte verstehen, dass es Alexa nervte, wenn ihretwegen die Stimmung so gedrückt wurde.

"Mach ich, sorry! Hey Jonas, seit wann bist du denn hier und wie lang bleibst du?", wandte sie sich an ihren Entführer. Dieser grinste breit.

"Bin kurz vor Mayas großem Auftritt angekommen. Ich bleib erst mal drei Tage, dann hab ich ein Shooting in Mailand. Je nachdem wie lange wir brauchen, komm ich noch einmal ein paar Tage."

Die anderen trudelten nach und nach am Tisch ein, warfen ihr einen prüfenden Blick zu und entspannten sich dann sichtlich. Fabio und Maya trafen als letztes am Tisch ein. Sie wirkten angespannt und Maya platzte gleich heraus: "Sky, wo warst du? Du warst auf einmal weg! Ich hab mir Sorgen gemacht!!"

"Wir!", korrigierte Fabio in mürrischem Tonfall und mustere Sky noch immer prüfend.

"Ich hab unterwegs jemanden getroffen und mich kurz unterhalten. Ich wollte mich gerade verabschieden, als ich Jonas traf", antwortete Sky und ignorierte die ärgerliche

Miene von Fabio. Maya grinste verschmitzt und stieß Zoey an.

"Oh, Ryan, na klar. Hatte er Adonis auch dabei?", wollte sie gleich wissen. Sky schüttelte den Kopf, nicht nur auf Mayas Frage, sondern auch auf die Gesichter der anderen hin.

"Warum hast du ihn denn nicht mitgebracht? Ich meine, wenn du ihn nicht möchtest, ich such ja immerhin noch Mr. Right für die kommenden Nächte. Ich würde gern ein Plätzchen finden, wohin ich diesem Schnarch-Schlaf-Bunker entkommen kann", kicherte Zoey und strich sich die Haare glatt.

Diese Vorstellung gefiel Sky gar nicht, aber was hätte sie sagen sollen? Sie konnte ja nicht etwas für sich beanspruchen, das sie dann eigentlich gar nicht haben wollte. Ärgerlich über das Durcheinander in ihrem Kopf, schüttelte sie die Gedanken an Ryan ab und folgte den entstehenden Gesprächen, sodass sich die allgemeine Aufmerksamkeit wieder von ihr abwandte. Die neugierigen Blicke von Maya, Zoey, Fabio und Jonas ignorierte sie, so gut sie konnte, und hoffte, ihren Fragen noch eine Weile ausweichen zu können. Sie hatte ja selbst noch keine Antworten auf die Fragen, die unweigerlich kommen würden.

RYAN

"Herzdame gefunden?", grinste Shane ihm entgegen.

"Ja, aber sie wurde verschleppt.", brummte Ryan zurück. Shane hob eine Augenbraue und Ryan erläuterte weiter: "Sie bekam Besuch von irgend so einem blonden Schönling, der sie suchte und dann zurück zu ihrem Tisch brachte."

"Du weißt, wo sie sitzen? Maya?" Shane wirkte schon fast aufgeregt und in Ryans Kopf formte sich prompt eine Idee. Er würde Shane zu dem Tisch schicken, ein bisschen später zufällig daran vorbei schlendern, Shane entdecken und sich zu ihnen gesellen. Perfekt! So konnte er sogar herausfinden, wie es um die Männer in der Runde stand.

"Ja, weiß ich, Alter! Schräg gegenüber, in diese Richtung und dann vor dem großen Apfelbaum rechts, vierter oder fünfter Tisch, kann mich nicht genau erinnern."

Shanes Augen funkelten und er machte sich sogleich auf den Weg. Ryan selbst setzte sich erst einmal und trank eine Runde mit seinen Kollegen. Wenn sein Plan aufgehen sollte, musste er Shane ein bisschen Vorsprung lassen.

SKY

"Ich geh nochmal eine Runde, will jemand mit?", fragte Maya. Als alle die Köpfe schüttelten, zuckte sie nur mit den Schultern und schlenderte in Richtung Bar davon.

Die Unterhaltung drehte sich wieder mal um die Planung der kommenden Tage. Was zu tun sein würde und was sie unternehmen wollten. Ihr Programm war stets voll, da jeder von ihnen so viel wie möglich von ihren zwei Wochen haben wollte. Es gab verschiedene Aufführungen, die sie sehen wollten, kleinere Ausflüge und Wanderungen mit der gesamten Gruppe und natürlich Pflichttermine für die Teilnehmer des Festivals. Sky freute sich auf die Zeit, die sie zusammen mit ihren Freunden verbringen würde. Sie hatte die meisten von ihnen in den letzten zwei Jahren wenig gesehen und würde sie auch in Zukunft nicht allzu oft persönlich treffen, wenn sie sich erst auf ihren Weg in ihr neues Leben im Ausland aufmachte. Natürlich freute sie sich riesig auf den Neuanfang, war sich aber durchaus bewusst, dass sie ihre Freunde vermissen würde.

"Hallo, Sky, richtig? Ich bin Shane, Ryans Freund aus Amerika."

Der "von-Hinten-Zwilling" von Ryan grinste Sky frech an und ließ sich auf den von Maya freigemachten Stuhl zwischen Jonas und Zoey fallen. Die beiden waren sich auch von vorne ähnlich. Shane wirkte ein wenig kantiger.

Rauer. War aber durchaus ein genauso schöner Mann wie Ryan. Sky verstand, dass Maya so angetan von ihm war, fand jedoch, dass Ryan besser aussah. Die Gespräche waren verstummt und alle schauten zwischen Sky und Shane hin und her. Letzteren schienen die Blicke nicht zu stören. Er musterte die Runde reihum. *Tja, so, wie er aussieht, kann er sich so ein Riesen-Ego auch leisten,* dachte Sky. Sie verstand, warum die Frauen am Tisch (und Jonas) ihn unverhohlen lüstern musterten und die Männer der Runde ihn aus Neid und Konkurrenzdenken lieber gleich wieder los werden mochten. Er saß hier genauso, wie er auf der Bühne aufgetreten war. Bis auf die lockere, bunte Hose nackt. Er war mindestens so trainiert wie Ryan, doch Shane hatte ein paar deutliche Narben an Armen und Oberkörper, sodass er eigentlich gefährlicher wirken müsste als Ryan. Shanes Grinsen jedoch war so ehrlich und offen, dass man seinem Wesen keine dunkle Seite zutrauen mochte.

Nach einer Minute angespannten Schweigens fand Sky ihre Stimme glücklicherweise wieder.

"Hi Shane, wie geht's? Was treibt dich zu uns?", versuchte sie die Situation zu entschärfen. Shane zuckte die Schultern.

"Ich sah dich und dachte, ich komm mal vorbei und sag dir und Maya hallo, aber ich sehe, sie ist gar nicht da? Aber dafür andere nette Gesellschaft." Er grinste verschmitzt erst Zoey zu seiner Rechten an und dann Jonas zu seiner Linken. Was Jonas genauso zu verwirren schien wie Sky. Jonas hatte sich schnell wieder gefangen, lächelte breit zurück und streckte Shane die Hand entgegen.

"Hi, ich bin Jonas. Ich bin für zwei Tage zu Besuch hier und eventuell nächste Woche noch einmal." Shane gab ihm die Hand und wandte sich dann wieder an Zoey.

"Und du, Honey?"

"Zoey. Ich bin die ganze Zeit da, wie steht's mit dir, Schätzchen?" Zoey grinste wie die Katze vor der Milch.

Sky wusste weshalb. Für Zoey war die Gesellschaft für die nächsten zwei Wochen so gut wie sicher und sie war gedanklich wohl schon mit ihrer eigenen Aktivitätenplanung beschäftigt.

"Ebenso", antwortete Shane und legte die Arme auf die Rücklehnen der beiden. So wie Sky, verstanden nun auch Jonas und Zoey. Sie musterten sich kurz, dann zuckte Jonas mit den Achseln und grinste Zoey und Shane an. Auch für Zoey schien diese Dreier-Kombi in Ordnung zu sein, denn sie fragte im nächsten Moment, ob Jonas und Shane mit ihr auf den Berg gehen würden, um die Mitternachtsfeuershow anzusehen.

Die Gespräche aller drehten sich eine Zeitlang um das nächtliche Spektakel und Fabio machte sich daran, die nächste Runde für den Tisch zu besorgen. Shane drückte ihm kurzerhand ein paar Scheine in die Hand, um allen für die Gastfreundschaft die Getränke zu spendieren.

Sky sah gedankenverloren in die Menge, als eine Stimme sie aus ihren Tagträumen riss.

"Shane, da bist du, ich hab dich schon überall gesucht."

Im nächsten Moment wurde der Stuhl neben Sky hervorgezogen und Ryan ließ sich darauf fallen. Sky war nicht wirklich überrascht über Ryans Auftauchen. Und die Art und Weise, wie Shane erst mit einer Augenbraue zuckte und dann träge zu lächeln begann, sagte ihr, dass Shane zwar nichts von seinem Glück gewusst hatte, Ryan ihn aber nichts desto trotz für seine Idee eingespannt hatte.

"Hi Sky, so sieht man sich wieder", grüßte er und nickte Jonas flüchtig zu.

Der gab frech zurück: "Hätte ich vorher von deinem Freund Shane gewusst, hätte ich Sky zu dir an den Tisch getragen, anstatt hierhin zurück."

Alle lachten und auch Ryans Lächeln erreichte seine Augen,. Sky hatte nicht das Gefühl gehabt, als könnten Jonas und er Freunde werden, doch das Geknurre und die bösen Worte vor wenigen Stunden schienen vergessen.

Nicht wichtig, dachte Sky, sie wollte Ryan sowieso nicht näher kennen lernen.

RYAN

Sein Plan hätte nicht besser laufen können! Er hatte gesehen, wie der Typ, der neben Sky saß, sich in Richtung Bar aufmachte. Die Gelegenheit, einen Platz neben Sky zu ergattern, konnte er sich nicht entgehen lassen, davon abgesehen war ohnehin kein anderer Platz mehr am Tisch frei gewesen. Dass Skys Besuch Jonas wegen Shanes bisexuellen Neigung nicht zu den Konkurrent zählte, gefiel ihm noch viel besser. Jonas hatte eindeutig nur Augen für Shane und betrachtete das blonde Mädchen auf Shanes anderer Seite wohl eher als notweniges Übel. Was da zwischen den Dreien ablief, hatte er sogar von weitem erkennen können und fragte sich nun, wann Shane das Zelt wohl für sich beanspruchen würde. Vielleicht konnte er sich bis dahin schon eine Schlafstätte mit Sky teilen.

"So, nun können wir ja doch noch was zusammen trinken", grinste Ryan Sky an.

Sky lächelte leicht zurück, aber man sah ihr die Unsicherheit an. Ryan fragte sich, warum sie so unsicher war. Sie war der Traum eines jeden Mannes, eine Sexbombe, wenn sie lächelte geradezu atemberaubend schön. Zugleich wirkte sie irgendwie zerbrechlich und unschuldig, sodass sich bei jedem Mann der Beschützerinstinkt regen musste. Eine nicht zu toppende Kombination und er würde sie für die nächsten zwei Wochen besitzen. Hinter ihm erklang ein Räuspern und ein großes Tablett mit Drinks landete nicht allzu sacht auf dem Tisch.

"Du sitzt auf meinem Platz", knurrte Fabio. Ryan ließ sich nicht anmerken, wie sehr die Wut in ihm aufstieg. Der Typ hatte sowieso schon schlechte Karten, weil er dauernd an seiner Frau hing und dieses Geknurre von der Seite konnte Ryan sein Leben lang noch nicht gut ertragen.

Er atmete tief durch, zuckte die Schultern und sagte: "Es stand kein Name drauf."

Ryan wollte sein Gespräch mit Sky wieder aufnehmen. Sollte der Trottel sich doch einen anderen Platz suchen. Leider sah Ryan ihn im Augenwinkel nur böse lächeln, bevor er sagte: "Sky-Süße, steh bitte auf."

Ryan dachte, er würde sie jetzt zurück zum Lager schleppen, aber was dann kam, brachte seine Wut beinahe zum Überlaufen. Sky stand wie selbstverständlich auf, der Typ setzte sich auf ihren Stuhl und platzierte Sky quer auf seinem Schoß. Diese lächelte ihn kurz an, legte ihren linken Arm um seine Schultern und beugte sich dann nach vorne, um drei Drinks vom Tablett zu nehmen.

Ryan kochte, ließ sich aber nichts anmerken. Sie reichte dem Typen einen Drink und streckte dann Ryan einen entgegen. Als er ihn nehmen wollte, sah sie ihm fest und hart in die Augen. Ihre eigenen wurden zu Eis und es lag eine eindeutige Warnung dahinter. Lass ihn in Ruhe! Du verlierst!, schienen sie zu sagen und Ryan wusste, dass sie die Bestie in seinem Inneren gesehen hatte. Er zog verwundert die Brauen zusammen. Er hatte ein gutes Pokerface und selbst seine engsten Freunde konnten seine wahre Gefühlslage nicht immer erkennen. Dass Sky ihn nach den wenigen Momenten, die sie zusammen verbrachten, bereits so gut zu deuten wusste, verwirrte ihn sehr.

Er nahm ihr den Drink ab und nickte kaum merklich. Er wollte sie schließlich nicht verärgern, sondern für sich gewinnen. Sie stießen alle zusammen an und Sky schien sich wieder etwas beruhigt zu haben. Der Mann unter ihr begann, ihre Hüfte zu streicheln und seine Nase in ihren Haaren zu vergraben. Sky lehnte sich ein wenig zurück und zog eine Augenbraue in die Höhe. Sofort verwandelte sich das selbstgefällige Grinsen des Typen in einen Welpen-Blick und Ryan konnte sich kaum noch beherrschen. Diese Show, die er abzog, ging so eindeutig daneben, dass ihm nur noch zum Lachen war. Ryan konnte zwar immer noch nicht zuordnen, was da zwischen den beiden war, aber sie waren definitiv kein Paar im eigentlichen Sinne. Ryan freute sich und hätte wirklich gern aus voller Seele gelacht.

Als er sich wieder ein Stück zurückdrehte, um das Spektakel weiter zu verfolgen, starrte Sky ihn wieder mit ihrem Eisblick nieder. Oh, nun hätte er wirklich selber gern die Welpen-Nummer abgezogen, aber er wusste ja bereits, dass sie bei ihr nicht zog. Daher lächelte er nur schief und zuckte mit den Schultern. Erstaunlicherweise erwiderte sie sein Lächeln. Aus jüngster Erfahrung wusste er, dass er sich nicht zu früh freuen durfte. Also lächelte er zwar weiter, blieb aber wachsam, ob sich ihre Stimmung schnell wieder ins Gegenteilige wandeln sollte. Doch alles blieb bestens.

Ryan entspannte sich langsam wieder und lauschte der Konversation am Tisch. Sie erzählten Anekdoten aus den vergangen Jahren und neckten sich dabei gegenseitig. Nach einer weiteren halben Stunde und einem weiteren Drink, war es an Ryan, eine Runde auszugeben. Er ging zur Bar und sah aus dem Augenwinkel, wie Sky fast unverzüglich auf seinen Stuhl wechselte. Ryan lächelte in sich hinein. *Nein,* dachte er, *definitiv kein Paar.*

Er bestellte die Drinks, trug das Tablett zurück zum Tisch und hörte gerade noch die letzten Sätze des gezischten Gesprächs von Sky und ihrem Freund.

"... bleib einfach sitzen", knurrte dieser und Sky antwortete leise: "Das kann ich doch nicht machen." Sie bemerkte, dass Ryan näher kam, und lächelte. In dem Moment, als der Mann noch ein hartes 'DOCH' hinterher schob, fiel ihr Lächeln in sich zusammen. Sie wandte sich ihm zu und dieses Mal bekam der Typ den Eisblick zu spüren.

Ryan tat, als hätte er von alldem nichts mitbekommen. Er stellte das Tablett ab und rief ein fröhliches: "Die Drinks sind da!", in die Runde. Dann sah er von Sky zu ihrem Freund und wieder zurück, zuckte gespielt gleichgültig mit dem Schultern, bückte sich und hob Sky auf seine Arme. Sie quiekte, deutlich mädchenhaft, während Ryan sich auf den Stuhl fallen ließ und sie auf seinem Schoß platzierte. Sie kicherte, oh ja, ihm gefiel dieses Kichern eindeutig.

"Ryan, was soll das?", wollte sie wissen, klang dabei aber nicht halb so ernst, wie sie es wohl gern gewollt hätte.

Ryan lächelte, schaute ihr in die Augen und sagte: "Ich hab mir nur meinen Platz zurück erobert." Er war sich sicher, dass ihr die Zweideutigkeit seiner Worte nicht verborgen blieb. Sie sah ihm in die Augen, suchte nach etwas, worauf Ryan den Finger nicht legen konnte. Aber sie war wohl für den Moment zufrieden mit dem, was sie sah. Wie sollte es auch anders sein, wo er doch extra auf sein Shirt verzichtet hatte .

"Erzähl mir etwas über dich, Sky", forderte Ryan sie nach einigen Minuten auf.

"Ähm ... Okay, also ich bin 26, komme aus Deutschland, gehe aber demnächst beruflich ins Ausland. Die Setarips besuchen dieses Festival seit acht Jahren und ich bin ein Teil von ihnen. Hm, am besten stelle ich sie dir kurz vor: rechts von dir, mein bester Freund Fabio ..." Ryan freute sich über diese Klarstellung der Fronten. Besagter Fabio anscheinend eher weniger, so wie er sein Gesicht verzog. "... daneben Jonas, ihn hast du ja schon kennengelernt. Shane, was soll ich sagen, du kennst ihn ja wohl besser als ich." Sie grinste Ryan an und deutete schon auf die Blondine neben Shane. "Zoey, dann Alexa, Jack, Taylor, Tom, Nina und unser Captain Gregor, fertig."

"Wo ist Maya?", wollte Ryan wissen.

"Bin gerade zurück und hab die Vorstellungsrunde leider verpasst." Maya zog eine Augenbraue hoch, als sie Jonas, Shane und Zoey sah, die deutlich enger zusammen gerückt waren als noch vor wenigen Minuten.

"Setz dich auf meinen Schoß, Honey, hier ist noch Platz für dich", konterte Shane nahezu augenblicklich ihrem Blick. Sie schnaubte spöttisch und wandte sich mit einem ‚Nein, Danke!‘ an Sky.

Doch auch dort war kein Platz mehr frei und Ryan versuchte, alles ein wenig aufzulockern: "Es waren nicht genügend Plätze und Fabio wurde sie wohl zu schwer", grinste Ryan. Sky schnaubte entrüstet, erkannte aber dann Ryans Grinsen und schüttelte daraufhin lächelnd den Kopf. Zeitgleich fuhr Fabio auf: "Das stimmt nicht, Süße, glaub das nicht!" Erst dann sah er Sky und Ryans Grinsen und verzog ärgerlich sein Gesicht.

"Wie dem auch sei, ich möchte gern ins Lager, kommst du, Sky?", sagte Maya und Sky rutschte unverzüglich von Ryans Schoß. Er hätte sie gern festgehalten oder wäre ihr nachgelaufen, aber Ersteres hätte sie mit ziemlicher Sicherheit nicht sonderlich gut aufgefasst und Letzteres konnte er erst tun, wenn die verdammte Beule in seiner Hose wieder verschwunden war.

Die beiden winkten lächelnd in die Runde und verabschiedeten sich mit einem kurzen "Gute Nacht!" von allen.

Fabio fixierte Ryan, stand auf und sagte im Weggehen: "Lass sie verdammt nochmal in Ruhe!"

SKY

Sky war sehr froh darüber, dass Maya sie aus dieser angespannten Situation gerettet hatte. Sie kam sich vor wie ein Spielball auf dem Testosteronspielfeld von Ryan und Fabio. Was war nur los mit den beiden? Sie kannte Ryan gerade mal einen Tag. Er hatte kein Recht, eine solche Show vor ihren Freunden abzuziehen. Und Fabio war ihr schon seit einigen Tagen ein Rätsel. Die Spannung zwischen den beiden Männern stieg nahezu sekündlich an.

Außerdem musste sie wohl oder übel zugeben, dass es sie erregt hatte, so nah bei Ryan bzw. auf Ryan zu sitzen. Sie hatte die Wärme seines Körpers gespürt und seinen warmen Atem an ihrem Kopf. Sie hatte versucht, es sich nicht anmerken zu lassen, musste aber gegen die Versuchung ankämpfen, sich einfach in seine starken

Arme zu schmiegen und seinen herrlich männlichen Duft einzuatmen.

Wegen all dieser Faktoren war sie geflüchtet. Weg von den Männern, dem Testosteron und den Versuchungen. Heim zu Maya und ihrem, nun ja, eben fast normalen Leben. Ohne Männer!

Sie liefen schon geraume Zeit nebeneinander her, als Maya plötzlich zu schimpfen begann: "Von wegen göttergleicher Adonis, pah, des Teufels Sohn oder vielleicht sogar der Teufel selbst, nur in neuer Verpackung, wer weiß das schon so genau ..."

"Sorry, Maya, aber ich kann dir echt nicht folgen. Von wem sprichst du?"

"Na, natürlich von dem bösen Zwilling deines Ryan!"

"Ah, Shane! Ja, ich stimme dir bei dem Teufels Sohn zu, muss aber deine Aussage bezüglich 'meines Ryan' dementieren! Er ist nicht mein und soll es auch nicht werden. Das weißt du, Maya, also komm gar nicht erst auf dumme Ideen! Männerfrei, weißt du noch?"

"Ja, ja, du sollt ihn ja auch nicht heiraten. Nur einfach mal wieder zwei Wochen Spaß haben! Und wie sollte es besser gehen als mit einem Typen, der nicht von hier ist und den du nie wieder sehen wirst?"

"Ich weiß, was du meinst, Maya, aber ich bin einfach noch nicht so weit!"

"Lass es dir doch einfach mal durch den Kopf gehen! Und währenddessen kannst du dir meine Schimpftiraden über des Teufels Sohn anhören."

"Ja, ist gut. Ich denk nach und du lass hören. Was hast du eigentlich für einen Narren an Shane gefressen?"

"Er wäre mein Traummann, Sky, wirklich, er ist einfach perfekt, wenn er nicht 30 Minuten, nachdem er mich quasi mit seinen Blicken ausgezogen hat, zwischen Jonas und Zoey, den beiden notgeilen Perversen, sitzt und einen schönen Dreier plant."

Sky kicherte kurz auf.

"Ja, du hast ja auch gut Lachen. Traummann II hängt

an deinen Lippen, als würdest du die Lottozahlen der nächsten Woche verkünden und ich such mir wieder mal den bösen Zwilling aus. Shit! Er hätte wirklich Potenzial gehabt. Ich meine natürlich rein äußerlich. Ich werde als alte Jungfer sterben. Sky, was soll ich nur tun?"

Nun konnte Sky endgültig nicht an sich halten und lachte laut schallend los. Nach einem finsteren Blick riss sie sich zusammen.

"Erstens: Du bist schon seit du 16 bist keine Jungfrau mehr, denk an Mark. Zweitens: Wie heißt es immer so schön: Andere Mütter haben auch schöne Söhne. Aber vielleicht solltest du dich lieber mal an die äußerlich etwas weniger gut Bestückten halten und dafür jemanden mit Charakter suchen. Oder mach es wie ich, einfach gar keine Männer mehr! Ich glaube fest, Bob Marley wollte eigentlich No Men, No Cry singen!" Und schon wieder konnte Sky sich nicht mehr beherrschen und brach erneut in lautes Gelächter aus.

"Du bist heute echt fies, Sky. Wenn ich es nicht schon wüsste, würde ich spätestens jetzt auf chronisch untervögelt tippen", gab Maya mit finsterer Miene zurück. Sky wurde nun auch wieder ernst und funkelte ihre Freundin böse an. Sie wollte gerade zu einer gefauchten Antwort ausholen, da hörte sie Fabio rufen. Ein wenig genervt, weil er sie so gar nicht mehr aus den Augen ließ, rollte sie die Augen und drehte sich zu ihm um. Maya kicherte über Skys Reaktion und verschwand schnell Richtung Lager.

"Hi Süße, ich komm mit zurück!", rief Fabio und näherte sich im Laufschritt. Sie fand es schade, dass man unter Mädchen einfach anders spricht. Auch wenn Fabio für sie wie ein großer Bruder war, wusste sie doch, dass alle anderen Mädchen sich automatisch zurückhielten.

"Hattest du keine Lust mehr, vorne zu bleiben?", fragte Sky scheinheilig. "Maya und ich reden gerade ein bisschen."

Fabio jedoch merkte nicht, was Sky ihm damit sagen

wollte. Er legte ihr einen Arm um die Schulter und zog sie, als er sie eingeholt hatte, im Gehen an sich.

"Ach ne, die Typen sind nicht so mein Fall, ich bin lieber bei dir." Fabio grinste vergnügt und zog Sky mit sich in Richtung Lager. Maya saß schon vor dem Lagerfeuerplatz und versuchte, ein Feuer zu entfachen.

"Fabio, kannst du ein Feuer machen? Ich bekomme es nicht an", jammerte Maya, die sowieso schon tief in ihrem Selbstmitleid versunken war. Fabio nickte, löste sich von Sky und machte sich an die ihm gestellte Aufgabe.

Maya und Sky begaben sich zusammen nach hinten, um Getränke zu holen. Sie sahen sich in die Augen und wussten, dass sie es beide gleich blöd fanden, bei ihrem Gespräch unterbrochen worden zu sein.

Als sie wieder nach vorne kamen, hatte Fabio bereits das Feuer entfacht und sie setzten sich auf die Strohballen, die als Sitzgelegenheit um die Feuerstelle standen.

RYAN

Als Ryan bemerkte, wohin Fabio ging, verging seine Erregung sehr schnell und schlug in Wut um. *Von wegen bester Freund,* dachte er, *der will deutlich mehr als Skys bester Freund sein.* Shane knabberte mittlerweile schon an Zoeys Hals und hatte seine Hand ziemlich weit oben auf Jonas Oberschenkel. Auf seine Unterstützung konnte er heute wohl nicht mehr hoffen.

Ryan unterhielt sich noch ein wenig mit dem Rest der Gruppe über Belanglosigkeiten und verstand sich mit allen recht gut.

Er verabschiedete sich kurz und ging zurück zu seiner eigenen Gruppe. Die Stimmung war gelöst, es floss reichlich Alkohol und fast jeder seiner Freunde hatte ein Mädchen auf dem Schoß. Er hatte sich kaum richtig gesetzt, schon ging es ihm nicht anders. Die Frauen waren wie Geier, wenn es um Fire&Ice ging. Jede wollte ein Stück von dem Kuchen abhaben, aber Ryan war nicht in

Stimmung für Spielchen. Er hielt nach Alex Ausschau, musste aber feststellen, dass dieser bereits die Zunge einer Brünetten im Hals hatte. Er war dann wohl auch keine Begleitung.

Ryan stand auf und sagte zu niemandem bestimmten: "Ich geh zurück ins Lager."

Jubelschreie wurden laut und alle wollten die Party in das Lager verlegen. Ryan wusste, wie das enden würde und stöhnte innerlich auf. Zu viel Alkohol, der mit fortschreitender Nacht nicht mehr aus Gläsern, sondern von Frauenkörpern getrunken wurde. Eigentlich war er immer gern dabei, aber es sollte Skys Körper sein, von dem er seinen Havanna trank. Die Meute machte sich auf, einige der Jungs warfen sich ihre Bräute für heute Nacht einfach über die Schulter und unter lautem Gegröle zog der Zug los.

Sie kamen auf ihrem Weg zurück auch an dem Lager der Setarips vorbei. Ryan hatte extra darauf geachtet, dass keines der Mädchen an ihm hing. Er hatte das Gefühl, dass das seinem Plan nicht zuträglich wäre. Er entdeckte die drei am Feuer. Sky blickte zu ihm auf, Ryan winkte ihr kurz und sie erwiderte die Geste kaum merklich, sodass auch ihr Freund Fabio nichts davon mitbekam. Er hielt ihren Blick mit seinem fest, lächelte und nickte in Richtung seines Lagers. Es war ziemlich viel und er wusste eigentlich auch schon, dass sie absagen würde. Als das leichte Kopfschütteln dann kam, war er überrascht, dass es ihm doch einen Stich versetzte. Er lächelte noch einmal sein charmantestes Lächeln und nickte ihr zu, bevor er sich dem Tross anschloss.

Ryan blieb nicht mehr lange mit den anderen am Feuer, sondern machte sich bald auf in sein Zelt.

Er hatte keine Lust auf die ausufernde Party, die gleich losbrechen würde.

Er war enttäuscht, bei seinem Vorhaben, Sky zu erobern, noch nicht weitergekommen zu sein. Vor allem aber war er müde.

Der Jetlag lag ihm noch in den Knochen. Er ging in sein Zelt und legte sich schlafen mit dem Vorsatz, am nächsten Tag mehr Erfolg mit Sky zu haben.

3 BEGEGUNGEN

RYAN

Ryan erwachte mit den ersten Sonnenstrahlen. Er wusste nicht, was ihn so früh geweckt hatte. Dann hörte er ein schmerzerfülltes Stöhnen, drehte sich mühsam und noch ganz steif vom Schlafen auf die andere Seite und sah Shane, der verdreht mit dem Gesicht am Boden kauerte.

"Guten Morgen Shane, na, gut geschlafen?"

"Du Sukker, ich fall, ich don't sleep!" fluchte Shane, dessen Sprache aufgrund von Schlafmangel und Alkohol zu einem wilden durcheinander von Deutsch und Englisch wurde. Ryan freute sich über die ungewollte Slapstick Einlage.

"Leg dich noch ein bisschen hin, Großer, wenn du jetzt erst zurück gestolpert bist, kannst du ein wenig Schlaf gebrauchen vor der Show heute Nachmittag", sagte Ryan, stand auf und stieg über seinen Freund nach draußen.

All ihre Nachbarn waren bereits dabei, sich und ihr Lager für den Tag vorzubereiten. Nur bei Fire&Ice regte sich keine Menschenseele. Sie lagen alle noch mit ihren Eroberungen vom Vortag in den Federn oder schliefen ihren Rausch aus. Normalerweise würde es Ryan genauso gehen, aber nun blieb ihm viel freie Zeit und genug Energie, um seinen Morgen anders als gewohnt zu gestalten. Er überlegte, was er mit seiner Zeit anfangen sollte, und entschied sich, sein Fitnessprogramm, das eigentlich für zwei Wochen aussetzten sollte, heute noch einmal aufzunehmen.

Er trug graue, weite, knielange Shorts und schlüpfte in seine Turnschuhe. Dann begann er zu laufen. Er nahm sich die große Runde über den Lagerplatz vor, so konnte er dem Treiben der anderen Gruppen in den frühen Morgenstunden zusehen. Er zog immer wieder Schleifen über alle Seitengassen und war so bereits über eine Stunde im flotten Joggingtempo unterwegs, als er sein Lager fast wieder erreicht hatte.

Er schwitze und wollte seine Duschutensilien holen. Da erblickte er Sky, die am Feuerplatz der Setarips saß. Sie war alleine und bereits für den Tag gekleidet. Er verfluchte sich dafür, dass er bei der seltenen Gelegenheit, sie allein zu treffen, völlig verschwitzt vom Laufen war. Er überlegte kurz, dachte dann aber, dass ein verschwitztes Gespräch mit Sky allein immer noch besser war als keines. Er lief zwischen den Lagerplätzen hindurch und blieb gut zwei Meter vor ihr stehen.

"Guten Morgen, Sky", sagte Ryan gut gelaunt und sah, wie sie erschrocken zusammenfuhr. Sie hob den Blick und erkannte ihn. Ein Lächeln breitete sich auf ihrem Gesicht aus. Zaghaft und schüchtern, dennoch das Schönste, was er je gesehen hatte.

"Guten Morgen", gab sie schüchtern zurück. Sie registrierte, dass er nur in Shorts und Schuhen vor ihr stand. Ihr Blick wanderte über seinen Six-Pack hin zu der breiten, unbehaarten, verschwitzten Brust. Stieg höher zu seinem unrasierten Gesicht, blieb kurz an den schwarzen Strähnen seiner im Gesicht klebenden Haare hängen und kam schließlich bei seinen Augen an. Seine funkelten vergnügt, da war er sich sicher, denn es gefiel ihm sehr, wie begehrlich sie ihn betrachtete. Er sah die Lust in ihren

Augen und als sie erkannte, dass sie bei der Inspektion seines Körpers ertappt worden war, senkte sie schnell den Blick und errötete. Ryan musste tief durchatmen, denn er war sich sicher, dass sein Ton rau vor Verlangen war.

Er räusperte sich und fragte: "Hast du gut geschlafen?"

"Ja, aber zu kurz. Zoey und Jonas sind erst heute früh zurück gekommen und Jonas ist bei dem Versuch, sich zwischen Fabio und mich zu quetschen, auf mich gefallen", erklärte sie leise, hob aber vorsichtig wieder den Blick und schenkte ihm ein kleines Lächeln. Ryan musste unwillkürlich zurück lächeln, obwohl es in seinem Inneren brodelte. Er wollte neben Sky schlafen und nicht dieser Möchtegern-Bester-Freund.

Halt, stopp, falsch, korrigierte er sich selbst, *nicht neben ihr, mit ihr!*

Aber dieser Fabio und seine ständige Anwesenheit machten es nicht leichter.

"Und du?", fragte sie in diesem Moment.

"Shane", antwortete er und zuckte lässig die Schultern. "Da habe ich mich entschieden, die Zeit zu nutzen und Laufen zu gehen", er deutete auf sein Outfit, obwohl ihr dieses ja bereits aufgefallen war. Sie lächelte wieder und Ryan fühlte sich gleich besser.

Er wollte sie gerade auf ihre Abendplanung ansprechen, als die Klappe zum Schlafzelt aufging und Maya hinaus trat. Diese war verwundert ihn zu sehen, betrachtete ihn eingehend, runzelte eher unwillig die Stirn und sagte: "Ah, der gute Zwilling will schön Wetter machen. Ist auch nötig, weil wir wegen dem bösen Zwilling kein Auge mehr zumachen können. Zoey stöhnt im Schlaf seinen Namen und Jonas schnarcht, wie jemand eben schnarcht, nachdem er stundenlang Sex hatte. Ich geh jetzt Duschen."

Ryan runzelte die Stirn und blickte Sky fragend an. Sie erklärte: "Du und Shane seht euch sehr ähnlich. Maya fand Shane ziemlich toll, als sie aber zurück zum Tisch kam, war der schon ziemlich mit Jonas und Zoey beschäftigt.

Sie hat sich über ihn geärgert, meinte, er sei Satans Sohn und dein böser Zwilling und so weiter. Mach dir nichts draus, sie ist ein äußerster Morgenmuffel."

"Oh, ja klar, kein Thema. Hör mal, Sky, wie sieht es bei dir heute Abend aus? Du bist mir noch ein Getränk schuldig", strahlte Ryan sie an.

Sie dachte kurz nach. "Okay, ich muss sowieso noch etwas mit dir besprechen", antwortete sie kryptisch und machte sich daran, ihre Sachen für ihre Morgenroutine zusammen zu suchen. Ryan überlegte, ob er sich über diese Antwort freuen sollte oder ob dieses Gespräch nicht ganz in die Richtung gehen würde, die ihm gefiel.

Da er es bis heute Abend sowieso nicht herausbekommen würde, zuckte er die Schultern und sagte: "Ich freu mich schon, Sky. Wir treffen uns nach der Show in der Nähe der Bühne, dann sehe ich dich auch gleich. Ich geh jetzt mal besser Duschen und etwas Anziehen. Ciao", antwortete Ryan und lief zu seinem Zelt. Hörte aber im Weggehen noch ihr gemurmeltes Bye und freute sich auf den Abend.

SKY

Sky rannte förmlich zu den Duschen, sie wollte dringend mit Maya sprechen.

"Wie zum Teufel kann ein Mensch nach dem Joggen so völlig verschwitzt und trotzdem so verdammt gut aussehen?", rief Sky ihr schon entgegen. Maya lächelte. Sie war bereits geduscht und hatte, wie es aussah, auch eine Tasse Kaffee in der Hand.

"Oh ja, wäre ich nicht so sauer gewesen, hätte ich wahrscheinlich zu sabbern angefangen", kicherte Maya.

"Ja lach du nur! Er steht vor mir und spricht mit mir. Alles, was ich davon mitbekomme, ist ein leises Hintergrundrauschen, weil ich nichts anderes tun konnte, als diesen Körper anzustarren. Und ehe ich mich versah, habe ich ihm für heute Abend zugesagt, etwas mit ihm trinken zu gehen. Ich hab zwar noch versucht, das Ganze abzuwiegeln, indem ich ihm sagte, dass ich etwas mit ihm zu besprechen hätte, aber das glaubt mir doch eh kein Mensch!" Sky war nahezu hysterisch und Maya konnte sich ein Lachen kaum noch verkneifen.

"Lach nicht!", fauchte Sky.

"Was soll ich sagen? Ich hätte ihm auch gern den Schweiß von den Muskeln geschleckt, aber im Gegensatz zu dir hab ich keine Chance, das zu tun. Er hat nur Augen für dich! Pack die Gelegenheit am Schopf und schnapp ihn dir. Und wenn nur für eine Nacht! Mann Sky, wach auf! Wann kommt so eine Gelegenheit denn schon wieder? Er ist heiß, heißer als heiß, der Rest der Welt leckt sich die Finger nach ihm und du musst einfach nur zupacken, es genießen und ihn nie wieder sehen! Wie soll er dich denn finden? Du bist doch eh bald über alle Berge. Sei nicht dumm! Nimm ihn dir!"

"Bist du fertig mit deinem Monolog?"

"Ja, warum?"

"Weil ich eigentlich sagen wollte, dass ich mit ihm heute Abend darüber reden werde. Ich möchte von Anfang an klare Fronten. Oh je, ich glaub gar nicht, dass das gerade aus meinem Mund kam!" Sky schlug sich eine Hand vor den Mund, dann sahen sich beide in die Augen und prusteten vor Lachen los.

"Lass uns noch ein wenig auf den Markt gehen, ich bräuchte ein neues Kleid", sagte Maya, nachdem sie sich wieder einigermaßen beruhigt hatten.

"Okay, lass mich noch kurz Hände waschen und dann können wir nach vorne schauen. Wenn ich etwas Hübsches finde, wäre ich auch nicht abgeneigt, etwas zu kaufen."

Kurze Zeit später schlenderten sie von Stand zu Stand und sahen sich die angebotenen Waren an. Sky kaufte eine Flasche Honigmet und zwei kleine Tonbecher. Maya hatte sich eine neue Tasche gekauft. Ungefähr bei der Hälfte des Marktes angelangt, waren beide hungrig geworden. Sie kauften sich jeder eine Hanftasche und einen Kaffee beim Hanftaschenbäcker und setzten sich auf eine der Bänke vor dem Laden.

Sky sah, dass Maya mit einem Mal sehr traurig aussah. "Was ist los, Maya?"

"Es ist so schön mit dir hier."

"Aber warum bist du dann auf einmal so traurig?"

"Du gehst in wenigen Wochen nach Amerika, ich bleibe hier und wir werden uns nicht mehr sehen."

"Hey Süße, wir können telefonieren, uns E-Mails schreiben oder skypen. Und wenn ich erstmal ein bisschen was auf die Seite gelegt habe, kann ich euch im Urlaub auch wieder besuchen kommen. Oder du kommst zu mir. Bist doch jetzt auch unter die Großverdiener gegangen. Mal Urlaub in Amerika wäre da doch auch drin oder? Und wer weiß schon, ob es für immer ist. Vielleicht komme ich in ein oder zwei Jahren ja auch schon zurück."

"Ich hoffe wirklich, dass das alles so klappt, wie du es dir wünschst. Du hast dir den Neuanfang redlich verdient!"

"Danke Maya. Mach dir bitte keinen Kopf und genieß mit mir meine vorerst letzten Tage in der Heimat."

"Ja, komm, lass uns nach einem Kleid sehen."

Sky nickte, machte sich aber immer noch ein wenig Sorgen um ihre beste Freundin. Sie gingen weiter den Markt entlang, als Maya sie unvermittelt in einen Stand zog.

"Das ist perfekt für dich!", rief Maya und zeigte auf ein traumhaftes Kleid. Und es war wirklich ein Traum aus Brokat und Seide. Die langen Trompetenärmel waren aus weinroter Seide, abgesetzt mit schwarzen Ziernähten und einem schwarzen Saum. Der Rock und die sehr schmal geschnittene Schulterpartie waren mit dem gleichen Stoff gearbeitet worden. Das Oberteil bestand aus einer schwarzen Brokatkorsage, welche am Rücken aufwendig geschnürt wurde. Der Ausschnitt des Kleides war tief, fast schon zu tief für Skys Geschmack, aber ihr schöner voller

Busen würde darin hervorragend zur Geltung kommen.

Es war so schön, dass Sky einfach nur da stand und es bewunderte, bis der Verkäufer sie ansprach: "Guten Morgen die Damen, ja ich sehe schon, Sie haben einen herausragenden Geschmack. Es scheint wie für Sie gemacht, Mylady. Es ist von mir selbst handgefertigt. Erst vor vier Wochen kam es über mich und ich konnte kaum so schnell nähen, wie das Kleid sich in meinem Kopf formte. Es müsste Ihnen wirklich wie angegossen passen. Ich habe es auf genau so ein Verhältnis von schmaler Taille und vollen Brüsten geschnitten. Bitte tun Sie mir den Gefallen und probieren Sie es einmal an! Ich habe noch niemanden darin gesehen, dem es so perfekt stehen würde."

Während er sprach, zog er schon das Kleid von der Puppe. Maya strahlte von einem zum anderen Ohr und nahm Sky einfach ihre Tasche ab.

"Maya, ich kann das nicht, schau doch, es ist handgefertigt. Das ist bei meinen Umzugsplänen einfach nicht im Budget drin!"

"Du musst es doch gar nicht kaufen. Einfach mal anprobieren und wohlfühlen wie eine Prinzessin", antwortete Maya und lächelte ihr zu.

"Hören Sie, ich glaube nicht, dass ich mir dieses Kleid kaufen kann. Es ist bestimmt sehr teuer."

"Nein, nein, junge Frau, bitte probieren Sie es mir zuliebe. Ich erwarte nicht, dass Sie es kaufen", beschwichtigte der Verkäufer. Er hatte das Kleid bereits abgenommen und trug es über dem Arm zu einer kleinen, provisorischen Kabine.

Sky folgte ihm zögerlich, konnte dem Kleid aber doch nicht widerstehen und probierte es an. Sie hatte es sich gerade übergestreift, als der Verkäufer schon rief: "Kommen Sie, ich schließe es für Sie."

Und schon ging der Vorhang der Kabine auf. Er drehte sie kurzerhand mit dem Rücken zu sich, zog Rücken- und Schulterpartie gerade und begann die Korsage zu schnüren. Als sie fertig war, bemerkte sie, dass Maya sie mit offenem Mund anstarrte.

"Wow", war alles, was Maya heraus brachte. Der Händler sah sie nachdenklich an und sagte dann: "Umwerfend! Ich mache Ihnen ein unschlagbares Angebot, von dem wir beide etwas haben." Sky legte den Kopf leicht schief, nickte und hörte gespannt zu.

"Dieses Kleid gehört einfach zu Ihnen. Sie sehen atemberaubend aus und wären für mich das beste Aushängeschild, das ich haben könnte. Ich habe leider bislang noch niemanden gefunden, dem dieses Kleid, welches ich als eines meiner Meisterstücke bezeichne, so vollkommen passte. Und dabei wollte ich es doch unbedingt auf der Modenschau heute am frühen Abend vorstellen. Der Deal wäre also: Sie laufen die 15 Minuten Modenschau in diesem Kleid für mich und ich überlasse es Ihnen für 200 € statt den geplanten 600 €. Was sagen Sie?" Sky überlegte kurz, sah kurz zu Maya, die eifrig nickte, und drehte sich dann zum Spiegel. Oh ja, sie musste dieses Kleid haben.

"Abgemacht", sagte sie und streckte dem Verkäufer die Hand entgegen. "Wann soll ich da sein?"

Sie klärten noch alle weiteren Formalitäten, Sky zog sich wieder um und die zwei Freundinnen verließen strahlend den Stand. Plötzlich wurde sie am Oberarm gepackt und hart herumgewirbelt. Sie prallte gegen eine harte Brust, zuckte zurück und versuchte panisch, sich frei zu machen.

"Wo zum Teufel wart ihr?", fragte Fabio ziemlich laut, doch Sky hörte ihn kaum. Das Blut rauschte so laut in ihren Ohren, dass sie die Stimmen um sich herum nicht mehr zuordnen konnte. Sie musste hier weg! Schnellstens. Die Stimme und der Griff erinnerten sie zu sehr an ihre letzte Beziehung.

"Lass sie verdammt nochmal los, du Spinner. Du siehst doch, dass du sie erschreckt hast!", rief Maya und schlug ihm gegen die Brust. Sky atmete heftig, versuchte sich zu beruhigen und zerrte immer noch an ihrem Arm, um ihn frei zu bekommen. Sie bekam kaum noch etwas mit. Ihr Blick wurde verschwommen und raste über den Platz auf der Suche nach einem Fluchtweg. Sie sah Ryan, der sie aber noch nicht entdeckt hatte und ein paar Meter weiter - Jonas. Dieser hatte sie gesehen, fixierte Fabio und kam zielstrebig zu ihnen rüber. Sky bekam von dem, was Fabio sagte nichts mit. Sie hörte nur noch das Rauschen ihres Blutes in den Ohren und dann Jonas scharfe Stimme: "Lass sie sofort los!"

Plötzlich löste sich die Hand um ihren Oberarm, Sky taumelte nach vorne und eilte in Jonas ausgebreitete Arme. Sie zitterte am ganzen Körper und stieß ihren Atem in kurzen, heftigen Stößen aus. Er hob sie behutsam auf beide Arme, murmelte beruhigende Worte und trug sie zurück zum Lagerplatz. Das Letzte, was Sky sah, bevor ihr schwarz vor Augen wurde, war Ryans verwirrter und zorniger Blick.

Sky kämpfte sich langsam an die Oberfläche des dunklen Strudels, in dem sie sich befand. Das Rauschen in ihren Ohren wandelte sich langsam in ein bekanntes Lied und Sky erkannte, dass Maya ihr Tears in Heaven vorsang. Maya hatte eine wundervolle Stimme, die Sky schon immer beruhigt hatte, und dieses Lied war eins ihrer Liebsten. Maya sang es immer für Sky, wenn es ihr schlecht ging oder sie Panik bekam. Sky würde das vermissen, wenn sie erst einmal in Amerika war.

Als nächstes fühlte sie, wie die Wärme die Kälte in ihr ablöste. Sie spürte starke, warme Arme um sich, spannte sich unwillkürlich wieder an und atmete heftiger. Doch dann drang Jonas warme, weiche Stimme zu ihr durch: "Hey, hey Kleines, ganz ruhig, ich bin's nur, Jonas, alles ok, entspann dich und hör einfach nur Maya zu. Ruhig atmen, alles wird gut."

Seine Stimme und die Gewissheit, dass Jonas nichts weiter von ihr wollte, als sie zu beruhigen, ließ sie wieder ruhiger atmen. Sie kuschelte sich tief in seine Arme, lauschte seinem Gemurmel und Mayas traumhafter Stimme.

"Wieder besser?", fragte Jonas nach einiger Zeit. Sky sah ihm in die Augen und nickte. Sie saßen am Lagerplatz, jemand hatte schon das Feuer für das Mittagessen angeheizt. Überall um sie herum geschäftiges Treiben. Ihren Zusammenbruch hatten also nicht allzu viele mitbekommen. Sky war erleichtert.

Alles war in Bewegung, nur sie saß still auf Jonas Schoß und Maya neben ihnen, die weitere wunderschöne Lieder sang, die Balsam für ihre Seele waren. Skys Blick glitt wie automatisch zum Wall. Dort oben stand Ryan und beobachtete die Szene mit zusammengezogenen Augenbrauen. *Gut, das Thema Ryan und eine Affäre hat sich dann wohl von selbst erledigt. Wer möchte schon etwas mit einem hysterischen Huhn wie mir anfangen?,* dachte Sky und war mit dem Verlauf nicht ganz zufrieden, auch wenn sie das niemals zugegeben hätte.

Sie ließ ihren Blick weiter schweifen und sah Fabio mit zerknirschter Miene und hängenden Schultern ihr gegenüber sitzen. Er sah so verloren aus, dass Sky ihm sein Verhalten gar nicht mehr übel nehmen konnte. Sie drehte sich ein kleines Stück von Jonas Schulter weg. Fabio registrierte die Bewegung und hob den Blick zu ihr. Er hatte tränenglänzende Augen und schaute so hoffnungslos drein, dass Sky gar nicht anders konnte, als vorsichtig ihre Arme nach ihm auszustrecken. Er reagierte sofort, rannte zu ihr und warf sich vor ihr und Jonas auf die Knie und in ihre Arme. Sky drückte ihn fest und Fabio zog sie an sich. Runter von Jonas Schoß, rauf auf seinen. Er murmelte währenddessen pausenlos, wie leid es ihm tat, dass er sie nicht erschrecken wollte, er sich doch nur Sorgen gemacht hatte, da sie und Maya den ganzen Vormittag wie vom Erdboden verschluckt gewesen waren. Er flüsterte ihr zu, wie lieb er sie hatte, und dass er sie auf keinen Fall verlieren wollte. Er redete bestimmt fünf Minuten ununterbrochen auf sie ein und schaukelte sie beide dabei immer vor und zurück.

Sky nahm den Kopf von seiner Brust, musterte ihn eingehend und sagte ganz leise: "Nie wieder!"

Fabio verstand sofort, das konnte Sky auf seinem Gesicht sehen. "Ich versprech's!", antwortete er. "Ich will dich nicht kontrollieren oder was auch immer. Ich schwöre es dir, Sky, das war ein Ausrutscher, wirklich, wir kennen uns doch schon so lange!"

Sky sah, wie elend ihm zu Mute war, nickte daher nur kurz, gab ihm einen leichten Kuss auf die Wange und schmiegte sich wieder in seine Arme. Als sie noch einmal zum Wall schaute, war Ryan verschwunden. Sky hatte nichts anderes erwartet, aber die fehlende Möglichkeit, die nächsten paar Tage mit einem Mann ungezwungen Spaß zu haben, versetzte ihr doch einen unerwarteten Stich.

RYAN

Ryan hatte die ganze Szene aus der Entfernung mitbekommen, er hatte gesehen, wie glücklich Sky ausgesehen hatte, als sie aus dem Stand des Kleiderhändlers trat, und er hatte gesehen wie sie zusammen gezuckt war, als Fabio sie gepackt hatte.

Nach dem Gebrüll ihres sogenannten besten Freundes, der es seines Erachtens eigentlich besser wissen sollte, stand Sky kurz vor einer Panikattacke. Ryan hatte es gleich erkannt und wollte gerade auf Fabio losstürmen, als er den wutentbrannten Jonas zu ihr rennen sah. Sky sackte in seinen Armen zusammen und wurde sehr schnell bewusstlos. Ryan haderte noch mit sich, ob er lieber Fabio eine Abreibung für sein Verhalten geben oder Sky folgen sollte, als er sah, dass Fabio bereits von den anderen Setarips in die Mangel genommen wurde.

Er folgte Maya, Jonas und Sky, blieb aber oben auf dem Wall stehen. Er wollte sich nicht einmischen. Wäre es keine so unangenehme Situation gewesen, hätte ihm der Anblick, der sich ihm bot, gefallen. Die Szenerie wirkte so harmonisch und friedvoll, dass er seinen Blick nicht mehr abwenden konnte. Er hörte Mayas bezaubernde Stimme und sah, wie Jonas Sky auf seinem Schoß wiegte. Er küsste sie von Zeit zu Zeit auf die Stirn und schien beruhigende Worte zu murmeln.

Einige Zeit später kam der Rest der Gruppe nach und nach zurück in das Lager. Sie gingen ihren gewohnten Aufgaben nach, als sei nichts passiert, als würde Sky nicht bewusstlos in den Armen von Jonas liegen. Auch Fabio schlich wie ein geprügelter Hund zurück ins Lager, setzte sich mit hängenden Schultern ans Feuer. Alle ignorierten ihn und er fühlte sich sichtlich unwohl in seiner Haut.

Sky regte sich langsam, sah sich um und er war sich sicher, dass sie ihn auch erspäht hatte. Sie wandte sich dann aber gleich an Fabio. Ryan war sich nicht sicher, was da gerade vor sich ging, aber plötzlich streckte Sky ihre Arme aus und Fabio warf sich auf den Knien hinein. Dieser Moment war so intim, dass Ryan sich beschämt abwandte. Das ging ihn auch alles nichts an. Er wollte doch nur Sex mit ihr.

Er hoffte darauf, dass sie heute Abend trotzdem anwesend seien würde, und machte sich auf in sein eigenes Lager.

SKY

Fabio schlich den ganzen Nachmittag um Sky herum und versuchte, ihr alles recht zu machen.

"Hör auf damit", sagte Sky, nachdem Fabio zum zehnten Mal wissen wollte, ob sie alles hatte, was sie brauchte. "Alles ist gut Fabio, ich bin dir nicht mehr böse."

"Wir sollten jetzt sowieso langsam los, Sky", ging Maya zwischen die sich anbahnende Diskussion.

"Du hast Recht, es ist ja schon halb 4. Lass uns nach vorn gehen", antwortete Sky, hakte sich bei Maya unter und ignorierte Fabios flehenden Blick.

"Was habt ihr denn vor, Mädels?", fragte Gregor. "Nur,

dass ich es den anderen sagen kann, wenn wieder jemand panisch ins Lager gerannt kommt und behauptet, du seiest verschwunden", zwinkerte Gregor ihr schelmisch zu. Sky freute sich, dass er alles ein wenig ins Lustige zog, so beruhigte er die ganze Gruppe und gab ihr das Gefühl, nicht allein für die gedrückte Stimmung in der Gruppe verantwortlich zu sein.

Sie lächelte zurück und sagte: "Maya und ich gehen auf den Markt, ich laufe heute bei einer Modenschau mit." Alle machten ungläubige und verdutzte Gesichter.

"Du bei einer Modenschau?", fragte Taylor, korrigierte sich aber sogleich: "Also, nicht dass du dir das nicht leisten könnest, du weißt ja selber, dass du bildschön bist, aber du willst doch sonst sogar auf Gruppenfotos lieber hinten stehen." Er hatte Recht. Sky hasste es, im Mittelpunkt zu stehen, aber für dieses Kleid hätte sie wirklich so ziemlich alles getan.

"Ich weiß, ich weiß, aber wenn du dieses Kleid siehst, wirst du mich voll und ganz verstehen. Es ist wie für mich gemacht und ich könnte es mir niemals regulär leisten. Ich bekomme es im Gegenzug für die Modenschau echt günstig! Jetzt guckt doch nicht alle so betröppelt. Maya, komm, wir gehen und euch andere sehe ich ja bestimmt später auf dem Markt", sagte Sky und ging mit Maya zum Markt.

"Ryan wird dich auch gleich in deinem neuen Kleid sehen,", grinste Maya vor sich hin.

Sky seufzte. "Nach der Aktion heute hat sich das eh erledigt. Bitte lass uns nicht darüber sprechen. Wir sind sowieso schon da." Mayas Lächeln schwankte ein wenig, sie fing sich aber gleich wieder und betrat fröhlich lächelnd den Stand des Händlers.

"Ich kann das nicht, oh Gott, Maya, mir ist übel, ich kann das einfach nicht!", quietschte Sky hysterisch.

"Natürlich kannst du das! Blende einfach alle anderen aus und denk nur an den Lohn für diese 15 Minuten im

Kreis gehen! Du siehst wunderschön aus! Das Kleid ist Wahnsinn, die Maske und diese tolle Frisur machen alles einfach perfekt. Du schaffst das, hörst du!" Sky nickte unsicher auf Mayas Trost. Sie wollte dieses Kleid und sie konnte den Händler jetzt nicht hängen lassen. Dann wurde sie auch schon aufgerufen. Sky atmete noch einmal tief durch und betrat die Bühne. *Einfach nur 15 Minuten lächeln und ausblenden!*

RYAN

Ryan und seine Freunde warteten auf ihren Auftritt, als Shane ihn anstieß und sagte: "Wow, she's amazing, schau Ryan, da ist Sky auf der Bühne, sie ist der Hammer!" Er wandte seinen Blick zur Bühne und sah seine Auserwählte. Shane hatte Recht, sie sah atemberaubend aus. Das Mieder war eng geschnürt und betonte so ihre Brüste und ihre Taille. Die Farben standen ihr ausgezeichnet. Die Haare kunstvoll hochgesteckt, sah man ihren langen Hals.

Ryan stellte sich vor, wie er hinter sie trat, sich an diesem wundervollen Hals entlang zu ihrer Schulter hinunter knabberte, während er das Mieder langsam löste. Nur so weit, dass er seine Hände vorn hinein schieben konnte, um endlich diese großen, prallen Brüste zu berühren. Allein der Gedanke daran machte ihn hart und er versuchte, seine gewaltige Erektion so in seiner Hose zu platzieren, dass er keinen dauerhaften Schaden davontrug. Gut nur, dass die Gauklerhosen immer schön locker saßen. Für eine Frau wie Sky aber nicht locker genug, wie er mit schmerzverzehrtem Gesicht feststellen musste.

Shane starrte mit großen Augen zu Sky hinauf. "Nimm sofort deine gierigen Augen von ihr, Shane, denk nicht mal daran!", knurrte Ryan.

Shane sah ihn mit einem verdutzten Gesichtsausdruck an und begann seinerseits, seine Hose zu richten. "Schon okay, Bro, hab ja nur geguckt. Mann, bei so einem Anblick kannst du mir wohl nicht verübeln, dass meine Fantasie ein bisschen mit mir durchgeht", wehrte er sich gegen das Geknurre seines Freundes.

"Das wird schon schwer genug, auch ohne dass du sie noch mit deiner forschen Art schockierst!", antworte Ryan.

"Warum? So empfindlich, die Kleine? Das ist doch sonst nicht so dein Typ."

"Oh, sie ist genau mein Typ, ich glaub, sie weiß es nur noch nicht", gab Ryan zurück. Ein verständnisvolles Lächeln breitete sich auf Shanes Gesicht auf.

"Und du willst es ihr wohl beibringen. Straffer Plan für zwei Wochen Zeit."

"Ja, aber ist ja nicht so wichtig, wir fliegen in zwei Wochen zurück nach Hause und da gibt es dann wieder mehr als genug Frauen, die alles für uns tun würden. Es ist nur einfach mal schön, das alles ohne Promi-Status zu erleben. Irgendwie echter, findest du nicht?"

"Definitiv. Also okay, ich halt mich von ihr fern, bin mit ihren zwei Freunden sowieso mehr als beschäftigt."

"Dann willst du das also länger durchziehen?"

"Jonas ist nur noch heute da und kommt dann voraussichtlich am Ende der Woche wieder. Ob Zoey ohne ihn immer noch so spaßig ist, wird sich rausstellen. Die zwei haben fast so was wie einen Konkurrenzkampf um mein bestes Stück, kannst du dir das vorstellen?"

"Na dann, Glückwunsch, Alter."

"Danke, komm, lass uns die anderen suchen. Wir sind bald dran."

Ryan warf noch einen letzten Blick auf den Laufsteg und folgte dann seinem besten Freund. Die Show ging reibungslos über die Bühne und Ryan fühlte sich super, er hatte gesehen, dass Sky ihn beobachtet hatte. Nach der Show stürmte er von der Bühne und eilte durch die Menge auf den Platz zu, an dem er Sky hatte stehen sehen. Und tatsächlich, dort stand sie noch, als hätte sie auf ihn gewartet. Er verlangsamte seine Schritte, fuhr sich durchs Haar und versuchte, so gelassen wie möglich zu wirken.

"Hi Sky, hast du auf mich gewartet?" Den gewünschten

Effekt hatte er erzielt, sie wurde beinahe augenblicklich rot und senkte ihren Blick, was sie in seinen Augen nur noch begehrenswerter machte. *So süß, so unschuldig,* dachte er und fixierte sie ungeniert mit seinen Blicken. Sie fasste sich sehr schnell wieder, atmete einmal tief durch und hob ihren Blick.

"Ja, das habe ich!", sagte sie mit bemüht fester Stimme.

Ryan lächelte sie träge an und antwortete: "Schön, wollen wir etwas trinken gehen?"

Sky nickte und sie begaben sich zur Bar. Da sie in der Menge nur sehr langsam voran kamen, legte Ryan seine Hand auf ihren unteren Rücken und schob sie vorwärts. Die Berührung durchzuckte ihn wie ein Stromschlag. Vor der Bar wurde das Gedränge enger, sodass Ryan immer mehr gegen sie gepresst wurde. Er hatte schon wieder eine Erektion und so langsam wurde er es leid zu warten. Er wollte Sky und was er wollte, bekam er für gewöhnlich.

Er ließ zu, dass er noch enger an sie gedrückt wurde, sodass seine Lenden nun ihr Hinterteil berührten. Sie zuckte zusammen, also musste sie es bemerkt haben. Sie drehte sich in der Menge halb zu ihm um, um ihm in die Augen zu sehen, dadurch gab sie aber noch mehr Druck auf seinen Unterleib und Ryan konnte ein leises Aufstöhnen nicht mehr unterdrückten. Als Sky das hörte, blitze ein belustigtes Funkeln in ihren Augen auf.

"Hmm ... der Tiger zeigt Schwäche", neckte sie ihn und Ryan konnte kaum glauben, dass es ein und dasselbe Mädchen sein sollte, das sonst schon wegen eines Blickes errötete. Er verbarg seine Überraschung gut, schenkte ihr nur ein durchtriebenes Lächeln und fragte: "Woher weißt du, dass es nicht genau so geplant war?"

Sky lächelte weiter, schüttelte über seine unverfrorene Antwort den Kopf und wandte sich wieder um. Ryan bemühte sich jetzt gar nicht mehr, auf Abstand zu bleiben, und lief mit seiner Brust und Hüfte direkt an Skys Rücken und Po. Sie erschauerte kurz, als sie seine nackte Brust an ihren nackten Schultern spürte, und Ryan genoss das

Gefühl ihres festen Hinterns an seinen Lenden.

Bis sie endlich bei der Bar ankamen, war er fast so weit, sich wie ein 15-jähriger Junge in seiner Hose zu ergießen. *Das gibt's doch gar nicht,* dachte er, *was zu Hölle macht mich so wahnsinnig scharf auf diese Frau?*

SKY

Sky war zuerst sehr verunsichert in seiner Gegenwart. Die Hand auf ihrem Rücken hatte sie viel zu bestimmend durch die Gegend geschoben und alle Alarmglocken begannen zu schrillen. Dann wurde das Gedränge enger und seine Präsenz in ihrem Nacken ließ ihr alle Härchen am Körper zu Berge stehen. Seine Wärme und sein Duft hüllten sie zusehends ein und als er sich von hinten an sie presste, war sie selbst schon leicht feucht geworden. Aber so leicht wollte sie ihn nicht davon kommen lassen. Dass auch er nicht aus Eis zu sein schien, machte sie mutiger und sie traute sich, sich umzudrehen, um ihn zu necken.

Er ging darauf ein, das gefiel ihr und ließ sie noch ein wenig mehr entspannen. Sie kamen an der Bar an und setzten sich auf zwei freigewordene Hocker. Sky wusste, dass sie vor Erregung rote Backen hatte, und wandte sich ihm daher lieber nicht zu.

"Was möchtest du trinken?", frage er mit vor Erregung dunkler, rauer Stimme. Sie musste dringend wieder runter kommen von diesem Ryan-Trip.

Etwas zur Entspannung, dachte sie und antwortete: "Seven Heaven, bitte."

Ryans Augenbraue zuckte kurz nach oben, er bestellte ihr aber ohne ein weiteres Wort den siebenjährigen Havanna mit Sprite

"Du wolltest mich sprechen?", fragte er und Sky versuchte, die Worte, die sie sich vorher zurechtgelegt hatte, wieder zu finden. *Gar nicht so leicht, wenn so ein göttlicher Mann halb nackt vor einem sitzt,* dachte sie. Und vor allem, wenn sie die Beule in seiner Hose immer noch deutlich erkennen konnte.

"Ja, ähm … hör mal, Ryan, es ist so, ich möchte keine neuen Bekanntschaften oder Freunde oder wie auch immer du das hier nennen möchtest. Ich gehe in wenigen Wochen ins Ausland und werde frühestens nächstes Jahr zurück kommen, daher …" Sky verstummte. *Das ist alles nur blödes Gestammel. Komm auf den Punkt, Sky,* schalt sie sich selbst in Gedanken.

"Daher?" Ryan grinste sie an und genoss die Situation sichtlich. Seine Arroganz ließ die Wut in ihr wieder aufsteigen. Ihre Augen wurden zu Eis und sein Lächeln entglitt ihm ein wenig.

"Daher wird das hier, was auch immer es sein mag, nicht funktionieren", schloss Sky anders als geplant, aber mit sich zufrieden, da sie dieses siegessichere Lächeln aus seinem Gesicht gewischt hatte.

"Hey Sky, jetzt übertreib mal nicht gleich. Ich habe nie behauptet, dass ich dich heiraten möchte und das hier ein ‚Und sie lebten glücklich bis an ihr Lebensende' werden würde. Ich wollte dich lediglich kennen lernen und vielleicht ein bisschen Spaß haben. Keine Verpflichtungen und ich erwarte bestimmt nicht, dass du mich anrufst oder so etwas. Ich fahr selbst in zwei Wochen zurück in die U.S.A."

"Oh, okay." Sky nahm erstmal einen Schluck ihres Getränks. Die Situation war irgendwie angespannt und es war ihr unangenehm, ihn so direkt mit diesem Thema zu konfrontieren. Ryan lächelte sein schiefes Lächeln und Sky lächelte zurück. Sie war froh, dass er das alles wohl doch nicht so ernst nahm, wie sie erst dachte.

"Gut, nachdem wir jetzt geklärt hätten, dass wir beide nicht auf der Suche nach etwas Festem sind, können wir den Abend doch genießen, okay?"

"Klar", antwortete Sky und fühlte sich zusehends entspannter.

"Also, was hast du im Ausland vor?"

"Einen Neuanfang", sagte sie nur.

"Okay, wohl auch kein gutes Thema, Leute reden normal gern über ihre Pläne." Ryan grinste etwas gequält, was Sky zum Lachen brachte.

"Warum lachst du?"

"Du hättest dein Gesicht gerade sehen sollen, dir stand quasi auf die Stirn geschrieben, dass du dir dachtest, was für eine Hexe du dir da angelacht hast", feixte sie.

"Eigentlich denke ich gerade nur daran, was du für ein wunderbares Lachen hast und dass ich es gerne öfter hören würde."

Skys Lachen verstummte und wurde zu einem kleinen dankbaren Lächeln.

"Danke. Was hältst du davon: Keine Fragen über die Vergangenheit oder die Zukunft. Wir werden einfach die nächsten zwei Wochen auf uns zukommen lassen."

"Oh Gott, meine Traumfrau! Ich hätte nicht so voreilig mit dem nicht heiraten sein sollen", gab Ryan lachend zurück. Ein volles, tiefes Lachen, das Sky einen Schauder über den Rücken laufen ließ.

"Deal", ergänzte er, immer noch breit grinsend und streckte ihr die Hand entgegen. Sie schlug ein und erwiderte lächelnd: "Deal!"

RYAN

Ryan konnte sein Glück kaum glauben. Nicht nur, dass er ihr näher gekommen war, nein, sie hatte den schwierigen Teil der Unterhaltung von sich aus angeschnitten und er stand nicht als der ‚böse Mann' da, der nur seinen Spaß mit den Frauen haben wollte. Sie war gar nicht so schüchtern wie er dachte, nur vorsichtig, soviel war ihm klar geworden. Warum das so war, wollte sie nicht erzählen, das war in Ordnung für Ryan. Er musste nicht ihre Lebensgeschichte kennen, um ein wenig Spaß mit ihr zu haben. Er nahm einen Schluck von seinem Bier und suchte nach einem Thema, das ein wenig unverfänglicher war.

"Was hast du heute noch vor? Oder ist das zu weit in die Zukunft gefragt?", wollte er von ihr wissen. Sie lachte wieder und er konnte von diesem wunderbaren Laut gar nicht genug bekommen.

"Ich sollte langsam zurück zu den anderen, bevor sie wieder einen Suchtrupp nach mir ausschicken."

"Soll ich dich, wie dein Neandertaler, über die Schulter werfen und zurück tragen?"

Wieder ein Lachen gewonnen, dachte er, als Sky abermals los prustete.

"Nein danke! Davon gibt es schon mehr als genug in unserer Gruppe! Aber du kannst mitkommen, wenn du möchtest?"

"Gern."

Sie tranken ihre Gläser aus und machten sich auf den Weg zurück zu ihrem Tisch, durch das Gedränge. Ryan ließ sich die Chance, ihr wieder körperlich nahe zu kommen, nicht entgehen und ließ ihr den Vortritt. Er lief dicht hinter ihr und konnte ihren Duft einatmen. Sie roch himmlisch. Er beugte sich dichter zu ihr, roch an ihren Haaren, die leicht nach Zitrone dufteten, und drückte ihr dann einen leichten Kuss auf den Übergang zwischen Hals und Schulter. Sie sah ihn über die Schulter an und ein kleines Lächeln umspielte ihre Lippen. Sie sah einfach hinreißend aus heute Abend und er war sich sicher, dass sie das Feuer in seinen Augen sehen konnte.

Sie kamen an die Stelle, an der sich die Leute besonders dicht drängten, und Ryan trat noch näher an sie heran. Er legte ihr vorsichtig eine Hand von hinten auf die Hüfte, nur leicht, denn er wollte nichts verspielen, was er sich bislang so mühsam erarbeitet hatte. Ryan bemerkte, wie sie sich kaum merklich anspannte, aber auch, dass sie gleich wieder nachließ. Allein ihr Geruch und die kleinen Berührungen erregten ihn mehr, als das Lap-Dance von anderen Frauen. Er drückte sich wieder näher an sie heran, wollte sie spüren lassen, dass auch der Tiger Schwächen hatte, wie sie es nannte.

Ryan drückte seinen Körper der Länge nach an ihre Rückseite und hauchte ihr gleichzeitig noch einen Kuss auf ihren Hals. Sky seufzte leise und legte ihre Hand auf seine, welche von ihrer Hüfte zu ihrem Bauch gewandert war.

"Du machst mich so heiß, Sky", murmelte Ryan an ihren Hals und ließ weitere kleine Küsse ihren Hals entlang folgen.

Sky stöhnte leise auf und drückte sich ein wenig fester gegen seinen Unterleib. Ryan konnte kaum glauben, dass er ihr so nah war, und genoss ihren Körper an seinem. Als er aufblickte sah er, dass sie das Ende des dichtesten Gedränges schon fast erreicht hatten, und hätte am liebsten noch eine extra Runde gedreht. Zu seinem Leidwesen jedoch hatte auch Sky gemerkt, dass die Massen um sie wieder weniger wurden, und löste sich langsam von ihm, was ihm einen gequälten Seufzer entlockte.

Sky sah ihn über die Schulter an und lächelte spitzbübisch. Nahm seine Hand und führte ihn zu ihrer Gruppe. Alle sahen Sky entgegen und lächelten. Als sie sahen, dass sie Ryan an der Hand führte, entglitt einigen das Lächeln, andere wurden durchtrieben. So auch das von Shane, welcher Zoey auf seinem Schoß platziert hatte und zu Ryans Freude, auch das von Maya, welche sich also offiziell als unterstützende Partie outete.

Es war nur noch ein Stuhl frei und Ryan überlegte nicht lang, setzte sich und zog Sky auf seinen Schoß. Dies hatte zwei Vorteile. Er hatte Sky nahe bei sich und nicht jeder am Tisch würde seine Erektion sehen. Sky hatte ihn auf dem Weg zu ihrer Gruppe so angeturnt, dass er nicht glaubte, noch genügend Blut in seinem Gehirn für eine anspruchsvolle Unterhaltung zu haben. Dass Sky auf seinem Schoß saß, hatte aber auch einen Nachteil. Er würde, solang sie dort saß, definitiv hart bleiben und von seiner unerfüllten Lust begannen seine Lenden jetzt schon langsam zu schmerzen.

Skys Lächeln war ein wenig gefroren, als er sie ohne zu fragen auf seinen Schoß gezogen hatte. Sie sah ihn an und er wusste, dass sie etwas vorhatte. Ihr Lächeln kam wieder, aber diesmal wirkte es schelmisch. Sie lehnte sich leicht an ihn und kam dabei mit ihrer Hüfte an seinen steinharten Schwanz. Ryan musste ein Stöhnen unterdrückten und schaffte es nur mit Müh und Not. Sie kicherte. Wieder dieses Geräusch, dass er bei jeder anderen Frau lästig fand, bei ihr aber einfach nur hinreißend klang.

Dieses durchtriebene Biest, dachte Ryan, packte ihre Hüfte und drückte sie an sich in der Hoffnung, sich damit wenigsten ein klein wenig Erleichterung zu verschaffen. Das Gegenteil war der Fall, Ryan stöhnte auf und konnte das Geräusch gerade noch an dem Stoff ihres Ärmels dämpfen. Sie lachte mittlerweile aus voller Seele und Fabios Augen schossen Blitze auf die beiden.

"Sky, hilf mir Getränke holen", sagte Fabio in wütendem Tonfall.

Skys Gelächter und auch die anderen Gespräche am Tisch verstummten sofort. Ihre Augen schossen wieder mit Eisblicken um sich und Ryan war froh, diesmal nicht Adressat dieser Blicke zu sein. Sie stand auf und ging zur Bar, ohne weiter darauf einzugehen.

"Fabio findet es wohl nicht so lustig, wenn du Trockensex mit Sky hier am Tisch hast", witzelte Shane und brach damit sofort die angespannte Stimmung am Tisch.

"Ich find's gut, wenn sie mal wieder ein bisschen Spaß hat, Ryan. Sie lacht zu wenig. Aber glaub mir, wenn du ihr weh tust, ist Fabio dein kleinstes Problem", sagte Gregor. Die Blicke aller Männer der Gruppe lagen auf ihm.

Ryan verstand die Warnung und nickte deshalb, aber er wusste ja, dass zwischen Sky und ihm alles geklärt war.

SKY

"Hast du aus heute überhaupt nichts gelernt?", fauchte Sky, sobald sie mit Fabio alleine war. "Niemand sagt mir je wieder, was ich zu tun oder zu lassen habe, Fabio! Kapier das endlich, sonst kann ich mit unserer Freundschaft, bei Gott, nichts mehr anfangen!"

Sky war so wütend auf ihren besten Freund, dass sie ihm am liebsten eine geklebt hätte. Aber auch Fabio war wütend und vergriff sich zum wiederholten Male an diesem Tag im Ton. "Was glaubst du eigentlich, was das hier werden soll? Willst du dich gleich hier von ihm auf dem Tisch vögeln lassen?"

"Halt deine verdammte Klappe! Du hast mir heute etwas versprochen, erinnerst du dich? Oder ist dir unsere Freundschaft nichts mehr wert? Du schreist mich an und betitelst mich hier mehr oder weniger als Nutte, nur weil ich ein wenig Spaß habe?"

"Sky, nein, verdammt … ich will dich doch nur beschützen!"

"Ich muss von niemandem beschützt werden und ich will es vor allem auch gar nicht. Geht das denn nicht irgendwann in deinen Schädel?"

"Sky bitte! Er spielt doch nur mit dir …"

Sky unterbrach ihn rüde: "Nein Fabio, er spielt nicht mit mir. Ich habe die Regeln ausgesucht. Es läuft so, wie ich das will und es geht dich nichts an!" Fabio fuhr sich aufgebracht durch das Haar. Und plötzlich änderte sich seine Miene von wütend zu traurig. "Ich will dich doch nur sicher wissen und bei mir haben", sagte er dann kleinlaut.

"Niemand wird mich dir jemals wegnehmen, Fabio, außer du treibst mich weg", entgegnete Sky sanft, denn auch ihre Wut konnte bei Fabios Anblick nicht standhalten.

"Es ist schon mal passiert", sagte er dann schlicht. Sky konnte die Trauer aus den Jahren ihrer erzwungenen Trennung hören.

"Ich habe es dir schon einmal gesagt. Das wird nie wieder vorkommen. Aber Fabio, auch nicht von dir! Ich werde mich nie wieder von irgendjemandem einengen lassen. So sehr ich dich liebe, ich kann und vor allem will ich das nicht mehr!" Sky sprach mit viel Nachdruck in ihrer Stimme. Sie wollte, dass er es ein für alle Mal verstand und akzeptierte.

Fabio nickte, deutlich geknickt, und wandte sich dem Barkeeper zu, um die Bestellung für die Runde zu holen. Als sie zurück zum Tisch kamen, war die Stimmung gelöst. Ryan sah sie fragend an und sie schenkte ihm ein beruhigendes Lächeln. Sie platzierte sich wieder auf Ryans Schoß und er legte ihr wie selbstverständlich den Arm um die Taille.

"Alles okay?", fragte er.

"Alles geklärt", gab sie leise zurück. "Manchmal hat er ein wenig zu viel Beschützerbedürfnisse", lächelte Sky sanft zurück.

"Da ist er nicht der einzige, hab schon eine Mahnung deiner Männer bekommen."

Ryan lachte leise über Skys schockierten Gesichtsausdruck. "Alles bestens, wir haben das geregelt."

Sie saßen eine Weile zusammen am Tisch und redeten über Belanglosigkeiten, als Ty an ihrem Tisch vorbei schlenderte.

"Hey, hier seid ihr zwei also abgeblieben!"

"Hi Ty, was gibt's?", fragte Shane.

"Wir gehen zurück zum Lager. Party", antwortete Ty mit einem Augenzwinkern.

"Wer hat Lust?", fragte Shane in die Runde. Die Partys im Lager von Fire&Ice waren legendär. Jack, Gregor, Maya und Alexa nickten, ebenso wie Zoey und Jonas.

"Wie sieht's mit dir aus?", murmelte Ryan in Skys Ohr. Sky nickte, suchte aber anschließend sofort Blickkontakt zu Fabio. Sie wollte nicht, dass er sich ausgegrenzt fühlte. Er sollte wissen, dass er bei ihr jederzeit willkommen war. Er sah ihr einige Sekunden in die Augen und nickte dann zögernd.

"Also los", sagte Ty und drehte ab in Richtung des Lagerplatzes von Fire&Ice.

RYAN

Die Sonne war bereits am Untergehen, als sie den Weg zurück zum Lager einschlugen. Ryan zog Sky an seine Seite und legte ihr einen Arm um die Schultern.

"Willst du auch wirklich mit?", fragte er, denn sie wirkte ein wenig abwesend.

"Klar, man hört ja so einiges von euren Partys!" Sie scherzte, um ihre Unsicherheit zu überspielen, da war Ryan sich sicher. Daher ging er auf ihr Geplänkel gar nicht ein.

"Hör mal, Süße, wenn dir was unangenehm ist wegen Fabio, sag's einfach, dann gehen wir woanders hin."

Sky runzelte die Stirn und schien ehrlich verwirrt zu sein.

"Warum Fabio?"

"Na, wegen dem Theater vorhin. Dass ist es doch, woran du denkst, oder?" Sie lachte auf.

"Nein, glaub mir, daran dachte ich gerade ganz bestimmt nicht", sagte sie mit einer Stimme, die ihm kalt den Rücken hinunter lief.

Auch Ryan senkte seine Stimme zu einem dunklen Raunen: "Ach nein? Woran denn dann?" Er ließ seine Hand langsam von ihren Schultern zu ihrer Hüfte gleiten.

"Wo dieser Abend enden wird."

"Wo immer du willst, Baby, wo immer du willst", beteuerte Ryan und zog sie dabei ein wenig enger an sich. Sie erreichten das Lager. Alex und Chris entzündeten sogleich die Fackeln. Wegen der zahlreichen Partys, die hier immer stattfanden, gab es viele Sitz- aber auch Liegemöglichkeiten. Ohne auf die anderen zu achten, zog er Sky zu einer der Liegelehnen weiter hinten am Zeltplatz. So waren sie nicht mitten im Geschehen und trotzdem bekamen sie alles mit. Ryan merkte, wie Sky sich verspannte und lockerte den Griff, was sie sofort zu beruhigen schien, denn sie ließ sich widerstandslos zu dem von ihm erwählten Platz führen.

Also nur nicht zu viel Druck, dachte er und meinte, das Konzept verstanden zu haben. Sie lehnten sich weit zurück, blieben aber noch in einer aufrechten Position. Ryan ließ seinen Arm hinter ihren Rücken gleiten und fing an, sanft ihre Hüfte zu streicheln.

Als zwei der Jungs ihre Gitarren holten, begann Maya zu singen und Sky stimmte kurze Zeit später mit ein. Sie hatte eine atemberaubende Stimme und Ryan hätte den ganzen Abend so dasitzen können, nur um ihr zuzuhören. Sie sangen drei Lieder zusammen, dann begann Maya ein Duett mit Gregor zu singen und Sky lehnte sich in Ryans Arm zurück und lauschte andächtig dem Gesang der beiden.

Mittlerweile war es dunkel geworden und die Stimmung um das Feuer wurde ruhiger. Auch Ryan wollte Sky nun für sich haben und begann, ganz vorsichtig ihren Hals zu küssen. Er arbeitete sich langsam bis zu ihrem Ohr vor und murmelte: "Du siehst nicht nur aus wie ein Engel, sondern hast auch noch die Stimme dazu."

Dann küsste er sich an ihrem Kiefer entlang zu ihrem Kinn vor, sah ihr unter halb geschlossenen Lidern in die Augen und küsste sie dann sanft auf den Mund. Seine Lippen an ihren, flüsterte er: "Darauf habe ich lange gewartet, Sky" und küsste sie erneut. Länger diesmal, aber immer noch sanft und andächtig. Sky schob eine Hand in seinen Nacken und vertiefte den Kuss, während Ryan seine zweite Hand auf ihren Bauch gleiten ließ. Sie seufzte leise. Ryan ergriff die Gelegenheit und schob ihr seine Zunge zwischen die Lippen. Ihre Zungen trafen sich zum ersten Mal. Umspielten sich. Neckten sich. Der Kuss wurde tiefer und intensiver und Ryan zog Sky so an sich, dass sie jetzt Brust an Brust nebeneinander lagen. Er war schon wieder völlig erigiert und stöhnte leise auf, als Skys Hüfte seine berührte. Er musste seine gesamte Willenskraft aufbringen, um nicht hier und jetzt über sie herzufallen. Das wäre definitiv zu viel für die zarte Sky. Also zog er sie nur noch ein Stückchen näher und rieb sich hin und wieder vorsichtig an ihr, wieder einmal in der Hoffnung, ein bisschen von dem Schmerz loszuwerden, den sein steinharter Schwanz ihm bescherte. Würde er noch ein paar Minuten so weiter machen, würde er kommen, ohne dass sie sein bestes Stück berührt hatte.

Ein Räuspern zog sie aus ihrer Seifenblase trauter Zweisamkeit. Sky löste sich von ihm und er hätte sie am liebsten sofort wieder an sich gezogen. "Ich gehe jetzt Sky, kommst du mit?"

Fabio, wer sonst, dachte Ryan. Er sah etwas mitgenommen aus und sah Sky mit einem traurigen Blick an. *Hündchen-Nummer,* dachte Ryan und dann, *von wegen bester Freund.*

Entweder wollte Sky es nicht sehen oder merkte es wirklich nicht. "Gregor würde noch bleiben, du könntest sonst auch mit ihm zurück", fügte er hinzu, als sie ihn nur prüfend musterte. *Das wird ja immer noch besser! Sie ist doch erwachsen und braucht bei Gott keinen Leibwächter!*

Sky nickte und Ryan dachte, sie würde bleiben, doch dann drehte sie sich aber zu ihm und sagte: "Gute Nacht, Ryan."

Sie gab ihm noch einen sanften, keuschen Kuss auf die Lippen, richtete sich auf und ließ sich von Fabio auf die Beine ziehen. Sie lächelte noch einmal und wandte sich zum Gehen. *Kein „Bis morgen"? Sie macht mich scharf, dass ich nicht mehr laufen kann, dreht sich dann einfach um und geht?* Ryan war so verdattert, dass er einfach nur zusehen konnte, wie Fabio den Arm um sein Mädchen legte und mit ihr zusammen davon spazierte.

Hier lag er nun und überlegte zum ersten Mal seit 13 Jahren, ob er sich selbst befriedigen sollte. Unglaublich!

SKY

Sky war froh darüber, dass Fabio sie unterbrochen hatte. Sie hatte sich mit Ryan in eine andere Welt geküsst. Seine leidenschaftlichen Küsse, die geflüsterten Worte und sein Körper an ihrem hatten sie so sehr erregt, dass sie alles um sich herum ausgeblendet hatte. Sie war wie im Rausch, einem Rausch, dem sie eigentlich abgeschworen hatte. Da kam Fabio gerade recht. Er verschaffte ihr Zeit, sich über ihre Gefühle und Bedürfnisse klar zu werden.

Die Aussage, dass sie auch mit Gregor zurückgehen konnte, hatte sie wütend werden lassen. Damit hatte er ihr unbewusst die Entscheidung abgenommen, denn Sky wollte nicht noch eine Szene in der Öffentlichkeit. Sie waren die Einzigen, die schon im Lager angekommen waren. Es war gerade mal Mitternacht und alle anderen feierten in den Lagern anderer Gruppen. Als sie an ihrem Schlafzelt angekommen waren, stieg Sky ohne ein Wort hinein, zog sich um und kuschelte in ihren Schlafsack. Fabio tat es ihr gleich, drehte sich dann zur Seite und wollte sich an sie schmiegen.

"Das ist jetzt wohl bitte nicht dein Ernst, Fabio", zischte Sky in die Dunkelheit. Fabio löste sich von ihr und fragte ehrlich verblüfft: "Wieso?"

"Glaubst du im Ernst, dass du mich erst anzicken kannst, weil ich ein wenig mit Ryan geknutscht habe, mir dann mehr oder weniger Gregor als Anstandsdame auf den Hals hetzen kannst, und das alles in einem Tonfall, als hätte ich deine Katze überfahren, und ich würde dann noch mit dir kuscheln wollen?" Sky wusste, dass sie mittlerweile leicht hysterisch klang, konnte ihren Zorn auf ihn aber kaum bändigen.

"Jetzt hör mal, Sky, mit ein bisschen Knutschen hatte das bei Weitem nichts mehr zu tun. Was ihr da veranstaltet habt, war eindeutig Trockensex. Das ist einfach nur billig und wirklich nicht deine Art."

"Ist es für dich denn wirklich so schwer zu verstehen, dass ich einfach ein bisschen Spaß haben möchte?"

"Nein, natürlich nicht. Ich möchte, dass es dir gut geht, aber musst du dich ihm gleich so an den Hals werfen?", frage Fabio schon ein wenig versöhnlicher.

"Wenn du damit nicht klar kommst, Fabio, dann ist das

jetzt und hier das letzte Mal, dass wir darüber sprechen. Ich will deine Meinung dazu nicht mehr hören und ich werde versuchen, in deiner Gegenwart etwas zurückhaltender zu sein. Mehr kann und will ich dir nicht entgegen kommen."

"Okay, solange du es dir bitte genau überlegst, was du tust", sagte Fabio und wollte sich wieder an sie schmiegen.

"Mach ich, versprochen. Und jetzt rück bitte ein Stück ab von mir."

"Warum? Ich dachte, wir wären uns einig und alles ist wieder gut?"

"Ist es ja auch, aber mein Körper hat noch nicht eingesehen, dass für heute Schluss ist und ist immer noch ganz kribbelig. Ich kann nicht schlafen, wenn du dich jetzt so an mich kuschelst", antwortete Sky mit einem Kichern.

Fabio stöhnte auf, drehte sich aber dann von ihr weg und murmelte: "Gute Nacht, Süße."

"Gute Nacht, Fabio."

4 WARUM NICHT?

RYAN

Ryan hatte die halbe Nacht wachgelegen. Seine Fantasie ging mit ihm durch und in seinem Kopf spielten Bilder von Sky die Hauptrolle. Er malte sich, ohne es selbst zu wollen, immer wieder Szenen aus, was er alles mit Sky machen wollte, wenn er sie erst mal in die Finger bekam. Er wusste nicht, wann er zuletzt so scharf auf eine Frau gewesen war. Er brauchte sie unbedingt, bevor die Besessenheit vom Sex mit ihr ihm noch den letzten Nerv raubte.

Shane kam im Morgengrauen und brachte den Geruch von Sex mit ins Zelt. Ryan stöhnte auf. Er lag schon wieder seit einer halben Stunde wach, da sein schmerzhafter Ständer ihn nicht schlafen ließ.

"Fuck, Ryan, du hast zu wenig Sex, wenn du mit einer Latte aufwachst", stellte Shane fest und schlüpfte vergnügt in seinen Schlafsack.

"Du nicht, so wie du stinkst", gab Ryan zurück, drehte sich auf die Seite und versuchte, wieder einzuschlafen. Er tat es auch und war sofort in erotischen Sexträumen mit Sky gefangen.

Als er ein paar Stunden später erwachte, fühlte er sich noch erschöpfter als vor dem Schlafengehen. Er beschloss, dass Sport der beste Sky-Ersatz sei, zog seine Joggingshorts an und machte sich auf den Weg, seinen Körper anderweitig auszupowern.

Danach eine kalte Dusche, dachte er, *dann ist alles wieder in Ordnung.*

Obwohl er es sich nicht eingestehen wollte, war er dann enttäuscht, dass er Sky auf seiner Runde nicht getroffen hatte. Er schnappte sich seine Duschutensilien und joggte zu den Duschen.

Er stellte sie ganz auf kalt und rieb sich großzügig ein. Beinahe sofort kamen ihm Bilder in den Kopf - Sky unter der Dusche. Fast ohne sein Zutun begann seine Hand, seinen Schwanz in langen Zügen zu wichsen. Immer wieder fuhr er mit der ganzen Faust seinen Schaft auf und ab. Es bedurfte nur einer weiteren Sky-Bilderfolge in seinem Kopf, da intensivierte er auch schon Druck und Geschwindigkeit seiner Handbewegung und ergoss sich in mehreren Schüben mit einem lauten Stöhnen an die Wand der Dusche.

Er konnte kaum glauben, dass das gerade wirklich passiert war. Er hatte sich das letzte Mal selbst befriedigt, als er 16 war. Ryan konnte nur über sich selbst den Kopf schütteln, beseitigte dann alle Spuren und rasierte sich gründlich.

Er schlenderte zurück zum Lager. Er war müde, zwar nicht befriedigt, aber zumindest ein wenig Druck hatte er abbauen können. Er hoffte, nun doch noch ein wenig schlafen zu können, um heute Abend fit zu sein für den nächsten Versuch in Sachen Sky. Shane lag auf die Ellenbogen gestützt in seinem Schlafsack, als Ryan in ihr gemeinsames Zelt kam.

"Guten Morgen Shane, gut geschlafen?"

"Jepp, bin aber noch nicht fertig. Wollte nur einen Sky Bericht, bevor ich die nächste Runde antrete. So wie du heute ausgesehen hast, bist du wohl nicht zum Schuss gekommen?"

"Nein, dieser verdammte Fabio hat mir dazwischen gefunkt." Shane nickte nur.

Ryan runzelte die Stirn und fragte: "Alles okay, Shane?"

"Jo. Jonas geht heute. Denke, dass ich dann erst mal ne Zoey-Pause mache. Ich bekomm die kleine Brünette auch nicht aus dem Kopf. Die macht mich schon tierisch an!"

"Wer, Maya?"

"Jepp, genau die."

"Ich muss dich enttäuschen, Shane, aber dieser Zug ist definitiv abgefahren."

"Wie meinst du das?"

"Nun, sie war ja durchaus interessiert an dir, als du sie aber nach wenigen Augenblicken gegen Zoey und Jonas eingetauscht hast, war sie ein wenig sauer."

"Also erstens, mal ehrlich, wer wäre auf dieses Angebot nicht eingegangen? Ich meine, du kennst doch meine Vorliebe für Dreier und die zwei sind echt heiß und unkompliziert. Und zweitens, woher willst du wissen, dass sie sauer ist?"

"Naja, sie nannte dich gestern meinen bösen Zwilling und Satans Sohn ... denke, da ist nicht mehr viel zu deuten."

"Hast recht. Gut, dass du es mir jetzt gesagt hast, noch hab ich Zoey nicht abgeschossen", grinste Shane und legte sich dann zurück auf seine Matte.

"Lass uns noch ein bisschen schlafen, Bro", sagte er noch, als er schon die Augen schloss.

SKY

"Es ist so schade, dass du schon wieder gehen musst!", jammerte Sky, als Jonas mit seinen gepackten Koffern vor ihr stand. Er nahm sie fest in den Arm und sagte: "Jammern verbrennt keine Kalorien, Süße."

"Ich weiß doch, aber ich hatte viel zu wenig von dir, weil du dauernd mit Shane und Zoey unterwegs warst!"

"Ich versuche, wirklich so schnell wie möglich wieder hier zu sein!"

"Ja, aber wenn du ehrlich bist, nicht wegen mir", antwortete Sky leicht eingeschnappt.

"Du bist selbst mehr als beschäftigt mit deinem Playboy! Und doch, ich komme genauso wegen dir zurück. Wer weiß schon, wie lang ich dich noch zu Gesicht bekomme, bis du in die große, weite Welt entfliehst."

Sky bekam sogleich ein schlechtes Gewissen. Sie wusste, dass sie die meisten von ihnen nach Talin nicht mehr sehen würde. Ihr Flug ging bereits eine Woche später und sie hatte nicht vor, sich groß zu verabschieden. Sie hasste Abschiede und drückte sich davor, wo sie konnte. Nur um Maya würde sie auf keinen Fall herum kommen, da Sky ja momentan bei ihr wohnte.

Dass jetzt alles so schnell ging und sie innerhalb kürzester Zeit eine Anstellung gefunden hatte, hatte sie nicht erwartet. Sie wusste zwar, dass sie einen hervorragenden Ruf in der Marketing-Branche in Deutschland hatte, dass ihr das aber die Jobsuche in Amerika so extrem erleichtern würde, hätte sie nie erwartet. Ihr neuer Job würde sehr vielfältig sein. Die Firma JB-Industrials war vielschichtig und hatte viele unterschiedliche Standbeine. Die Marketingabteilung arbeitete spartenübergreifend, sodass sie Erfahrungen in den unterschiedlichsten Branchen sammeln konnte. Sie sah ihre neue Arbeit als Meilenstein in ihrer Karriere und war sich im Klaren darüber, welche Zukunftschancen ihr diese Anstellung eröffnete. Als Jonas weiter sprach, fand Sky zurück in die Unterhaltung.

"Jetzt komm, mach dir nicht so einen Kopf! Ich komme auf jeden Fall noch mindestens einen Tag hierher!"

"Okay, ich hab dich lieb, Jonas, das weißt du, oder?"

"Natürlich Süße, und du weißt es von mir genauso." Damit ließ er sie los, verabschiedete sich von den anderen, bevor er sich mit einem letzten Winken umwandte und ging.

"Hier Kaffee für dich, Süße, du siehst grauenvoll aus." Maya drückte Sky einen Becher in die Hand.

"Oh, vielen Dank", antwortete sie sarkastisch und sprach dann weiter: "Ich hatte auch eine Wahnsinns Nacht und Jonas Abschied macht es nicht besser."

"Ach komm schon, heute Mittag ist doch schon die große Schlacht, da siehst du dein Herzblatt bestimmt. Jonas hat doch soeben versprochen, dass er wiederkommt!"

"Ja, du hast ja Recht. Hab einfach nur schlecht geschlafen, das ist alles."

"Komm, wir ziehen uns an, machen unsere Haare und dann können wir auch schon gehen und unseren Platz einnehmen."

Sky stimmte zu. Da sie nur Landsleute waren, mussten sie nicht an der Schlacht teilnehmen und konnten alles von ihrem Platz aus genießen. Als alle für den Nachmittag fertig waren, zogen sie gemeinsam los. Sie liefen langsam zum Marktplatz, da sie noch ein wenig zu früh waren. Dort eingetroffen, bestellten sie sich Essen und Getränke, scherzten und lachten gemeinsam in der großen Runde. Jack sah über Skys Schulter hinweg und fragte dann: "Sind die eigentlich alle so arm, dass sie sich keine T-Shirts leisten können?"

Sky runzelte verwirrt die Stirn, als sie aber Zoeys Augen aufblitzen sah, wusste sie bereits, wer da im Anmarsch war. Es stellte sich nur die Frage, ob es der böse Zwilling oder das Doppelpack war.

Zuerst spürte sie seinen Blick auf sich ruhen, als er dann hinter ihren Stuhl trat, spürte sie die Wärme, die von seinem Körper ausging. Er beugte sich nach vorne und stützte sich mit den Händen auf der Tischplatte vor Sky auf. Sie wurde eingerahmt von seinen Armen zu jeder Seite und seinem Körper hinter ihr. Seltsamerweise fühlte sie sich aber nicht eingesperrt, wie es normalerweise der Fall gewesen wäre. Das Einzige woran sie denken konnte, war, was für anbetungswürdige Unterarme dieses

Prachtexemplar hatte.

Sky stand auf schöne Arme, aber diese hier waren wirklich perfekt. Muskulös, braun gebrannt, dicke Adern und viele kleine Narben, die wohl von kleineren Unfällen bei seiner Show stammten. Seine Arme waren ihr bislang noch nicht so extrem aufgefallen, aber nun wollte sie gern jede einzelne seiner Adern mit ihrer Zunge nachzeichnen. Sky wurde aus ihrem Tagtraum gerissen, als sie seinen Atem unmittelbar neben ihrem Ohr spürte. Seine Stimme war dunkel und volltönend.

"Hallo meine Schöne, wie geht es dir?" Sämtliche Haare an Skys Körper stellten sich ruckartig auf.

"Gut", brachte sie schon fast stotternd hervor.

"Wollen wir uns etwas zu trinken holen?", frage Ryan mit nun auch schon rauer Stimme. Sky konnte nur noch nicken. Sie stand auf und folgte ihm automatisch zu der Bar an der anderen Seite des Marktplatzes.

Als sie außer Sichtweite der anderen waren, zog Sky an Ryans Arm und zwang ihn so, stehenzubleiben. Er sah sie fragend an. Sky machten einen Schritt auf ihn zu, stellte sich vor ihm auf die Zehenspitzen und streifte seine Lippen mit ihren.

Ryan zögerte nur kurz, als hätte er nicht erwartet, dass sie von sich aus auf ihn zukommen würde. Aber sie konnte keine Sekunde länger warten. Sie intensivierten den Kuss und als Ryans Zunge ihre Unterlippe berührte, stöhnte Sky auf, bevor sie es verhindern konnte. Er nutzte diese Gelegenheit sofort aus und schob ihr seine Zunge in den Mund. Ihre Zungen streichelten sich, während Ryans Hände langsam von ihren Schultern zu ihrem Kopf wanderten und ihn zwischen seinen Händen fixierte. Noch einmal vertiefte er den Kuss, ehe er wenige Zentimeter von ihr abrückte.

"Ich hatte schon befürchtet, du hättest es dir anders überlegt", sagte er dann, obwohl das Feuer in seinen Augen die sanften Worte Lügen strafte.

"Nein, ich hatte nur ein Versprechen einzulösen." Ryan

runzelte verwirrt die Stirn und Sky seufzte: "Fabio hat mich mehr oder weniger darum gebeten."

RYAN

Ryan traute seinen Ohren kaum. *Hat der Drecksack doch glatt die Frechheit besessen, Sky so zu manipulieren,* dachte er. Nun ja, er würde auch so an sein Ziel kommen. Sky hatte ihm ja gerade bewiesen, dass sie sich dadurch nicht abhalten lassen würde.

"Komm, lass uns etwas trinken gehen", sagte er nur. Er wollte nicht, dass Fabio zu einem noch größeren Thema wurde.

Sie gingen wieder quer durch die Massen und Ryan zögerte nicht und presste sich sofort wieder von hinten an sie. Sie lehnte sich zurück, ließ ihren Kopf an seine Schulter fallen und sich von ihm durch die Menge schieben. Sie musste seine Erektion, die sich schon wieder bei ihrem Kuss angebahnt hatte, an ihrem Hintern spüren. Ihre festen Backen rieben bei jedem Schritt verführerisch an seinem harten Schwanz.

"Oh Gott Sky, ich bin so scharf auf dich", beichtete er mit rauer Stimme dicht an ihrem Ohr. Sky stöhnte leise auf und drückte ihren Po noch dichter an ihn heran. *Sie steht wohl auf Dirty Talk,* dachte Ryan und beschloss, seine Theorie gleich noch weiter auszutesten.

"Ich konnte die ganze Nacht kein Auge zu machen, weil ich immerzu daran denken musste, wie sich dein süßer Knackarsch an meinem Schwanz anfühlte."

Wieder wurde er mit einem Stöhnen und einem Druck ihres Hinterteils belohnt. "Ich habe mir beim Duschen vorgestellt, wie du gebückt vor mir stehst, die Hände an die Wand gestemmt und ich mit meinen zum Bersten gefüllten Schwanz immer wieder von hinten in dich stoße." Er packte ihre Hüften und drückte seinen langen Schaft in ihre Po-Ritze, um sich ein wenig Erleichterung zu verschaffen.

"Oh Gott, Sky, es fühlt sich schon in Gedanken so verdammt gut an, dass ich beinahe augenblicklich kam. Du machst mich verrückt, Frau!" Sie krallte sich in seine Hand, die mittlerweile auf ihren Bauch gewandert war, um ihren Körper so fest wie möglich an sich zu drücken.

Sie standen jetzt schon mitten in der Menge und waren so von unerwünschten Blicken geschützt. Ryan konnte der Versuchung nicht widerstehen, packte Skys Rock und zog ihn langsam nach oben. Am Ende angekommen, legte er seine Hand auf ihren Oberschenkel, ließ sie nach vorne an dessen Innenseite wandern und von dort aus nach oben. Als er die Stelle zwischen ihren wunderschönen Schenkeln erreichte, konnte er nur noch fluchen.

"Fuck, Sky, du bist so wahnsinnig nass."

Wieder ein Stöhnen. Ryan konnte nicht mehr widerstehen und schob seine Hand an ihrem winzigen Höschen vorbei.

Oh Gott, diese Frau bringt mich um, dachte er, als er spürte, dass dieses so unschuldig wirkende Mädchen einen mikroskopisch kleinen Stringtanga trug. Er fuhr mit zwei Fingern an ihren nassen Schamlippen entlang, biss dann leicht in Skys Ohr und murmelte hinein: "Klatschnass und blank rasiert, willst du mich hier und jetzt in den Wahnsinn treiben?" Er spielte mit seinen Fingern an der Öffnung ihrer Pussy, befeuchtete sie mit ihrem eigenen Saft und ließ sie dann weiter zu ihrer Klitoris wandern.

Gut versteckt unter ihrem Rock, trieb er Sky immer weiter in Richtung Höhepunkt. Sie kreiste mit ihren Hüften und er konnte jede ihrer Bewegungen durch die dünne Gauklerhose direkt an seinem harten Schwanz spüren. Er war mittlerweile so scharf, dass er gar nicht mehr anders konnte, er steckte zwei seiner Finger in sie, übte mit dem Handballen noch einmal Druck auf ihre Klitoris aus und sie kam beinahe augenblicklich. Er schaffte es gerade noch, ihren Schrei mit seiner freien Hand zu stoppen. Sie verbiss sich in seine Hand und ihre Muschi zog sich in Kontraktionen so eng um seine Finger zusammen, dass er befürchtete, sie könnten brechen. Ihr Po an seinem Schwanz und der Gedanke daran, es würde sein Schwanz sein, der in ihr steckte, genügte, um auch ihn zu einem gewaltigen Höhepunkt kommen zu lassen. Ryan biss in Skys Schulter, um seinen Schrei zu dämpfen, und hinterließ dabei einen deutlich sichtbaren Bluterguss an ihrer Schulter.

Sie bemerkte den Schmerz nicht, zu sehr gefangen in ihrer eigenen Ekstase. Schwer atmend standen sie beide da, bis Ryan sich einige Minuten später wieder gefangen hatte und seine Hand langsam unter ihrem Rock hervor zog. Sky lehnte noch immer leicht zitternd an ihm und hauchte ihm ein WOW entgegen.

"Ich bin ganz deiner Meinung", brummte er ihr ins Ohr, konnte sich aber selbst nicht erklären, wann er wieder zu einem Teenager mutiert war, der sich in seine Hose spritzte.

Als sie sich wieder ein wenig gefasst hatte, schob Ryan sie vorsichtig weiter in Richtung Bar, bestellte ihr einen Seven Heaven und sich selbst ein Bier, obwohl es erst vier Uhr nachmittags war.

Er zog sie wieder an sich und Sky kuschelte sich an seine Brust. Eigentlich war er nicht der Typ zum Kuscheln. Doch diese Erfahrung war auch für ihn neu und daher gestattete er sich dieses kleine Zeichen von Schwäche, was postkoitales Kuscheln für ihn bedeutete.

SKY

Oh mein Gott! Ich bin gerade mitten unter Hunderten von Menschen an Ryans Hand gekommen! Sky konnte es noch gar nicht fassen, dass sie das zugelassen hatte. Dass sie das zulassen konnte. Dass sie sich in seinen Armen so gehen lassen konnte, dass sie einen Orgasmus – und was für einen! – mitten unter all diesen Menschen haben konnte. Ihre Gedanken rasten. Seine Berührungen machten sie schwach, eine Art von Schwäche, die sie nicht zulassen wollte. Nicht zulassen konnte.

Sie brauchte Zeit zum Nachdenken. Dringend! Und jemanden, dem sie sich anvertrauen konnte. Fabio fiel definitiv aus. Sky konnte zwar immer noch nicht verstehen, warum er so von der Rolle war oder was er gegen Ryan hatte, aber ein Gespräch mit Fabio über Ryan war undenkbar.

Jonas war leider mit seinem Fotoshooting beschäftigt. Er könnte noch am besten nachempfinden, was Sky bewegte. Und Maya, nun, Maya war zwar ihre beste Freundin, wenn es aber um Ryan ging, hatte Sky das Gefühl, das Maya eher auf Ryans Seite stand und ihr immer zuraten würde. Vielleicht kompensierte Maya dadurch auch ihr eigenes Verlangen nach Shane – ob sie es nun abstritt oder nicht.

So oder so musste sie erst mal von ihm wegkommen, denn an ihn gelehnt drehten sich ihre Gedanken nur im Kreis. Der Engel in ihr rief immer nur: "Lauf, lauf!", doch der Teufel sagte immerzu: "Nimm mit, was du kriegen kannst." *Oder anders herum? Mit sich selbst zu diskutieren, ist einfach müßig,* dachte Sky. *Erst mal hier weg, nur wie?*

Sie befreite sich langsam aus Ryans Umarmung und nahm ihren Drink in die Hand. Eigentlich wollte sie nur einen Schluck von dem Havanna nehmen, trank dann aber das ganze Glas auf einmal leer. Das brachte ihr nur eine gehobene Augenbraue von Ryan ein. Sky bekam sofort ein schlechtes Gewissen, ärgerte sich aber im nächsten Moment darüber und schob den Gedanken von sich. Sie war ihm keine Rechenschaft schuldig. Ja, er hatte ihr einen wundervollen Orgasmus besorgt, was aber nicht hieß, dass er irgendwelche Ansprüche stellen durfte.

"Ich muss mal kurz zu Maya", sagte Sky leise und traute sich nicht, ihm in die Augen zu sehen. Sie war sicher, dass ihr Fluchtgedanke in ihren Augen zu lesen war. Sie richtete ihren Blick auf seinen Bauch - und was für ein Bauch das war! Sie bekam sofort wieder weiche Knie und malte sich aus, wie sie mit ihren Fingern und ihrer Zunge die Furchen seines Six-Packs nachzog.

"Um was zu tun, Sky?", fragte Ryan ruhig und mit einem Tonfall, der klar machte, dass er verstand, was sie vorhatte. Sky wand sich ein wenig, sie hatte vergessen, ihre fadenscheinige Ausrede weiter zu planen, nachdem sie über seine Bauchmuskeln nachgedacht hatte.

Denk nach, Sky, schneller, denk nach! Scheiße, wie soll ich aus dieser Nummer wieder raus kommen?

Ryan legte ihr einen Finger unter das Kinn und zwang sie, ihm in die Augen zu sehen. Was er sah, schien ihm nicht zu gefallen, denn er runzelte unwillig die Stirn. Dann drehte er sich zum Barkeeper und bestellte ihr noch einen Drink.

"Wir gehen erst mal zu mir an den Tisch", sagte Ryan so bestimmend, dass Sky unwillkürlich nickte. Sofort darauf ärgerte sie sich über sich selbst und versteifte sich, als er sie am Ellenbogen packen wollte. Mit weicher Stimme setzte er ein 'Bitte' hinzu und packte erneut ihren Ellenbogen. Dieses Bitte stimmte Sky friedlicher und sie ließ sich von ihm durch die Menge dirigieren.

Am Tisch von Fire&Ice angekommen, stellte er ihre Getränke ab und verscheuchte mit einem einzigen Blick einen schlanken, jungen Mann von seinem Stuhl. Er setzte sich und zog sie, ohne lang zu fackeln, auf seinen Schoß. Sky erstarrte erneut. Er wurde immer herrischer und sie fühlte sich immer mehr in die Ecke gedrängt.

"Sorry", murmelte er in ihr Haar, was Sky etwas milder stimmte. Immerhin merkte er, dass er sich nicht richtig verhielt.

"Wer ist dein Mädchen, Ryan?", fragte eine zierliche Rothaarige mit leicht bissigem Unterton.

Eine ehemalige Geliebte?, rätselte Sky, bekam aber keine Antwort geliefert und wollte auch nicht nachfragen. Es ging sie ja gar nichts an. Eifersuchtsstich hin oder her, er war nicht ihr Freund.

Ryan antwortete ihr nicht direkt, sondern sagte in die Runde: "Jungs, das ist Sky. Sky, das sind Alex, Chris, Ty,

Jason, Logan, Dave, Tom, Luce, Brandon, Mat. Und Shane kennst du ja sowieso schon."

Sky war sehr wohl aufgefallen, dass er die Frauen auf den Schößen oder an den Seiten der Männer mit keinem Wort erwähnte, konnte sich aber keinen Reim darauf machen. Sie stellte die Frage gedanklich hinten an und lächelte freundlich in die Runde.

Die begehrlichen Blicke der anderen bemerkte sie ebenfalls, tat aber so, als würde sie das nicht. Sie wollte keine ungewollte Aufmerksamkeit auf sich lenken. Beziehungsweise, nicht noch mehr, denn sie fühlte sich ein wenig wie ein Insekt unter einem Mikroskop.

Ein weites Spektrum an Fragen und Gefühlen lag in den Blicken der am Tisch versammelten Gruppe. Eifersüchtige oder gar feindselige Blicke der Frauen. Fragende, musternde oder begehrliche Blicke der Männer in der Runde. Sogar von jenen, die eine Frau auf dem Schoß hatten, was Sky nur noch mehr verunsicherte. Sie musterte angestrengt ihre eigenen Hände in ihrem Schoß und hoffte, dass die Inquisition bald vorüber sein würde. Während Sky sich in ihrer eigenen Gefühlswelt befand, begann Ryan angeregte Gespräche mit den anderen Männern zu führen.

Als sie sich sicher war, dass die allgemeine Aufmerksamkeit von ihr weg und hin zu anderen Themen gezogen war, hob Sky vorsichtig ihren Kopf und blickte in die Runde. Die Frauen waren allesamt ausnehmend schön. Es war von allem etwas dabei, von klassischer Schönheit bis hin zur Sexbombe, von Blond über Braun zu Rot. Und doch hatten alle etwas gemeinsam. Sie saßen hier wie Deko. Sie bauchpinselten das Ego der Männer am Tisch, schmiegten sich an sie und lächelten zuckersüß, solange sie nicht eins der anderen Mädchen mit Blicken erdolchten.

An manchen der Männer hingen sogar zwei Frauen, die ihn von jeder Seite anhimmelten. Und ganz sicher war Ryan eine der Hauptattraktionen am Tisch. *Wenn Blicke töten könnten, würde ich augenblicklich von Ryan Schoß fallen,* dachte Sky und wand sich ein bisschen unter der Feindseligkeit der anderen Frauen.

Ryan packte ihre Hüfte fester und murmelte in ihr Ohr: "Lass das, außer du möchtest zu Ende bringen, was du gerade beginnst."

Sky erstarrte sofort und erntete dafür ein volltönendes Lachen von Ryan, was ihr wieder erstaunte Blicke der gesamten Runde einbrachte. Als die anderen sich nach wenigen Momenten wieder ihren Gesprächen zu wandten, fragte Sky: "Warum hast du mir die Frauen nicht vorgestellt?"

Ryan zuckte nur lässig die Schultern und antwortete: "Ich kenne sie nicht und ich werde sie auch nicht kennenlernen. Sie werden eine oder mehrere Nächte mit uns im Spotlight sitzen und wieder verschwinden, als wären sie nie da gewesen."

Sky war erstaunt über seine Ehrlichkeit. Es wäre leichter gewesen zu lügen, stattdessen hatte er sie mit der unangenehmen Wahrheit konfrontiert. Sie war zwar nicht glücklich über diese Erklärung, aber sie leuchtete ihr ein. Ihr kam es ja selbst so vor, als würden all die Frauen von den Fire&Ice angezogen wie Mücken vom Licht. Daher nickte sie nur und erntete dafür ein anerkennendes Lächeln von Ryan.

"Ich hol uns noch was zu trinken", lächelte Ryan sie an und tätschelte ihren Po, um ihr zu bedeuten aufzustehen. Sky witterte ihre Chance zur Flucht, allerdings nur so lang, bis er neben ihr stand, ihr tief in die Augen sah und sagte: "Wenn du auch nur auf die Idee kommst, dich vom Acker zu machen, laufe ich dir hinterher, werfe dich wie deine Neandertaler-Freunde über die Schulter und schleppe dich hierher zurück!"

Sky schluckte, nickte und setzte sich auf den Stuhl, den er frei gemacht hatte. Die Gespräche am Tisch waren wieder verstummt und die Blicke aller Anwesenden wanderten mit den unterschiedlichsten Gefühlslagen zwischen Ryan und ihr hin und her.

Der Mann neben ihr, Alex, wenn sie sich richtig erinnerte, wandte sich ihr zu und fragte: "Und Sky, was treibst du so?" Sie verstand nicht, was er meinte und war auch eigentlich noch mit sich selbst und dem Chaos in ihr beschäftigt, mit dem Ryan sie hinterlassen hatte. Aus Unsicherheit zuckte sie nur mit den Schultern, gab keinen Ton von sich und blickte immer wieder von der Runde zu Boden und zurück.

"Ah, verstehe", sagte der andere Typ, Ty oder Tom? Egal, denn in dem Augenblick, als er durch die Menge grinste, schlug Skys Unsicherheit in Wut um. Sie blitze ihn mit Eisaugen an. Er zuckte zusammen, was Alex wiederum zum Lachen brachte, ehe er prustend sagte: "Ich auch!"

Anscheinend verstehen es alle außer mir, dachte Sky und war außer sich vor Wut. Sie schäumte immer noch innerlich, als Ryan mit ihren Getränken zurück kam. Sie erhob sich trotzdem, ließ sich ihn setzen und machte gute Miene zum bösen Spiel. Sie lächelte zuckersüß und bedankte sich artig. Setzte sich zurück auf seinen Schoß und schmiegte sich genauso an ihn, wie die anderen Frauen am Tisch. Ryan runzelte die Stirn, sichtlich verwirrt von ihrem Verhalten.

Sky wartete, bis die Gespräche am Tisch wieder in Gang kamen und sie merkte, wie Ryan sich unter ihr wieder entspannte. Da richtete sie sich auf und sagte zuckersüß: "Ryan, ich muss kurz mal für Prinzessinnen."

Okay, vielleicht ein bisschen dick aufgetragen. Um den Worten die Schärfe zu nehmen, schickte sie ein Augenrollen, bezogen auf die Frauen der Runde, nach und stand auf. Ryan lachte wieder kurz auf und gab ihr einen Klaps auf den Po.

Sky drehte sich um und steuerte die Toiletten an. Sobald sie außer Sichtweite war, änderte sie den Kurs und ging zum Tisch der Setarips. Sie setzte eine gequälte Miene auf und sagte in einem leidenden Ton: "Mir geht's gar nicht gut, Maya. Ich möchte mich hinlegen. Würdest du das Ryan ausrichten, wenn du ihn siehst? Ich hab ihn irgendwie aus den Augen verloren."

Der besorgte Gesichtsausdruck ihrer Freunde bescherte ihr ein höllisch schlechtes Gewissen, aber sie hätte es keine fünf Minuten mehr am Tisch von Fire&Ice oder auch in Ryans Nähe ausgehalten.

"Klar, kein Thema, soll dich jemand begleiten?", fragte Maya sofort.

"Nein danke, ich muss mich einfach nur ein wenig hinlegen."

"Okay, ich sehe nachher nach dir."

RYAN

"Warum zum Teufel hast du sie uns vorgestellt?", fragte Chris, sobald Sky außer Hörweite war. Ryan, der ihr immer noch hinterher starrte, erwachte aus seiner Trance.

"Sie ist etwas Besonderes", war seine einzige Antwort. Verwirrte Blicke trafen ihn, aber Ryan konnte nur mit den Schultern zucken. Er wusste ja selbst nicht, was ihn da geritten hatte. Die Frauen in der Runde waren Anhängsel, jederzeit austauschbar, und das wurden sie auch regelmäßig.

"Sie hat was", ließ Alex verlauten und erntete von Ryan nur ein geknurrtes 'NEIN!'

"Vergiss es, er hat sogar mich abblitzen lassen. Für die gesamten zwei Wochen!", mischte sich Shane in die Unterhaltung ein. Ryan war genervt von dem Thema, denn solang er keine Antwort für sein Verhalten hatte, konnte er sich auch den anderen nicht erklären.

Sein Blick wanderte wieder zu den Toiletten. Sky war vorhin so friedfertig gewesen. Und sie war schon verdammt lange unterwegs.

Er wurde unruhig und wandte sich an seine Freunde: "Was habt ihr zu ihr gesagt, als ich weg war?"

"Eigentlich nichts. Alex hat gefragt, was sie so macht", antwortete Chris und ließ Ryan damit das erste Mal zusammen zucken. *Keine Fragen,* hallte es in Ryans Kopf. Ob man das allerdings als Frage werten konnte? Nein, war seine Antwort darauf. So verrückt war nicht mal Sky.

"Und sonst?"

"Nichts. Wir wussten alle, was du an ihr findest, als sie sich so unter unseren Blicken gewunden hatte. Und als sie Sekunden später die Wildkatze raushängen ließ und Chris fast mit ihren Blicken erdolcht hätte, war auch Alex unserer Meinung", antwortete Jason. Ryan stöhnte laut auf. Diesen Blick kannte er. Und er verhieß nie etwas Gutes!

"Mach dir doch nicht so einen Kopf, Süßer, ich bin gern bereit, dir den Abend zu versüßen …", schnurrte ihm eine der Gruppenschlampen ins Ohr. Ryan war nur genervt von ihrer Anmache, runzelt unwillig die Stirn und schob sie von sich. Sie blitze ihn verärgert an, doch Ryan war das mehr als egal.

Er stöhnte noch einmal auf und sagte dann: "Vielen Dank, Jungs, ihr habt mir soeben einen verdammt guten Fick versaut!"

Entrüstetes Quieken von der weiblichen Fraktion und bedauernde oder verständnislose Blicke von der männlichen.

"Sie ist leider ein bisschen zu klug für eure nicht geraden subtilen Untertöne", fügte er erklärend hinzu. Nun waren alle Blicke schuldbewusst.

"Ich geh sie suchen", brummte Ryan und ärgerte sich über seine Freunde, denen man nicht mal für wenige Minuten ein halbwegs intelligentes Mädchen anvertrauen konnte.

"Tut mir leid, Mann!", rief Ty ihm nach. Er hörte im Weggehen noch einige „Sorry“ von seinen Kumpel, von denen er sich aber auch nichts kaufen konnte. Vor allem aber keine Sky! Nach einer Viertelstunde und unzähligen Gesprächen mit Leuten, die ihn erkannten, war er endlich am Tisch der Setarips angekommen.

"Hey Leute", rief er betont fröhlich in die Runde. "Habt ihr Sky gesehen?"

Gregor musterte ihn scharf, sodass Ryan Mühe hatte, seine fröhliche Miene zu halten. "Ihr war nicht gut", meinte dieser dann und ließ Ryan dabei nicht aus den Augen.

"Oh, okay, dann werde ich mal nach ihr sehen", war Ryans Antwort. Er versuchte, sich seinen Ärger nicht anmerken zu lassen.

"Brauchst du nicht, Fabio ist mit ihr gegangen. Maya sucht dich bereits, da Sky meinte, wir sollten es dir ausrichten, falls wir dich sehen. Sie hätte dich aus den Augen verloren." Sein Blick war immer noch lauernd, wie der eines Raubtiers, das auf den Fehler seiner Beute wartet. Doch Ryan war zu gut in diesem Spiel, um sich etwas anmerken zu lassen.

"Okay, super. Danke! Dann schau ich einfach morgen mal nach ihr."

Innerlich musste Ryan die Zähne zusammenbeißen. Sie hatte ihn mit seinen eigenen Waffen geschlagen. Sie hatte sich zähneknirschend seinen Anweisungen bezüglich seiner Abwesenheit gebeugt. Und war ihm dann mit einer List entwischt. So ein Luder! Aber so leicht kam sie ihm nicht davon. Er wollte sie und er würde sie bekommen. Koste es, was es wolle!

Er verabschiedete sich von der Gruppe und ging zurück zu seinem Tisch. Seine Laune war so weit in den Keller gerutscht, dass sogar die Mücken, wie Sky sie nannte, ihn heute in Ruhe ließen. Lang hielt er es nicht mehr in der Runde aus. Keiner seiner Freunde fragte nach dem Grund seines frühen Abtauchens. Sie wussten es alle besser. Und da sie mehr oder weniger Auslöser des Desasters waren, hielten sie sich ausnahmsweise vornehm zurück.

5 GROSSES VERSTECKEN

SKY

Sky hatte geschlafen wie eine Tote. Der sensationelle Orgasmus am vorangegangenen Nachmittag und die emotionale Erschöpfung durch das viele Nachdenken hatten sie völlig geschlaucht. Das Schlafzelt war bereits leer, als sie erwachte, und sie sah verwundert auf die Uhr. Bereits fast 12 Uhr. So lange schlief sie normalerweise nie.

Gut so, dachte sie, so wurde ihre angebliche Krankheit wenigstens glaubwürdiger. Sie hatte das Gefühl, dass nicht alle ihr das abgenommen hatten. Fabio kam am gestrigen Abend nach und hatte sich an sie geschmiegt. Sky hatte so getan, als würde sie schlafen, da sie keine Lust auf das Verhör hatte, das unweigerlich gefolgt wäre.

Auch jetzt genoss sie einfach nur die Stille im Zelt, kuschelte sich wieder tiefer in ihren Schlafsack und schlummerte mit den Gedanken an den Vortag wieder ein.

Ihr kam es vor, als wären nur wenige Minuten vergangen, als sie einen sanften Kuss auf ihrer Stirn fühlte.

"Hey, wach auf, Süße!" Fabios Stimme, erkannte Sky, als sie aus ihrem Dämmerzustand erwachte.

"Hmm?", murmelte sie.

"Wir machen uns ein wenig Sorgen um dich, Schätzchen, sollen wir einen Arzt rufen?", fragte Gregor und in seiner Stimme klang echte Sorge mit. Nun wachte Sky endgültig auf. Gregor machte sich nie Sorgen, um niemanden. Außer es ging um Nina, seine kleine, stille Adoptivschwester. Ansonsten war er immer gut gelaunt und optimistisch. Wenn sogar er sich Sorgen machte, hatte sie sich eindeutig zu lange in ihrer Traumwelt eingenistet.

"Nein, nein, alles okay!", antwortete Sky, noch immer mit schläfriger Stimme. Außer Fabio und Gregor waren auch noch Maya, Jack und Taylor im Schlafzelt. Sie runzelte die Stirn.

"Was macht ihr denn alle hier?", fragte sie dann.

"Pfff, Sky, wir haben drei Uhr nachmittags und du Frühaufsteher schläfst immer noch!", war Mayas Kommentar.

"Oh, entschuldigt bitte! Ich glaube, mein Körper holt sich nur gerade, was er die letzten Monate nicht bekommen hat", bemühte Sky sich krampfhaft um eine plausible Ausrede für ihr Verhalten.

"Natürlich Süße, verstehen wir doch", beschwichtigte Jack, doch Sky konnte sehen, dass die anderen ihr nicht glaubten. Sie gähnte herzhaft und streckte sich wohlig, wie eine zufriedene, fette Katze, und sagte dann: "Ich glaube, ich muss einfach mal einen Tag nichts tun!"

Auch dafür erntete sie den ein oder anderen ungläubigen Blick, schließlich jedoch nickten alle und ließen sie wieder allein mit ihren Gedanken. Allerdings war da immer noch der Teufel in ihr, der ihr sagte, sie solle sofort zu Ryan gehen und da weitermachen, wo sie gestern stehen geblieben waren. Nur eben unter Ausschluss der Öffentlichkeit.

Sie blieb den Rest des Tages in ihrem Schlafsack. Auch am Abend traute sie sich nicht hervor aus Angst, jemand könnte ihr auf die Schliche kommen. Ihre Freunde kamen im Laufe des Nachmittags immer wieder einmal zu ihr. Mal um sie zu unterhalten, mal um ihr etwas zu Essen oder zu Trinken zu bringen. Sie war ihnen einerseits dankbar für ihre Fürsorge. Andererseits wollte sie einfach nur ihre Ruhe haben, um ihre Gedanken zu sortieren. Zudem war es ihr unangenehm, allen so viele Sorgen zu bereiten, obwohl es ihr doch eigentlich gut ging und sie lediglich über ihr Verhalten am Vortag hinwegkommen wollte.

RYAN

Ryan war früh aufgestanden und Laufen gegangen in der Hoffnung, Sky zu erspähen. Fehlgeschlagen!

Er schlich den ganzen Tag immer wieder über den Wall hinweg und hielt Ausschau nach ihr. Fehlgeschlagen!

Er war schon kurz davor, in ihr Lager zu spazieren, als er Maya am späten Nachmittag traf.

"Hi, wie geht's Sky?", fragte er sie prompt.

"Sie ist ziemlich erledigt und schläft schon den ganzen Tag", antwortete diese und musterte ihn, wohl auf verräterische Anzeichen von Schuld oder ähnlichem. Da kann sie lange suchen!, dachte Ryan, denn er wusste, dass seine Gesichtszüge rein gar nichts verrieten.

Maya nickte, als wäre sie mit seiner Reaktion zufrieden. Ihr Ausdruck öffnete sich ein wenig und sie sprach weiter: "Sie schläft viel und sagt, dass sie den Tag nutzen wolle, um ihre Akkus aufzuladen."

Das stimmte nicht ganz, da war Ryan sich sicher. Irgendetwas verheimlichte Maya von ihm. Aber er war sich gleichfalls sicher, dass dieses etwas nichts mit ihm in Person zu tun hatte.

"Kommt sie heute Abend mit vor?", erkundigte er sich. Mayas Lächeln wurde weich.

"Nein, sie meinte, dass sie lieber liegen bleiben würde." Nach einer kurzen Pause fügte sie hinzu: "Aber sonst werden alle gehen. Wir haben unser jährliches Gruppengespräch mit dem Veranstalter. Du weißt ja, Anwesenheitspflicht für alle."

Definitiv eine Verbündete, dachte er.

"Danke", sagte Ryan und konnte ein verschwörerisches Grinsen nicht unterdrücken. Maya lächelte ebenso zurück und wandte sich zum Gehen. Zurück in seinem eigenen Lager waren die meisten anderen seiner Freunde auch wieder unter den Lebenden.

"Na, wie geht's deiner Holden?", fragte Alex, der noch sehr verschlafen drein blickte. Ryans Blick verfinsterte sich.

"Ich hab sie noch nicht gesehen, seit ihr sie so glorreich vertrieben habt."

"Jetzt sei doch nicht so. Konnte doch keiner ahnen, dass sie so empfindlich ist und du gleich die Krise bekommst, wenn Prinzessin Sky abzittert", konterte Luce.

"Mein Gott Luce, hast du nicht kapiert, dass sie sich über die hohlen Weiber am Tisch lustig gemacht hat?", schaltete sich nun auch Ty in das Gespräch mit ein.

"Ne, war beschäftigt, sorry. Aber du hast Recht, glaube ich", grinste Luce .

"Wir brechen um fünf Uhr auf nach vorne. Du hast also noch eine Stunde, um dich auch ein wenig auszuruhen, bevor wir die nächste Runde starten", sagte Alex zu Ryan. "Okay, bin nach der Show aber nicht mehr mit von der Partie, ich will dann zu Sky."

Allgemein zustimmendes Nicken und dann als Antwort von Ty: "Bring sie das nächste Mal ruhig wieder mit, wir werden uns dann auch zu benehmen wissen!"

Die Show lief einwandfrei, obwohl Ryans Gedanken immer wieder zu Sky wanderten. Sie klatschten einander ab und Ryan nahm noch einen kurzen Drink mit ihnen.

Auf der Treppe zu den Räumen der Veranstalter, sah er die Setarips. Das war seine Chance. Er kippte den Rest des Biers hinunter und machte sich auf den Weg.

Das Lager der Setarips lag verlassen da. Ryan schlich zum Schlafzelt, um nach Sky zu sehen. Sie lag tatsächlich in ihren Schlafsack gekuschelt auf der Seite. Das Gesicht ihm zugewandt und die Beine an den Körper gezogen. Sie sah so zerbrechlich aus, dass es ihm wehtat.

Ryan schlüpfte in das Zelt und legte sich vorsichtig neben sie. Er streichelte ihr vorsichtig die Wange und hauchte ihr einen Kuss auf die Stirn. Ihre Augenlieder flatterten.

"Ryan?", murmelte sie ungläubig.

"Guten Morgen Prinzessin, gut geschlafen?"

"Was machst du hier?"

"Nach dir sehen. Du warst ganz schön lange auf der Toilette", feixte er. Sky errötete und murmelte ein Sorry vor sich hin.

"Ich hab mir Sorgen um dich gemacht", gestand er. Verwirrt schaute sie auf.

"Warum?"

"Ehrlich? Du bist einfach abgehauen! Und dabei waren wir noch lang nicht fertig!" Sky errötete noch mal und versuchte, ihren Kopf im Schlafsack zu vergraben. Aber das konnte er nicht zulassen. Kurzerhand zog er den Reißverschluss mit einem Ruck auf und wollte gerade mit darunter kriechen, als er Skys Körper sah und erstarrte.

Sein 'WOW' und ihr 'Was soll das?', kamen zeitgleich.

Sie riss ihm den Schlafsack aus den Händen und mummelte sich sichtlich beschämt darin ein. Ryan versuchte, aus seiner Starre zurück zu finden. Sie trug lediglich einen BH und einen äußerst knappen String. Beides aus schwarzer Spitze, gegen die sich ihre Haut blass abhob. Ryan hatte selten einen so perfekten Körper gesehen, zumindest das, was er in den wenigen Augenblicken erhaschen konnte.

Perfekte, volle Brüste, eine schmale Taille und einen flachen Bauch. Weibliche Hüften und makellose Schenkel. Wahnsinn! Innerhalb weniger Augenblicke war er schon wieder steinhart geworden. Er rückte näher an sie heran und schob sich langsam zu ihr unter den Schlafsack.

"Hast du Besuch erwartet?", fragte er sie scheinheilig, um sie von seinem Vorhaben abzulenken.

"Gott, nein, aber weißt du, wie heiß es mittags hier drin wird?"

"Verstehe. Aber weißt du, wie heiß mir gerade wird? Mann, Sky, dieser Anblick hat mich ruck zuck hart gemacht." Mit diesen Worten war er an ihrem Rücken angekommen und drückte seine Erektion an ihre Pobacken. Sie lagen jetzt in Löffelchenstellung und Ryans Hand lag auf ihrem Bauch. Die andere hatte er unter ihren Kopf geschoben, sodass dieser drauf ruhte.

"Was machst du nur mit mir?", murmelte er in ihr Haar.

"Gar nichts! Ich wollte doch heute nur ausspannen, als du hier einfach aufgetaucht bist!"

Ryan begann, sanft ihren Bauch in großen Kreisen zu streicheln. Sky seufzte wohlig auf.

"Ich konnte nicht anders. Du hast dich in meine Gedanken geschlichen und ich bin seit Tagen so spitz auf dich, dass ich mich gestern sogar in meine Hose ergossen habe." Mit diesen Worten drückte Ryan sie noch mal an sich und rieb seinen Schaft an ihrer Pospalte. Sogar der dünne Stoff der Gauklerhose war ihm zu viel Trennung zwischen ihnen. Er spürte die heiße Haut ihres Rückens und wollte sie auch an seinem Schwanz spüren.

"Ich will dich, Sky!" Er ließ seine Hand höher wandern, bis er ihre Brust streifte. Sie gab ein unterdrücktes Stöhnen von sich, was er als Einladung betrachtete, und streifte dann sogleich über ihre volle Brust. Die Brustwarzen hatten sich bereits aufgerichtet und drückten gegen den Stoff ihres BHs. Sky stöhnte wieder unterdrückt auf und bog sich seiner Hand entgegen.

Ryan konnte sich nicht mehr halten, nahm ihre ganze linke Brust in die Hand und drückte leicht, aber bestimmt zu. Er konnte sie gar nicht ganz umfassen. Sie waren fest, aber doch weich und warm.

"Mein Gott, Sky, deine schweren Titten fühlen sich atemberaubend an!", raunte er ihr ins Ohr und leckte anschließend über ihr Ohrläppchen. Sie erzitterte. Ryan ging noch einen Schritt weiter. Er nahm ihre steil aufgerichtete Brustwarze zwischen Daumen und

Zeigefinger und kniff kurz zu. Wieder ein Stöhnen. Es wurde immer schwerer, sich zu beherrschen, doch er mahnte sich zur Geduld. Er spielte ein wenig mit ihren Brüsten, dann ließ er seine Hand wieder zum Bauch wandern.

Sie wand sich an ihm und Ryan rieb seinen steil emporragenden Schwanz an ihr , um sich Erleichterung zu verschaffen. Seine Hand wanderte noch tiefer und legte sich dann mit leichtem Druck auf ihren Venushügel. So fixierte er ihren Unterleib, um sich kräftiger an ihrem Po reiben zu können.

Immer wieder küsste er ihren Hals und ihre Schulter und murmelte: "Du machst mich verrückt, Sky. Du machst mich so scharf, dass ich mich kaum noch beherrschen kann. Ich kann den ganzen Tag an nichts anderes denken, als mich in deiner klatschnassen Pussy zu versenken." Mit diesen Worten schob er seine Hand unter den Saum ihres Höschens und ließ seine Finger über die glatt rasierten Schamlippen gleiten.

"Fuck, du bist schon wieder so nass! So unglaublich nass! Ich will dich schmecken, Sky! Ich will den Saft deiner Pussy auf meiner Zunge, wenn du kommst!"

Sky stieß ein kehliges Stöhnen aus und drehte sich auf den Rücken. Mehr Einladung brauchte er nicht. Er schob den Schlafsack beiseite und bewunderte ihren Körper.

"Ich habe nie zuvor eine schönere Frau gesehen", raunte er ihr zu und zog die Körbchen ihres BHs herunter, sodass ihre Brüste darüber quollen. Er nahm eine der steil aufgerichteten Brustwarzen in den Mund, umspielte sie erst mit der Zunge und nuckelte dann kräftig daran. Die andere Hand streichelte währenddessen ihre zweite Brust und kniff immer wieder in die harten Spitzen. Sie bog ihm ihren Oberkörper entgegen. Ryan musste innehalten, um sich dieses Bild zu verinnerlichen. Wie sie da lag und ihr Körper um Mehr bettelte. Das leise Wimmern. Es war ein herrlicher Anblick.

Er küsste sich über ihren Hals zu ihrem Ohr vor und

raunte ihr kehlig zu: "Irgendwann werde ich dich richtig um Mehr betteln hören, aber für heute genügt es, wenn dein Körper dich verrät." Sie stöhnte wieder auf.

Oh ja, Sky steht auf dreckiges Bettgeflüster. Er küsste sich die Linie ihres Kiefers entlang zu ihren Lippen und schob ihr dann seine Zunge in den Mund. Sie küssten sich leidenschaftlich, während Ryan seinen Unterleib gegen ihren presste. Er begann, sich wieder an ihr zu reiben und schlug mit seiner Zunge denselben Takt an. Er führte dieses Spiel einige Minuten fort, bis er glaubte, es selbst nicht mehr ertragen zu können.

Dann küsste er sich wieder zurück über ihren Hals, verweilte noch einmal bei ihren wundervollen Brüsten. Liebkoste sie und biss dann leicht in die Spitzen. Sky schrie unterdrückt auf und krallte sich in seinen Haaren fest.

"Du magst es hart", murmelte er lächelnd und biss gleich noch mal hinein. Sie wand sich wieder und hob ihm in einer stummen Aufforderung den Unterleib entgegen. Ryan drückte sie mit den Händen an ihren Hüften zurück auf den Boden.

"Nicht so ungeduldig, du kleine Wildkatze." Er küsste sich weiter nach unten vor, verweilte kurz an ihrem Bauchnabel, während seine Finger mit dem Saum ihres Strings spielten. Er zog daran und Sky hob sofort ihr Becken, um ihm das Ausziehen zu erleichtern. Er spielte kurz mit dem Gedanken, sie noch ein wenig zappeln zu lassen, konnte seine eigene Ungeduld dann aber nicht zügeln und zog ihr den winzigen Slip aus. Unbemerkt steckte er ihn in seine Hosentasche. Ein kleines Souvenir von Sky wollte er auf jeden Fall haben.

Er fuhr mit seinen Händen die Innenseiten ihrer Schenkel hinauf und folgte seinen Händen mit einer Spur von Küssen. Skys Atem wurde immer abgehackter, sie wurde Wachs in seinen Händen. Als er mit seinem Gesicht zwischen ihren Schenkeln ankam, stockte ihm der Atem.

"Du bist so wunderschön hier unten, Sky. Und du riechst einfach hinreißend. Ich werde dich jetzt kosten,

Prinzessin." Dann senkte er seinen Mund auf ihre Mitte und Sky stöhnte laut auf. Er leckte und saugte an ihr und als er einen Finger in sie schob, kam sie mit einem Schrei zu einem atemberaubenden Höhepunkt. Ryan richtete sich auf und beobachtete, wie ihre Wellen abklangen. Er beugte sich über sie, küsste sie sanft und flüsterte: "Ich kenne nichts, das so schön ist wie du in diesem Moment, Honey."

Er zog sich seine Hose aus und rollte sich das Kondom aus seinem Geldbeutel über. Ryan senkte sich wieder zwischen ihre Beine und küsst sie noch einmal. Er streichelte weich ihren noch übersensiblen Körper und wartete, bis ihre Erregung wieder gestiegen war. Er vertiefte den Kuss und ihre Bewegungen wurden wieder leidenschaftlicher. Als sie anfing, ihre nasse Spalte an seinem zum Bersten gefüllten Schwanz zu reiben, stöhnte er laut auf.

"Ich kann nicht mehr warten Sky!"

"Dann tu es nicht." Es war das erste Mal, dass sie etwas zu ihm sagte. Allein der Klang ihrer Stimme, rau, sexy und heiser, hätte ihn beinahe explodieren lassen. Er sah ihr in die Augen und drang langsam in sie ein.

"Fuck Sky, du bist so heiß, so nass und so verdammt eng!" Ryan musste auf halber Strecke innehalten. Sowohl, um ihr nicht weh zu tun, als auch, um wegen der ungewohnten Enge nicht sofort zu kommen. Er zog sich langsam aus ihr zurück, nur um gleich noch einmal in sie einzudringen. Mit jedem Schub versenkte er sich tiefer in ihr und verharrte noch einmal, als er bis zum Anschlag in ihr steckte.

"Alles okay?", fragte er sanft und ehrlich besorgt, da er das Gefühl hatte, zu groß für sie zu sein. Sie nickte und bewegte dann ihr Becken in einer stummen Aufforderung, sich endlich in ihr zu bewegen. Er quittierte ihre Ungeduld mit einem Knurren und einem tiefen Stoß. Sie erzitterte und stöhnte leicht auf und auch Ryan war bereits hart an seiner Grenze. Er küsste sie zärtlich, doch der Kuss wurde schnell leidenschaftlicher und Ryan begann, sich vorsichtig in ihr zu bewegen. Sie wurden schnell energischer in ihren Bewegungen und Sky kam ihm mit jedem Stoß entgegen. Es dauerte nicht lang und sie bebte in einem gewaltigen Höhepunkt, der auch Ryan über die Klippe stieß. Er kam mit einem lauten Schrei und brach dann schwer atmend über ihr zusammen.

Ihre Herzen schlugen um die Wette. Ryan richtete sich auf den Unterarme auf, um sie von der Last seines Körpers zu befreien. Er küsste sie zart, rollte sich dann auf die Seite und zog sie an seine Brust. Sie atmeten beide noch schwer und Ryan streichelte sanft über Skys Rücken.

Nach einiger Zeit, Ryan war gerade dabei, vollauf befriedigt einzuschlafen, sagte Sky leise: "Du musst gehen."

Ryan konnte die Bedeutung ihrer Worte erst nicht verstehen. Als sie dann zu ihm durchsickerte, sah er sie an.

"Du musst gehen", wiederholte sie mit Nachdruck.

"Das ist ein Gemeinschaftszelt, Ryan, wir haben hier keinen Sex!" Er lachte auf.

"Das ist tatsächlich dein Ernst, oder? Wir hatten gerade atemberaubenden Sex in besagtem Gemeinschaftszelt, und du wirfst mich quasi, kaum dass ich nicht mehr in dir bin, vor die Tür." Sky errötete und sah dabei so niedlich aus, dass er gar nicht anders konnte, als sie zu küssen. Dann grinste er schelmisch und sagte: "Du gefällst mir von Minute zu Minute besser, süße Sky."

Er stand auf und zog sich seine Hose an. Er wusste sowieso nicht, was ihn dazu getrieben hatte, mit ihr kuscheln zu wollen. Aber dass eine Frau es ihm jemals so einfach machen würde zu verschwinden, konnte er kaum glauben. Er beugte sich noch einmal über sie und küsste sie erneut.

"Das war der Hammer, Sky! Ich freue mich auf eine Wiederholung. Bis morgen Prinzessin, schlaf gut!"

Er hörte Sky noch seufzen, als er das Zelt verließ, und grinste in sich hinein. Dieser Urlaub wurde stetig besser.

"Oh, da hat einer den Fick des Monats bekommen", tönte es ihm im Lager entgegen. Ryan ärgerte sich über den vorlauten Chris. Nicht, dass es nicht gestimmt hätte, aber dieser Ton in Bezug auf Sky gefiel ihm überhaupt nicht.

Er packte Chris hart am Hals und knurrte: "Halte deine Klappe! Das geht dich verdammt nochmal einen Scheißdreck an!"

"Wow, Bro, mach mal langsam, ich hab doch nur Spaß gemacht, wie immer!"

"Keine dummen Sprüche über Sky, das gilt für euch alle." Ryan ließ Chris los und legte sich auf eine der Liegen am Feuer. Die Stimmung heiterte sich wieder auf, als der Rest der Gruppe mit den Frauen für den heutigen Abend zum Lager kam. Shane gesellte sich kurz Zeit später zu ihm.

"Was hört man da über dich? Hast Chris gepackt?"

"Lass gut sein, Shane. Ich will nur kein blödes Gequatsche von euch!"

"Passt, aber würdest du einfach allen erklären, warum du so empfindlich bist, sobald es um Sky geht, würden sie es bestimmt lassen."

"Ich weiß, Shane. Es gibt viele Gründe und doch keinen. Ich lass es dich wissen, sobald ich es herausgefunden habe. Hör mal, ich will ein bisschen dösen. So wie Chris schon ganz richtig erfasst hat, hatte ich gerade tatsächlich ziemlich perfekten Sex. Bin aber noch nicht dazu gekommen, ein bisschen durchzuschnaufen, da Sky mich quasi rausgeworfen hat. Also lass mich ein bisschen in Ruhe, okay?"

Shanes dröhnendes Lachen schallte über den Lagerplatz. "Ich verstehe wirklich immer besser, was du an ihr findest ", grinste Shane weiter. Er klopfte Ryan auf die Schulter und ging zurück zum Feuer. Ryan genoss die Ruhe, ließ seine Gedanken noch einige Zeit um Sky kreisen und schlummerte schließlich ein.

SKY

"Sky, wir sind zurück vom Gruppengespräch. Wie geht's dir?", schallte Mayas Stimme von draußen zu ihr. Sky hatte das Zelt bereits gut gelüftet und alle weiteren verräterischen Spuren ihres Treffens mit Ryan vernichtet.

"Besser, danke. Irgendetwas Neues vom Boss?"

"Nein, nur das Übliche. Kein Müll, keine Plastikflaschen, alles authentisch für die Touristen, bla bla bla. Die gleiche Leier wie jedes Jahr", antwortete Maya, während sie ins Zelt gekommen war.

Sie sah Sky prüfend an, grinste und sagte: "Möchtest du über irgendetwas reden?" Sky errötete und schüttelte den Kopf.

"Hmm, dann lass es mich anders formulieren. Was hast du mit Ryan getrieben, als wir weg waren?" Sky versuchte, ihren Kopf in den Schlafsack zu stecken, als Maya sagte: "Ich könnte meine Spekulationen natürlich auch mit dem Rest der Gruppe durchgehen." Da setzte Sky sich abrupt auf.

"Nein! Okay … ja, wir hatten Sex. Es war fantastisch. Wir planen, es wieder zu tun. Reicht das?"

"Fürs Erste. Ich geh ans Feuer, willst du mit?"

"Nein, ich bin müde." Maya nickte ihr nur noch einmal zu und verschwand. Sky schlief schnell ein.

6 ZU ZWEIT UND DOCH ALLEIN

SKY

Der Vormittag im Lager der Setarips war unspektakulär. Skys Teammitglieder waren alle ziemlich verkatert, da sie am Vorabend noch lange zusammen am Feuer getrunken hatten. Zum Mittagessen kochten sie sich eine Suppe und lagen dann satt und zufrieden in der warmen Sonne.

"Ich brauche ein Konterbier, sonst noch jemand?", fragte Fabio in die Runde. Einige gaben ein zustimmendes Brummen von sich, andere verzogen angewidert das Gesicht. Fabio stand auf und verteilte die Getränke. Anschließend kam er mit seiner Bierflasche zu Sky hinüber und ließ sich neben ihr nieder.

"Wie geht's dir heut, Süße?"

"Besser. Aber du siehst ziemlich fertig aus", grinste Sky ihn an.

"Ja, das letzte Bier muss irgendwie schlecht gewesen sein", gab Fabio gequält zurück.

"Ich habe gehört, dass John heute und morgen doch frei bekommen hat und kommt, um mit uns seinen Geburtstag zu feiern", sagte Sky und drehte sich dabei auf den Bauch. Sie faltete ihre Hände unter ihrem Gesicht und legte den Kopf, mit Blickrichtung zu Fabio, auf ihren Händen ab.

"Ja, er kommt gegen fünf Uhr, dann gehen wir gemeinsam nach vorn und feiern mit ihm auf dem Markplatz. Heute Abend spielt die Band. Das ergibt sich ganz gut für seine Feier."

"Gut, dann sollten wir uns wohl langsam fertig machen. Wir haben immerhin schon drei Uhr und die meisten von euch haben es noch nicht mal bis zur Dusche geschafft." Fabio verzog das Gesicht.

"Stimmt, ich stinke wie ein Bär mit Bierfahne. Ich mach mich wohl besser auf!" Sky schaute ihm nach, als er im Zelt verschwand.

Sky entschied sich für ein schulterfreies, dunkelblaues Kleid mit eingearbeiteter Korsage. Es war wunderschön, lang und aufwändig bestickt. Maya musste es ihr anziehen, da sie die Schnürung am Rücken alleine nicht geschafft hätte. Sie steckten sich gegenseitig noch die Haare auf und schminkten sich dezent.

"Zoey, alles in Ordnung mit dir?", fragte Sky ihre Freundin, die irgendwie blass wirkte.

"Ja, ich hoffe nur, dass das mit John heute nicht allzu merkwürdig wird."

"Warum denn?"

"Naja, wir haben uns ja nicht gerade im Guten getrennt."

"Er wird bestimmt kein Drama machen." Zoey lächelte Sky dankbar an und entspannte sich ein klein wenig.

Kurze Zeit später tauchte John mit einem breiten Grinsen am Lagerplatz auf. Die Gruppe sang zusammen Happy Birthday für ihn und sie stießen alle zusammen mit einem Glas Sekt an. Alle umarmten John und beglückwünschten ihn zu seinem Geburtstag. Dann war Sky an der Reihe.

"Happy Birthday, John. Schön, dass du es geschafft hast", murmelte Sky ihm ins Ohr, während sie ihn fest umarmte.

"Schön, dich mal wieder hier zu sehen, Sky. Wir haben dich vermisst die letzten beiden Jahre", antwortete er. Sky schaute ihm in die Augen.

"Ja, es war eine schwere Zeit für mich. Aber jetzt ist alles vorbei und ich will nur noch nach vorne sehen."

"Verstehe ich. Ich wünsch dir viel Glück dabei, dass du das Richtige für dich findest im Ausland."

"Danke! Und du hast deinen Traumjob gefunden, hab ich gehört?"

"Ja, Traumjob auf jeden Fall, aber leider ist es mit dem Urlaub nicht mehr ganz so einfach. Ich bin aber froh, dass ich diese zwei Tage bekommen habe und so wenigstens mit euch zusammen feiern kann."

"Du hast Recht. Jetzt überlass ich dich mal noch den restlichen Gratulanten und dann gehen wir gemeinsam zum Marktplatz." Sie drückten sich noch einmal kurz und Sky machte den Weg für die anderen frei.

Am Marktplatz angekommen, tranken sie gemeinsam und genossen die Show. Sky verfolgte gespannt den Auftritt von Ryan und seinen Freunden. Die Mischung aus Feuer und Akrobatik gefiel ihr jedes Mal wieder. Die Jungs sahen allesamt umwerfend aus in ihren lockeren Hosen und den freien Oberkörpern. Wie sie da oben auf der Bühne standen, hätten sie genauso gut auf einem Casting für Männer-Unterwäsche-Models sein können. Sky war überwältigt von dem Anblick.

"Mir ist bis jetzt gar nicht aufgefallen, dass die gesamte Gruppe von Fire&Ice aussieht, als kämen sie direkt von einer Modelagentur", sagte Sky, als sich die Gruppe auf der Bühne gerade nebeneinander aufstellte, um sich zu verbeugen.

"Du hattest ja auch nur Augen für Ryan", kicherte Maya und stieß sie spielerisch mit dem Ellenbogen in die Seite. Ryan suchte soeben ihren Blick und grinste ihr schelmisch zu, ehe er von er Bühne sprang und ihre Richtung ansteuerte.

"Hast du dir etwa einen aus der Feuergruppe geangelt, Sky?", stichelte John. Sky errötete und Fabio verzog sein Gesicht zu einer ärgerlichen Grimasse.

"Okay, Antwort genug", lachte John auf und hob das Glas, um abermals mit allen anzustoßen.

RYAN

Die Stimmung war gelöst und alle waren schon leicht angeheitert, als Ryan den Tisch erreichte.

"Hi Leute, wie geht's?", grüßte Ryan die Runde. Er beugt sich zu Sky, gab ihr einen Kuss auf die Stirn und hob sie kurzerhand hoch, um sich auf ihren Stuhl zu setzen und Sky auf seinen Schoß zu nehmen. Ryan grinste und Sky lächelte ein wenig unsicher. Offensichtlich hatte er sie mit seiner offenen Vertrautheit überrumpelt. Doch er hatte keine Lust, dieses Katz und Maus Spiel wieder von vorne zu beginnen. Er war gestern weit gekommen und wollte heute genau dort anknüpfen, wo sie stehen geblieben waren.

"Hi Süße, alles klar?", fragte er Sky und küsste sie kurz auf die Lippen. Sie wand sich ein wenig und nickte dann knapp.

"Ja, wir feiern heute Johns Geburtstag", antwortete sie und zeigte auf einen blonden, gutaussehenden Mann. Ryan musterte ihn kurz, war sich dann aber sicher, dass er keine Konkurrenz für ihn darstellte.

"Na dann, alles Gute, John. Ich hoffe, du lässt dich ordentlich feiern!"

"Danke Mann! Ich hol noch eine Runde, dann können wir gemeinsam anstoßen." Ryan zog Sky noch ein wenig näher zu sich und raunte ihr mit rauer Stimme ins Ohr: "Du siehst bezaubernd aus heute."

"Danke", antwortete sie kurz.

"Was ist los?"

"Fabio … ich hab ihm versprochen, nicht dauernd vor seiner Nase mit dir zu flirten."

"Du flirtest mit mir? Momentan kommt es mir eher so vor, als würdest du mich abblitzen lassen", entgegnete er. Dann sagte er etwas ernster: "Komm schon Sky, was soll das? Ich dachte, ihr seid Freunde. Warum sollte er dann über dein Leben bestimmen?"

Sky runzelte nachdenklich die Stirn und nickte dann zögernd. *Gott sei Dank, sie kommt zur Vernunft!*, dachte Ryan, als Sky sich ein wenig an ihn lehnte.

John kam mit den Getränken zurück und Sky drehte sich ein wenig, um zwei Drinks für sie vom Tablett zu nehmen. Sie lehnte sich wieder zurück und gleich darauf nach links, um mit Maya anzustoßen.

Dieses Links, Rechts, Vor, Zurück ging eine ganze Zeit lang weiter, da Sky immer wieder aufgefordert wurde, mit irgendjemandem aus der Gruppe anzustoßen. Ryan sah das Grinsen und die wissenden Blicke einiger Männer und beobachtete, wie sie Spaß dabei hatten, ihn zu quälen und Sky immer wieder zum Anstoßen aufzufordern. Er wurde von Mal zu Mal härter und seine Hose spannte zusehends über seiner Erektion. Ryan packte Sky fest an Hüfte und Oberschenkel und zog sie hart gegen seinen Unterleib. Sie zuckte zusammen, als sie seine Erektion an ihrer Seite fühlte.

"Hör auf, so herumzuzappeln, wenn du nicht vorhast, demnächst mit mir ins Zelt zu gehen und mit mir zu vögeln, bis er wieder ohne Probleme in meine Hose passt."

Sky lehnte sich grinsend an ihn, küsste die Linie seines Kiefers zu seinem Ohr entlang und flüsterte in sein Ohr: "Du wirst noch etwas warten müssen, Tiger. Wir müssen heute Johns Geburtstag feiern, da kann ich jetzt noch nicht einfach verschwinden!"

"Oh Gott, geh runter von mir, Hexe, ich muss mich erholen!", antwortete Ryan und gab ihr einen Klaps auf den Po.

SKY

Sky kicherte. Sie fühlte sich ein wenig berauscht von den Drinks und der Tatsache, dass Ryan so sehr auf sie stand, dass allein ihre unschuldigen Bewegungen auf seinem Schoß ausreichten, um ihn zu erregen.

Sie ging lachend zu Maya, um mit ihr auf die Musik der Band des Abends zu tanzen. Sie tanzte, lachte und trank eine ganze Zeit lang mit jedem aus der Gruppe und der Abend verging wie im Flug.

Als sie später wieder eng und aufreizend mit Maya tanzte, raunte diese ihr ins Ohr: "Er zieht dich gerade mit seinen Blicken aus. Ich glaube nicht, dass er sich noch lange beherrschen wird."

Sky blickte zu Ryan, der in diesem Moment aufstand und auf sie zu schlenderte. Er lief betont lässig und hatte ein Lächeln im Gesicht. Mit seinem Auftreten konnte er Sky aber nicht täuschen. Sie sah das Raubtier in seinen Augen. Er trat hinter sie und zog sie an ihren Hüften an seine Brust. Sie schmiegte sich an ihn, lehnte ihren Kopf zurück an seine Schulter und ließ ihren Po lasziv gegen seine Lenden kreisen. Er küsste ihre Halsbeuge und flüsterte in ihr Ohr: "Wir werden nicht mehr lange hierbleiben, wenn du so weitermachst, Süße."

"Wer sagt denn, dass ich das will?", fragte Sky und drückte sich abermals an ihn.

"Ich kann den ganzen Abend an nichts anderes denken, als dir dieses Kleid auszuziehen."

"Findest du etwa, es steht mir nicht?", fragte sie gespielt unschuldig.

"Du weißt ganz genau, was ich meine! Und jetzt lass uns endlich von den anderen verabschieden. Genug gefeiert für heute. Ich will dich! Jetzt!"

Der Rückweg dauerte wesentlich länger als normal. Immer wieder hielten sie an, küssten und streichelten sich. Vor Ryans Zelt angekommen, zündete dieser ein kleines

Windlicht an. Auf Skys fragenden Blick sagte er: "So weiß Shane, dass er heute Nacht anderswo schlafen muss."

Ryans Blick glitt über Sky und er sah, wie sie schauderte. Sanft streichelte er ihre Arme, strich über ihre Schultern zum Hals und legte seine Hände auf ihr Gesicht. Dann küsste er sie. Zärtlich und voller Hingabe. Als sich ihre Lippen nach mehreren Minuten voneinander lösten, drehte er Sky zum Zelteingang. Er schob sie sanft, aber bestimmt mit einer Hand an ihrem unteren Rücken hinein. Sie fühlte sich wie das Kaninchen vor der Schlange.

Das Zelt war geräumig für zwei Personen. Sie konnten darin aufrecht stehen. Links und rechts an den Außenwänden war jeweils ein Schlafplatz eingerichtet und am Ende eines jeden stand eine große stabile Holztruhe. Ryan war hinter sie getreten und legte seine Arme um ihre Hüften, sodass seine Hände auf ihrem Bauch zum Ruhen kamen. Das Licht war gedämpft, nur die Kerze vor dem Zelt und der fast volle Mond spendeten Licht im Inneren des weißen Zeltes.

Er drückte sich von hinten an sie und Sky fühlte ihn hart an ihrem Po. Dann küsste Ryan eine Linie von ihrer nackten Schulter zu ihrem Ohr und schob sie dabei sanft weiter auf den linken Schlafplatz zu.

"Gott, Sky wie lange habe ich darauf gewartet, dich hier zu haben." Er biss ihr leicht in ihr Ohrläppchen und leckte anschließend über die Stelle. Ryan ließ sich auf eine der beiden Holztruhen fallen und zog Sky mit dem Rücken zu ihm auf seinen Schoß.

"Ich habe mir den ganzen Abend ausgemalt, wie ich dich aus diesem Kleid schäle." Seine Hände umfassten ihre Brüste. Er drückte sie leicht und obwohl seine Hände sie kaum umspannen konnten, murmelte er: "Perfekt", und biss gleich darauf in Skys Halsbeuge.

"Sch, Sch", murmelte er, als sie zusammenzuckte. "Du musst es mir nachsehen, Sky, du hast mich den ganzen Abend so wahnsinnig angeheizt, dass ich mich jetzt kaum noch beherrschen kann." Seine Hände wanderten über ihre

Seiten zu ihrem Rücken und drückten ihren Oberkörper nach vorne. Ein unterdrücktes Stöhnen entfuhr ihm, als sie dadurch noch fester gegen seinen Schoß gedrückt wurde.

"Zu viel Spannung auf der Schnürung", sagte er und dann: "Knie dich vor mich, Sky, mit dem Rücken zu mir." Sky kam der Aufforderung nach, ohne zu überlegen. Sein Tonfall ging ihr durch Mark und Bein und schoss direkt in ihren Unterleib. Er stöhnte noch einmal auf. "Wenn du nur wüsstest, was für ein Bild du gerade bietest, so auf allen Vieren vor mir." Er kniete sich direkt hinter sie, zwischen ihre Beine und packte sie bei den Hüften. Er drängte sich an sie.

"Gott, Sky, du machst mich wahnsinnig! Es ist so unglaublich schwer, dir nicht einfach das Kleid über die Hüften zu ziehen und dich zu nehmen!" Er rieb sich an ihr und beide stöhnten laut auf. Sky war so unglaublich scharf auf ihn, dass sie sich jetzt beim besten Willen nicht mehr beherrschen konnte.

"Bitte Ryan, mach endlich dieses verdammte Kleid auf!" Sie drückte sich noch ein wenig weiter zurück gegen seine Härte und warf stöhnend den Kopf in den Nacken. Ryan ließ seine rechte Hand auf ihren Po niederfahren.

"Still jetzt! Wenn du deinen süßen Arsch weiter so an mir reibst, kann ich für nichts mehr garantieren." Sky stöhnte, als der Schmerz ihres Pos ohne Umwege als Ziehen in ihren Unterleib fuhr. Sie stöhnte noch einmal, unterdrückte es aber schnell, sodass nur noch ein Wimmern über ihre Lippen kam. Sie war so erregt wie noch nie in ihrem Leben. Sie konnte kaum noch an sich halten und war sich sicher, dass einige wenige Berührungen von ihm ausreichen würden, um sie zum Orgasmus zu bringen.

Ihre Arme begannen bereits zu zittern, sodass sie sich auf die Unterarme fallen ließ. Noch einmal kam ein tiefes Knurren von ihm. Er packt ihren Rock und schob ihn über ihre Hüfte. Ryan zerriss ihren String mit einer schnellen Bewegung und drang im nächsten Moment mit einem einzigen harten Stoß in sie ein.

Beide schrieen laut auf. Der Dehnungsschmerz war köstlich. Sie hielten kurz inne, schwer atmend. Ryan hatte sich so fest in ihre Hüften verkrallt, dass sie bestimmt blaue Flecken bekommen würde. Es war ihr egal, sie hieß den Schmerz willkommen, der mit jeden Herzschlag in ihrer pochenden Klit widerhallte.

Hinter sich hörte sie Ryan keuchend sagen: "So verdammt eng, so verdammt nass. Gott, das Beste, was ich jemals gespürt habe!"

Dann zog er sich zurück, nur um im nächsten Moment wieder tiefer in sie einzudringen. Sky wimmerte, wollte ihn zu Mehr auffordern und drückte ihm daher als lautlose Bitte ihren Hintern noch weiter entgegen, sodass er ganz in ihr steckte. Sie voll und ganz ausfüllte und der Schmerz der schnellen Dehnung sie an den Rand eines gewaltigen Orgasmus trieb.

Ryan quittierte ihre Reaktion mit zwei Schlägen links und rechts auf ihren Po, auf die blanke Haut, welche sie endgültig über die Klippe stießen. Sie erzitterte am ganzen Leib und kam so gewaltig, dass bunte Lichtblitze durch ihr Sichtfeld zuckten. Sie schrie laut auf, um die Wucht der Wellen, die über ihr zusammenschlugen, verarbeiten zu können. Ryans Griff um ihre Hüfte wurde noch stärker.

"Fuck, Sky ...", war alles, was er noch herausbrachte, ehe er mit schnellen, harten Stößen in sie pumpte. Es dauerte nur wenige Stöße, ehe auch er mit einem lauten Schrei in ihr kam. Als sie spürte, wie sein Sperma in sie schoss, kam sie noch einmal mit ihm.

Ryan brach auf ihr zusammen und rollte mit ihr immer noch schwer atmend zur Seite. Er war noch immer in ihr, als sie zitternd mit dem Rücken an seiner Brust zum Liegen kam. Er streichelte ihren Bauch durch ihr Kleid hindurch und küsste ihre Schulter.

An ihrer Haut murmelte er: "Du hast mich um meinen Plan gebracht." Sky verstand die Worte nicht, war noch völlig gefangen von dem eben Erlebten.

Sie lagen noch einige Zeit nebeneinander, als Sky bewusst wurde, dass es Ryans Samen war, der aus ihr tropfte.

"Hast du ein Taschentuch?", murmelte sie schläfrig.

"Warum?"

"Ich möchte deinen Schlafsack nicht versauen."

Es herrschte kurz Stille, dann: "FUCK! Es tut mir so leid, Sky. Ich konnte nicht mehr denken. So etwas ist mir noch nie passiert. Ich bin sauber, wirklich. Ich habe mich erst kurz vor meiner Anreise testen lassen." Sky war immer noch ein wenig in Trance. Sie wusste, sie sollte sich eigentlich weit mehr darüber aufregen. Aber sie war ja auch selbst Schuld und so sehr in dem Moment gefangen gewesen, dass sie ihm keine Vorwürfe machen konnte.

"Bitte Ryan, beruhige dich. Ich hab mich auch erst testen lassen und ich verhüte. Wir haben es beide verbockt, aber jetzt ist es auch schon zu spät. Und es ist ja nichts passiert, also gib mir endlich ein Taschentuch oder irgendetwas anderes, um mich zu reinigen." Ryan zog ein Hemd aus der Truhe und breitete es neben Sky aus. Er drehte sie auf den Bauch, sodass ihr Unterleib darauf zum Liegen kam.

Sky wusste nicht, was er vor hatte, war aber viel zu ermattet, um ihn danach zu fragen, und ließ ihn einfach gewähren. Ryan brummte zufrieden und Sky wurde erst klar, dass er ihren nackten Po betrachtete, als er anfing, ihn sanft zu streicheln. Sie zuckte zusammen, als er über die empfindliche, gerötete Haut strich.

"Dein Arsch sieht herrlich aus, mit meinen Handabdrücken darauf, Sky. Und es macht mich schon scharf, daran zu denken, wie du auf die Schläge reagiert hast." Ryan ließ sich breitbeinig kniend auf ihren Oberschenkeln nieder und küsste ihre Pobacken. Dann richtete er sich wieder auf und begann, die Korsage ihres Kleides aufzuschnüren.

"So hätte alles beginnen sollen, aber du Hexe hast mich einfach unendlich scharf gemacht und ich konnte keine

Sekunde länger warten, um in dir zu sein!" Ryan löste langsam Schlaufe für Schlaufe die Schnürung und Sky merkte, wie sich ihr Brustkorb langsam wieder weitete. Ihre Atmung wurde tiefer und sie räkelte sich ein wenig, um die verspannten Muskeln zu lockern.

"Hör auf damit, oder ich werde dich wieder nicht fertig ausziehen können", neckte Ryan. Sky seufzte und erntete dafür das Knurren des Tigers, das ihr eine Gänsehaut bereitete.

Als Ryan fertig war, setzte er sich so zurück, dass er auf seinen und ihren Unterschenkeln zum Sitzen kam.

"Geh auf allen Vieren, Sky." Sein Ton, ruhig und bestimmt, machte es ihr unmöglich, ihm nicht zu gehorchen. Sie richtete sich auf, konnte sich aber eine kleine Spitze nicht verkneifen. Sie streckte ihren Rücken zu einem Hohlkreuz durch, warf ihren Kopf in den Nacken und stöhnte kehlig auf.

"Sky!" Und schon biss Ryan in ihren Hintern. Sky wimmerte leise, während er ihr zärtlich über die Bissstelle leckte. Langsam schob er ihr Kleid nach oben und über ihren Kopf hinweg. Er strich mit seinen Händen über die Rückseiten ihrer Arme nach vorn zu ihren Brüsten. Streichelte diese sanft, bis Sky sich seinen Händen entgegen streckt. Ließ sie dann über ihren Bauch zu ihrem Venushügel wandern. Ganz sanft streichelte er das empfindliche Fleisch, bis Sky wieder kurz davor war zu kommen.

Ryan zog sie zurück auf seine Oberschenkel. Seine rechte Hand fuhr zwischen ihren Schenkeln hindurch und verharrte so, dass Sky ihn in sich gleiten lassen konnte. Sie liebten sich dieses Mal langsam und sanft. Ryan nahm Sky mit solch einem gleichmäßigen, fast trägen Rhythmus, dass sie glaubte, es nicht eine Minute länger aushalten zu können.

Aber Ryan hielt sie so bestimmt fest, dass sie keine Chance hatte, sich selbst zum Orgasmus zu verhelfen. Erst, als sie ein kaum verständliches Bitte wisperte, erhöhte er sein Tempo und half ihr, mit einigen geschickten Bewegungen seiner Finger an ihrer Klitoris in den freien Fall eines intensiven Orgasmus. Wenig später folgte auch Ryan ihr und sie lagen abermals Rücken an Brust auf seinem Schlafplatz. Nach einigen Minuten richtete Ryan sich auf und zog seinen Schlafsack über sie beide.

RYAN

"Gute Nacht, Prinzessin", murmelte er in ihr Ohr.

Sky flüsterte zurück: "Ich sollte lieber gehen. Was ist mit Shane? Und meinen Freunden? Sie werden mich vermissen." Ryan wusste nicht weshalb, aber es gefiel ihm nicht, dass Sky nach dem Sex mit ihm neben Fabio in den Schlafsack schlüpfen würde. Es sollte ihm egal sein, aber für seinen Seelenfrieden wollte er sie hier haben.

"Nein. Shane schläft bei jemand anderem und Maya weiß, wo du bist!"

"Ryan, das ist nicht richtig!"

"Ich will jetzt schlafen, Sky, bitte halt die Klappe. Wir können weiter diskutieren, wenn ich dich in zwei Stunden wecke und wir eine weitere Runde atemberaubenden Sex hatten", grinste Ryan und küsste sie in den Nacken.

Auch Sky musste grinsen und entspannte sich unwillkürlich bei seinem lockeren Tonfall. Ryan legte ihr einen Arm um die Taille und zog sie enger an sich. Er genoss es, sie im Arm zu haben. Seltsam, da er es eigentlich eher immer als lästig empfand, sein Bett nach dem Sex nicht für sich allein zu haben. Er schob es darauf, dass er nicht das Gefühl mochte, Sky bei sich zu haben, sondern das Gefühl, jederzeit wieder so wahnsinnig guten Sex mit ihr haben zu können. Ja, mit diesem Gedanken konnte er sich anfreunden und schlief darüber friedlich ein.

SKY

Sky mochte das Gefühl, in seinen Armen zu liegen. Sie fühlte sich behütet, beschützt und geborgen. Sie mochte es viel zu sehr und sie könnte sich viel zu schnell wieder daran gewöhnen. Sie wollte nicht, dass das passiert. Es durfte nicht geschehen.

Sie wartete über eine Stunde. Sein Atem ging gleichmäßig und Sky rutscht vorsichtig ein Stück von ihm weg. Er spannte sich kaum merklich an und sie erstarrte sofort. Ihr Herz schlug rasend schnell und Sky wusste, dass sie sehenden Auges in eine Panikattacke lief. Sie versuchte, dagegen an zu atmen, tat sich aber sichtlich schwer damit.

"Wo willst du hin?", fragte Ryan noch halb im Schlaf. Sky fühlte sich so schwach, dass sie nur ein leises Flüstern zustande brachte: "Klo." Er brummte unwillig irgendetwas, das sich nach "Mach schnell" anhörte, und drehte sich auf die andere Seite um. Sie brauchte einige Minuten, bis ihr Atem sich wieder soweit beruhigt hatte, dass sie sich in der Lage fühlte, die Flucht zu ergreifen. Sie streifte sich ihr Kleid über und band es behelfsmäßig zu, sodass sie es auf dem Weg in ihr Lager nicht verlieren würde. Sie schnappte sich ihre Schuhe und schlüpfte aus dem Zelt.

Einige Meter weiter entdeckte sie Shane, der ziemlich unbequem auf einer der Liegen lag. Er würde morgen fürchterliche Rückenschmerzen haben und Sky beschloss, ihn zu wecken. Sie rüttelte leicht an seiner Schulter.

Er fuhr sofort auf und packte sie an ihrem Handgelenk. Sky konnte einen Schrei gerade noch unterdrücken, ihr Herz hämmerte auf Höchstgeschwindigkeit und ihre Augen waren weit aufgerissen. Shane ließ sie sofort wieder los. Sky brachte einige Meter Abstand zwischen sie. Sie schnappte nach Luft, aber ihre Lungen waren wie zugeschnürt.

"Sorry, Sky, du hast mich ziemlich erschreckt", flüsterte

Shane und kratzte sich am Hinterkopf. Du mich auch, dachte sie und hatte ihre Atmung noch immer nicht soweit unter Kontrolle, dass sie antworten konnte.

"Was wolltest du überhaupt?", fragte er noch einmal. Als Sky sich ein wenig beruhigt hatte, ging sie noch einige Schritte rückwärts auf eine Bank zu und ließ sich entkräftet darauf sinken. Zwei solche Schocks in so kurzer Zeit konnten nicht gut für ihren Körper sein, da war sie sich sicher. Das war eindeutig ein Zeichen, sie sollte nicht hier sein.

"Sky, was wollest du denn von mir?", fragte Shane nun ein wenig lauter. *Nicht gut, gar nicht gut,* dachte sie. Wenn Ryan sie hören sollte, würde er sie sofort zurück in sein Zelt beordern. Das konnte Sky nicht zulassen.

Sie legte ihren Zeigefinger auf die Lippen und ging einige Schritte auf ihn zu, war aber darauf bedacht, nicht in seine Reichweite zu kommen. Dann flüsterte sie: "Du lagst so schief, da wollte ich dir sagen, dass dein Bett jetzt wieder verfügbar ist, bevor du dir den Rücken ruinierst." Shane sah sie forschend an.

"Ryan gefällt das bestimmt nicht, aber das ist dir klar, oder?"

"Ja", antwortete Sky mutig. Nur sie selbst bestimmte, was sie tun wollte oder musste. Sie hatte lang genug für diese Erkenntnis geschuftet und würde sie sich nicht von einem dieser Machos kaputtmachen lassen. Shane nickte.

"Okay, dann lass mich dich aber wenigstens zurückbringen, damit du nicht alleine nachts durchs Lager laufen musst." Sky fiel beim besten Willen kein Grund ein, dieses Angebot abzulehnen.

7 DIE BURG

RYAN

"Morgen, Shane."

"Guten Morgen, Bro."

Ryan drehte sich in seinem Schlafsack zur Seite und merkte den kalten Luftzug an seinem Unterleib. Er war nackt, so weit so gut, das war ja nicht das erste Mal. Aber so langsam erinnerte er sich wieder an den vorangegangen Abend. Sky wollte nur kurz zur Toilette, hatte sie gesagt. Wo war sie?

"Was machst du hier, Shane?"

"Schlafen, oder ich versuche es, wenn du mich nicht zuquatschst."

"Das weiß ich, du Idiot. Wo ist Sky und warum bist du hier drin?"

"Sky ist gestern Nacht gegangen und hat mir gesagt, dass ich wieder in mein Bett könne."

"Warum hast du sie nicht aufgehalten?", fragte Ryan erzürnt.

"Warum sollte ich? Sonst bist du auch immer froh, wenn du die Weiber wieder los bist!"

"Hast Recht, aber so leicht kommt sie mir nicht davon.

Sie kann sich doch nicht einfach wegschleichen, als wäre ich ihr peinlich."

"Ganz neue Töne. Sei lieber froh, dass sie nicht auch eines dieser Mädels ist, die gleich einen Heiratsantrag erwarten."

"Ja, ja. Ich geh duschen und besorg mir einen Kaffee."
"Mach das. Ich penn noch eine Runde. Die Nacht auf der Liege war nicht so erholsam."

"Warum hast du nicht bei Zoey gepennt?"

"Sie wollte ihre Ruhe, bis dieser Typ wieder weg ist, den sie da zu Besuch haben. Der letzte Besuch hat mir besser gefallen. Jonas hat einfach mit uns Party gemacht." Shane verzog das Gesicht. Abserviert zu werden, hatte er auch noch nie gut verkraftet.

"Dann penn mal, Kumpel, bis später."

Nach dem Duschen zog Ryan sich wieder eine seiner Gauklerhosen an. Er hatte sich bewusst für eine etwas engere entschieden. Sky sollte sich ruhig ein wenig von seinem Aussehen beeinflussen lassen. Er kaufte zwei Becher Kaffee und schlenderte zu Skys Lager.

Die Gruppe saß gemeinsam um das Lagerfeuer, als Ryan sie erreichte. Er sah ein schmales Plätzchen zwischen ihr und Maya, wusste aber, dass er sich auf Mayas Unterstützung verlassen konnte. Sicherheitshalber entschied er sich aber, Maya den zweiten Kaffee zu überlassen. Er hatte gelernt, dass die kleine Brünette mit diesem Getränk immer milde zu stimmen war.

"Guten Morgen", rief er in die Runde, stellte sich zwischen Maya und Sky. Er schenkte Maya eines seiner charmantesten Lächeln und reichte ihr den Becher.

"Kaffee, Mylady."

"Oh, mein Held! Ich sollte den Boden küssen, auf dem du wandelst!" Genießerisch nahm Maya einen Schluck und stöhnte auf, als dieser ihren Magen erreichte. Prompt rutschte sie ein Stück zur Seite und Ryan konnte sich zwischen die beiden schieben. Er legte seinen Arm um

Skys Schultern.

"Guten Morgen, Prinzessin. Hier, Kaffee für dich." Ryan drückte Sky einen Kuss auf die Stirn und reichte ihr ihren Kaffee. Sie sah ihn verdutzt an. Da sie anscheinend ihre Sprache verloren hatte, redete Ryan einfach weiter.

"Ich bin heute früh aufgewacht in Erwartung einer Fortsetzung, aber du warst schon weg. Ich dachte, wir hätten das gestern Nacht geklärt." Ryan provozierte sie absichtlich. Er wollte eine Reaktion von ihr, um mit ihr zusammen dieses Thema abzuarbeiten. Er bekam seine Reaktion. Erst wurde sie rot, da nun endgültig jeder am Feuer wusste, dass sie und Ryan Sex gehabt hatten, schlug ihre Verlegenheit in Wut um. Das passte ihm gut. Sie konnten sich ein wenig lautstark streiten und dann wäre das Thema ein für allemal abgehakt.

Zu Ryans Leidwesen änderte sich ihre Miene noch einmal. Zuckersüß lächelte sie ihn an und sagte: "Es tut mir leid, dich enttäuschen zu müssen, Ryan, aber ich war einfach nicht scharf auf eine Wiederholung. Und wie man das bei verunglückten One-Night-Stands eben so macht, dachte ich es sei besser, wenn ich mich schnell wieder verdrücke."

Ryan war verblüfft, dann zornig und schließlich nur noch beeindruckt. Sie hatte ihn mit seinen eigenen Waffen geschlagen, indem sie ihn vor der Gruppe auflaufen ließ. Sie wusste es wahrscheinlich nicht, aber damit hatte sie den Tiger gereizt und er wusste sehr genau, wo er sie packen musste. Außerdem musste er dringend Fabios selbstgefälliges Grinsen vom Tisch fegen.

"Oh, dann bist du aber wirklich eine hervorragende Schauspielerin, Sky, so laut wie du geschrieen hast, dachte ich eigentlich, das ganze Lager hätte es mit bekommen."

Währenddessen ließ er unaufhörlich seine Fingerspitzen über ihren Oberarm wandern und er bemerkte schon, wie sich ihre Härchen aufstellten. Dann raunte er ihr mit tiefer, rauer Stimme ins Ohr: "Du kannst ihnen erzählen, was du willst, aber ich weiß, wie deine

Pussy um mich herum gezuckt hat und ich weiß, in welche Höhen ich dich gevögelt habe!" Dann biss er ihr leicht ins Ohr und gleich darauf in ihre Halsbeuge und Sky stöhnte leise auf.

"Gott Ryan, ich glaube, wir haben die Botschaft alle verstanden und bevor ihr hier und jetzt Sex habt, würde ich vorschlagen, ihr führt diese Diskussion unter vier Augen weiter", sagte Taylor leicht gequält und versuchte, seine Hose so hinzuschieben, dass nicht jeder sehen konnte, wie sehr ihn dieses Schauspiel erregt hatte. Fabio schnaubte angewidert und verließ seinen Platz am Feuer, aber nicht, ohne ihnen wütende Blicke zuzuwerfen.

Sky errötete abermals, stand aber auf und lief zum Waldrand, der am Ende des Walls aufragte. Ryan und Sky gingen einige Minuten schweigend nebeneinander her, ehe Ryan das Wort ergriff.

"Warum bist du gegangen, Sky?"

"Ich wollte zurück."

"Warum?"

"Das ist doch völlig egal, Ryan. Ich wollte es und ich kann machen, was ich möchte und wann ich es möchte!" Skys Stimme war stetig lauter geworden, sodass Ryan mit extra ruhiger und sanfter Stimme antwortete.

"Natürlich kannst du das. Es wäre trotzdem schön gewesen, wenn du heute Morgen neben mir gelegen hättest. Wir hätten noch eine Nummer dran hängen können. Da wäre der Start in den Morgen doch gleich viel besser verlaufen", sagte Ryan mit einem schelmischen Grinsen im Gesicht. Sky lächelte zaghaft zurück.

"Vielleicht ... ich möchte jederzeit die Möglichkeit haben zu gehen. Verstehst du, was ich meine, Ryan? Ich will mich nicht wegschleichen. Wir sind nicht zusammen, du hast keinerlei Anspruch darauf, mich in deinem Bett zu haben. Es ist gut so, aber es funktioniert nur, wenn du es auch verstehst. Wir wollten zusammen ein paar Tage Spaß haben, mehr nicht. Erinnerst du dich?"

"Oh Gott, Sky, so wie du mit mir sprichst, komm ich

mir vor wie eines dieser hysterisch klammernden Weiber. Ich wollte doch nur ein wenig schlafen, um mich zu erholen, und dann da weiter machen, wo wir aufgehört haben. Ich habe dir weder meine ewige Liebe geschworen, noch habe ich dich gefragt, ob du meine Frau werden möchtest. Und Gott bewahre, beides steht nicht in meinen Zukunftsplänen." Sky lächelte leicht.

"Okay."

"Okay? Ich hatte nach einer solchen Ansprache zumindest mit einem Kuss gerechnet, um meine versaute Morgenplanung wieder auszubügeln! Das ist schon das zweite Mal innerhalb von 24 Stunden, dass du meine Pläne durchkreuzt. Ich erwarte eine Entschädigung!", meinte Ryan gespielt ernst, konnte sich ein schelmisches Grinsen aber nicht verkneifen.

Sky trat dicht vor ihn, sah ihm tief in die Augen und krümmte ihren Zeigefinger, um ihm zu bedeuten, sich zur ihr zu beugen. Ryan tat ihr den Gefallen, um sich seine Entschädigung abzuholen. Sky tupfte ihm aber lediglich einen kleinen Kuss auf den Mundwinkel, drehte sich dann lachend weg und lief zurück zum Lager.

"Ohhh, so nicht, du kleine Hexe!", grollte Ryan spielerisch, rannte hinter ihr her und warf sie sich über die Schulter. Sky wand sich und kicherte. *Wieder dieses bezaubernde Kichern,* dachte Ryan und gab ihr als Dreingabe noch eins auf den Po. Sie lachte noch immer aus vollem Halse, als sie am Feuer der Setarips ankamen. Einige schauten belustigt, andere erfreut und wieder andere verblüfft. Ryan ließ Sky auf ihren Platz plumpsen, setzte sich neben sie und drückte ihr ihren Kaffee in die Hand.

"Trink, dass du wieder zu Kräften kommst", sagte er lachend.

"Ja, großer Meister!", lachte Sky und wandte sich vergnügt ihrem Kaffee zu.

"Was steht bei euch heute auf dem Programm?", fragte Ryan in die Runde.

"Bei der Planung hast du uns unterbrochen, bevor wir

zu einer Einigung gelangen konnten", antwortete Maya.

"Die Jungs und ich haben heute unseren freien Tag und wollten ihn nutzen, um auf die Burg zu steigen, habt ihr Lust?", fragte Ryan.

Die Gruppe diskutierte eine Weile und beschloss dann, darüber abzustimmen. Es gab nur drei Stimmen dagegen. Zoey, die den Tag lieber noch mit dem Besucher, dessen Namen Ryan schon wieder vergessen hatte, verbringen wollte. Gregor, der selten dafür zu haben war, wenn die Aktivität irgendetwas mit Laufen zu tun hatte und natürlich Fabio, der schon allein deshalb dagegen war, weil Ryan mitgehen wollte.

Da die Mehrheit für den Ausflug war, beschlossen die Setarips, sich Fire&Ice anzuschließen und in zwei Stunden aufzubrechen. Ryan gab Sky noch einen Kuss und zog sich dann zu seiner Gruppe zurück, um ihnen die Botschaft über den Zuwachs zu überbringen.

Sie trafen sich wie vereinbart und begannen gemeinsam den Aufstieg auf den Berg, auf dem die Burg lag. Ryan ließ sich ein wenig zurück fallen, um neben Sky gehen zu können.

"Hi Kleines, alles klar?"

"Ja, alles gut!"

"Hattest du keine Hose? Mit diesem Kleid scheint es mir etwas umständlich, den Berg hinauf zu laufen." Ryan verzog zweifelnd das Gesicht.

"Wir sind im Mittelalter, Ryan, da trugen Frauen keine Hosen."

"Ist doch egal, bevor du dir noch alle Knochen brichst, hättest du mich fragen können. Ich hätte dir eine geliehen."

"Ryan bitte. Ich brauche meine Luft zum Laufen und nicht, um mit dir über Belanglosigkeiten zu diskutieren!"

"Halt an."

"Was?"

"Jetzt bleib schon stehen, ich binde dir den Rock ein

wenig nach oben, sodass du besser Laufen kannst." Sky hielt an und Ryan wickelte sich zwei Lederbänder von den Armen. Er steckte das eine Ende durch den Rockbund nach unten durch und knotete es mit dem zweiten Ende außen am Rock zusammen. So wurde der Rock an beiden Seiten ein gutes Stück angehoben, ohne Sky allzu sehr zu entblößen.

"Danke!" Sky atmete sichtbar befreit auf, als die Schritte deutlich leichter vonstatten gingen.

"Und jetzt gib mir noch deinen Rucksack", forderte Ryan sie auf.

"Nein Ryan, du hast deinen eigenen zu tragen." Ohne weitere Worte zog Ryan ihren Rucksack mit einer schnellen Bewegung vom Rücken und schob ihn sich selbst auf die Schulter.

"Sei nicht so stur, Weib! Ich würde dich meinen auch tragen lassen, wenn du einen gefühlten Meter größer wärst als ich", grinste Ryan über ihre verdrossene Miene. Das entlockte auch Sky ein Lächeln und sie gingen in angenehmem Schweigen nebeneinander her.

Nach zwei Stunden machten sie eine Rast, aßen und tranken gemeinsam. Maya, Sky und Gregor sangen zusammen, um den Rest der Gruppe zu unterhalten. Den Flecken, den sie sich zur Rast ausgesucht hatten, hatte eine wunderbare Lage. Der Boden war dicht mit wilden Gräsern und Blumen bewachsen. Außerdem wuchsen zwei kleinere Tannen am Rand, die ein wenig Schatten für die überhitzten Körper boten. Die Aussicht über das Tal, in dem das Lagerleben von Talin stattfand, war atemberaubend.

"Unglaublich, nicht wahr?", fragte Maya, die neben Ryan getreten war.

"Allerdings", antwortete Ryan, beachtete aber schon gar nicht mehr die Aussicht, sondern Sky, die wenige Meter unter ihnen damit beschäftigt war, ihre Sachen zurück in ihren Rucksack zu packen. Auch Maya bemerkte wohl seinen Blick.

"Sie geht weg, weißt du?"

"Ja, sie hat es mir gleich zu Anfang gesagt. Aber ich bleibe ja auch nicht hier. Wir wissen beide, dass es nur auf Zeit ist und uns einfach nur Spaß bringen soll."

"Schön, dann ist es ja gut. Es sieht nur anders aus, bei euch beiden, meine ich."

"Was meinst du damit?"

"Ihr steckt da schon ziemlich viel Kraft rein, dafür dass es nur zum Spaß ist, wie du sagst. Ich finde, Zoey, Jonas und Shane haben Spaß. Ihr zwei streitet die meiste Zeit." Als Maya Shane erwähnte verzog sie leicht angewidert das Gesicht und Ryan war sicher, dass Shane sich jegliche Chance verspielt hatte.

"Sky hat Temperament, das macht es nur umso spaßiger." Mayas Miene wurde traurig.

"Nein Ryan, Sky hat kein Temperament. Sie ist eher das verwundete Tier, das jetzt lieber vorsichtshalber um sich schnappt." Mit diesen Worten wandte Maya sich ab und ging zurück zu ihren Freunden.

Ryan dachte noch eine Weile über Mayas Worte nach. Er wusste natürlich, dass irgendetwas vorgefallen sein musste. Panikattacken kamen nicht von ungefähr, aber er wusste auch, dass Sky stark war und es war ihm tausendmal lieber, wenn sie hin und wieder nach ihm schnappte, als wenn sie mit eingezogenem Schwanz kuschte.

Ryan ging zu Sky hinüber und trat dicht hinter sie. Er legte ihr die Arme um die Taille und küsste sacht ihren Nacken. Ryan merkte, wie sie sich erst kurz versteifte, sich aber wieder entspannte, als sie ihn erkannte. Der Umstand, dass ihm Dinge erlaubt waren, die andere nicht durften, gefiel ihm. Sehr sogar. Er lächelte mit den Lippen an ihrer Haut und küsste erneut ihren Nacken.

"Was ist los?", wollte Sky wissen.

"Nichts, ich kann nur meine Hände nicht von dir lassen", gab Ryan grinsend zurück.

"Ich muss packen Ryan, wir wollen gleich wieder aufbrechen."

"Ich weiß", seufzte Ryan und half ihr beim Einpacken.

Diese Frau ist viel zu praktisch veranlagt, jemand sollte ihr das austreiben und ihr beibringen, sich Zeit für die schönen Dinge im Leben zu nehmen, dachte Ryan. Er schwang sich seinen und ihren Rucksack über die Schultern und legte dann einen Arm um ihre Taille.

Sie folgten den anderen weiter den Berg hinauf zur Burg und Sky legte unterwegs zögerlich ihre Hand auf Ryans Hüfte. Er lächelte zu ihr hinunter und drückte sie etwas fester an sich. Sie lächelte zurück und ihre Augen funkelten vergnügt in der Nachmittagssonne.

"Du solltest öfter lächeln, Prinzessin, es steht dir", sagte Ryan und hob seinen Arm, um ihn Sky über die Schultern zu legen. Sie schmiegte sich leicht an ihn und Ryan glaubte, dass sie seine Nähe ebenso genoss, wie er ihre. Sanft küsste er sie auf die Schläfe.

SKY

Oh, das gefällt mir viel zu gut, dachte Sky. *Daran darf ich mich nicht gewöhnen.*

Früher war sie durchaus der Typ Frau gewesen, der sich gern anlehnte, gern Schutz und Geborgenheit in den starken Armen eines dominanteren Mannes suchte. Aber gebranntes Kind scheut das Feuer, wie man immer so schön sagt. Daher wollte sie sich lieber gar nicht zu viel von dem gönnen, dem sie abgeschworen hatte. Egal, wie einmalig Ryan war, und auch die Sicherheit, dass sie ihn nicht wiedersehen würde, sie wollte sich nicht in diesen Gefühlen verlieren. Sie würde nur anfangen, sie zu vermissen und sich dann doch wieder jemanden zum Anlehnen suchen.

Das wollte sie nicht mehr, nie wieder! Sie war stark und eigenständig. Sie brauchte keinen Mann, der alles für sie im Griff hatte. Sie war durchaus in der Lage, ihr Leben selbst zu regeln. Sie genoss noch einige Minuten seine Nähe und suchte dann Blickkontakt zu Maya. Sky wusste, dass Maya verstand. Sie diskutierten eine Minute lang mit Blicken und Sky war klar, dass Maya ihr zwar helfen würde, es aber alles andere als guthieß.

Maya ließ sich zurückfallen und als sie mit Sky gleich auf war, sagte sie: "Kommst du mit, Sky? Ich will nicht alleine tiefer in den Wald gehen."

Ryan verstand wohl, dass Maya pinkeln gehen wollte, denn er drückte Sky ohne ein weiteres Wort einen Kuss auf die Wange und löste sich dann von ihr. Maya und Sky verschwanden daraufhin im Wald.

"Was war denn nun schon wieder? Es sah bei Gott nicht so aus, als hätte er dich in irgendeiner Weise bedrängt."

"Hat er ja auch nicht, aber ich möchte nicht non Stopp in seinen Armen hängen. Das ist ein bisschen zu viel des Guten."

"Ich weiß nicht, was du dir für einen Stress machst. Genieß deine Zeit. Du wirst noch lang genug alleine sein, wenn du erst mal in Amerika bist."

Sky dachte noch ein wenig über Mayas Worte nach, als sie sich zurück zum Rest der Gruppe begaben. Natürlich wollte sie ihre Zeit hier genießen und Ryan machte es ihr leicht, aber sie wollte jetzt keine Bedürfnisse wecken, die sie später nicht mehr stillen konnte. Sie verscheuchte die trüben Gedanken und schloss zu John auf.

"Hey, hey, Geburtstagskind. Für wann ist deine Rückreise geplant?", fragte Sky gespielt fröhlich.

"Wohl nicht früh genug, wenn es nach Zoey geht", antwortete John und schoss mit seinen Blicken giftige Blitze zu Zoey und Shane, die in einiger Entfernung miteinander sprachen.

"Was soll das, John? Du hast sie abgeschossen und du kennst sie. Hast du im Ernst gedacht, sie würde zu einer Nonne werden?", mischte sich nun auch Maya in das Gespräch ein.

"Nein, aber ein bisschen Respekt vor dem, was wir miteinander hatten, hätte ich von ihr erwartet."

"Oh bitte John, ihr hattet eine Affäre, mehr nicht. Ihr benehmt euch beide wie im Kindergarten!" Maya hatte wohl eindeutig die Nase voll von Liebesdramen und wandte sich mit einem Augenrollen ab.

Sky zuckte entschuldigend die Schultern, deutete auf Shane und sagte zu John: "Maya stand auf den Typ, bevor er sich Zoey und Jonas geschnappt hatte." John traten fast die Augen aus den Höhlen.

"Zoey UND Jonas?"

"Ach komm schon, du kennst sie doch beide. Jonas würde für so einen Typen wie Shane so gut wie alles machen und Zoey war schon immer offen dafür, neue Dinge auszuprobieren."

"Oh Gott, ich will nichts mehr hören!" John steckte sich wie ein kleines Kind die Finger in die Ohren und lief schnell davon.

"Die hast du ja alle schnell wieder verscheucht." Sky hörte die vertraute tiefe Stimme dicht hinter sich. Sie seufzte, wandte sich Ryan zu und sagte gespielt böse: "Daran ist allein Shane schuld!"

Ryan zog eine Augenbraue in die Höhe und sah sie fragend an.

"Zoey will ihn loswerden, solang John da ist. Shane lässt nicht locker, deshalb ist Zoey sauer und diskutiert gerade mit ihm. Das wiederum findet John ziemlich sch... und dann ist er beleidigt abgezittert, als ich ihm erzählte, dass Zoey, Shane und Jonas ... du weißt schon. Und Maya ist immer noch sauer auf deinen bösen Zwilling, nun ja, aus bekannten Gründen. Du siehst also: kleine Sky, super unschuldig und großer Shane, dreifach schuldig. Die Jury hat gesprochen."

Ryan lachte aus vollem Hals. Er schüttelte immer noch lachend den Kopf und zog Sky wieder in seine Arme, ehe sie weiter gingen.

Sie benötigten noch über eine Stunde, bis sie an der

Aussichtsplattform der Burg ankamen. Der Weg war nicht all zu steil, schlängelte sich aber in großen Bögen zur Burg empor, sodass man für den Weg wesentlich länger brauchte, als es auf den ersten Blick den Anschein hatte. Gregor ließ sich mit einem lauten Stöhnen ins Gras fallen.

"Warum hat mir keiner gesagt, dass wir eine Weltreise vor uns haben?", fragte er keuchend in die Runde.

"Weil du sonst nie mitgegangen wärst!", klärte Alexa ihn auf und grinste dabei schadenfroh. Sie selbst hatte eine ausgezeichnete Kondition, da sie in ihrer Freizeit viel Sport betrieb.

Der Weg hatte sich gelohnt. Sky hatte bereits die herrliche Aussicht beim Aufstieg genossen. Der Weg lag idyllisch eingebettet zwischen Bäumen und Gräsern. Unzählige unterschiedliche Blumen wuchsen am Wegesrand und säumten ihn in den schönsten Farben. Oben angekommen, holten alle ihre Picknick-Decken und den Proviant hervor, den sie mitgebracht hatten. Sie aßen gemeinsam und beschlossen, den Abstieg auf morgen früh zu verlegen. Sie waren zu langsam gewesen und müssten den Abstieg gleich wieder antreten, um vor der Dunkelheit das Tal zu erreichen. Sie hatten genügend Essen und Getränke dabei und neben der Burg gab es einen Heuschober, in dem sie übernachten würden. Nur John musste gleich wieder zurück. Da er alleine aber wesentlich schneller war als in der Gruppe, stellte das aber kein Problem dar.

Einige der Männer gingen in das nahe gelegene Wäldchen, um etwas Holz für ein Lagerfeuer zu sammeln, und der Rest der Meute machte sich daran, ihre Schlafstätten zu richten. Sky suchte sich einen Platz in der Nähe der Tür, sodass sie jederzeit nach draußen gehen konnte. Ohne eine weitere Frage platzierten sich Fabio und Maya, wie gewohnt, neben ihr.

Sie spürte Ryan bereits in ihrem Rücken, ehe er sich an sie presste und ihr ins Ohr raunte: "Wo werden wir schlafen, Süße?"

"Ähm … ja … äh", Sky konnte nur noch vor sich hin stammeln. Wie sollte sie diese prekäre Situation denn meistern?

Scheiße, scheiße, scheiße! Das hast du jetzt davon, du dumme Nuss, schalt Sky sich selbst. Sie blickte etwas verloren zwischen einem sehr wütenden Fabio und einem sexy grinsenden Ryan hin und her. Ihr fiel verdammt nochmal keine Lösung für dieses Problem ein.

Hilfesuchend blickte sie zu Maya, die sie erst zu ignorieren schien, dann jedoch gequält seufzte und mit ätzend quietschiger Mädchenstimme flötete: "Ich rutsch natürlich ein Stück, Ryan, dann kann jeder ein bisschen Sky haben!"

Fabio, Ryan und Sky stöhnten unisono auf. Wahrscheinlich nicht aus denselben Gründen, aber für Sky war die Vorstellung definitiv ein Alptraum. Sie sah sich schon die ganze Nacht von links nach rechts gezogen und schlussendlich unter zwei unglaublich schweren Männer begraben.

Ryan und Fabio maßen sich unterdessen mit Blicken. Als sie einsahen, dass keiner von ihnen das Feld räumen würde, ließen sie sich links und rechts von Skys Schlafstätte nieder.

"Danke, Maya", sagte Ryan, aber Sky wusste nicht, ob er es ernst meinte.

Als alles für die Nacht hergerichtet war, versammelte sich die Gruppe um das Lagerfeuer, das Shane, Jason und Ty entfacht hatten. Sie saßen zusammen, redeten und sangen Lieder. Die Sonne war bereits untergegangen, als Ryan Sky an ihrer Hand hochzog.

"Komm mit, ich will dir was zeigen", flüsterte er ihr ins Ohr. Sie liefen gemeinsam in den Wald. Es war dunkel und ein wenig unheimlich, sodass Sky froh war, als Ryan ihr den Arm um die Schultern legte und sie näher an sich zog.

Um die Stimmung ein wenig aufzulockern, neckte sie ihn ein bisschen: "Ja, Ryan, du hast wirklich eine tolle Briefmarkensammlung!"

"Haha, sehr witzig. Nicht, dass ich nicht tatsächlich vor hätte Sex mit dir zu haben ... wenn ich ehrlich bin, kann ich schon den ganzen Tag an nichts anderes mehr denken. Aber ich will dir wirklich etwas zeigen."

Sky sah ihn forschend an. Sie gingen noch einige Minuten schweigend nebeneinander her, als der Wald heller wurde. Wenige Schritte später standen sie auf einer kleinen Lichtung. Der Himmel war wolkenlos und es sah aus, als wären die Sterne so nah, als dass man sie hätte berühren können.

"Wow", war alles was Sky heraus brachte. Sie standen auf einem traumhaften Stückchen Erde. Idyllisch, friedlich und wunderschön. Ryan ließ sich in der Mitte der Lichtung auf dem Boden nieder und zog Sky an der Hand. Sie setzte sich und sah ihm in die Augen. "Das hat sich wirklich gelohnt!"

Er sah sie lange und ernst an. Seine Augen schienen bis auf den Grund ihrer Seele zu blicken und Sky erschauerte.

"Ja", antwortete er dann leise, aber bestimmt. Er hob eine Hand an ihre Wange, streichelte leicht mit dem Daumen darüber. Sky schmiegte sich in die Berührung. Er senkte seine Lippen auf ihre und küsste sie sanft. Skys Hände glitten wie automatisch in seinen Nacken und kraulten die weichen Haare am Ansatz. Sie streichelten sich eine Weile, bis Ryans Berührungen etwas drängender wurden. Sky wusste, was er vorhatte. Sie wollte zwar auch wieder mit ihm schlafen, aber nicht hier. Nicht jetzt.

Sie löste sich von ihm. Sie versuchte aufzustehen, doch Ryan hielt sie am Handgelenk zurück. Sofort beschleunigte sich ihr Pulsschlag und sie zerrte an ihrer Hand. Ihm schien bewusst zu werden, was er da gerade tat, denn er riss die Augen auf und ließ Sky so abrupt los, dass sie auf ihrem Hintern landete.

"Es tut mir leid, Sky. Ich wollte nur wissen, wo du so schnell und vor allem ohne ein Wort hin wolltest!"

Sie saßen im Schneidersitz mit ungefähr einem Meter Abstand zueinander im Gras. Ryan sah sie verwirrt und auch ein wenig verletzt an. Er tat ihr ein wenig leid, er hatte recht, sie hätte ihm einfach nur sagen müssen, dass sie nicht hier mit ihm schlafen möchte, während die anderen jeden Moment hier aufkreuzen konnten.

Er hielt ihren Blick fest, aber sie sah seine Traurigkeit. Langsam krabbelte sie zu ihm, um sich auf seinem Schoß zusammen zu rollen. Er schlang sofort die Arme um sie und vergrub seine Nase in ihren Haaren.

"Ich wollte zurück ... die anderen ...", Sky konnte keine richtigen Worte dafür finden, aber sie spürte, dass es auch gar nicht nötig war. Sie musste Ryan nichts erklären, es reichte ihm, dass sie zurück gekommen war. Diese Erkenntnis machte es Sky ein wenig leichter. Jemand, der nicht nachbohrte, der keine Vergangenheit und Erklärungen brauchte. Jemand, der sie einfach so nahm, wie sie war, ohne sie verändern zu wollen.

Sie atmete tief aus und sagte dann leise: "Danke."

"Es gibt nichts zu danken, Sky", antwortete er ebenso leise.

"Lass uns zurück gehen ... das wäre dann wohl auch der Satz gewesen, den ich vorher hätte gebrauchen sollen", sagte Sky und verzog reuevoll ihr Gesicht.

"Wäre schön gewesen", lächelte Ryan sie an. "Dann hätten wir uns die letzten 10 Minuten sparen können." Sky lächelte. Dann standen sie auf und liefen Arm in Arm zum Lager.

Zurück am Feuer, waren einige ihrer Freunde bereits in ihr provisorisches Bett gegangen. Ryan und Sky gönnten sich noch ein Glas Rum, ehe sie sich auch zum Bett aufmachten. Fabio, Maya, Shane und Ty gingen mit ihnen.

Sie legten sich hin und Sky hatte ein ziemlich mulmiges Gefühl in der Magengegend. Fabio streckte sofort die Arme nach ihr aus, doch Ryan war schneller. Er packte sie um ihre Taille, zog sie mit einer einzigen schnellen Bewegung an seine Brust und hatte sie schon wieder los gelassen, ehe ihr Puls überhaupt die Möglichkeit hatte, nach oben zu schnellen.

Reife Leistung, dachte Sky. Fabio sah sie so traurig an, dass Sky gar nicht anders konnte, als ihre Hand nach ihm auszustrecken. Ein kleines, trauriges Lächeln lag auf seinen Lippen. Dann rutschte er ein kleines Stückchen näher. Er nahm ihre Hand in seine und schloss die Augen.

Hinter ihr erklang ein kleines Knurren. Sie spürte es mehr in ihrem Rücken, als dass sie es wirklich hörte. Sie blickte über ihre Schulter um und zog mahnend eine Augenbraue nach oben.

RYAN

Durch Mayas gezischte Worte hinter Ryan wurde ihm wohl die Haut gerettet. Er hatte sich wirklich bemüht, diesen angeblich besten Freund zu akzeptieren. Aber seine erste gemeinsame Nacht mit Sky wollte er sie wirklich nicht teilen. Das Knurren kam wie von selbst aus seiner Brust. Er schaffte es zwar gerade noch, es zu unterdrücken, doch sie musste es trotzdem irgendwie gemerkt haben.

"Das ist wohl hoffentlich nicht dein Ernst, Shane!", waren Mayas Worte hinter seinem Rücken.

"Warum? Ich tue dir doch gar nichts!", antwortete dieser.

"Rück ab, Shane, ich werde ganz bestimmt nicht mit dir kuscheln zum Einschlafen!"

Jetzt konnte Ryan sich nicht mehr halten. Er lachte so laut wie schon lange nicht mehr.

"Das ist nicht wirklich wahr, oder? Shane hat gerade tatsächlich versucht, sich an dich zu kuscheln, Maya?"

"Nein!", rief Shane, aber Maya rief gleichzeitig und wesentlich überzeugender: "JA!"

Ryan wurde erneut von einem Lachanfall gepackt und brachte daher nur abgehackt hervor: "Wenn ich DAS den Homies erzähle ... hahaha ... der große Shane ... hahaha!"

"Klappe, Ryan", knurrte Shane. Ryan sah zwar nicht, was Shane tat, aber es war auf jeden Fall zu viel für Maya.

Flehend rief sie: "Gregor! Bitte!"

"Oh Gott, Maya, das ist ja schlimmer als mit den Spinnen damals. Schon gut, komm zu Daddy", antwortete dieser. Da in diesem Moment das Tor aufging und zwei weitere Mitglieder ihren Weg ins Bett suchten, konnten alle sehen, wie Gregor einladend seine Decke hob, Maya ihre sieben Sachen raffte und sich dann an Gregors Brust schmiegte.

Shanes Gesichtsausdruck war unbezahlbar. Er schaute ihr so verdutzt hinterher, als traue er seinen Augen nicht. Schließlich brummte er: "Die erste Frau, die tatsächlich vor mir davonläuft, obwohl ich noch nicht mal mit ihr schlafen wollte.“ Dann drehte er sich auf die Seite und schloss seine Augen.

Als Ryan sich wieder Sky zuwandte, sah er, dass Fabio ein Stück näher gekommen war. Sky schlief mit ihrer Wange auf ihren ineinander verschränkten Händen. Auch Fabio schien zu schlafen. Dieses Bild gefiel ihm nicht, aber er konnte nichts anderes tun, als Sky mit einem Arm um ihre Taille an seiner Brust zu fixieren. Er presste sich der Länge nach an sie, steckte seine Nase in ihre Haare und ließ sich von ihrem wunderbaren Geruch in den Schlaf begleiten.

8 MISSVERSTÄNDNISSE

<u>SKY</u>

Eng, heiß, schwer. Sky versuchte, sich aus dem Schlaf hoch zu kämpfen. Sie öffnete flatternd die Augenlider und orientierte sich. Fabios Kopf lag an ihrer Brust und seine Hand auf ihrem Oberschenkel. Sky folgte seinem Arm mit ihrem Blick. Auf seiner Hand, auf ihrem Oberschenkel lag Ryans Oberschenkel. Er lag direkt hinter ihr und hatte einen Arm fest um ihre Taille geschlungen. Der andere Arm diente Sky als Kopfkissen.

Sie spürte seine heiße, nackte Brust in ihrem Rücken, Fabios heißen Atem an ihrer Brust und fühlte sich mehr als unbehaglich an.

Dann hörte sie ein Kichern. Über ihr und den zwei Klammeraffen standen Gregor, Maya, Shane und John mit ihren Kameras und hatten ihre helle Freude dabei, sie zu fotografieren.

"Anstatt euch über mich lustig zu machen, könntet ihr mich lieber hier raus ziehen, bevor ich erdrückt werde", jammerte Sky und löste dadurch nur noch mehr Gelächter aus.

"Glaubst du, wir sind lebensmüde? Keiner würde die

Finger in den Tigerkäfig stecken ... naja, Fabio tut es gerade, aber vielleicht kommt er mit dem Leben davon, weil er es im Schlaf tut", sagte Shane und versuchte dabei krampfhaft, ernst zu bleiben.

Sky wand sich unterdessen, um die beiden Männer loszuwerden. Ryan murmelte etwas, dann verstärkte sich sein Griff. Mit einer geschmeidigen Bewegung drückte er Sky fest an sich und drehte sich mit ihr zusammen auf die andere Seite. Er positionierte seine Arme und Beine neu und all das, ohne auch nur ansatzweise aufzuwachen.

"Das war jetzt nicht sein Ernst, oder?", fragte Sky in die Stille, die nach dieser Aktion herrschte. Plötzlich brachen alle in schallendes Gelächter aus, sodass auch Fabio und Ryan endlich aufwachten.

"Was ist los?", grummelte Ryan in Skys Haare und zog sie noch ein wenig enger an sich.

"Ich hab alles auf Video!", johlte Gregor, was bei allen zu Begeisterungsstürmen führte.

"Lass mich los, Ryan!", sagte Sky, musste aber auch lachen, da Ryans Drehung von oben einfach köstlich aussehen musste.

"Ich bin noch nicht wach, Sky. Lass mir noch ein paar Minuten."

"Du kannst ja noch liegen bleiben. Ich will aber aufstehen, Ryan."

"Dass du mir auch unbedingt den Morgen versauen musst", grummelte Ryan und ließ sie widerstrebend los. Sky gesellte sich zu den anderen, die sich gerade wieder und wieder das Video ansahen.

"Das, mein lieber Ryan, ist noch viel besser als die Geschichte von gestern Abend! Wenn ich ein Wort darüber höre, werde ich dieses Video in Amerika veröffentlichen!"

Shane hatte sichtlich Freude an Ryans Schlafverhalten. Ryan konnte es wohl auch nicht mehr erwarten und sah sich das Video ebenfalls an. Zu Beginn war sein Blick missbilligend, als er sah, wie nah Fabio in der Nacht gekommen war. Doch bei der Mission Sky-Umbetten konnte auch er nicht mehr anders, als mit zu lachen.

Von diesem Lärm waren nun auch die restlichen Gruppenmitglieder aufgewacht. Sie liefen alle zusammen zu einem nahe gelegenen See, um sich ein wenig zu waschen. Zunächst wurden die verbliebenen Vorräte vernichtet, dann begab sich ein Großteil ins Wasser.

"Komm mit mir ins Wasser, Sky", raunte Ryan ihr ins Ohr.

"Nein. Erstens würde mein Kleid nass werden. Zweitens werde ich keinen Sex mit dir haben, während in unmittelbarer Seh- und Hörweite unsere Freunde warten!", zischte Sky sogleich zurück. Ryan biss ihr leicht in die Halsbeuge und rieb seine Erektion an ihrem Po.

"Merkst du denn nicht, wie scharf du mich machst, Kleines?", raunte er ihr ins Ohr und Sky seufzte unterdrückt. Er streichelte ihre Taille und küsste sich immer wieder von ihrer Schulter zu ihrem Ohr.

"Ich will dich ficken, Sky, ich weiß, dass du es auch willst!", raunte er ihr zu. So schwer es ihr auch fiel, ihn hier und jetzt abzuweisen, sagte sie: "Später Ryan."

"Ich hab nicht sonderlich viel Geduld, Süße. Nicht, wenn ich so scharf wie jetzt bin. Ich möchte mich tief in dir vergraben. Dich mit dem Rücken an einer Wand nageln, bis dir Hören und Sehen vergeht und du mich um mehr anbettelst."

Sky wimmerte leise, als er den Druck an ihren Hüften verstärkte.

"Ich bettle dich jetzt an, Ryan. Ich bitte dich, es jetzt zu lassen. Ich möchte nicht, dass uns jemand sieht." Skys Stimme war leise, kaum zu verstehen, da sie selbst mittlerweile ziemlich feucht und erregt von Ryans Worten geworden war. Ryan küsste sie daraufhin ein letztes Mal auf ihren Nacken und löste sich dann langsam von ihr. Er lächelte teuflisch und Sky wusste, dass er irgendeinen Plan ausheckte.

Bevor sie ihn aber danach fragen konnte, hatte er sich

abgewandt. Er sprang mit großen Schritten in den See und tauchte mit einem Hechtsprung unter.

Sky lief auf den Steg am hinteren Ende des Sees, setzte sich an dessen Ende und ließ ihre Füße im Wasser baumeln.

Der See war sehr klar und die warme Morgensonne glitzerte auf der Wasseroberfläche. Es wurde viel gelacht unter den Freunden und die Stimmung war wirklich ausgelassen. Der Anblick ihrer munteren Freunde gab Sky ein Gefühl tiefster Zufriedenheit. Als wäre sie hier und jetzt genau am richtigen Fleck.

Ryan tauchte knapp vor ihr aus dem Wasser auf. Er schüttelte sich und das Wasser spritzte bis in ihr Gesicht. Sie lachte und wischte sich mit dem Ärmel trocken. Dann erst fiel ihr auf, wie atemberaubend Ryan in diesem Moment aussah. Wassertropfen schimmerten in seinem Haar und liefen in kleinen Bächen seinen muskulösen, gebräunten Oberkörper hinab. Er fuhr sich mit einer Hand durch sein volles, nasses Haar, um es sich nach hinten zu streichen. Die Bewegung betonte seinen Bizeps und Sky musste hart schlucken.

Auf ihre Reaktion hin lächelte Ryan verführerisch und trat noch einen Schritt auf sie zu. Er strich ihre Wade entlang, hoch bis zu ihrer Kniekehle und dann zurück zu ihrer Ferse. Sky beobachtete die federleichte Berührung und musste ein Stöhnen unterdrücken. Ryan sah ihr tief in die Augen und griff dann unter Wasser nach dem immer noch voll erigieren Schwanz.

"Er ist immer noch hart für dich, Sky", sagte Ryan mit vor Verlangen dunkler Stimme. Er begann, mit seiner Hand in langsamen, langen Zügen auf und ab zu pumpen. Sky konnte ihren Blick von dem erotischen Bild, das Ryan da bot, nicht abwenden. Der Blick, mit dem er sie fixierte, und das Spiel seiner Muskeln, während er sich selbst befriedigte, trieben Sky an den Rand ihrer Selbstbeherrschung. Als seine Hand sich fester um ihre Kniekehle schloss, stöhne Sky leise auf.

"Es gefällt dir, mir dabei zuzusehen", murmelte Ryan und in seinen Augen blitzte es vergnügt auf. Er ließ seine Hand an der Innenseite ihres Schenkels entlang wandern, bis er auf ihre Nässe stieß. Sein Lächeln verrutschte ein wenig und er schluckte hart, ehe er sagte: "Es gefällt dir sogar ziemlich gut."

Mit diesen Worten schlüpfte seine Hand, getarnt durch Skys Rock, unter ihren String. Sky keuchte leise, als seine Finger über ihr zartes Fleisch strichen. Sie sah sich nach den Anderen um, war sich aber sicher, dass niemand erkennen konnte, was sie hier trieben, denn seine Hände wurden von ihrem Rock und dem Wasser verdeckt. Er begann, mit seinem Daumen langsam um ihre Klit zu kreisen. Sky musste die Augen schließen, um sich nicht von den Empfindungen überwältigen zu lassen. Sie krallte ihre Hände in den Steg und keuchte leise.

"Sieh mich an, Sky!"

Widerstrebend öffnete sie die Augen. Sein Anblick raubte ihr schier den Atem. Er pumpte kräftiger und die Muskeln seines Körpers waren aufs Äußerste angespannt. In seinen Augen brannte ein Feuer, das direkt in ihren Unterleib zuckte.

"Dieses Wimmern macht mich wahnsinnig an, Sky!" Er schob zwei Finger in sie und Sky kam beinahe augenblicklich. Sie krampfte in Wellen um seine Finger und auch er konnte sich nicht länger halten. Er kam mit einem gemurmelten Fluch. Seine Finger, die noch immer in ihr waren, krümmten sich zusammen. Der Druck auf und in ihrem immer noch empfindlichen Fleisch schickte sie noch einmal über die Klippe und Sky stöhnte ihren zweiten Orgasmus leise hinaus. Beide atmeten schwer, Schweißperlen glitzerten auf Ryans Stirn.

Er lächelte sanft und zog seine Hand langsam aus ihr zurück. Sky erwiderte sein Lächeln träge. Zu Worten fühlte sie sich noch nicht in der Lage. Sie war immer wieder überrascht davon, dass es ihm so mühelos gelang, sie allein durch seine Finger kommen zu lassen. Ryan stützte sich auf dem Steg auf und drückte sich aus dem Wasser heraus auf ihre Augenhöhe.

Er sah ihr einen Moment in die Augen, grinste dann schelmisch und sagte: "Das wird uns das Warten bis ins Tal ein wenig einfacher machen." Er küsste sie zärtlich auf den Mund und ließ sich dann zurück ins Wasser gleiten. Er tauchte noch ein wenig, während Sky versuchte, sich wieder zu sammeln.

Einige Zeit später hörte sie die anderen zum Aufbruch rufen und erhob sich von ihrem Beobachtungsposten. Ryan zog sich am Steg hoch und schloss zu ihr auf.

"Alles okay, Sky?"

"Irgendwann wirst du dieses Spielchen zu weit treiben, Ryan. Und du wirst uns beide damit fürchterlich blamieren."

"Sky", sagte Ryan jetzt mit sehr ernster Stimme. "Ich habe genau zwei verdammte Wochen Urlaub im Jahr. Das sind die einzigen vierzehn Tage, in denen mir nicht permanent auf die Finger geschaut wird. Ich bin hier, um auszuspannen, Spaß zu haben und ich hatte die Situation zu jeder Zeit voll im Blick. Bitte entspann dich einfach mal und lass mich das Denken übernehmen!"

Damit ließ er sie stehen und joggte zu dem Rest der Gruppe.

Dich übernehmen lassen, dachte Sky, *genau das, was ich nie wieder wollte! Aber ich könnte ihm ja zumindest in Sachen Sex die Verantwortung abtreten...*

Eigentlich waren die Situationen ja durchaus immer gut gewählt. Sie waren nicht allein, aber doch immer so geschützt, dass niemand wissen konnte, was sie taten. Rom wurde auch nicht an einem Tag erbaut und sie beschloss, dass sie sich auch noch ein wenig Zeit für ihre Entscheidung lassen konnte.

RYAN

Ryan hatte jetzt erst mal die Nase voll und beschloss, Sky ein wenig Zeit zu geben. Maya hatte Recht. Das alles hier sollte Spaß machen. Spaß hatte er gehabt und da sie nicht seine Freundin oder ähnliches war, war er auch nicht für ihren Seelenfrieden verantwortlich. Er schloss zu Shane auf, der ein wenig wie ein geschlagener Hund dahin trottete.

"Was ist los, Bro?"

"Scheiß Weiber", fluchte Shane leise vor sich hin. Auf Ryans fragenden Blick setzte Shane seine Ausführungen fort.

"Maya behandelt mich, als hätte ich eine ansteckende Krankheit. Und Zoey behandelt mich, als wäre ich ihr Playboy, den sie rausziehen kann, wenn sie es nötig hat."

"Sag mal, Shane, wundert dich das? Bei Maya hast du es dir verbockt, wie ich dir schon sagte, und ich glaube auch nicht, dass sich das noch einmal ändert. Und Zoey ist für dich doch auch nichts anderes. Du würdest sie auch auf der Stelle durch ein x-beliebiges anderes Mädchen ersetzen. Lass uns doch heute nach der Show ein bisschen auf dem Markt bleiben. Da findet sich bestimmt was für dich."

"Was ist mit Sky?", wollte Shane wissen.

"Die zickt gerade. Ich werde später am Abend noch einmal bei ihr vorbei schauen, vielleicht hat sie sich bis dahin beruhigt."

"Meinst du, das ist eine gute Idee?"

"Warum? Ich bin nicht mit ihr zusammen und daher nicht für ihre Launen zuständig."

"Wenn du meinst ..." Shanes Augenbrauen waren immer noch zusammengezogen.

"Komm, lass uns nach unten gehen, ich brauch dringend eine ordentliche Dusche und der Pelz in meinem Gesicht sollte auch dringend runter", meinte Ryan und lächelte seinen Freund aufmunternd an. Shane war nie ein

Kind von Traurigkeit und seine Laune besserte sich rasch.

Sie liefen den dreistündigen Abstieg ohne Pause und kamen pünktlich zur Mittagessenszeit zurück zu ihren Lagerplätzen. Man rief sich ein paar Verabschiedungen zu und Ryan gab Sky noch einen kleinen Kuss auf die Schläfe, ehe er sich zu seinem Zelt begab. Natürlich war ihm ihr verwirrter Gesichtsausdruck aufgefallen, da er aber keine Lust auf Diskussionen hatte, war er einfach darüber hinweggegangen. Er würde sie einfach heute Abend verführen, wenn sie mit ihren Freunden hier am Lagerfeuer saß.

Perfekter Plan! Er musste jetzt nur aufhören, darüber nachzudenken, da es sich in seiner Hose schon wieder zu regen begann. Er holte seine Duschsachen und lief zusammen mit Shane zum Duschwagen.

Es war wohltuend und Ryan fühlte sich besser, als er den Geruch von Wald und See von sich gespült hatte. Er zog sich frische Gauklerhosen an und hängte sich sein Handtuch im Nacken über die Schultern. Er wusste, dass er gut aussah und er genoss die Blicke, die die Frauen ihm zuwarfen. Es waren ehrliche Blicke. Blicke, die nur auf ihn und sein Aussehen gemünzt waren, und nicht auf das Vermögen und das Prestige, das hinter seinem Namen stand.

Er strich sich durchs nasse Haar und ließ zur Vervollständigung seines Showprogramms seine Muskeln dabei spielen.

"Dreh mal ein bisschen runter, Mr. Lover-Lover. Das ist sogar für dich eine Nummer zu dick aufgetragen", hörte er Shane hinter sich sprechen. Ryan grinste frech.

"Man wird doch noch ein bisschen genießen dürfen!"

"Ja, ja, du machst sie jetzt an und ich muss nachher hinter dir her räumen, da du ja zu Sky ins Bett entschwindest", feixte Shane und schlug ihm mit dem Handtuch auf sein Hinterteil. Lachend gingen sie zurück, um mit dem Rest ihrer Gruppe zu grillen. Die meisten anderen Gruppen waren kreativer in ihrer

Essensgestaltung. Da Fire&Ice aber nur aus Männern bestand, von denen niemand Lust zu kochen hatte, wurde bei ihnen zweimal täglich gegrillt. Brot kauften sie auf dem Markt und mehr benötigte die Gruppe nicht. Viel Fleisch und Wurst später, waren alle gesättigt und zogen sich auf ihre Liegen zurück, um ein Nachmittagsschläfchen vor ihrer Show zu halten.

Wie gewohnt fanden sie sich um fünf Uhr vor der Bühne ein und bereiteten ihren Auftritt vor. Es lief nicht ganz so reibungslos wie gewöhnlich. Nicht alle Mitglieder ihrer Crew waren heute 100%ig bei der Sache gewesen. Ein paar kleinere Verbrennungen und Prellungen waren die Bilanz des heutigen Tages.

Als sie sich hinter der Bühne einfanden, um die Verbrennungen zu verarzten, sagte Alex: "So geht das nicht, Jungs. Noch so eine verpatzte Show können wir uns nicht leisten. Bitte klärt eure Dramen oder geht früh schlafen oder bereinigt, was auch immer euch so schlecht hat spielen lassen."

Zustimmendes Gemurmel ertönte in der ganzen Gruppe. Ryan legte gerade einen Verband an Shanes Oberarm an, als dieser sagte: "Bereinigen. Genau. Ich brauche dringend einen guten Fick, dann geht's mir auch wieder gut. Noch mehr von diesen ätzenden Brandwunden brauche ich nicht, die nässen immer so ekelhaft." Damit zog er sich die Hose ein Stückchen tiefer, sodass das V seiner Muskelstränge an den Hüften besonders gut zur Geltung kam. Er setzte sein spitzbübisches Grinsen auf, das unwiderstehlich auf Frauen wirkte.

Dann zog er eine Augenbraue hoch und sagte nachdem er Ryan gemustert hatte: "Hopp, hopp, mach dich hübsch, Bro, du musst heute mein Flügel sein."

Mit Flügel meinte Shane, Ryan sollte ihm zuspielen und ihn beim Frauenfang unterstützen. Ryan hatte kein Problem damit, Shanes Flügel zu sein. Shane sagte seit Jahren, dass ein Adler ohne Flügel keine Beute schlägt. Nun, Shane tat das ohne Probleme auch ohne ihn, aber

Ryan wusste aus eigener Erfahrung, dass sie im Doppelpack unschlagbar waren. Ob privat oder geschäftlich, die beiden ergänzten sich in allen Lebenslagen. Das war einer der Gründe, warum Shane für ihn unverzichtbar geworden war.

Also tat Ryan ihm den Gefallen. Er wischte sich die Rußspuren vom Körper, zog seine Hose ein Stückchen nach unten und kämmte sich mit den Fingern die Haare aus dem Gesicht. Et voila, das unschlagbare Duo war jagdbereit.

Lässig schlenderten sie über den Marktplatz und es dauerte keine fünf Minuten, als auch schon die ersten Frauen an ihren Seiten hingen.

SKY

Auf dem Weg zum Marktplatz hörte Sky eine Stimme nach ihr rufen. Sie drehte sich um und erspähte ihren langjährigen Freund Mike.

"Hi, schön dich zu sehen, Mike!", rief sie ihm von weitem entgegen. Er zog sie in seine Arme und wirbelte sie im Kreis.

Er strahlte sie an, als er sie wieder auf die Füße stellte, und sagte: "Ich hab dich hier ja ewig nicht mehr gesehen! Dachte schon, du kommst nie mehr!"

"Ach quatsch, Mike, es waren gerade mal zwei Jahre, übertreib doch nicht so."

"Zwei Jahre sind quasi eine Ewigkeit! Ich hoffe, ihr kommt nachher mit zu uns, wir feiern heute in meinen Geburtstag rein."

Sky fragte in die Runde: "Wie sieht's aus? Wollen wir?"

Vielstimmiges "Ja klar!" und "Auf jeden Fall!" klang ihr entgegen und sie grinste Mike an.

"Du hörst es, wir werden euch überfallen. Bis später!" Sie drückte ihn noch einmal an sich und lief mit ihren Freunden zum Marktplatz.

Die Stimmung der Gruppe war merklich gestiegen. Die

bevor stehende Party versetzte alle in beste Laune. Sky wollte noch schnell nach Ryan suchen, denn trotz seines komischen Verhaltens am Vormittag wollte sie ihn gerne dabei haben.

Die Show der Jungs hatten sie leider verpasst, aber sie sah von weitem Shanes und Ryans Köpfe über die Menge ragen. Sky vereinbarte mit Maya einen Treffpunkt, damit sie in ein paar Minuten zusammen zu Mikes Party gehen konnten, und kämpfte sich durch die Menge auf die "Zwillinge" zu.

Sie war nur noch wenige Meter von den beiden entfernt, als sie Ryans Stimme hörte: "... mitkommen, Honey, wir werden bestimmt Spaß haben!"

"Hmm ... da könnte ich mich glatt überreden lassen, bei zwei solchen Leckerbissen. Wie weit ist es denn bis zu eurem Zelt?"

Sky erstarrte, als sie Ryan und die Frau reden hörte. Sie verspürte einen Stich in der Herzgegend und zeitgleich drehte sich ihr der Magen um. Dass Ryan sie wegen solch einer kleinen Verstimmung ersetzen würde, hätte sie nicht gedacht. Natürlich war ihr bewusst, dass sie nicht zusammen waren. Jeder konnte tun und lassen was er wollte. Sky fühlte sich aber dennoch verraten.

Mehr wollte sie von dem Gespräch nicht mehr hören. Sie machte auf dem Absatz kehrt und lief zum vereinbarten Treffpunkt. Sie versuchte, ruhig zu atmen. *Ich will ihn nicht für mich allein! Das war nie ausgemacht! Ich brauche ihn nicht! Ich brauche überhaupt keine Männer! Ich fühle nichts für ihn! Ich kann mir einfach einen anderen suchen.* Sky betete zu ihrer eigenen Beruhigung die beschwichtigenden Sätze wie ein Mantra.

Nach der Hälfte des Marktplatzes hatte sie sich ein wenig selbst davon überzeugt. Ihr Herzschlag hatte sich wieder soweit beruhigt, dass man ihn beinahe als normal bezeichnen konnte. Maya lächelte ihr zu.

"Hast du ihn gefunden?"

"Ja, aber er hat heute schon was vor." Sky schaffte es

sogar, Maya ein aufgesetztes Lächeln zu schenken. Für ein echtes reichte es leider nicht.

Maya runzelte die Stirn, zuckte aber dann mit den Schultern und sagte: "Okay, komm, dann lass uns losgehen." Gemeinsam gingen sie zurück zu den Lagerplätzen. Schon von weitem hörte man den Gesang und das Gelächter der Feiernden. Maya und Sky schwiegen beide. Sky, weil sie versuchte, das Gehörte zu vergessen und Maya, weil sie wohl spürte, dass Sky nicht zum Reden zu Mute war.

Kurz vor dem Eintreffen sagte Maya: "Wir können auch zurück zu unserem Platz, wenn du möchtest."

"Nein, nein, lass uns zusammen mit Mike in seinen Geburtstag rein feiern", beschwichtigte Sky. Maya schien skeptisch, nickte aber dann und ging weiter.

"Sky!", rief Mike ihnen entgegen. Sky setzte sich wieder ein Lächeln in ihr Gesicht und ließ sich von ihm umarmen.

"Schön, dass du endlich da bist, wir haben uns so viel zu erzählen! Komm, lass uns erst einmal etwas trinken gehen", plapperte Mike dann auch schon drauf los und legte ihr einen Arm um die Schultern. Sie liefen zusammen zur improvisierten Bar und stießen mit einem Seven Heaven an.

"Auf dich, Geburtstagskind!" Sie tranken und lachten zusammen. Über eine Stunde redeten sie über die Vergangenheit. Die letzten zwei Jahre und die Zeit, in der sie für wenige Monate ein Paar waren. Natürlich ging Sky nicht ins Detail, was ihre letzte Beziehung anging. Sie mochte Mike, aber diesen Teil ihrer Vergangenheit sollten so wenig Menschen wie möglich kennen. Sky fühlte die Blicke ihrer Gruppe und vor allem den von Maya auf sich ruhen, hatte aber mittlerweile einen leichten Schwips und tat es mit einem Achselzucken ab.

"Trink noch einen mit mir, Süße", sagte Mike und legte ihr einen Arm um die Schulter. Die Geste störte Sky ein wenig, aber das Gefühl dieser vertrauten Berührung gefiel ihr. Leider war er nicht mehr der Mann, den sie begehrte, und sie wusste auch, dass die Beziehung zu Mike nicht ohne Grund zu Ende gegangen war. Sie waren beide zu sehr mit sich selbst beschäftigt gewesen und keiner wollte sich für die Beziehung zurücknehmen. Mike sprach die ganze Zeit mit ihr oder vielmehr auf sie ein, denn Sky hörte seine Worte nur als Hintergrundrauschen. Er kam dabei immer näher, sodass sie sich noch unwohler fühlte. Schließlich nahm er ihren Kopf zwischen seine Hände und küsste sie.

Skys vernebeltes Gehirn realisierte zunächst nicht, was gerade geschah, und wurde erst klarer, als sie ein wütendes Knurren hinter sich hörte. "Nimm sofort deine dreckigen Pfoten von ihr!"

Scheiße, Ryan.

RYAN

Ryan lachte gerade mit Shane und der Frau, die Shane abschleppen wollte, über eine Geschichte, die diese erzählte, als Maya mit zornigem Blick vor ihm auftauchte.

"Aha, daher weht also der Wind. Dachte ich's mir doch, dass da was im Busch ist", sagte diese und entlockte Ryan damit ein Stirnrunzeln.

"Hi Maya", sagte Shane und verschlang sie dabei beinahe mit seinen Blicken. *Idiot,* dachte Ryan, *hättest du dich nicht so saublöd angestellt, hättest du sie schon längst gehabt!* Maya ignorierte Shane und konzentrierte sich wieder auf Ryan.

"Hi Maya", sagte er und fragte gleich darauf: "Kann ich dir irgendwie behilflich sein?"

"Ich wollte nur mit eigenen Augen sehen, warum Sky gerade mit ihrem Ex flirtet anstatt wie seit Tagen mit dir", war deren Antwort.

"WAS?"

"Du hast mich schon richtig verstanden!"

"Was soll das? Warum seid ihr nicht bei euch?"

"Hast du den Verstand verloren, Ryan? Denkst du im Ernst, wir sitzen bei uns, bis du dich gnädigerweise entschließt, deine Zeit mit uns zu verbringen?"

"Nein, aber ihr hättet mich doch abholen können."

"Das war der Plan. Sky ist dich nach eurer Show suchen gegangen, um dir zu sagen, dass bei Mike im Lager eine Party läuft und wir alle dorthin gehen. Als sie wieder kam, sagte sie, du hättest etwas anderes vor und wir sind alleine hin. Sie war ziemlich seltsam und jetzt hängt Mike an ihr."

Ryan verzog das Gesicht und sagte dann: "Bring mich zu ihr."

"Hey, ich dachte, wir drei haben noch ein bisschen Spaß?", schmollte die Frau und sah dabei, zumindest in Ryans Augen, furchtbar aus.

"Sorry, ist was Wichtiges dazwischen gekommen", antwortete Shane und stand ebenfalls auf. Ryan war überrascht, dass Shane sich diese sichere Beute entgehen ließ. Als er aber Mayas Lächeln sah, wusste er, dass es die einzig richtige Reaktion gewesen war. Soviel Feingefühl hatte er Shane definitiv nicht zugetraut.

Sie benötigten fast 10 Minuten, bis sie auf der Party angelangten, obwohl Ryan ein scharfes Tempo vorlegte. Auf der anderen Seite des Lagerplatzes sah er eine leicht schwankende Sky und einen schmalen Typen, der auf sie einredete. Der Typ stand viel zu nah bei ihr, zumindest für Ryans Geschmack.

"Ruhig Tiger, fahr dein Geknurre mal ein wenig runter, die Leute schauen schon ganz komisch!", sagte ihm Shane leise ins Ohr. Ryan war gar nicht aufgefallen, dass ein Grollen aus seiner Kehle kam. Er war so wütend, dass er nur noch Augen für die Szene vor ihm hatte.

"Es ist mir scheißegal, was die Leute denken, Shane. Wenn der Wichser nicht bald ein bisschen Abstand nimmt, kann er was erleben!"

"Wenn du nicht willst, dass Sky noch wütender auf dich wird, würde ich ihm kein Haar krümmen. Sie ist eh schon sauer auf dich und die beiden sind immer noch befreundet", riet Maya ihm und musterte ihn dabei durchdringend.

Ryan schnaubte. *Als hätte mir hier irgendjemand was zu sagen,* dachte er und stapfte wütend in Skys Richtung. Er hatte gerade einmal die Hälfte der Streckte hinter sich, als sich dieser Idiot zu ihr hinunter beugte, um sie zu küssen. *Das darf ja wohl nicht wahr sein. Und sie stößt ihn noch nicht einmal weg!,* schrie es weiter in seinem Kopf und er beschleunigte seine Schritte noch einmal.

Wieder stieg dieses wütende Geräusch in seiner Brust empor und er brachte nichts anderes heraus als: "Nimm sofort deine dreckigen Pfoten von ihr!"

Sky taumelte zurück und sah ihn schockiert an. Ryan konnte in diesem Moment nicht mit ihr sprechen. Er hätte sie nur angeschrieen und das hätte sie ihm nicht verziehen. Da war er sich sicher!

"Und wer soll mir das befehlen?", sagte der Wichser. Ryan war knapp davor, ihn in Grund und Boden zu stampfen. Nur Mayas warnende Worte in seinem Hinterkopf hielten ihn davon ab. Sky schien sich wieder gefangen zu haben.

Sie maß ihn mit einem eindeutig wütenden Blick und antwortete: "Mike, das ist Ryan. Ryan, das ist Mike. Nicht, dass es dich etwas angehen würde." Mit diesen Worten drehte sie sich um und ging zur Bar.

"Noch einen Seven Heaven, bitte", sagte sie und würdigte ihn keines Blickes. Ryan versuchte, Mike durch böses Starren davon zu überzeugen, dass es besser für ihn wäre, jetzt zu gehen. Dieser aber ließ ihn links liegen und gesellte sich zu Sky.

"Darüber reden wir noch, Mike", sagte Sky in einem ruhigen Ton, setzte aber ihren Eisblick hinterher, als sie sich kurz zu ihm umwandte. Mike schluckte und Ryan wusste, dass er diesen Blick bereits kannte. Sky griff nach ihrem Glas, verfehlte es dabei beinahe.

"Meinst du nicht, du hast genug für heute?", fragte Ryan in gereiztem Ton. Abrupt wandte sich Sky um. *Eisblick in der Endstufe … gar nicht gut,* dachte Ryan alarmiert, bevor Sky mit gefährlich ruhiger Stimme sagte: "Wir gehen jetzt, Ryan!"

Dann wandte sie sich an Mike: "Danke für die Einladung, wir sprechen uns morgen." Ihre Stimme war dabei nur Nuancen weicher, als bei dem Satz an Ryan. Aber um diese Nuancen wäre er im Moment mehr als glücklich gewesen. Sie trank ihren Drink auf ex und torkelte zurück zum Weg.

Ryan wollte sie stützen, doch sie riss ihren Arm weg und warf ihm abermals einen der berüchtigten Blicke zu. Er hob seine Arme zu einer beschwichtigenden Geste und fragte sich, wo das ihm so lieb gewordene, schüchterne Mädchen nur geblieben war.

Er folgte ihr durch die Menge und auf dem Weg zum Lager der Setarips, ohne ihr noch einmal zu nahe zu kommen. Sie schwankte bedenklich, aber aus der Erfahrung schlau geworden, hütete sich Ryan davor, ihr zur Hilfe zu eilen. Sollte sie doch stürzen, dann würde sie vielleicht wieder zur Vernunft kommen.

"Was ist dein Problem, Ryan?", platzte sie gleich bei Erreichen des Lagers heraus.

"Was mein Problem ist? Du stehst da und lässt dich von irgendeinem Typen küssen!" Ryan konnte nicht glauben, dass sie sich so blöd stellte. Sie hatte einen Fehler begangen und besaß nun auch noch die Frechheit, auf ihn wütend zu sein.

"Erstens: Nicht irgendein Typ, sondern Mike, mein Ex. Zweitens: Ich war gerade dabei, ihn zu unterbrechen, als du aufgetaucht bist. Und drittens, welcher, was ich noch hervorheben muss, der wichtigste Punkt ist: ES GEHT DICH EINEN SCHEIßDRECK AN!!"

Die letzten Worte schrie Sky ihm so laut entgegen, dass er überrascht einen Schritt zurückwich. *Kräftiges Organ, für so ein kleines Mädchen!*

"Es geht mich nichts an? Du hattest vor wenigen Stunden noch Sex mit mir und schon liegst du einem anderen in den Armen?" Auch Ryan hatte nun seine

Stimme gehoben. Diese Frau machte ihn wahnsinnig. Was dachte sie sich nur dabei?

"Du machst mich gerade verdammt wütend, Ryan! Und dass ich dich schon wieder in mehreren Punkte korrigieren muss, nervt mich gewaltig!" Sky atmete tief aus und fuhr dann fort: "Erstens: Wir hatten keinen Sex. Wir haben ein wenig rum gemacht, dass ist alles. Und dass mir das gar nicht so recht war, daran solltest du dich ja wohl noch erinnern, so beleidigt, wie du abgezogen bist. Zweitens: Ich lag nicht in seinen Armen. Er hat mich geküsst und ich wollte es noch nicht einmal. Drittens: Ja, Ryan, es geht dich nichts an! Ich bin nicht deine Freundin. Du hast keinerlei Anspruch auf mich! Ich habe dir doch auch keine Szene gemacht, als du dieses Flittchen vom Marktplatz in dein Zelt eingeladen hast!"

"Du warst da? Warum hast du nichts gesagt? Ich wollte sie doch gar nicht. Sie war für Shane!" Sky schnaubte verächtlich. "Es ist die Wahrheit! Frag ihn doch!", setzte Ryan darauf hin noch hinterher.

"Als würde er nicht sowieso alles sagen, was du willst!"

"Jetzt zick doch nicht so! Ich hab sie doch noch nicht mal angerührt!"

"Weißt du, Ryan, eigentlich ist es mir egal. Und genau das sollte es dir auch sein. Wir wollten Spaß, oder? Was soll dieses ganze Drama?"

"Ja, wir wollten Spaß, was aber nicht heißt, dass ich jeden Abend jemand anderen will oder dich in dieser Zeit teilen will! Und ehrlich gesagt sind wir mehr am Streiten, als dass wir wirklich Spaß miteinander hätten." Ryan hängte den letzten Satz noch an, da sie bemerken sollte, dass ihm dieses Drama auch wirklich auf die Nerven ging.

"Tja, wenn das so ist, ist es wohl besser, wenn wir für den Rest der Zeit getrennte Wege gehen!"

Oh, oh … falsche Richtung. Ich muss sie dringend wieder zur Vernunft bringen, sonst versaut mir dieses Mädchen noch meinen Urlaub!

"Gott, Sky, du bist betrunken und ziemlich

angriffslustig. Schlaf einfach eine Nacht darüber und lass es uns morgen nochmal besprechen", sagte Ryan. Ihm war ein wenig unwohl bei dem Gedanken, dass dies ihre letzte Begegnung sein könnte.

"Ich bin nicht betrunken!" Ryan zog eine Augenbraue nach oben und deutet auf die Hand, mit der sie sich an der Tischkante festhalten musste.

"Oh." Sky wirkte ein wenig verlegen, als ihr klar wurde, dass sie wohl doch ein bisschen zu viel getrunken hatte.

"Ja", sagte Ryan ruhig. "Wie wäre es mit einem Kuss und dann schlafen wir beide erst mal eine Runde?", fragte er sie sanft und machte einen Schritt auf sie zu. Sky schüttelte unsicher den Kopf, aber er hörte gar nicht auf sie. Er schloss die Lücke zwischen ihnen und legte einen Finger unter ihr Kinn. Er zwang sie, seinen Blick zu erwidern. Sky blickte ihm widerwillig mit geröteten Wangen und großen Augen entgegen.

Da ist ja wieder das süße Mädchen, dachte Ryan und lächelte sanft. Er beugte sich über sie und strich mit seinen Lippen über ihre. Er spürte die Funken fliegen bei der federleichten Berührung und musste sich zwingen, nicht mehr von ihr zu fordern. Ihre Zunge strich leicht über seine Unterlippe und Ryan stöhnte auf. Er erhöhte den Druck ein wenig und ließ seine Hand von ihrem Kinn in ihren Nacken gleiten. Skys Arme schlangen sich um seinen Hals, doch der fehlende Halt an der Tischplatte ließ sie taumeln. Ryan lächelte und flüsterte: "Ich glaube, es ist besser, wenn wir uns hinlegen."

"Okay", flüsterte sie. "Gute Nacht", sagte sie dann leise und wandte ihm schwankend den Rücken zu. Ehe er begreifen konnte, dass seine Botschaft falsch verstanden wurde, war sie schon in ihr Zelt entschwunden.

"Ich dachte eigentlich, wir legen uns gemeinsam schlafen", rief er ihr hinterher.

Ihre einzige Antwort war ein weiteres: "Gute Nacht, Ryan."

Ein wenig frustriert stapfte Ryan zurück in sein eigenes Zelt. Ihr Kuss hatte ihn erregt und sie hatte ihn eiskalt abblitzen lassen. *Alles nur, weil ich Idiot mit Shane auf Beutezug gehen musste. Das nächste Mal soll er seinen Scheiß alleine durchziehen. Scheiße nochmal!*

Mit diesen Gedanken ließ er sich auf seine Schlafstätte fallen und schloss die Augen, um die Bilder des Abends aus seinen Gedanken zu vertreiben.

9 WIE MAN EINEN KATER PFLEGT ...

RYAN

Ryan hatte schlecht geschlafen. Das Aufstehen war grauenhaft und sogar sein Training hatte ihm nicht wirklich Spaß gemacht. Extrem schlecht gelaunt begab er sich zu den Duschen.

Alles nur wegen dieser kleinen Hexe!, dachte er missmutig. Am Duschwagen angekommen, sah er gerade noch, wie Sky in den Wagen der Damen hinein ging. Ryan entschied sich für eine Blitzdusche. Rasieren fiel aus und er schlüpfte noch halb nass in seine Shorts, um sie abfangen zu können, wenn sie mit dem Duschen fertig war.

Neben der Eingangstür zum Duschwagen lehnend, wartete er auf sie.

Endlich! Sie sah bezaubernd aus. Ihre Haare waren noch nass und zu einem unordentlichen Knoten hochgesteckt. Ihr bordeauxrotes Kleid schmiegte sich aufreizend um ihren perfekten Körper. Ryan hätte sie am liebsten zurück in die Duschen gezerrt und auf der Stelle genommen. Da er aber nicht wusste, wie ihre Laune nach dem Zwischenfall gestern war, beschloss er, erst mal vorsichtig anzutesten.

"Guten Morgen, Sonnenschein!", sagte er rau. Er hätte seine Stimme gerne unbeschwerter gehabt, war aber leider zu erregt von dem Bild, das sie ihm bot.

"Pscht, nicht so laut! Und warum zum Teufel hast du überhaupt so gute Laune?"

"Oh, oh … verkatert?" Sky nickte langsam, verzog aber sogleich schmerzverzerrt ihr Gesicht.

"Armes Baby!", Ryan konnte nicht anders, er musste sie einfach ein wenig neckten. Sky lächelte gequält und ließ sich dann in seine Arme ziehen.

"Kaffee?", fragte Ryan, zog sie aber bereits in Richtung Markplatz. Als sie ihren Kaffee in der Hand hatte, ging er noch einmal auf den gestrigen Abend ein.

"Hör mal, Süße, können wir gestern nicht einfach abhaken? Ich wollte die Frau nicht. Ich hatte nur Shane versprochen, sein Flügel, also seine Unterstützung zu sein. Und jetzt, wo die erste Wut verraucht ist, hab ich auch begriffen, dass du eigentlich gar nichts von dem Typen gestern wolltest …"

"Mike", unterbrach Sky und schlürfte dann wieder an ihrem Kaffee.

"Na gut, Mike, von mir aus. Lass uns doch einfach die Regeln auf exklusive Rechte erweitern. Was hältst du davon?" Sky dachte eine Weile darüber nach und nickte schließlich.

"Okay."

"Das ist alles?"

"Was erwartest du? Soll ich Luftsprünge machen? Ich bin verkatert! Ich will nur liegen und leiden."

Ryan runzelte die Stirn und murmelte dann: "Ja, die meisten würden Luftsprünge machen."

Gemeinsam gingen sie zurück zum Lager der Setarips.

"Setz dich hier hin." Sky deutete auf eine Decke in der Nähe des Lagerfeuers. Mit fragendem Blick setzte er sich. Nach dem letzten Schluck Kaffee warf Sky den Becher in das Feuer und kam zu ihm. Ihr Weg wurde von Fabio gekreuzt, der ihr einen Kuss auf die Stirn gab und ihr eine

Sonnenbrille in die Hand drückte. Dankbar lächelte sie ihn an und setzte dann ihren Weg zu ihm fort.

"Was ...?", setzte er an, doch Sky legte ihm einen Finger auf die Lippen. Sie ließ sich neben ihm nieder, setzte sich die Sonnenbrille auf die Nase und bettete dann ihren Kopf auf seinem Schoß.

"Du musst ihr den Kopf streicheln", sagte Gregor leise im Vorbeigehen. Ryan blickte auf die Frau in seinem Schoß.

Was wird das? Maya kam kurze Zeit später und stellte eine Flasche Multivitaminsaft neben Sky auf den Boden.

"Mach es dir bequem, Ryan, das wird noch ein paar Stunden so gehen", sagte sie lächelnd und verschwand wieder.

Was zum Teufel wird das hier? Als er sich nicht bewegte, packte Sky kurzerhand seinen Arm und legte seine Hand auf ihrem Kopf ab.

"Los!", sagte sie nur, ehe sie sich wieder wie ein Kätzchen zusammenrollte. Und er tat es. Er konnte es selbst kaum glauben, aber er saß da, den Kopf einer verkaterten Frau auf dem Schoß, und streichelte ihr die Haare.

Keinen der Mitglieder ihrer Gruppe schien das Bild sonderlich zu irritieren. Sie gingen alle ihren Aufgaben nach, unterhielten sich leise und liefen um Sky und Ryan herum, als wären sie gar nicht da. Das alles kam ihm unglaublich skurril vor. Er hatte sein ganzes Leben lang noch keine verkaterte Frau betreut.

Es war bestimmt schon eine Stunde vergangen, seitdem man ihn hier abgesetzt hatte, und Sky hatte sich immer noch keinen Millimeter bewegt. Sein Arm wurde langsam schwer und er beschloss, die Streicheleinheiten einzustellen. Sie kamen ihm sowieso sinnlos vor. Zum einen war er der Meinung, dass Sky schon seit einer ganzen Weile schlief, zum anderen kam es ihm sinnlos vor, da das alles hier überhaupt nichts mit Sex zu tun hatte.

Warum zum Teufel sollte ich stundenlang da sitzen und eine

Frau streicheln, wenn dabei doch überhaupt nichts für mich rausspringt? Doch er hatte kaum mit dem monotonen Streicheln aufgehört, da kam bereits ein geknurrtes "Weiter!" von Sky.

Verblüfft, weil das so gar nicht ihre Art war, nahm er die Bewegung wieder auf. Eigentlich war sie weder fordernd noch bestimmend, aber ihre Stimme machte gerade ihrem Eisblick Konkurrenz.

Ein Kichern ließ Ryan aufblicken. Fabio! "Gewöhn dich dran, Ryan. So ist sie immer, wenn sie verkatert oder krank ist. Dann gibt es nur noch LL. Liegen und Leiden. Und du bist momentan eingestellt und wirst erst entlassen, wenn die schlimmsten Symptome abklingen." Fabio fand das Ganze wohl äußerst amüsant. Ryan weniger. Aber gut, was sollte er schon machen? Er wollte den neu gewonnenen Frieden nicht gleich wieder gefährden, nur weil Sky schlechte Laune bekam, wenn sie verkatert war.

"Was zum Teufel tust du da, Bro?", fragte Shane, der gerade in das Lager der Setarips gekommen war.

"Wenn ich das so genau wüsste", antwortete Ryan. Shane ließ sich neben ihm auf die Decke fallen und beobachtete kritisch das Geschehen.

"Schläft sie?"

"Ich weiß es nicht."

"Warum streichelst du ihre Haare?"

"Ehrlich, Shane. Ich. Weiß. Es. Nicht!"

"Okay. Ich hau ab. Bis dann."

"Bye." Dann war Ryan wieder allein mit seinen Gedanken. Er konnte sich immer noch keinen Reim auf die gesamte Situation machen, aber auf eine ihm unerklärliche Art und Weise begann es, ihm zu gefallen. Die Ruhe, die von dieser Situation ausging, die gleichmäßigen Bewegungen, die Sonne, die auf sie hinab schien, all das ließ ihn selbst zur Ruhe kommen und er entspannte sich immer mehr.

"Ich bin wieder da!", rief Jonas beim Betreten des

Lagers. Alle begrüßten ihn stürmisch. Zum Anschluss schlenderte Jonas zu Ryan hinüber.

"Hi Ryan."

"Hi Jonas, schön, dich wiederzusehen." Jonas ließ sich hinter Sky auf die Decke fallen und flüsterte: "Ich bin zurück, Schätzchen. Armes Baby! Wer hat dir das angetan?" Und tatsächlich rührte sich Sky. Sie drehte sich auf den Rücken und streckte Jonas ihre Arme entgegen. Dieser hob sie hoch, setzte sie sich rittlings auf seinen Schoß und streichelte ihren Rücken.

"Trink was, Schätzchen", flüsterte Jonas und drückte Sky den geöffneten Multivitaminsaft in die Hand. Sie trank ihn und barg ihr Gesicht dann wieder an Jonas Hals. Ryan fühlte seltsamerweise, dass ein wenig Eifersucht in ihm hoch kochte. Er wusste, dass es Blödsinn war. Sky war verkatert und Jonas schwul. Es sollte ihm nichts ausmachen und doch ...

"Ich glaube, du solltest los, Ryan. Ihr habt doch bald euren Auftritt."

Tatsächlich. Der Tag mit Sky, der aus eigentlich gar nichts außer Sitzen und Streicheln bestanden hatte, war wie im Flug an ihm vorbei gezogen.

Er stand auf und murmelte: "Bis später", und ging dann mit einem eigenartigen Gefühl im Bauch weg. Als er sich noch einmal umsah, saß Sky unverändert da, während Jonas ihr immer noch über den Rücken strich. Während der gesamten Show konnte Ryan keinen einzigen Setarip auf dem Marktplatz entdecken. Ihr Programm war zwar besser als am Vortag verlaufen, sie waren aber bei weitem noch nicht wieder auf ihr gewohntes Niveau gekommen.

"Was ist der Plan für heute Abend, Jungs?", fragte Alex in die Runde. Allgemeines Schulterzucken.

"Jonas ist zurück, Shane", sagte Ryan und dann: "Ich geh zu Sky."

"Bin dabei!" Nichts anderes hatte Ryan von seinem besten Freund erwartet. Gemeinsam schlenderten sie zurück zum Lager der Setarips.

Diese saßen alle zusammen um das Lagerfeuer. Sie tranken und lachten, während Maya zusammen mit Fabio ein Duett sang. Sky saß immer noch auf Jonas Schoß, nur dass dieser mittlerweile von der Decke zu den Strohballen, welche als Sitzgelegenheiten um das Feuer herum aufgebaut waren, gewechselt hatte.

"Sie hat eine Hammerstimme!", sagte Shane ehrfürchtig.

"Ja, hat sie. Aber wie oft soll ich es noch sagen, Shane: selbst verbockt!"

"Nein, nein. Du wirst sehen, Bro. Eines Tages bekomm ich sie!"

"Na, dann." Ryan ging zum Feuer und setzte sich neben Jonas auf den Strohballen. Fast augenblicklich löste Sky ihre Arme von seinem Hals und wandte sich Ryan zu. Sie streckte ihre Arme nach ihm aus, genauso, wie sie es am Nachmittag bei Jonas gemacht hatte. Ryan konnte sich ein Lächeln nicht verkneifen. Er nahm sie in die Arme und platzierte sie genauso rittlings auf seinem Schoß, wie Jonas es zuvor getan hatte.

"Du bist süß, so verkatert", murmelte er in ihre Haare. Sky schüttelte den Kopf.

"Geht es dir besser?"

"Ja. Mir würde es aber noch besser gehen, wenn du meinen Rücken streicheln würdest." Ryan lachte leise auf.

"Du hast gut lachen! Ich leide, siehst du das denn nicht?", grummelte Sky an seinen Hals.

"Oh doch, und glaub mir, jeder im Umkreis von drei Meilen hat mitbekommen, wie sehr du leidest!", antwortete Ryan immer noch lachend. Als er begann, ihren Rücken zu streicheln, seufzte sie leise auf und schmiegte sich noch tiefer in seine Arme. Eine Weile saßen sie so schweigend beieinander, genossen die Gegenwart des anderen und die Atmosphäre am Lagerfeuer.

Es war bereits dunkel geworden, als Ryan fragte: "Schläfst du heute bei mir, Sky?" Als sie nickte, atmete er erleichtert auf. Er konnte sich selbst nicht erklären, woher das Bedürfnis kam, sie so nah wie möglich bei sich zu haben, aber er wollte es. Und er war froh, dass sie es auch wollte. Ryan stand auf, Sky noch immer im Arm, und wandte sich zum Gehen. "Gute Nacht", rief er in die Runde und fast alle verabschiedeten sich ebenso. Nur Fabio schaute ihn wie immer mit zusammengekniffenen Augen an.

Im Zelt angekommen, kniete er sich auf seinen Schlafplatz. Langsam zog er den Reißverschluss ihres Kleides herunter und zog es ihr dann über den Kopf. Sie sah atemberaubend aus, wie sie da so auf seinem Schoß saß. Nur in sehr kleiner bordeauxroter Unterwäsche, kaum noch zusammengebundenen Haaren und diesem verhangenen Ausdruck in den Augen.

Er küsste sie auf die Lippen. Zärtlich und weich. Seine Hand fuhr ihren Rücken hinunter, während seine Zunge über ihre Unterlippe fuhr. Sky öffnete ihren Mund und ihre Zungen strichen einander, während der Kuss immer tiefer und intensiver wurde. Seine Hände streichelten ihren Po und er drückte sie näher an sich, um seinen bereits wieder steinharten Schwanz an ihrer warmen Mitte zu reiben. Er biss leicht in ihre Unterlippe und löste sich dann ein Stückchen von ihr.

"Ich will dich, Sky!" Sie nickte an seinem Hals und ließ dann ihren Oberkörper nach hinten sinken. Ihr Po immer noch auf seinem Schwanz platziert, bog sie ihren Rücken in einem Hohlkreuz zurück, bis ihre Schultern und ihr Kopf auf dem Schlafsack zu liegen kamen. Sie streckte ihre Arme über ihren Kopf hinweg und bot ihm so ein Bild, das ihm den Atem raubte.. Er griff unter ihren Rücken und öffnete ihren BH. Langsam schob er ihn über ihren Kopf hinweg zu ihren Handgelenken. Nur allzu gern hätte er sie damit gefesselt, wusste aber, dass es noch zu früh war. Er hoffte, dass sie ihm in den verbleibenden Tagen noch weit genug vertrauen würde, um ihn so weit gehen zu lassen. Ryan streichelte ihren Körper andächtig, beugte sich nach vorn und küsste jeden Zentimeter ihrer Haut, bis sie sich unter ihm wand. Er ließ seine Hände immer wieder über ihr feuchtes Höschen gleiten und übte leichten Druck auf ihren Venushügel aus.

"Ich will es hören, Baby!"

"Bitte, Ryan ..."

"Präziser!", sagte er mit etwas mehr Schärfe in seiner Stimme, was sie erzittern ließ.

Oha, ja, genau so habe ich mir das gedacht, grinste er in sich hinein. Es war schwer für ihn, sich zu beherrschen, wollte sich diesen Moment ihrer Hingabe aber nicht nehmen lassen.

"Bitte, Ryan, nimm mich!", antwortete sie in flehendem Ton. Langsam zog er ihr den winzigen Stringtanga aus und küsste sich dann von ihren Zehen bis zu ihrem Hals vor. Ryan ließ sich zwischen ihren Schenkeln nieder und drang langsam in sie ein. Er liebte, wie bereit sie für ihn war. Nass und herrlich eng schmiegte sie sich um seinen Schaft. Der Rhythmus, den er anschlug, war gemächlich, nahezu träge und er beobachtete Skys Reaktion genau.

Er sah, was sie brauchte, was sie sich wünschte, wollte es aber noch ein wenig in die Länge ziehen. Einfach nur, um zu genießen, was sie ihm gab. Was sie einander geben konnten. Sie legte ihm ihre Beine um die Hüften und versuchte, ihn so zu einem schnelleren Tempo zu drängen. Aber Ryan ließ sich dadurch nicht beirren. Er wollte, dass sie sich ihm voll hingab. Auf ihn vertraute und ihm die Führung überließ.

Als sie die Hände anhob, um sie zu ihm zu führen, sagte er leise, aber bestimmt: "Nein! Die Hände bleiben, wo sie sind!" Sky riss ihre Augen auf und sah ihm fest in seine. Suchte etwas, aber was, konnte er nicht sagen. Sie schien aber zu finden, was sie brauchte, denn ihr Körper entspannte sich und auch ihre Beine lagen jetzt lockerer um seine Hüften. Das war es, worauf er gewartete hatte. Sie verließ sich auf ihn und er würde ihr geben, was sie brauchte. Er steigerte Tempo und Tiefe seiner Stöße, während ihm bereits der Schweiß auf den Rücken trat. Es kostete ihn alle Mühe, nicht zu kommen, so wunderbar fühlte sich ihre enge Nässe um seinen Schwanz an. Sky schloss ihre Augen, öffnete sie aber sofort wieder, als Ryan scharf sagte: "Sie mich an!" Sie tat sich schwer, er sah es, wollte aber kein Erbarmen zeigen. Noch einmal veränderte er den Winkel, was den Druck auf ihre Klit noch einmal verstärkte.

"Komm für mich, Sky!", befahl er ihr mit fester Stimme und schon sein nächster Stoß beförderte sie zu ihrem Orgasmus. Sky schrie laut auf, ihr ganzer Körper erzitterte und sie wurde so eng, dass auch Ryan kam.

Schwer atmend brach er auf ihr zusammen, rollte sich dann zur Seite und zog sie an seine Brust. In großen Kreisen streichelte er ihren Rücken, während sich ihrer beider Atmung langsam wieder beruhigte.

Ja, sie war perfekt. Sie würde sich ihm völlig hingeben, wenn sie erst einmal genug Vertrauen in ihn hatte.

10 TRAUTE ZWEISAMKEIT

SKY

Von der Helligkeit, die durch die weißen Zeltwände drang, erwachte Sky. Ryan lag zwar wie gewohnt dicht an ihrem Rücken, aber seine Hand lag nur leicht auf ihrer Hüfte, sodass sie sich nicht eingeengt fühlte. Der gestrige Tag lief wie ein Film vor ihren Augen ab. Seine Entschuldigung, sein Verhalten den ganzen Tag über und auch der Sex am Abend.

Es fiel ihr schwer, zuzugeben, wie sehr sie einen dominaten Partner in ihrem Bett vermisst hatte. Ja, sie wollte sich nicht mehr kontrollieren lassen. Hieß das aber auch, dass sie auf diese Art Sex verzichten musste? Immerhin hatte er nur mit ihr gespielt. Es war kein wirklicher Zwang. Er hatte sie nicht fixiert und zu nichts gezwungen, das sie nicht wollte. Eigentlich die perfekte Kombination.

Viel intensiver würde ihr Liebesspiel wohl auch nicht mehr werden. Bereits in vier Tagen würden sie abreisen und sich nicht mehr wiedersehen. Die Traurigkeit, die sich bei diesem Gedanken einschleichen wollte, schob Sky sofort wieder beiseite. Sie wollte ja überhaupt keinen Mann mehr in ihrem Leben, also war ihre Zeit in Talin eigentlich perfekt für kleine Ausbrüche aus ihrem festgesteckten Rahmen. Also einfach noch ein bisschen genießen! Die nächste Durststrecke kommt schneller als du denkst!, mahnte Sky sich selbst.

Sie drehte sich in Ryans Armen und bemerkte, dass er bereits wach war.

"Oh, guten Morgen, Ryan. Ich wusste nicht, dass du schon wach bist."

"Morgen, Honey. Bin ich und habe überlegt, über was du wohl gerade nachdenkst." Sky wand sich ein wenig unter seinen Blicken und gab schließlich doch nach.

"Über uns. Über dich. Dass ich glücklich bin, so wie es momentan ist." Zärtlich küsste er ihre Lippen.

"Ich auch, Süße, ich auch."

Nach einiger Zeit löste Ryan sich von ihr und sagte: "Lass uns frühstücken."

"Okay", antwortete sie mit rauer Stimme.

"Duschen und dann Hanftaschen auf dem Markt?" Sie nickte und die beiden zogen sich an.

Nach der Dusche trafen sich die beiden wieder an der Weggabelung zum Markt. Sky fiel es wie immer schwer, ihren Blick von dem herrlichen Körper dieses faszinierenden Mannes zu lösen. Er war einfach zu schön, um wahr zu sein. Ryan gab ihr einen Kuss auf die Lippen und legte ihr dann einen Arm um die Schultern, um sie zum Markt zu führen.

Er neigte seinen Kopf zu ihrem Ohr und flüsterte: "Es ist schwer, alleine zu duschen, wenn ich weiß, dass dein verführerischer Körper nur wenige Meter von mir entfernt das Gleiche tut. Weiche, nasse Haut, die von deinen kleinen Händen eingeschäumt wird. Und das alles, während ich mit einer Erektion alleine in dieser scheiß Männerdusche stehe!"

Sky lächelte. Zu wissen, dass es Ryan genauso schwer fiel wie ihr, zu widerstehen, tat ihr gut. Ihr Ego konnte gut mehr solcher Bekenntnisse ertragen und sie liebte es, wie sich seine Stimme veränderte, wenn er ihr solche Dinge ins Ohr flüsterte.

Sie setzten sich an einen der Tische, die vor dem Bäcker aufgebaut waren. Die Sonne schien angenehm warm auf ihren Rücken und Sky ließ sich ihre Hanftasche schmecken.

"Schon Pläne für heute?", fragte Ryan und nippte dabei an seinem Kaffee.

"Nein, du?"

"Ich habe mir überlegt, mir einmal das Abendprogramm anzusehen. Hättest du Lust?" Sky überlegte kurz, entschied dann aber, erst einmal die anderen zu fragen. Das teilte sie Ryan auch so mit, der damit einverstanden war. Kurz darauf machten sie sich gemeinsam auf den Weg zurück zum Lager.

"Guten Morgen, zusammen", rief Sky in die Runde und bekam den Gruß vielstimmig zurück. Nur Fabio konnte sich einen Kommentar nicht verkneifen und antwortete: "Ein Uhr ist nicht mehr Morgen." Sky beschloss, ihren beleidigten Freund zu ignorieren. Solange er nicht mit der Sprache herausrücken wollte, was genau er gegen Ryan hatte, konnte sie ihm nicht helfen. Im Vorbeigehen drückte sie ihm einen kleinen Kuss auf die Stirn und setzte sich dann zu den anderen ans Feuer.

"Wie sieht die Planung für heute Abend aus? Hätte jemand Lust, das Abendprogramm anzusehen?", fragte sie die Gruppe. Gregor holte das Programmheft hervor und las allen vor, was heute geboten wurde. Aus Mangel an Alternativen wurde dann beschlossen, die Auftritte nach der Show von Fire&Ice gemeinsam anzusehen.

Der Nachmittag verging schnell und Ryan verabschiedete sich, um sich zusammen mit seiner Gruppe auf deren Auftritt vorzubereiten.

"Er wird jetzt dauernd hier rumhängen, oder?", fragte Fabio, nachdem Ryan gegangen war.

"Ja", antwortete Sky knapp und ging dann zum

Geschirrspülen. Sie hatte keine Lust, sich wieder auf eine sinnlose Diskussion mit ihm einzulassen.

"Du bist hart zu ihm, weißt du?", fragte Maya, als Sky sich ein Trockentuch nahm.

"Fabio?"

"Ja."

"Ich weiß nicht, was sein Problem ist, Maya. Wie soll ich ihm dann helfen?"

"Ich glaube, er will mehr von dir als Freundschaft."

"Quatsch. Wir sind wie Bruder und Schwester. Er will mich nur beschützen, das ist alles."

"Glaube ich nicht, aber wenn du dich damit besser fühlst ... mach nur."

Damit legte Maya den Schwamm zur Seite und verschwand.

"Setzt euch, ich hol uns Getränke", sagte Jonas gut gelaunt, als sie am Marktplatz ankamen.

Sky setzte sich neben Fabio und strich ihm gedankenverloren über den Rücken. Sie beide genossen die vertrauten Berührungen und einige Zeit später wandte Fabio ihr den Blick zu.

"Kann ich dich in den Arm nehmen?", fragte er unsicher und hob die Arme. Sky setzte sich sofort auf seinen Schoß und schlang ihm die Arme um den Hals.

"Immer! Du brauchst auch nicht zu fragen! Du und Maya, ihr werdet immer die wichtigsten Menschen in meinem Leben bleiben!", sagte Sky mit Nachdruck.

"Ich habe das Gefühl, er nimmt dich mir weg", gestand Fabio kleinlaut. Sky schaute ihm fest in die Augen und sagte dann sehr bestimmt: "Das wird nie wieder vorkommen! Der Einzige, der mich von dir fernhalten kann, bist du selber, Fabio. Das musst du einsehen!" Fabio erwiderte ihren Blick ernst und nickte dann. Er zog sie wieder an sich und bettete sein Kinn auf ihrem Scheitel.

RYAN

Ryan war nicht begeistert, als er sah, dass Fabio sein Mädchen auf dem Schoß hatte. Da er aber wusste, dass das ein Thema war, bei dem er nur den Kürzeren ziehen konnte, ließ er es erst mal auf sich beruhen.

"Hey, Honey", sagte er, drückte Sky einen Kuss auf die Stirn und setzte sich auf den freien Stuhl neben ihr. Das dankbare Lächeln, das er für seine Stärke erntete, machte es ihm ein wenig leichter, dieses Schauspiel zu ertragen.

Sky zappelte ein wenig auf Fabios Schoß herum und dieser verzog leidvoll das Gesicht. Ryan konnte es nachfühlen, war es ihm doch erst vor wenigen Tagen ebenso ergangen.

"Steh auf, Schätzchen, ich hol uns was zu trinken", bat Fabio schließlich und ging dann schnell zur Bar. Ryan zog Sky, welche Fabio ein wenig verdattert nachsah, auf seinen Schoß.

"Was war das denn jetzt bitte?", fragte sie.

"Ich wollte dich bei mir haben", antwortete Ryan.

"Ja, nein, nicht du. Fabio."

"Tja, du solltest dieses Rumgewackle auf einem Schoß einfach sein lassen."

"Nein, das kann es nicht sein. Ich meine, warum er so schnell abgezogen ist."

"Meine Antwort bleibt die gleiche."

"Quatsch!"

"Küss mich lieber, anstatt mit mir über Dinge zu diskutieren, von denen eine Frau nichts verstehen kann."

Die Schnute, die sie zog, brachte Ryan zum Lachen. Sie sah unglaublich süß aus, wenn sie meinte, Recht zu haben. Nach wenigen Sekunden gab sie aber schließlich doch nach und küsste ihn sanft. Ryan fuhr mit seiner Zunge an ihren Lippen entlang. Weich und süß waren sie. Genug würde er davon niemals bekommen, da war er sich sicher.

Ein Räuspern riss sie aus ihrer Vertrautheit und im nächsten Moment hörten sie bereits Fabios Stimme:

"Seven Heaven, für dich, Schätzchen." Das Bier, das er für Ryan mitgebracht hatte, stellte er kommentarlos vor ihm ab.

Der Abend ging schnell vorüber. Die Stimmung am Tisch war gut und auch Fabio war relativ entspannt, solang Ryan den Bogen nicht überspannte.

"Lass uns gehen", sagte Ryan und sah, dass Sky überlegte, ob sie seiner Forderung wirklich nachkommen wollte. Innerlich aufseufzend, schob er ein "Bitte", hinterher. Ihr Blick war eindringlich und wieder kam es ihm so vor, als suche sie etwas in seinen Augen.

Wenn ich nur wüsste was, dann könnte ich es ihr geben!, dachte er und versuchte pauschal, einfach mal unschuldig auszusehen. Was auch immer sie wollte, sie fand es wohl einmal mehr. Sie stand auf und verabschiedete sich von der Gruppe.

Arm in Arm schlenderten sie zurück zu Ryans Zelt, ohne auch nur ein Wort darüber zu verlieren. Dort angekommen, küssten und streichelten sie sich zärtlich. Ryan zog erst Sky und dann sich selbst aus, ehe er sich zwischen ihren Schenkeln positionierte. Forschend schob er eine Hand zwischen ihre Schenkel und war froh darüber, dass sie bereits bereit für ihn war. Ihm war nicht nach langem Vorgeplänkel, er wollte sich einfach nur in ihr versenken und ihnen beiden Lust schenken.

Langsam schob er sich in sie und küsste dabei ihren Hals und ihre Brüste. Als er begann, sich in ihr zu bewegen, sahen sie sich unentwegt in die Augen. Klar und blau blitzten ihre ihm entgegen. Stück für Stück der Blick abwesender, verhangener von der Lust, die er ihr bescherte. Kleine Seufzer und leises Stöhnen entrannen ihrem Mund, während ihre Hände unablässig über seinen Rücken strichen. Der Druck in seinem Inneren wurde immer größer und er erhöhte Tiefe und Geschwindigkeit seiner Stöße. Lang würde er sich nicht mehr zurückhalten können, daher sagte er zum ersten Mal, seit sie den Marktplatz verlassen hatten, etwas zu ihr.

"Komm, Honey!" Es war ein Befehl. Eindeutig. Und Sky reagierte prompt. Sie ließ sich fallen und Ryan spürte die Kontraktionen in ihrem Inneren. Spürte, wie ihr Körper zu beben begann, und ließ ebenfalls los. Er kam in langen Schüben und stöhnte den sanften Orgasmus leise heraus.

Nachdem sich sein Atem etwas beruhigt hatte, drehte er sich auf die Seite und zog Sky mit ihrem Rücken an seine Brust. Sanft küsste er ihren Nacken und beide fielen in einen tiefen Schlaf.

11 DER ANRUF

SKY

In Ryans Armen zu erwachen, fühlte sich immer besser an. Sky hatte nicht mehr das Gefühl, dass er sie einengen würde. Selbst, wenn er etwas bestimmender wurde, sei es nun beim Sex oder auch in alltäglichen Situationen, so sah sie nie die Herrschsucht in seinen Augen, die sie von ihrem Ex nur allzu gut kannte. Sie fühlte sich ihm gewachsen, auch wenn er eindeutig die Führung übernahm.

"Guten Morgen, Süße", murmelte er in ihrem Nacken und Sky musste unwillkürlich lächeln.

"Guten Morgen", gab sie zurück. Sie kuschelte sich ein wenig tiefer in seine Arme und spürte gleich darauf seine Erregung an ihrem Hintern. Lächelnd drehte sie ihren Kopf zu ihm um.

"Schon wieder?", fragte sie mit hochgezogener Augenbraue. Auch Ryan lächelte. Verschlafen und unglaublich sexy mit seinem verstrubelten Haar.

"Selbst schuld, Honey! Wenn du so einen Hammerkörper hast, wie soll ich mich da noch unter Kontrolle haben? Zumal du dich immer so aufreizend räkelst, wenn du wach wirst", flüsterte er ihr rau zu.

"So etwa?", fragte sie unschuldig und rieb ihren immer noch nackten Körper an seinem.

"Mhm", murmelte er, während seine Hand langsam zwischen ihre Beine wanderte. Sie spürte sein Lächeln, bevor er flüsterte: "Schon wieder?"

Die Nässe zwischen ihren Beinen verriet wohl auch sie. Aufreizend langsam streichelte er ihre Spalte und schob dann ein Bein zwischen ihre. Er platzierte seine Erektion an ihrem Eingang und schob sich langsam in sie.

"Du fühlst dich so wahnsinnig gut an", murmelte er immer noch mit seinen Lippen in ihrem Nacken.

Seine Stöße waren träge und seine Hand stimulierte unablässig ihre Klit. Ihr Orgasmus rollte nur Minuten später mit unglaublicher Wucht über sie hinweg. Ryan erhöhte sein Tempo, klammerte sich fest an ihre Taille und verbiss sich an dem Übergang zwischen Hals und Schulter. Ohne ihr Zutun bog sich ihr Rücken zu einem Hohlkreuz, sodass sie seine Stöße tiefer empfangen konnte. Die Reibung schickte sie noch einmal über die Klippe und Ryan folgte ihr sofort.

Nachdem sich ihr Puls wieder beruhigt hatte, flüsterte sie: "Ich könnte mich fast daran gewöhnen, so aufzuwachen."

Sein leises Lachen erwärmte ihr Herz und sie war froh, diesen Luxus noch einige Tage genießen zu können.

Während sie sich anzogen, fragte sie: "Was hast du heute vor?"

"Wirst du etwa anhänglich?", neckte er sie und Sky verdrehte die Augen.

"Ja, klar! Warte ...", Sky legte eine effektvolle Pause ein und sprach dann mit piepsiger Stimme weiter: "Oh Ryan! Heirate mich! Ich kann nicht mehr ohne dich leben!"

"Hexe!", antwortete dieser und gab ihr einen spielerischen Klaps auf den Po.

"Okay, ernsthaft. Maya und ich wollten uns heute Mittag die Töpferei ansehen." Ryan verzog gequält das Gesicht. Da sie diese Reaktion bereits erwartete hatte, schmunzelte sie. Männer waren manchmal einfach berechenbar.

"Das heißt wohl nein", lächelte sie und Ryan nickte eifrig.

"Wir haben heute unser Gruppengespräch, direkt im Anschluss an die Show, das heißt dann wohl, wir sehen uns erst gegen neun Uhr."

"Passt mir gut. Du kannst mich ja dann abholen ... wenn du möchtest", sagte Sky und schob die zweite Hälfte des Satzes schüchtern hinterher.

"Gern", antwortete Ryan und küsste sie so, dass sie keine Zweifel mehr an der Ehrlichkeit seiner Antwort hatte. Sie trennten sich vor dem Lager der Setarips. Sky holte ihre Duschutensilien und machte sich dann auf den Weg zu den Duschen.

"Na, schöne Nacht gehabt?", fragte Maya neckend, als Sky nach einer Weile zurück kam. Ein vielsagendes Lächeln genügte, um Maya ein verträumtes Grinsen auf ihr Gesicht zu zaubern.

"Cut! Keine Details, bitte!", schaltete Fabio sich in das Gespräch ein, der neben dem Lagerfeuer auf einer Decke lag. Sky legte sich neben ihn und bettete ihren Kopf auf seine Schulter.

"Ich hab dich auch lieb, Schatz", sagte sie und genoss die Wärme seiner Umarmung. Er küsste sie auf die Stirn und Sky entspannte sich völlig. Langsam driftete sie weg, hörte ihn aber beim Einschlafen noch murmeln: "Ich liebe dich, Sky. Mehr, als du wahrscheinlich jemals glauben wirst."

Ein Rütteln an ihrer Schulter ließ Sky aus ihrem Nachmittagsschläfchen erwachen. Verschlafen blinzelte sie gegen die Helligkeit an und drehte den Kopf zurück in Fabios Achsel, um ihre Augen abzuschirmen.

"Sky, du musst aufwachen, Süße!", sagte Fabio eindringlich. "Ich will noch nicht!", maulte Sky , doch Fabio schob sie ungewöhnlich hart von sich, was sie dann doch wach werden ließ. Sie setzte sich auf und schaute ihn verschlafen an.

"Wie spät ist es?"

"Gleich fünf", antworte Maya von ihrer anderen Seite.

"Wir haben das Töpfern verpasst!" antwortete Sky reuevoll.

"Ich weiß. Ich dachte, du schläfst so fest und wir können uns die Aufführung noch morgen ansehen", antwortete Maya geknickt.

"Bist du jetzt ganz wach, Sky?", fragte Gregor mit ernster Stimme von der anderen Seite des Lagerfeuers aus. Sky sah auf und bemerkte, dass sich die gesamte Gruppe um das Feuer versammelt hatte. Sie blickten alle so ernst und teilweise sogar schockiert, dass Sky auch den letzten Rest ihrer Trägheit abschüttelte.

"Was ist los?"; fragte sie in die Runde.

"Robert war bei mir zuhause und hat nach dir gefragt", antwortete Gregor. Nach einer kurzen Pause fuhr er fort: "Er hat meinen Nachbar getroffen und dieser hat ihm erzählt, dass ich in Talin bin. Diese Aussage hat Robert wohl schließen lassen, dass du auch hier bist und dann ist er gegangen."

Sky riss schockiert die Augen auf. Wenn ihr Ex wusste, wo sie war, würde es nicht mehr lange dauern, bis er ebenfalls hier war. Er würde sie zurück zu sich nehmen. Notfalls auch an den Haaren schleifend, da war Sky sich sicher. Sie begann zu zittern. Fabio zog sie sofort in seine Arme. Es beruhigte sie zwar ein wenig, aber ihre Gedanken rasten so schnell, dass sie zu keiner Lösung kam.

"Gott sei Dank hat er mich nur 15 Minuten nach Robs Verschwinden angerufen. Er meinte, er wäre ihm komisch vorgekommen, daher wolle er lieber Bescheid geben. Absolut richtig, nebenbei bemerkt. Da das jetzt maximal 10 Minuten her ist, haben wir mindestens noch 4 Stunden, um zu reagieren. Nicht einmal mit einem Flugzeug kann er schneller hier sein, Schätzchen. Beruhig dich erst mal. Tief durchatmen, wir finden einen Ausweg!", sprach Gregor gedämpft, aber eindringlich.

"Zum Einen muss sie schleunigst aus Talin weg. Das sollte ja kein Problem sein. Nur was ist in der Zeit danach?", fragte Jack in die Runde.

"Sky?", sagte Maya auffordernd. Sky verstand.

Sie setzte sich auf und sagte leise: "Ich habe bereits eine Lösung für danach. Ich wollte es euch eigentlich erst übermorgen sagen, da ich die Zeit gemeinsam mit euch genießen wollte. Aber die Umstände zwingen mich wohl, dieses Gespräch vorzuziehen." Nach einer kurzen Pause sprach sie weiter: "Ich habe einen Job angenommen. In Amerika. Es ist mein Traumjob. Eine spartenübergreifende Marketingabteilung, die mir wahnsinnig viele Möglichkeiten für die Zukunft öffnet. Ich werde bereits in knapp drei Wochen dort beginnen." Viele ihrer Freunde sogen scharf die Luft ein, aber vor allem Fabios Gesicht ließ Skys Herz schmerzen. Er sah so unglaublich verletzt und gekränkt aus, dass Sky nicht anders konnte, als sich wieder fester an ihn zu kuscheln. Er schlang sofort seine Arme um sie und hielt sie fest, als würde er sie nie wieder loslassen wollen.

"Okay. Wow. Das sind ja mal Neuigkeiten", sagte Gregor und stand auf, um der Gruppe einen Verdauungsschnaps zu holen.

Als er zurück war, sprach Sky weiter: "Wie gesagt, meine Karrierechancen steigen damit immens und auch das Gehalt ist wirklich super. Zusätzlich bekomme ich eine Wohnung im Firmengebäude, solange, bis ich etwas gefunden habe, wo ich bleiben möchte. Ich hätte eigentlich schon Anfang des Monats anreisen sollen, aber ich wollte unbedingt noch mit euch nach Talin."

Wieder ließ sie die Informationen einen Moment sacken, ehe sie weiter sprach: "Mein Flug würde erst in zwei Wochen gehen, aber ich werde ihn wohl vorziehen. Ich habe ja nicht mehr viel in meinem Besitz. Das meiste wird wohl in meine Koffer passen und Maya sendet mir den Rest mit der Post hinterher."

"Du hast das alles schon richtig geplant", stammelte Jonas. Sky sah nun auch den Schmerz in seiner Miene.

"Ich bin nicht aus der Welt, Leute. Wir werden weiterhin in Kontakt bleiben. Ich werde euch besuchen, sobald ich genügend Geld auf der Seite hab. Und hey, ihr könnt mich besuchen. Wann sonst könnt ihr mal kostenlosen Urlaub in Amerika haben?", versuchte Sky, die Stimmung ein wenig aufzulockern. Sie erzählte noch einige Details über die Firma, ihre neue Wohnsituation und ihren Arbeitsvertrag und einige der Gemüter schienen sich wieder zu beruhigen.

"Gott, Sky, wir werden dich alle so vermissen. Wir haben dich kaum wieder und schon haust du uns wieder ab!", jammerte Jonas und sah dabei aus wie ein getretener Hund. Sie streckte die Arme nach ihm aus und er kam sofort zu ihr, um sich von ihr trösten zu lassen. Er kniete sich vor sie und ließ sich von ihr den Kopf streicheln. Die Stimmung war gedrückt und die Setarips trösteten sich gegenseitig.

Sky versuchte, auf alle Fragen so ruhig wie möglich zu antworten. Es fiel ihr schwer. Sie war selbst innerlich so in Aufruhr, aber sie wollte ihre Freunde beruhigen. Nach weiteren 15 Minuten hatte sie wohl vorerst alles zu ihrer Zufriedenheit beantwortet und startete dann wieder mit ihren Ausführungen.

"Am wichtigsten ist mir, dass wirklich niemand außerhalb der Gruppe jemals von meinen Plänen erfährt. Das ist für mich die einzige Chance auf einen kompletten Neuanfang und ich möchte unter keinen Umständen, dass Robert jemals davon erfährt. Könnt ihr mir das versprechen?"

"Natürlich!", kam es einstimmig zurück.

"Gut, ich werde sobald wie möglich zurück nach Deutschland fahren und alles regeln. Die Behördengänge habe ich, Gott sei Dank, schon alle hinter mir, sodass ich nur noch meine Anreise ändern muss. Wenn ich hier weg bin, müsst ihr dafür sorgen, dass Robert nicht erfährt, dass ich jemals hier war. Er wird euch das Leben zur Hölle machen!"

Es fiel Sky schwer, nur seinen Namen auszusprechen, aber es war wichtig, dass wirklich alle verstanden, wie dringlich die Angelegenheiten sind.

"Alexa, Jack, Taylor, kümmert ihr euch bitte um die Bekannten, die Sky hier wiedergetroffen hat?", übernahm Gregor sofort wieder die Rolle des Anführers. Die drei nickten. Sie verabschiedeten sich herzlich und tränenreich von einander und stoben dann davon, um sämtliche Erinnerungen an Sky aus den Gedächtnissen ihrer Bekannten zu löschen.

"Ich fahre dich nach Hause. Der Großteil deiner Sachen ist noch bei mir und den Rest holen wir unterwegs bei Maya ab", sagte Fabio. Er hatte Recht. Sky war erst vor drei Wochen von Fabio zu Maya gezogen, um ihre Spuren weiter zu verwischen. Sie hatte bereits die halbe Gruppe durch und da sowohl Fabio als auch Maya auf Roberts Favoritenliste standen, war sie erst zu ihnen gegangen, als er seine Überwachung bei ihnen eingestellt hatte.

"Okay, geh packen, Schätzchen, und dann sieh zu, dass du hier wegkommst, bevor dieser verrückte Bastard hier auftaucht", sagte Gregor. Sky bemerkte, dass auch seine Stimme schwankte. Ihre Gedanken fuhren Achterbahn. So vieles zu bedenken. So viele Gefahren. So viel, das sie zurück ließ. Die Tränen ließen sich nicht mehr aufhalten. Robert hatte alles zerstört, was ihr im Leben gut und teuer gewesen war. Nie wieder würde sie sich auf einen Mann einlassen. All das Schöne war diese Gefahren nicht wert.

Als sie zurückkam, hatte Fabio bereits gepackt und stand fertig zur Abfahrt neben ihren Freunden. Sie alle hatten Tränen in den Augen und manche schluchzten sogar auf, als Sky sie zum Abschied in den Arm nahm.

"Ich melde mich sobald wie möglich bei euch, um euch meine neuen Kontaktdaten zu geben. Ich werde euch so furchtbar vermissen, aber vergesst nicht, ich bin nicht aus der Welt! Wir sehen uns wieder! Das ist ein Versprechen!", sagte sie eindringlich, wenn auch mit zittriger Stimme.

Fabio nahm ihre Taschen und sie liefen gemeinsam zu den Parkplätzen. Kaum unterwegs, begann Sky bereits ihren Flug umzubuchen und schrieb eine E-Mail an ihre neue Firma, um diese über ihre verfrühte Anreise zu informieren. Als sie alles erledigt hatte, schlief sie erschöpft auf dem Autositz ein.

RYAN

Die Stimmung der Gruppe war ausgelassen. Nicht nur der Auftritt war super gelaufen, auch ihr Gruppengespräch war einsame Spitze!

Für die künftigen Auftritte hatten sie eine Erhöhung ihrer Gage heraushandeln können, sodass nicht nur Material und Aufenthalt in Talin abgedeckt sein würden, sondern sogar ihre Anreise aus den USA gedeckt sein würde.

Nicht, dass es für Ryan einen Unterschied machen würde, er konnte sich den Flug locker leisten. Aber für manche Mitglieder würde es eine enorme Erleichterung bedeuten.

Beschwingt lief er zurück zu den Lagern, um ihren Erfolg zusammen mit Sky zu feiern. Irgendetwas stimmte nicht im Lager der Setarips. Als Maya ihn entdeckte, kam sie prompt auf ihn zu. Auch Gregor, Zoey und Jonas erhoben sich und fingen die anderen Mitglieder seiner Gruppe ab.

"Lass uns ein Stück gehen, Ryan", sagte Maya, als sie bei ihm ankam, und setzte sich gleich in Richtung Wald in Bewegung. Ryan war mehr als verwirrt. Was war hier los? Wo war Sky? Was wollte Maya?

"Ich weiß nicht, wie viel Sky dir von sich erzählt hat...", begann sie und Ryan dachte, *Nichts!*

"Sie musste gehen und ..."

"WAS?"

"Hör mir zu! Sie musste gehen und es war wirklich

dringend. Sie konnte nicht auf dich warten, so gern sie sich auch persönlich von dir verabschiedet hätte. Sie hat mir einen Brief für dich da gelassen, aber bevor ich dich damit allein lasse, muss ich dir ein Versprechen abnehmen."

Ryan war zunehmend verwirrt. *Was verdammt nochmal ist hier eigentlich los?* Da er aber wusste, dass er ohnehin keine Antworten bekäme, ehe er zugesagt hätte, nickte er.

"Sky war niemals hier. Du hast sie niemals gesehen und nicht kennengelernt. Sag das auch jedem wirklich eindringlich, den du kennst, der sie gesehen haben könnte. Es ist wirklich wichtig, Ryan. Skys Spur darf niemals hierher führen!"

"Was soll das, Maya?"

"Ich weiß nicht, wie viel du über diese ganze Sache wissen sollst, aber Sky wird dir alles, was sie dazu zu sagen hat, in ihrem Brief geschrieben haben. Ich kann dir nicht mehr sagen, aber es ist wirklich wichtig, dass du sie komplett aus deinen Erinnerungen streichst!"

Ryan lachte trocken auf. Als wäre das möglich bei so einer Frau!

"Ryan", sagte Maya drängend.

"Okay. Mach ich. Gib mir den Brief."

Maya sah ihn noch einmal forschend an, nickte schließlich und übergab ihm das Schriftstück. Völlig überraschend drückte sie Ryan fest an sich. Er sah die Tränen in ihren Augen, ehe sie ging.

Ryan ging noch ein Stück in den Wald hinein und ließ sich auf einem Baumstumpf nieder, um Skys Brief zu lesen.

Lieber Ryan,
es tut mir leid, dass ich mich nicht mehr persönlich von dir verabschieden kann. Ich dachte, wir hätten noch so viel Zeit und dass wir diese noch gemeinsam genießen könnten.
Nun, das Leben ist kein Wunschkonzert und meine Wünsche gehen erfahrungsgemäß selten in Erfüllung.
Ich möchte dir danken. Danken für die wundervollen Stunden,

die wir zusammen erlebt haben. Dafür danken, dass du mich zum Lachen gebracht hast und mir ein wenig Licht in meinem Leben geschenkt hast.
Die Zeit mit dir war für mich unbezahlbar und ich werde sie immer in Erinnerung halten.
Ich musste gehen. Manchmal holt einen die Vergangenheit schneller ein, als man es erwartet hätte. So hat sich mein Neustart eben ein wenig nach vorne geschoben. Ich freue mich sehr darauf, nur um die verlorenen Stunden mit dir und meinen Freunden trauere ich.
Du bist ein toller Mensch, Ryan. Und ich hoffe, wir sehen uns eines Tages wieder. Vielleicht schon nächstes Jahr, in Talin? Keine Angst, ich weiß, dass du nächstes Jahr eine andere Frau um dich haben wirst. Aber ich könnte mir dich als Freund vorstellen, den ich jedes Jahr wieder gerne in Talin treffe.
Vielleicht werden wir dann auch einmal Gelegenheit haben, all die offenen Fragen zu klären, zu denen ich jetzt noch nicht bereit bin.
Es tut mir leid, dich so ohne alles zurück zu lassen. Aber ich sehe keine andere Möglichkeit.
Um eines muss ich dich noch bitten. Und wenn du es nicht mir zuliebe tun kannst, denk bitte an die Sicherheit meiner Freunde. Du hast mich niemals gesehen. Nie meinen Namen gehört. Wenn dich jemand nach mir fragen sollte, tu einfach so, als wüsstest du noch nicht einmal, dass es diesen Namen gibt.
Vielleicht, wenn du oder Shane nichts zu tun habt, könntet ihr ein Auge auf Maya werfen? Als meine beste Freundin mache ich mir am meisten Sorgen um sie.
Ich danke dir für alles, Ryan.
Sky

Völlig verwirrt saß Ryan vor dem Brief und las ihn ein ums andere Mal durch. Die Zeilen waren wirr. In größter Hektik hingekritzelte Worte, mit großen Lücken und Gedankensprüngen. Sie schien nahezu panisch und doch versuchte sie, sich noch zu erklären.

Ob Maya wollte oder nicht, sie würde ihm noch ein

paar Erklärungen liefern müssen.

Da es erst 11 Uhr war, beschloss Ryan, keine Zeit verstreichen zu lassen und dieses Thema sofort zu klären. Auf dem Weg zurück sah er, dass Jonas und Zoey bei seinen Freunden im Lager waren. Die Stimmung war seltsam gedrückt und zum ersten Mal seit langer Zeit sah er keine fremden Frauen im Lager von Fire&Ice umherschwirren. Ryan ging weiter den Wall entlang.

Das Lager der Setarips lag seltsam verlassen da. Nur drei Personen konnte er aus der Ferne erkennen. Maya, Gregor und ein blonder Mann, den Ryan bisher noch nicht gesehen hatte. Die Stimmen waren laut und ihr Ton hatte eine unangenehme Schärfe. Satzfetzen aus Skys Brief kamen in seine Erinnerung. *Denk bitte an die Sicherheit meiner Freunde. Könntet ihr ein Auge auf Maya werfen?*

Ryan beschleunigte seine Schritte und bald drangen Teile der Unterhaltung zu ihm durch.

"... weiß nicht, wo sie ist, verdammt. Hier ist sie nicht. Das hast du doch gesehen!"

"Lüg mich nicht an, du Schlampe. Wo zum Teufel sollte sie sich sonst verkriechen, wenn nicht bei euch?" Mehr musste Ryan gar nicht wissen. Betont lässig schlenderte er zu Maya, legte ihr einen Arm um die Schultern und küsste sie auf die Wange.

"Hey, Honey. Alles okay?", fragte er ruhig. Der Typ musterte ihn abschätzig und Maya sah mit großen Augen zu ihm auf.

"Gregor, die Gruppenleiter versammeln sich bei Andy, um die Abschlussparty zu planen. Wenn mich nicht alles täuscht, habe ich auch Nina in diese Richtung laufen sehen", sagte Ryan zu Gregor gewandt. Nicht nur, um diesem die Möglichkeit zu verschaffen, von hier fort zu kommen, sondern auch, weil er das kleine, stille Mädchen tatsächlich in diese Richtung laufen sehen hatte. Ryan war sich sicher, dass sie keine Chance gegen diesen Typen hatte.

Er war ihm vom ersten Moment an unangenehm

vorgekommen. Er wusste zwar nicht warum, aber er nahm Skys Warnung definitiv ernst. Er würde Maya nicht bei diesem Typen lassen. Gregor musterte ihn kurz, nickte aber dann und sagte: "Dann werde ich mich ihnen mal anschließen. Du bist hier nicht willkommen, Robert. Ich möchte dich nicht mehr in unserem Lager sehen. Sky ist nicht mit uns gekommen und du hast dich ausreichend umgesehen. Hier ist sie nicht und auch nichts, das ihr gehört. Also geh einfach wieder." Damit wandte er sich ab und lief den steilen Weg hinauf zum Wall.

"Habt ihr irgendwelche Probleme?", fragte Ryan scheinheilig.

"Wer ist der Holzkopf?", wollte der Typ in bösem Ton wissen.

"Ich bin anwesend", sagte Ryan nun deutlich schärfer und fixierte sein Gegenüber mit Blicken.

"Ich bin Ryan. Mayas Freund. Nicht, dass es dich etwas angehen würde. Und jetzt geh, Gregor hat dir deutlich gesagt, dass du hier nicht erwünscht bist."

Der Typ ging ein paar Schritte zurück und blieb außerhalb der Lagergrenze stehen. Sein Lächeln war durchtrieben und Ryan beschloss, Maya definitiv nicht alleine zu lassen. Er drehte sich zu ihr, hob ihr Kinn mit einem Finger, sodass sie ihm in die Augen blicken musste. Er versuchte, ihr alle Erklärungen mit seinen Blicken zu geben und dabei für einen Außenstehenden so verliebt wie möglich zu wirken.

"Schläfst du heut wieder bei mir, Süße?", fragte er mit honigweicher Stimme.

Maya nickte und schmiegte sich fest in seine Arme. Ryan bemerkte ihr Zittern und ihm wurde erst jetzt wirklich bewusst, wie große Angst Maya vor diesem Typen hatte. Er küsste sie beruhigend auf den Scheitel und zog sie dann in seinen Armen in Richtung Fire&Ice.

Sie wurden verfolgt, das war Ryan sofort klar, doch er machte sich keine Sorgen. Er war sich sicher, allein mit diesem Idioten klarzukommen, aber zusammen mit seiner

Gruppe wäre dieser Typ schneller im Krankenhaus, als er blinzeln konnte.

"Ach, sieh mal einer an, Zoey und Jonas sind auch da. Und wo die Schwuchtel ist, kann Sky doch auch nicht weit sein", sagte der Typ hinter ihm. Ryan sah Zoey in Shanes Arm zusammenzucken, doch Jonas blieb unerwartet ruhig.

"Hey Robert, was tust du denn hier?", fragte er leichthin, als wäre er nicht gerade beleidigt worden.

"Wo ist sie?", fragte der Typ, dessen Name wohl Robert war.

"Wo ist wer?" Jonas ließ sich immer noch nichts anmerken.

"Sky, wer sonst. Als würde ich irgendjemanden von euch sonst sehen wollen", fauchte Robert.

"Wer ist Sky?", fragte Shane in die Runde und klang dabei so unschuldig, dass Ryan es ihm abgenommen hätte, würde er es nicht besser wissen.

"Zoey!" Unter Roberts Stimme, scharf wie ein Peitschenknall, zuckte die sonst so taffe Zoey zusammen.

"Ich weiß es nicht." Ihr Flüstern wäre nicht zu verstehen gewesen, wenn es im Lager nicht so unheimlich still geworden wäre.

"Es reicht jetzt, Mann! Ich weiß nicht, wen oder was du suchst, aber hier gibt und gab es niemanden, der so einen Namen trägt." Ryan hatte sich zu ihm umgewandt und fixierte ihn wieder mit seinem Blick. So eingeschüchtert kannte er weder Maya noch Zoey und er wollte sie so auch nicht sehen.

Als Robert sich vor ihm aufbaute, schob er Maya von sich weg und sagte: "Geh zu Alex!" und dann an Robert gewandt: "Letzte Warnung. Geh!"

Roberts höhnisches Gelächter ließ Ryans Wutpegel in die Höhe schnellen. Mit beiden Händen stieß er ihn vor die Brust. Robert holte sofort aus und Ryan konnte sich gerade noch unter seiner Faust wegducken. Plötzlich packte ihn jemand am Arm und zog ihn zurück. Ryan taumelte gegen den gerade eingetroffenen Shane und konnte sich an ihm abfangen. Als er sich wieder aufrichtete, sah er Ty auf dem am Boden liegenden Robert knien. Ein ums andere Mal krachte die stahlharte Faust seines Freundes und Sicherheitschefs seiner Firma in Roberts Gesicht. Ryan hörte Knochen knacken, Blut spritzte im hohen Bogen auf die Erde. Ryan kannte Ty und wusste, dass dieser zu sehr in seiner blinden Wut gefangen war, um jetzt von selbst wieder aufhören zu können.

So lebensmüde, ihn jetzt zu berühren, war aber keiner seiner Gruppe und daher begann Ryan, ruhig auf ihn einzureden: "Ty. Ty! Es reicht, Mann! Komm schon, er bewegt sich doch gar nicht mehr. Ty, das gibt nur wieder ziemliche Probleme."

Immer weiter sprach er und Tys Schläge wurden langsam weniger, bis er schließlich ganz aufhörte und die blutige Masse unter sich betrachtete.

"Er atmet noch", sagte Ty ruhig, stand dann auf und ging in Richtung Toilettenwagen. Niemand würde ihn in dieser Stimmung jemals aufhalten. Niemand, der bei Verstand war oder an seinem Leben hing. Hatte Ty seine Bestie erst einmal losgelassen, brauchte er eine Weile, um wieder zurück in die Realität zu kommen. Er ließ sie selten frei, aber wenn es um Ryans oder Shanes Sicherheit ging, kannte Ty keine Grenzen. Das machte ihn als Freund und auch als Sicherheitschef unbezahlbar.

Jonas, Maya und Zoey sahen schockiert auf den Mann, der ihnen eben noch solche Angst gemacht hatte. Jetzt lag er gebrochen da, drehte sich zur Seite und röchelte. Blut lief ihm aus seinem Mund und der bestimmt mehrfach gebrochenen Nase. Ryan hatte kein Mitleid mit ihm. So, wie die Gruppe auf ihn reagiert hatte, gab es für Ryan keinen Zweifel daran, dass es an diesem Menschen nichts Gutes gab.

"Ich will dich hier nicht mehr sehen!", sagte Ryan mit scharfem Ton und fuhr nach kurzer Pause fort: "Und wenn du einem meiner Gruppe oder einem der Setarips zu nahe kommst, wird dir das hier wie ein Kindergeburtstag vorkommen. Hast du mich verstanden?"

Der Typ nickte, während er sich mühsam aufrichtete.

"Maya, komm, wir gehen schlafen. Shane, können du und Jason heute drüben bleiben?" Die beiden Männer nickten und gingen zusammen mit der verschüchterten Zoey und Jonas zum Lager der Setarips.

"Alex, schaust du nach Ty, wenn er wiederkommt? Sag mir Bescheid, wenn er was braucht." Auch Alex nickte und setzte sich wieder zum Rest an das Feuer.

Ryan schob Maya vor sich her ins Zelt. Sie war verschüchtert und Ryan wollte sie so gerne beruhigen. Im Zelt flüsterte er: "Das ist Shanes Schlafplatz, du kannst ihn benutzen. Ich will dir nichts tun, Maya, das weißt du, oder? Sie hat mir geschrieben, dass ich auf dich achtgeben soll." Maya nickte, streifte sich die Schuhe von den Füßen und kroch dann in Shanes Schlafsack.

"Wo ist sie?"

"Ich kann dir nicht viel sagen, Ryan. Nur so viel. Er ist der Grund, warum sie so schnell von hier weg wollte. Sie hat ihren Neubeginn vorgezogen. Sie hat einen neuen Job und eine neue Bleibe. Wenn alles gut geht, kommt sie nächstes Jahr wieder und dann wird sie dir vielleicht alles erklären. Ich kann dir nicht ihre Geheimnisse verraten. Du musst das verstehen, Ryan. Ich weiß ja selbst nicht, wie ich sie erreichen könnte, oder wo sie nun ist. Sie meldet sich bei mir, sobald sie neue Kontaktdaten hat."

"Okay. Verstehe. Das scheint alles eine ziemlich üble Sache zu sein."

"Ja, und ich glaube, dass es ihr sehr leid tut, euch da mit hineingezogen zu haben. Aber mehr kann ich dir wirklich nicht dazu sagen."

"Okay. Gut. Schlaf gut, Maya. Ich pass auf dich auf!"

"Danke, Ryan! Gute Nacht!"

Ryan lag noch lange wach. Die Ereignisse der letzten Stunden hatten sich einfach überschlagen. Sie war weg. Natürlich war ihm klar, dass sie in drei Tagen sowieso getrennte Wege gegangen wären. Aber so völlig ohne

Verabschiedung kam Ryan sich zurückgelassen vor. Komischer Gedanke, wo er sich doch anfangs noch Gedanken darüber gemacht hatte, was er ihr schenken sollte, um ihr den Abschied von ihm leichter zu machen.
Irgendwann schlief auch Ryan ein.

12 NEUE UFER

SKY

Die Reise war lange und anstrengend gewesen. Als ihr Flieger am Logan International Airport in Boston landete, konnte Sky kaum glauben, dass es erst zwei Tage her war, als sie noch gemütlich zusammen mit Ryan aufgewacht war.

Nein! Kein Ryan mehr in meinen Gedanken! Dieser Teil ist für immer abgeschlossen!

Sky freute sich auf ihren Neuanfang. Keine Altlasten, keine Vergangenheit und keine Männer! Das hier war ihre Zukunft und sie würde sie sich von niemandem nehmen lassen. Den Preis, den sie für diesen Neuanfang bezahlte, stand ihr nur allzu klar vor Augen. Sie hatte all ihre Freunde zurücklassen müssen. Und sie würde sie auch bis auf Weiteres nicht mehr sehen können.

Allerdings würde Sky, sobald sie sich erfolgreich hier etabliert hatte, wieder Kontakt zu ihnen aufnehmen. Fabio würde eine kleine Pause gut tun. Sky hatte das Gefühl, dass er sich ein wenig zu stark an sie klammerte, und das war genau das Verhalten, das Sky nie wieder wollte. Sie würde sich von niemandem einengen lassen. Nicht einmal von ihrem besten Freund. Ihr Abschied war schlimm gewesen. Sie hatten beide geweint und Fabio hatte sie ein ums andere Mal gebeten, sie begleiten zu dürfen. Völlig abwegig. Er hatte hier Familie, Freunde und einen super Job. All das wegzuwerfen für eine Freundschaft kam Sky dann doch etwas übertrieben vor. So sehr sie ihn liebte, mehr als ein großer Bruder und ihr bester Freund würde er nie für sie sein.

Müde und zerzaust stieg Sky aus dem Flugzeug. Die Suche nach dem Gepäckband und das Warten auf ihren Koffer zehrten zusätzlich an ihren Kräften. Als sie auch diese Hürde hinter sich hatte, machte sie sich auf den Weg zur Empfangshalle. Sie war sich durchaus bewusst, dass sie gleich zum ersten Mal jemandem aus ihrer neuen Firma begegnen würde, aber sie hatte einfach keine Kraft mehr, sich noch umzuziehen oder ein wenig zurecht zu machen. Also blieb sie ungeschminkt, in Röhrenjeans und weißem Tank-Top sowie weißen Ballerinas. Ihre Haare hatte sie noch schnell zu einem unordentlichen Knoten geschlungen und sich eine große, dunkle Sonnenbrille aufgesetzt, um die größten Schatten unter ihren Augen zu verbergen.

Die Halle war groß und doch sah sie sofort den blonden Hünen, der etwas abseits des Getümmels stand und ein Schild mit ihrem Namen hielt.

Sky steuerte auf ihn zu und er lächelte, als er sie sah.

Wow, Hammerlächeln! Hätte ich den Männern nicht abgeschworen, würde dieser Leckerbissen definitiv ins Beuteschema fallen. Ich sollte ein Foto machen und es Maya schicken, kicherte Sky in sich hinein.

"Ms. Alister? Mein Name ist Brain Cruise und ich komme von JB-Industrials, um Sie abzuholen." Sky schenkte ihm ebenfalls ein breites Lächeln.

"Danke! Bitte nennen Sie mich Sky!"

Bereits auf dem Weg nach draußen fragte er: "Sky, wie...", er deutete zum Himmel. Skys Lächeln vertiefte sich. Ja, sie würde hier noch etwas Spaß mit ihrem Namen haben.

"Ja, gleiche Schreibweise. Es ist die Kurzform von Skyler."

"Ahh, schöner Name. Hier, bitte steigen Sie ein." Brain hielt ihr die Tür zum Fond eines schwarzen Audi A4 auf. Die Sitze waren aus Leder und das gesamte Interieur wirkte sehr edel. Sky zuckte zusammen, als die Tür hinter ihr ins Schloss fiel.

Kurze Zeit später stieg Brain auf der Fahrerseite des Wagens ein. Sie hatte ihn nicht für einen Chauffeur gehalten. Der Anzug, den er trug, schien definitiv teuer zu sein. Er schien ihre Blicke zu bemerken, denn er grinste sie über den Rückspiegel an und sagte: "Nein, Sky, ich bin kein Fahrer. Ich arbeite in der Sicherheitsabteilung von JB-Industials. Die Firma möchte aber vor allem bei neuen Mitarbeitern, die die Gefahren der Stadt, beziehungsweise bestimmter Bereiche der Stadt, noch nicht kennen, kein Risiko eingehen. Daher werden alle Neuankömmlinge zu ihren neuen Wohnungen gebracht. Sie bekommen von mir auch sämtliche Unterlagen über die Umgebung, den öffentlichen Verkehr und die Informationen zu dem Unternehmen."

So integriert zu werden, fühlte sich gut an. Sky hatte ein wenig Angst gehabt, sich in ihrer neuen Umgebung nicht zurecht zu finden, aber mit so viel Unterstützung sollte sie keine Probleme haben.

"Falls Sie irgendwelche Probleme oder Wünsche haben, können Sie sich jederzeit an mich wenden", sprach er mit einem kleinen Zwinkern weiter. *Okay, dieser Teil gehört wohl nicht mehr zu seinem offiziellen Stellenprofil.*

"Sie wurden ebenfalls für das Tutorenprogramm eingetragen. Eine nette Frau namens Sindy Miller hat sich als Tutor für Sie angemeldet. Sie wird Sie in den kommenden Wochen geschäftlich und, soweit gewünscht, privat begleiten."

30 Minuten später hielten sie vor einem riesigen, gläsernen Palast. Brain öffnete ihr die Tür und half ihr

beim Aussteigen. Nachdem er ihren Koffer aus dem Auto geholt hatte, bedeutete er ihr zu folgen. Sie passierten eine Sicherheitsschleuse, durch die sie nur mit Brains Chipkarte kamen, und fanden sich dann in einer großen Empfangshalle wieder. Durch die vielen Fenster war der Raum sehr hell. Die Böden waren aus dunklem Marmor und die Wände weiß mit eleganten Bildern geschmückt.

"Hallo Willson, das hier ist Skyler Evé Alister, unsere neue Kollegin aus dem Marketing", stellte Brain sie dem Mann am Empfang vor. Der attraktive schwarze Mann lächelte sie freundlich an. Arbeiten hier nur schöne Menschen?

"Herzlich willkommen, Ms. Alister. Ihren Ausweis bitte." Sky verstand nicht, wozu er ihn benötigte, kramte aber dennoch nach ihren Papieren.

"Sehr gut. So, Ms. Alister, hier sind Ihre Schlüssel, Ihre Sicherheitskarte, Ihre Passwörter und der Notfallcode. Ich benötige noch folgende Unterschriften von Ihnen ..."

Wow, ich bin in einem Hochsicherheitsgefängnis gelandet. Aber eigentlich gar nicht schlecht. Selbst wenn mich meine Vergangenheit einholen sollte, hier drin kann mir ganz bestimmt nichts passieren.

Gefühlte 100 Unterschriften und Sicherheitshinweise später, ging Sky mit Brain zu den Aufzügen. Er brachte sie zu ihrer neuen Bleibe und zeigte ihr alles, was sie über die Wohnung wissen sollte. Dann ging er mit ihr zusammen alle Unterlagen durch, die er auf der Fahrt zu ihrem neuen Zuhause bereits erwähnt hatte. Skys Augen wurden immer schwerer und es fiel ihr nicht leicht, zumindest so auszusehen, als könne sie seinen Worten noch folgen.

"Okay, ich glaube, das bringt heute nichts mehr. Sie sollten ein wenig schlafen und ich komme einfach morgen Vormittag nochmal vorbei." Brain zog seinen Blackberry hervor und studierte seine Termine. "Ich könnte gegen 10 Uhr nochmal wiederkommen. Wäre das okay?"

"Ja, vielen Dank! Ich bin wirklich hundemüde. Dann morgen um 10."

"Gut, eins noch. Das hier ist meine Durchwahl. Sollten

Sie irgendetwas brauchen, zögern Sie nicht. Ich kann Ihnen helfen oder zumindest sagen, an wen Sie sich wenden müssen, bis wir das Organisationsverzeichnis der Firma durchgegangen sind. Die Durchwahl für den Empfang ist die 100. Wilson hat Spätschicht, ist also bis 24 Uhr zu erreichen. Für die Nachtschicht ist diese Woche ein Mann namens Timothy zuständig. Auch er wird Ihnen nicht den Kopf abreißen, wenn Sie Hilfe benötigen." Wieder zwinkerte er ihr zu und Sky fragte sich, ob sie wirklich so hilflos wirkte, wie er sie wohl sah. *Nun ja, besser so, als völlig alleine dazustehen,* dachte sie und lächelte Brain dankbar zu.

"Dann, gute Nacht, Sky. Bis morgen."

"Danke! Bis morgen."

Nachdem sie sich nur noch kurz umgezogen hatte, fiel sie bereits todmüde ins Bett und schlief innerhalb von Sekunden ein.

13 TAG 1 - LEBEN 2

SKY

Die Sonnenstrahlen, die durch die großen Fenster ihres neuen Schlafzimmers schienen, weckten Sky.

So also fühlt sich mein neues Leben an. Sie stand auf und besichtigte erst einmal ihre neue Bleibe. Zwar hatte Brain ihr gestern die ganze Wohnung gezeigt, aber Sky hatte keine Kraft mehr gehabt, um sie sich wirklich anzusehen. Das Schlafzimmer war groß und der Boden mit flauschigem, hellem Teppich ausgelegt. Das Bett war riesig und auch der große Kleiderschrank würde niemals voll werden.

Das angrenzende Badezimmer war durch und durch in Weiß gehalten. Es gab sowohl eine große Badewanne als auch eine separate Dusche. Das Wohnzimmer war ebenfalls großzügig geschnitten. Die Möbel waren allesamt in Weiß gehalten und das dunkle Kirschholzparkett bildete einen herrlichen Kontrast dazu. Die Küche war in den Wohnraum integriert und verfügte, zumindest kam es Sky so vor, über jedes verfügbare technische Küchengerät, das es gab. Sky war sehr froh darüber, dass die Kaffeemaschine derart bedienerfreundlich war. Sie musste lediglich eine Tasse darunter stellen und auf einen Knopf drücken und schon bekam sie frisch gemahlenen Bohnenkaffee.

Nach ihrem ersten Kaffee in Boston duschte Sky sich ausgiebig die Anstrengungen des Vortages ab. Da sie heute noch nicht arbeiten würde, entschied sie sich für kurze schwarze Shorts und ein passendes, schwarzes Tank-Top. Sie schminkte sich leicht, um die Restmüdigkeit ihrer langen Reise zu tarnen, und ließ ihre Haare an der Luft trocknen. Mit ihrer zweiten Tasse Kaffee machte Sky es sich auf dem Balkon ihrer Wohnung gemütlich. Der Ausblick über die Stadt zog sie so in den Bann, dass das Klingeln, das von der Tür kam, nur langsam zu ihr durchdrang. Barfuß tapste sie zur Tür.

"Guten Morgen, Sky", begrüßte Brain sie.

"Oh, guten Morgen. Ich habe unseren Termin schon wieder ganz vergessen."

"Na, das ging ja schnell. Ich freue mich immer, wenn ich bleibenden Eindruck hinterlasse", scherzte Brain. Zerknirscht zog Sky die Tür ganz auf. Sie hatte ihn nicht vor den Kopf stoßen wollen. All die neuen Dinge um sie herum hatten sie einfach abgelenkt.

"Es tut mir leid, Brain. Ich bin wohl noch etwas überfordert mit all den Neuerungen in meinem Leben."

"Kein Problem. Ich habe etwas zum Frühstücken mitgebracht."

"Danke. Ich habe mich noch gar nicht umgesehen. Ich weiß lediglich, dass die Kaffeemaschine funktioniert. Hätten Sie gerne einen?"

"Gerne, ja! Wollen wir uns die restlichen Unterlagen auf dem Balkon ansehen?"

Sky nickte und bereitete zwei weitere Tassen Kaffee zu.

"Alles klar soweit?"

Da sie immer noch auf ihrem Croissant kaute, nickte Sky. Sie war Brain dankbar, dass er etwas zum Frühstücken mitgebracht hatte. All diese Informationen hätte sie ohne Nervennahrung nicht verarbeiten können. Sie verstanden sich wirklich gut und Sky konnte sich durchaus vorstellen, Brain als den ersten guten Freund in ihrem neuen Leben aufzunehmen.

Sie hatten den ganzen Vormittag über den Papieren gebrütet. Wahrscheinlich wäre es auch in der Hälfte der Zeit möglich gewesen. Doch sie waren immer wieder abgedriftet und hatten über private Dinge geredet. Oder einfach nur über das seltsame Informationsmaterial gelacht.

Zum Beispiel stand in den Betriebsbestimmungen doch tatsächlich: 'Auf dem gesamten Betriebsgelände herrscht eine Maximalgeschwindigkeit von 10 Meilen pro Stunde. Damit ist nicht gemeint, pro Reifen.' Wer bitteschön kam auf solche Dinge? Sie wurden im Laufe des Vormittags auch immer weniger förmlich und sprachen mittlerweile wie zwei alte Freunde miteinander.

"Wollen wir einkaufen fahren? Ich kann dich mit dem Auto zum Supermarkt fahren, damit du deine Grundeinkäufe erledigen kannst."

"Super, vielen Dank! Lass mich noch schnell Socken und Schuhe holen, dann können wir los." Sky schlüpfte in ihre schwarzen Chucks und warf sich einen großen, schwarzen Beutel zum Umhängen über die Schulter. Von den Aufzügen aus ging es direkt in die Tiefgarage und zu dem schwarzen Audi, mit dem sie gestern schon gefahren waren. Von dieser Sorte standen hier mindestens 20 Stück und noch etliche andere Fahrzeuge.

"Ja, die Firma legt Wert auf einen ordentlichen Fuhrpark. Du kannst dir übrigens über den Empfang einen Wagen leihen, wenn du das willst. Es ist billiger, als sich einen Mietwagen zu nehmen." Er platzierte sie wieder auf dem Rücksitz, was Sky gar nicht gefiel. Sie würde lieber vorne neben ihm sitzen, anstatt hier hinten, wie jemand von Adel oder so was in der Richtung.

Die Fahrt dauerte ungefähr 15 Minuten, aber mit dem Geplänkel zwischen ihnen ging die Zeit schnell vorbei. Als Sky ihren Einkaufswagen holte, wartete Brain vor dem

Eingang und tupfte gerade mit einem Taschentuch den Schweiß von seiner Stirn. Sky schob sich die Sonnenbrille in die Haare und sah ihn stirnrunzelnd an.

"Warum trägst du bei dieser Hitze eigentlich einen Anzug?" Brain lächelte gequält.

"Anweisung von oben. Die Sicherheitsabteilung muss immer ein tadelloses Bild nach außen hin machen. Das ist sowas wie unsere Uniform. Wir haben alle dieselbe."

"Steht dir", zwinkerte Sky ihm spitzbübisch zu und war froh, dass sie sich bei den heißen Temperaturen schön luftig kleiden konnte.

"Wenn du alleine einkaufen gehst oder sonst irgendwo hin, solltest du dir auf jeden Fall auch mehr anziehen!", sagte Brain ernst mit Blick auf ihr Outfit.

Sky versuchte, sich nicht allzu sehr über die Bevormundung zu ärgern und sagte im Weggehen spöttisch: "Wieso, gefällt dir nicht, was du siehst?"

Natürlich wusste sie, dass ihr die Sachen ganz hervorragend standen. Ihre schlanken gebräunten Beine, ihre schmale Taille und die große Brust kamen in dem Outfit gut zur Geltung. Aber das Wichtigste war, es war super bequem und ihr war nicht zu heiß darin.

"Du weißt ganz genau, wie heiß du darin aussiehst, Sky. Und genau das ist das Problem!"

Wütend drehte sie sich zu ihm um.

"Ich sage es dir genau einmal, Brain. Ich mache in meinem Leben, was ich möchte, und nichts anderes. Wenn dir das nicht passt, fahr zurück. Ich nehme mir ein Taxi", zischte sie. Erschrocken riss Brain beide Arme zu einer beschwichtigenden Geste hoch.

"Whow, whow, Kitty, mach mal langsam. Ich wollte dir nur einen Rat geben, mehr nicht."

"Okay. Dann ist das ja geklärt. Ich habe gerade erst eine Meute belehrender, möchtegern großer Brüder hinter mir gelassen und wirklich kein Interesse an einem Weiteren", sagte sie nun schon deutlich versöhnlicher.

"Daran hab ich bestimmt auch kein Interesse", sagte

Brain und ließ seinen Blick schelmisch grinsend über ihren Körper wandern.

Sky verdrehte die Augen und sagte: "Auch daran habe ich kein Interesse, Brain."

Sie hörte ihn zwar noch seufzen, wandte ihre Aufmerksamkeit aber bereits wieder ihrem Einkauf zu.

Sie verstauten die Einkäufe im Kofferraum und Sky wollte sich auf den Beifahrersitz setzen. Brain schlug ihr die Tür vor der Nase zu und schob sie zurück zum Rücksitz.

"Hinten rein, Kitty. Nur Mitarbeiter der Sicherheitsabteilung dürfen vorne sitzen."

"Was ist das denn für eine blöde Regel. Und warum zum Teufel nennst du mich Kitty?"

"Weil es mein Chef so sagt und weil du fauchen kannst wie eine Wildkatze. Du tust es übrigens schon wieder!"

Leise vor sich hin grummelnd, verzog Sky sich auf den Rücksitz.

"Hör mal, ich hab mich wegen deiner Tutorin umgehört. Sie hat die ganze Woche noch Urlaub", erzählte Brain, während er sich in den Straßenverkehr einfädelte.

"Ich gehe morgen Abend mit ein paar Freunden in einen Pub. Hättest du Lust mitzugehen?", fragte er dann weiter.

"Als Freunde?", fragte Sky vorsichtshalber nach.

"Ja, als Freunde, Sky. Mann, denkst du immer nur das Schlechteste von jedem Menschen?"

Nein, aber man wird einfach vorsichtig...

"Okay, dann gern. Wann?"

"Ich hol dich so gegen 8 ab. Brauchst dir nichts Besonderes anzuziehen. Wird ein ganz entspannter Abend."

"Super. Ich freue mich!"

Sky verbrachte den restlichen Nachmittag und den frühen Abend damit, sich in ihrer Wohnung einzurichten. Viele Sachen hatte sie zwar nicht, aber sie wollte es sich trotzdem ein wenig gemütlich machen. Sie packte ihre

Kleidung in den dafür vorgesehen Schrank und entschloss sich, Brain zu bitten, ihr ein günstiges Einkaufszentrum zu zeigen, damit sie ihre Garderobe für die Arbeit etwas auffrischen konnte.

Sie stellte ihre Kosmetika in das Bad und die Fotos ihrer Freunde auf das Sideboard im Wohnzimmer.

Schade, dass ich kein Bild von Ryan habe. Nein. Halt! Stopp! Hier stehen nur meine Liebsten. Da hat Ryan doch nichts zu suchen ... oder?

Schnell verdrängte Sky den Gedanken wieder und widmete sich weiter ihrer Einrichtung. Da ihr der Jetlag immer noch in den Knochen hing, ging sie früh schlafen, um für den morgigen Tag fit zu sein.

14 NEUES LEBEN, NEUE FREUNDE

<u>SKY</u>

Den zweiten Tag in ihrem neuen Leben wollte Sky sich selbst widmen. Nach zwei großen Tassen Kaffee auf ihrem neuen Balkon, ließ sie sich ein Schaumbad ein. Sie nahm sich vor, gut aufzupassen, damit sie nicht einschlief. Die Badewanne war definitiv groß genug, um darin ertrinken zu können. Der Schaum, der herrlich nach Vanille duftete, türmte sich hoch um sie auf und Sky genoss das warme Wasser eine ganze Zeitlang.

Nachdem sie sich sorgfältig rasiert hatte, stieg sie aus der Wanne und rubbelte ihren Körper trocken. Um ihn nach den Strapazen der letzten Wochen zu verwöhnen, rieb sie sich mit einer duftenden Honiglotion ein und fühlte sich dann rundherum wohl. Im Bikini und mit einer weiteren Tasse Kaffee, ließ Sky sich auf ihrem Balkon nieder. Sie hatte sich entschieden, ihre schwarzen Shorts heute mit einem roten Tank-Top zu kombinieren und lackierte ihre Finger und Fußnägel passend zum Top. Sky liebte sich wiederholende Farben. Egal, ob bei Möbeln, Designs oder eben ihrer Kleiderwahl. Keine Farbe sollte je alleine irgendwo auftauchen.

Und auch wenn niemand ihre Zehennägel in den schwarzen Chucks sehen würde. Sky würde wissen, dass sie nicht die passende Farbe hatten und sich den ganzen Abend unwohl fühlen.

Genauso erging es ihr mit Unterwäsche. BH und Höschen, das nicht zueinander passte, konnte ihr den ganzen Abend verderben. Auch, wenn diese nicht zu der Bekleidung darüber passen. Furchtbarer Gedanke! Leider hatte sie den String zu ihrem Lieblings BH verloren. Der musste bei dem eiligen Packen in Talin verloren gegangen sein.

Ihr "Tu-Sky-etwas-Gutes-Tag" ging wahnsinnig schnell vorüber und es wurde Zeit, sich für den Abend mit Brain anzuziehen. Sky war gespannt auf seine Freunde und hoffte, dass sie hier vielleicht Anschluss finden würde. Zehn Minuten vor der ausgemachten Zeit traf Sky in der Empfangshalle ein. Willson winkte ihr bereits zu. Er war ungefähr 30 Jahre alt und schien stets gut aufgelegt zu sein. Er lächelte immer und grüßte jeden, der ihn passierte, freundlich. Der Afroamerikaner hatte so ein angenehmes Lächeln, dass Sky unwillkürlich zurück lächelte und zu ihm ging.

"Ms. Alister, schön Sie wiederzusehen!"

"Bitte, sagen Sie doch Sky zu mir. Wie geht es Ihnen?"

"Gut, gut. Danke der Nachfrage. Haben Sie sich bereits gut eingelebt?"

"Ja, danke! Ich gehe mit Brain und seinen Freunden in einen Pub."

"Aha. Na, dass wird bestimmt ein schöner Abend. Ich hoffe, dass Boston Sie zum Bleiben überzeugen kann."

"Ich habe nicht vor, mich allzu schnell in die Flucht schlagen zu lassen. Keine Sorge, ich bleibe Ihnen noch ein Weilchen erhalten."

Sie scherzten noch eine Weile, bis Brain sie unterbrach.

"Hier bist du! Ich habe dich schon gesucht. Ich dachte, du wartest in deiner Wohnung."

Als er bei ihr ankam, drückte er sie kurz an sich und

sagte: "Hi Kitty. Hi Willson. Bereit zum Abmarsch?"

Es war seltsam, Brain nicht im Anzug zu sehen. Er trug verwaschene Jeans und ein schwarzes, enganliegendes T-Shirt, das seinen gut trainierten Oberkörper zur Geltung brachte.

"Jup. Hier zu warten ist doch viel geschickter. Aber jetzt weißt du ja, wo du mich findest. Und Willson hat mich gut unterhalten, bis du kamst."

"Bye, Willson!"

"Hinten rein, Kitty!"

"Aber wir sind doch privat unterwegs! Warum kann ich nicht vorne sitzen?"

"Das ändert nichts."

"Dann lass wenigstens den Quatsch mit dem Tür aufhalten. Ich komm mir total dämlich vor", grummelte Sky während des Einsteigens.

"Das gehört dazu, Kitty. Und ich werde es auch in Zukunft tun."

"Mann, du kannst einem echt auf den Keks gehen, Brain!"

"So, da sind wir." Sie hielten vor einer urig wirkenden Bar mit dem Namen: "Meets"

"Sieht gemütlich aus!"

"Ist es auch. Und du wirst meine Freunde mögen, da bin ich mir sicher!"

"Hey Jungs, das ist Kitty. Kitty, das sind Jeromy, Cliff, Kyle, Bobby, Ray und Carl."

"Hi, ich heiße Sky, nicht Kitty. Freut mich, euch kennenzulernen."

Brains Freunde musterten sie eindeutig lüstern und sagten dann unisono: "Hi Kitty!"

Sky schnaubte und Brain hielt sich den Bauch vor Lachen.

"Warum lachst du?", fragte Ray nach einigen Augenblicken.

"Habt ihr ihr denn gar nicht zugehört?", fragte Brain.

Die Jungs wandten verlegen ihre Blicke ab.

"Okay, wohl eine reine Männerrunde, hm?", fragte Sky, konnte sich ein Grinsen aber auch nicht mehr verkneifen.

"Warum?", fragte Cliff, oder Carl? Und Brain brach erneut in lautes Gelächter aus.

Sie setzten sich und tranken gemeinsam eine Runde Bier. Sie redeten über Belanglosigkeiten und wenn eine Frage für Sky zu persönlich wurde, versuchte sie, sie so oberflächlich wie möglich zu umschiffen.

"Wir treffen uns jeden Donnerstag hier, einfach nur zum Quatschen. Du bist herzlich eingeladen, zu unserer Runde. Stimmt's, Jungs?", sagte Bobby und alle nickten begeistert.

Auch Sky mochte die Runde. Nachdem sie sich satt gesehen und verstanden hatten, dass es für keinen von ihnen die Möglichkeit gab, bei ihr zu landen, hatten sie Sky aufgenommen, als wäre sie einer von ihnen. Es waren zwar alles durchaus hübsche Exemplare, aber Sky hatte den Männern abgeschworen. Und dass sie für unverbindliche Arrangements nicht gemacht war, bemerkte sie eindeutig daran, dass Ryan immer noch in ihrem Kopf herum spukte. *Verdammt, Ryan, das war so nicht ausgemacht!*

Nachdem er aber nun mal nicht anwesend war, musste sie sich eingestehen, dass es wohl mehr ihre eigene Schuld war als die seine.

"Gerne. Ich hab wirklich Spaß mit euch. Zumindest, seit ihr mir nicht mehr auf den Hintern starrt."

"Das wird nie ganz weggehen, Kitty. Dafür ist deine Rückansicht einfach zu schön", neckte Kyle. Nun ja, auch an das Kitty würde sie sich wohl gewöhnen müssen.

"Wir haben uns für Samstagnachmittag zum Pub-Quiz angemeldet. Hast du Lust mitzumachen?", fragte Cliff.

"Ja, wenn Brain mich abholt." Dieser nickte bestätigend und sie vereinbarten, dass sie sich um 14 Uhr in der Lobby treffen würden. Sie blieben noch eine Zeitlang gemeinsam sitzen, bis Brain nach Hause drängte, da er morgen früh wieder arbeiten musste.

Am Auto angekommen, schnappte Sky sofort den Türgriff.

"Pfoten weg, Kitty!" Dann lachte er los. "Wie passend", fügte er am Ende seines Lachanfalls hinzu.

"Ha ha, lang nicht mehr so gelacht. Und ich hatte gehofft, das mit dem Spitznamen sei nur vorübergehend. Aber du hast ja sogar schon deine Freunde infiziert." Brain öffnete ihr breit grinsend die Tür.

"Ja, gut, nicht wahr?"

"Blödmann!" Auf dem Weg nach Hause rückte Sky mit ihrer Frage heraus: "Du, Brain ..."

"Spuck einfach aus, was du brauchst."

"Ich müsste noch ein paar Klamotten fürs Arbeiten shoppen. Hättest du morgen Zeit, mich zu fahren?" Sie waren bereits vor dem Gebäude angekommen und Brain kramte seinen Blackberry hervor.

"Ich hab um drei Feierabend. Dann könnten wir direkt los."

"Oh, du bist spitze! Vielen Dank, Brain!"

"Dank mir nicht, bleib lieber sitzen, bis ich dir die Türe aufmache, dann muss ich nicht immer so um den Wagen rennen, um vor dir da zu sein." Sky grummelte ein bisschen, wartete aber brav, bis Brain ihre Tür geöffnet hatte.

"Es war ein sehr schöner Abend, Brain. Vielen Dank!"

"Nichts zu danken, Kitty! Bis Morgen!"

15 ÜBERRASCHUNGEN

SKY

Da Sky bis spät in die Nacht hinein unterwegs gewesen war, schlief sie bis weit in den Vormittag hinein. Nach zwei Tassen Kaffee machte sie sich dran, ihren Kleiderschrank zu überprüfen. Eine Liste sollte ihr helfen, ihre Ausstattung zu vervollständigen. Sie wollte gut aussehen für ihren neuen Job. Für die Shoppingtour selbst wählte sie ein weiteres Paar Shorts und ein pinkes Tank-Top. Unterwäsche und Nagellack sollten wieder zum Top passend sein. Als sie ihr Outfit schließlich anzog, fiel ihr auf, dass die Shorts schon verdammt knapp unter ihrem Po endeten.

Innerlich mit den Schultern zuckend, ignorierte sie diese Tatsache. Sie ging ja nur mit Brain shoppen. So war sie vor anderen sicher und die Fronten zwischen Brain und ihr waren soweit geklärt. Ihr Haar trug sie offen, die Sonnenbrille würde es ihr aus dem Gesicht halten, wenn sie diese nach oben schob. Es war schon kurz vor zwei, als sie sich auf den Weg in die Lobby machte. Auf dem Weg zur Tür winkte sie noch dem Mann am Empfang zu und nahm sich vor, auch diesen noch persönlich kennenzulernen. Nach Wilson hatte sie gestern Nacht auch den 40 Jahre alten Timothy kennengelernt. Nur der Mann der Tagschicht fehlte ihr noch.

In Gedanken versunken prallte sie gegen eine Wand. Benommen schüttelte sie den Kopf. Nein, nicht Wand. Männlicher Brustkorb. Männlicher Brustkorb mit vertrautem Duft ...

"Sky?", fragte Ryan. Sky taumelte zwei Schritte zurück. *Was? Was macht er hier? Verfolgt er mich? Wie kommt er in dieses Gebäude?*

Sky hätte ihn beinahe nicht erkannt. Er sah verändert aus. Die Haare ein wenig kürzer und streng aus dem Gesicht gegelt. Er trug einen teuer aussehenden, schwarzen Anzug und ein weißes Hemd, dessen obere zwei Knöpfe offenstanden und die herrliche, gebräunte Brust hervorblitzen ließen.

"Was machst du hier?", war die erste von 1000 Fragen, die aus ihrem Mund purzelten.

"Ich arbeite hier, und du?"

"Ich auch", lächelte sie.

"Du arbeitest bei JB-Industrials? Ich meine..."

"Hey Kitty, bin fertig, können wir los?" Brain kam in seiner üblichen stürmischen Art auf sie zu und hatte sie auch schon an sich gedrückt.

Sky hörte Ryan knurren. Schon hatte er Brain am Kragen gepackt und riss ihn von ihr los. Sie holte aus und schlug ihm mit aller Kraft auf die Schulter.

"Ryan, spinnst du?", schrie sie ihn an.

"Gott, Kitty, spinnst du?", fragte Brain mit weit aufgerissenen Augen. Ryan ließ Brain los und stieß ihn ein wenig weg.

"Was soll das?", knurrte er.

"Hallo Mr. Black. Wie war Ihr Urlaub, Sir? Ich wollte Kitty ... äh ... Ms. Alister abholen, da sie einkaufen gehen möchte, Sir."

"Ryan!", zischte Sky scharf. Der arme Brain sah aus irgendeinem Grund total verunsichert aus.

"Kitty?", fragte Ryan nun und schaute sie mit hochgezogener Augenbrauen an.

"Lange Geschichte!"

"Ich habe Zeit", stellte er klar.

"Nun, ich nicht. Wie Brain bereits erwähnt hat, holt er mich zum Einkaufen ab."

"Sky!", knurre Ryan sie nun warnend an.

"Rya-a-a-n", äffte Sky seinen Tonfall nach.

"Ich komme mit", entschied Ryan kategorisch.

"Nein!"

"Doch!"

"Wer bist du, dass du mir etwas zu befehlen hast? Mein Chef?"

"Wenn man's genau nimmt ... Ja!" Ryan schien sich diebisch zu freuen. Sky hingegen wurde blass und ihr Blick wanderte zu Brain, der ihre Diskussion fassungslos verfolgt hatte.

"Ähm ... ja ... Ms. Alister ..."

"Brain!", unterbrach Sky ihn scharf.

"Okay ... also Kitty ..." Brain zuckte kurz unter einem scharfen Blick von Ryans Seite zusammen, fuhr dann aber fort: "Also, das ist Mr. Black. Unser Chef. Und wir würden uns natürlich freuen, wenn er uns begleiten möchte." Brain schien mit seiner diplomatischen Art äußerst zufrieden zu sein, doch Sky konnte nicht fassen, was hier gerade geschah.

"Nein, Ryan, Brain lügt. Wir würden uns nicht freuen. Brain opfert mir gerade seine Freizeit und ich glaube, er bekommt Rückenschmerzen, wenn er den ganzen Nachmittag so vor dir katzbuckelt."

Wieder zuckte Brain zusammen. Nach einem kurzen Blick in die Runde musste sie feststellen, dass es den anderen Angestellten im Empfangsbereich nicht anders ging. Sie seufzte auf und sagte: "Lass uns das unter vier Augen besprechen, sonst hast du bald nur noch chronisch zuckendes Personal."

Nun sah auch Ryan sich um und bemerkte wohl, wie

alle unter seinen Blicken zusammenzuckten und versuchten, so schnell wie möglich aus der Schusslinie zu kommen.

"Du hast Recht. Lass uns nach oben gehen." Ryan wandte sich ab und ging, gefolgt von Sky, in Richtung der Aufzüge.

"Kitty?", begann Brain fragend, wurde aber unter Ryans Blick sofort still.

Sie stampfte mit dem Fuß auf und zischte abermals: "Ryan!"

Dessen Blick wurde sofort unschuldig und er zuckte mit seinen Schultern, als wolle er sagen: "Hab doch gar nichts gemacht!"

An Brain gewandt fuhr Sky mit sanfter Stimme fort: "Möchtest du nachher noch mit mir einkaufen gehen, Brain?" Er blickte unsicher zwischen Ryan und ihr hin und her und zuckte dann unschlüssig mit den Schultern. Sky zog ihn an der Hand mit in den Aufzug. Als die Türen sich schlossen, kramte Sky ihre Schlüsselkarte aus der Tasche und drückte sie Brain in die Hand.

"Du gehst einfach in meine Wohnung, machst es dir gemütlich und wartest, solange du willst. Wenn du keine Lust mehr hast, gehst du einfach und gibst den Schlüssel unten ab, okay?", fragte Sky sanft. Der arme Brain sah aus wie ein getretener Welpe.

"Nein. Sie können vor der Tür warten, Brain", fuhr Ryan scharf dazwischen.

"Nein!"

"Doch!"

"Nein, Ryan. Selbst, wenn du mein Chef bist. Das ist meine Wohnung."

"Eigentlich ... gehört auch diese mir!", lächelte Ryan. Sky traf die Erkenntnis wie ein Schlag. Sie war vollkommen und rundherum abhängig von diesem Mann. Nicht nur ihre Gefühle, auch ihr Job, ihre Wohnung, ihre komplette neue Existenz war abhängig von Ryan Black.

Sky wurde noch etwas blasser und bemerkte, wie ihr

Pulsschlag sich erhöhte. Ihre Atemwege wurden immer enger und sie versuchte, in kurzen, harten Zügen Luft in ihre Lungen zu pumpen.

"Kitty?", fragte Brain leise und besorgt. Dann schien auch Ryan aufzufallen, dass etwas nicht stimmte, denn seine Stimme wurde weich wie Honig.

"Sky? Atme, Süße, alles in Ordnung. Hey, der Aufzug hält gleich an, dann kannst du gehen, wohin auch immer du willst. Alles gut, Süße, ich bin ja da!"

Genau das ist ja das Problem, war das Letzte, was Sky dachte, bevor sie in Ohnmacht fiel.

RYAN

Das darf doch alles nicht wahr sein!, dachte Ryan und konnte Sky gerade noch rechtzeitig auffangen. *Da rede ich seit vier Tagen unentwegt mit jedem Setarip, um heraus zu bekommen, wo die Frau hin ist, die mir verdammt nochmal nicht mehr aus dem Kopf geht, und dann läuft sie mir in meiner eigenen Firma über die Füße!*

Ryan hatte seit dem Tag, an dem sie ihn so überstürzt verlassen hatte, schlechte Laune und seine Freunde waren mehr als froh gewesen, ihn endlich los zu sein. Und dann stolpert ihm die Frau seiner Träume einfach so vor die Füße.

Zuerst dachte er tatsächlich, er hätte eine Halluzination, so sehr hatte er sie vermisst. Seine Freude war unglaublich gewesen, bis dieser Wicht sie umarmt hatte. Selbst wenn er es gewollt hätte, hätte er sich nicht beherrschen können. Schon gar nicht, da sie ja außerhalb von Talin gerne halbnackt durch die Straßen lief. Und Kitty? Was bitte sollte das denn? Sky konnte maximal 3 Tage in Boston sein und wurde von seinem Personal bereits als Kätzchen bezeichnet?

Dass sie sich so penetrant gegen ihn gewehrt hatte, hatte Ryans Wut auf die Spitze getrieben. Sie hatte sich gefälligst genauso darüber zu freuen wie er, dass sie sich wiedersahen.

Zwei Eisblicke-Endstufe in fünf Minuten, das war sogar für Ryan neuer Rekord. Er hatte sich so in Rage geredet, dass ihm noch nicht einmal aufgefallen war, dass er vor seiner Belegschaft eine Szene machte.

Verdammte Scheiße! Dieses Weib macht mich wahnsinnig! Und nun lag sie hier so hilflos in seinen Armen und Ryan wusste noch nicht einmal genau, warum sie eine Panikattacke bekommen hatte. Keiner hatte sie angerührt und Ryan hätte nicht gedacht, dass Fahrstuhlfahren ihr auch etwas ausmachen konnte.

"In meiner rechten Jackettasche ist meine Schlüsselkarte, öffnen Sie bitte die Tür zum Penthouse", befahl er dem Sicherheitsmann. Sie waren kaum im Penthouse, setzte sich Ryan mit Sky auf seinem Schoß auf das Sofa.

"Schalten Sie die Musikanlage ein. Etwas Ruhiges, bitte, und bringen Sie dann ein Glas Wasser aus der Küche."

"Hier, Sir", sagte Brain und stellte das Wasser auf dem Tisch ab.

"Sie können nach Hause gehen, Brain. Sky wird heute nicht mehr mit Ihnen Shoppen gehen." *Und auch sonst nie mehr,* fügte er gedanklich an. Wusste aber selbst, dass diese Hoffnung bei dieser Frau utopisch war.

"Ja, Sir. Wenn ich fragen darf ..."

"Nein, Sie dürfen nicht."

Brain nickte knapp, presste die Lippen zusammen, verkniff sich aber einen weiteren Kommentar und ging.

Es dauerte eine Weile, ehe Sky sich zu regen begann. Ryan versuchte, alles so zu machen, wie er es damals bei Jonas und Maya beobachtet hatte. Er wiegte sie sanft und murmelte beruhigende Worte in ihr Haar. Sie begann in seinen Armen zu zappeln.

Ryan verstärkte sanft seinen Griff und murmelte: "Alles okay, Süße. Ich bin da. Nichts ist passiert. Alles ist gut."

Aber Skys Atmung wurde wieder heftiger und sie wehrte sich vehement gegen seinen Griff. Schließlich löste er seine Arme von ihr.

Die letzten Zentimeter riss sie sich so gewaltig los, dass sie das Wasserglas vom Tisch fegte und mit unglaublicher Wucht erst gegen den Tisch knallte und dann in die Scherben am Boden fiel. Als er nach ihr greifen wollte, um ihr aufzuhelfen, krabbelte sie so hektisch rückwärts, dass sie sich Arme und Beine an den Scherben des Glases aufriss. Sie blutete stark. Der weiße Teppich vor seinem Sofa war von roten Schlieren durchzogen. Sky schien es noch nicht einmal zu bemerken. Sie krabbelte rückwärts, bis sie mit ihrem Rücken an die Glasfront seines Wohnzimmers stieß, und blieb bleich, zitternd und mit weit aufgerissenen Augen dort sitzen.

Ihr Anblick tat ihm in der Seele weh.

Gequält verzog er sein Gesicht und flüsterte dann: "Warum hast du Angst vor mir, Honey? Habe ich dir jemals etwas getan?"

Sein taffes Mädchen so gebrochen dort sitzen zu sehen, brach ihm das Herz. Er ließ sich vom Sofa auf den Boden sinken. Sie blutete und er konnte ihr nicht helfen, weil sie Angst vor ihm hatte.

"Was habe ich dir getan, Süße, dass du mich so verabscheust?"

"Ich ... Du ...Warum?"

"Ich verstehe nicht, was du meinst, Kleines. Kann ich dir irgendetwas bringen oder geben oder tun, damit du dich ein wenig beruhigst?"

"Hast du das gewusst?" Sky machte eine Handbewegung, die wohl die gesamte Wohnung oder die gesamte Firma bezeichnen sollte. "In Talin. Mit uns?"

Ryan brauchte einen Moment, ehe er verstand. "Nein! Ich dachte vorhin, ich würde träumen, als du mir da so vor die Füße gestolpert bist."

"Oh Gott, Ryan, das ist alles so furchtbar."

Ryan stöhnte gequält. "Ich verstehe dich nicht, Honey! Was ist so furchtbar? Ich habe mich gefreut, dich wieder zu sehen und du ..." Ryan brach ab und schüttelte gequält den Kopf.

"Das ist es nicht. Du bist mein Boss, mein Vermieter und ... oh Gott, das ist alles so grauenhaft!"

Sie begann wieder, am ganzen Leib zu zittern und Ryan verstand langsam das Problem. "Nicht wirklich, Honey! In welcher Abteilung arbeitest du?"

Sky sah ihn misstrauisch an, was ihm nur einen weiteren Stich versetzte. "Marketing", antwortete sie schließlich und Ryan atmete erleichtert aus.

"Damit habe ich so gut wie überhaupt nichts zu tun. Wenn überhaupt, auf dem Papier. Das ist vollkommen Shanes Gebiet und er tut auch nichts anderes, als die Entscheidungen deines Bereichsleiters abzusegnen. Ich bin also nicht wirklich dein Boss, Süße."

Sky schien eine Weile nachzudenken und forschte wieder einmal in seinem Gesicht. Ryan hielt nichts zurück. Zeigte ihr die Qual und den Schmerz, den ihr Verhalten auslöste. Schließlich nickte sie vage und fragte mit schwacher Stimme: "Vermieter?"

Ryan nickte. "Der Bereich gehört zwar offiziell zu meinem Aufgabengebiet, aber der Bereich selbst ist Jason unterstellt. Jason hält nur Rücksprache mit mir, wenn es um Investitionen geht, die größer als fünf Millionen Dollar sind. Bei allem Weiteren hat er freie Hand und glaub mir, Jason hat bestimmt wichtigere Dinge zu tun, als sich um Mietverträge zu kümmern. Das liegt in der Hand irgendeines kleinen Sachbearbeiters und wird niemals bis zu meinem Schreibtisch vordringen."

"Und du?", fragte sie schließlich. Ihre Stimme war immer noch schwach, aber zumindest hatte sich das Zittern und die unregelmäßige Atmung beruhigt.

"Ich bin ich, Sky. Das hier bin ich, außerhalb meiner zwei Wochen Urlaub in Talin. Viel Arbeit, wenig Freizeit, kein Privatleben." Ryan ließ den Kopf hängen und fügte leise hinzu: "Wenn ich dir so zuwider bin, Sky, werde ich mich von dir fern halten."

"Das ist es nicht, Ryan. Ich mag dich. Aber mit all dem

hier ...", wieder machte sie eine Geste, die seine gesamte Existenz mit einbezog, " ... das ist wesentlich mehr Druck, als es in Talin war."

"Das muss es nicht sein, Honey", flüsterte Ryan mit Samtstimme. "Wir können es genauso unverbindlich halten wie dort. Wir haben Spaß und leben beide unser Leben. Schau, ich habe keine Zeit für eine Freundin. Ich bin mit meiner Firma verheiratet. Ich lebe für diese Firma. Und trotzdem wäre es schön, zwischendurch ein wenig Sex zu haben, optimalerweise, ohne irgendeine geldgeile Schlampe in einer Bar aufzureißen."

Das war zwar nur die halbe Wahrheit, aber Ryan glaubte nicht daran, dass Sky jetzt schon die ganze Wahrheit ertragen könnte. Er wollte sie für sich allein. Immer und jederzeit verfügbar. Ein kleines Lächeln spielte um ihre Mundwinkel.

"Ohne Bedingungen?"

"Definitiv!", antworte Ryan im Brustton der Überzeugung.

"Und was war das mit Brain?" Ryan verzog das Gesicht.

"Mensch, Sky, ich war total überrumpelt. Ich dachte, ich sehe dich nie wieder, ohne auch nur ein Wort mit dir gesprochen zu haben. Und dann stolperst du so unverhofft zurück in mein Leben und schon hängt ein Mann an deinem Hals!"

Sky zog ihre Nase kraus und schien einen Moment nachzudenken. Dann nickte sie. "Okay. Aber ich werde gehen, wenn das nicht klappt, Ryan."

"Okay. Dürfte ich dir eine Anweisung geben?", fragte er grinsend. Sky zog die Augenbrauen zusammen und sah ihn forschend an.

"Könntest du bitte aufhören, meinen 10.000 $ Berber vollzubluten?"

Sky sah an sich hinab und riss dann schockiert die Augen auf. In dem Moment, in dem sie panisch werden wollte, klopfte es an der Tür.

"Mr. Black? Die Tür ist noch offen, ich habe meine Telefon liegen lassen und ... Scheiße, Kitty, was ist mit dir passiert?" Brains Stimme wurde zum Ende hin zu einem nahezu hysterischen Kreischen.

"Brain", sagte Sky ruhig, aber dieser war völlig außer sich. "Ich wusste, ich hätte dich nicht alleine lassen dürfen. Gott, Scheiße, dieser Spinner ..."

"Brain!", unterbrach Ryan ihn jetzt scharf. Brain hatte ihn bislang wohl noch nicht bemerkt, denn er drehte sich blitzschnell um und richtete seine Pistole auf ihn.

"Keine Bewegung! Ich rufe jetzt die Polizei und den Krankenwagen. Ich habe keine Skrupel, Sie zu erschießen, also rühren Sie sich nicht!"

"Brain! Es war meine Schuld! Ein Unfall, verdammt! Nimm die scheiß Waffe runter, bevor noch jemand ernsthaft verletzt wird", schrie Sky ihn an. Als Brain verwirrt blinzelte, fuhr sie fort: "Ich habe das Glas umgeworfen, bin dann gestolpert und in die Scherben gefallen, siehst du?" Sie zeigte erst auf den Scherbenhaufen und dann auf die Glassplitter in ihren Händen.

"Und warum zum Teufel tut dann keiner was?", fragte Brain scharf, sicherte seine Waffe und steckte sie weg, ehe er sich Sky zuwandte.

"Du sollst dieses Beschützer-Ding runterfahren, erinnerst du dich?", fragte Sky.

Ryan lachte und sagte: "Weiter so, Brain. So werden meine Interessen gewahrt, ohne dass ich das Arschloch bin!"

Brain blinzelte abermals verwirrt und sagte dann: "Oh, Kitty, deine schönen Beine!"

Diesmal war es an Sky zu lachen. Ryan knurrte vor sich hin. Er musste sich schwer am Riemen reißen, aber bei dieser Frau, würde es ihm wohl sein Leben lang so gehen.

Leben lang? Jetzt übertreib aber mal nicht!, schalt er sich selbst. Sky schlug die ihr dargebotene Hand aus und humpelte in Richtung Badezimmer.

"Geh nach Hause, Brain. Wir sehen uns morgen."

"Morgen ist Samstag", warf Ryan ein.

Sky hob herausfordernd eine Augenbraue, woraufhin Ryan nur kleinlaut sagte: "Wollt's nur erwähnt haben."

"Okay, dann bis morgen, Kitty."

Die zwei Männer maßen sich noch einmal mit Blicken, ehe Brain das Spielfeld räumte.

"Lass mich dir helfen, Kleines", murmelte Ryan, während Sky sich auf der Toilette niederließ.

"Während ich deine Wunden versorge, kannst du mir die lange Geschichte deines neuen Spitznamens erzählen, okay?"

Sky nickte und erzählte ihm von der Wildkatze und dem Drama mit den Autos.

"Abendessen?", fragte Ryan sie, nachdem er ihre Wunden gesäubert hatte.

"Gerne. Aber ich möchte nicht ausgehen."

"Okay. Ich bestelle uns Pizza." Sky nickte und ließ sich auf dem Sofa nieder.

"Pass auf, dass du nicht in die Scherben trittst."

Augenrollend antwortete sie: "Wo ist dein Staubsauger? Dann mach ich es weg."

Ryan überlegte eine Weile, konnte sich aber beim besten Willen nicht daran erinnern, wo er dieses Ding schon mal gesehen hatte. Zweimal wöchentlich kam seine Putzfrau. Für gewöhnlich reichte das vollkommen.

Stöhnend stand Sky auf und begann, seine Wohnung zu durchforsten. Wenige Minuten später stand sie mit dem Staubsauger vor ihm und drückte ihm den Stecker in die Hand. Als sie mit dem Saugen fertig war, schüttete sie irgendein weißes Pulver auf die Flecken und setzte sich anschließend wieder auf das Sofa.

Als die Pizza kam, aßen sie gemeinsam zu Abend. Ihre Gespräche waren locker. Belanglosigkeiten, ohne Tiefe. Doch Ryan hatte nicht vor, Sky jetzt in die Enge zu treiben. Er hatte nicht das Gefühl, dass sie sich schon wieder voll erholt hatte.

"Soll ich dich morgen zum Einkaufen begleiten?"

"Nein, ich gehe nächste Woche. Morgen habe ich nicht genügend Zeit."

"Was hast du vor?", fragte er unschuldig. Sie blickte ihn skeptisch an, antwortete jedoch: "Ich gehe mit meinen Freunden zu einem Quiz in einen Pub."

"Freunden? Das ging ja schnell."

"Naja, noch sind es eher Brains Freunde, aber wir verstehen uns gut und ich denke, dass das etwas werden könnte."

"Kann ich mitkommen?"

"Nein."

"Warum nicht?"

"Weil du Brain den ganzen Nachmittag versauen würdest."

"Also bitte, du tust gerade so, als wäre ich eine Spaßbremse. Wir hatten viel Spaß in Talin, Sky."

"Du bist sein Boss", antwortete sie, als würde das alles erklären.

"Nein, Ty ist sein Boss."

"Uh!"

"Was meinst du damit? Ty ist der beste Sicherheitschef, den ich mir vorstellen kann!"

"Naja, mich wundert nur nicht mehr, dass Brain sich so akkurat an seine Anweisungen hält. Ty ist irgendwie beängstigend."

"Er ist ein guter Mensch, Sky", sagte Ryan leise. Er wusste genau, wie Ty wirken konnte, aber er war einer der loyalsten Personen, die er kannte und er würde kein schlechtes Wort über ihn dulden.

"Das glaube ich dir. Ich kenne ihn nicht, aber ich kann mir vorstellen, dass er als Boss ziemlich furchteinflößend sein kann."

"Kann ich jetzt mit?"

"Nein, aber ich kann am Abend zu dir kommen, wenn du möchtest."

Ryan nickte. Zwar war das nicht seine Wunschlösung, aber immerhin besser als nichts.

"Ich gehe jetzt schlafen."

"Bleibst du nicht?"

"Nein, Ryan. Ich habe meine eigene Wohnung." Einen Augenblick lang musterte Ryan sie eindringlich. Dann nickte er.

Morgen! Morgen wird sie bei mir bleiben und allzu schnell lass ich sie auch nicht mehr fort.

Nach einem kurzen Kuss ging Sky und ließ ihn allein in seiner viel zu leeren Wohnung zurück.

16 NEUE GRENZEN UND NEUE DEFINITIONEN

SKY

"Hey Kitty, alles klar?", begrüßte Brain sie besorgt.

"Alles gut, Brain. Sorry, dass es gestern nicht mehr geklappt hat."

"Hattest du noch viel Ärger?"

"Nein, alles okay. Wirklich." Brain hielt ihr die Tür auf und bedeutet ihr, auf dem Rücksitz Platz zu nehmen. Mehr als ein Augenrollen brachte Sky nicht zustande. Die Begegnung mit Ryan hing ihr mehr in den Knochen, als sie zugeben wollte. Eine weitere Auseinandersetzung mit Brain hätte zu sehr an ihren Reserven gezehrt. Er fädelte sich geschickt in den fließenden Verkehr ein und nahm das Thema wieder auf.

"Was läuft da zwischen dir und Mr. Black?" Sky seufzte. Hatte sie wirklich erwartet, dass er das Drama gestern einfach so hinnahm?

"Wir haben uns im Urlaub kennengelernt. Wir waren einfach beide ein wenig überrumpelt, als wir uns gestern so unverhofft über den Weg gelaufen sind."

"Definiere kennengelernt. Viel gesprochen habt ihr wohl nicht, wenn ihr nicht einmal wisst, dass ihr in der gleichen Firma arbeiten werdet."

"Ich glaube nicht, dass dich das etwas angeht."

"Was ist los, Kitty?"

"Mensch, ja wir hatten etwas miteinander. Es war so ein nur-Spaß-keine-Fragen-Ding. Und bevor du fragst, ich habe keine Ahnung, wie das jetzt laufen soll. Wenn es nicht klappt, bin ich weg. So einfach."

"Dieses Keine-Fragen-Ding scheint dein Lebensmotto zu sein. Ich meine, du weichst mir immer aus und ...", weiter kam er nicht, da Sky ihn schnaubend unterbrach.

"Ich hätte Ryan erlauben sollen mitzukommen, dann hättest du wenigstens deine Klappe gehalten."

"Ryan? Mr. Black wollte dich begleiten und du hast ihm abgesagt? Bist du verrückt?"

"Nein, mein Gott. Ich wollte dir nur einen Nachmittag Arschkriechen ersparen. Ich werde deswegen heute Abend zu 100% noch Diskussionen haben. Du solltest mir also dankbar sein, anstatt mich zu beleidigen."

"Kitty, der Mann ist unser Boss. Er ist geradezu obszön reich und einer der begehrtesten Junggesellen in diesem Bundesstaat. Und du gibst ihm einen Korb? Es tut mir leid, aber das ist verrückt."

"Nein, dein Boss ist Ty und mein Boss ist ein Mann namens William Perry. Ryan hat es gesagt. Meine Abteilung würde Shane unterstehen und ich habe gar nichts mit ihm am Hut."

"Oh.Mein.Gott. Sag jetzt bloß, du kennst sie alle privat. Die ganze Führungsebene?"

"Brain ... ich weiß doch gar nicht, wer hier arbeitet und wer nicht. Ryan hat während unseres Gesprächs gestern nur drei erwähnt, die ich in unserem Urlaub kennengelernt habe. Shane, Ty und Jason. Können wir dieses gruselige Thema jetzt abhaken? Wir sind da." Schnell stieg Sky aus dem Fahrzeug, bevor Brain wieder auf die Idee kommen konnte, ihr die Tür zu öffnen.

Sie hörte noch sein gejammertes: "S-k-y-y-y", ignorierte ihn aber einfach und platzierte sich zu seinen Freunden an den Tisch.

"Hey Kitty!", wurde sie einstimmig begrüßt. Sie verdrehte die Augen.

"Hey, Jungs, alles klar?"

"Was ist denn mit deinen schönen Beinen passiert, Kitty?", fragte Cliff auch sofort. Sky stöhnte.

"Unfall. Themenwechsel. Und wundert euch nicht, dass Brain heute nur noch des Starrens mächtig ist. Er hatte einen Schlaganfall. Sollte er sabbern, legt ihm einfach eine Servierte auf den Schoß."

"Kitty!", rief Brain empört.

"Tja, du hast es dir selbst zuzuschreiben. Wenn er das nächste Mal mit möchte, sage ich ja. Sorry, Jungs. Ihr dürft dann Brain dafür steinigen, wenn das Ego in Person hier auftaucht." Die Runde sah sie fassungslos an. Wenn auch aus unterschiedlichen Gründen. Das Quiz lief gut. Sie belegten den dritten Platz und bekamen jeder eine Medaille.

Als Brain auf die Toilette verschwand, fragte Ray: "Wer ist das Ego in Person?"

"Ryan Black. Unser, naja, um fünf Ecken Boss. Er wollte mitkommen, aber ich hab ihn nicht gelassen. Und jetzt scheint Brain mich irgendwie für verrückt zu halten." Sie sah in die sprachlosen Gesichter. Eins wirkte schockierter als das nächste.

"Oh nein. Ihr nicht auch noch! Gott, das ist doch krank. Ich gehe!"

"Wo willst du hin, Kitty?", wollte Bobby wissen.

"Nach Hause. Ihr seid doch alle verrückt. Was ist das hier für ein Ryan-Hipe? Wir sehen uns am Donnerstag." Sky verließ schnellen Schrittes die Kneipe. Sie hatte keine Lust, noch länger mit einem von ihnen zu reden.

Da sie sich nicht sonderlich gut auskannte, beschloss sie, einfach den Weg zu gehen, den sie sonst immer mit dem Auto fuhren. Nachdem sie drei Mal von ihr unbekannten Männern angesprochen worden war, versuchte sie, so unauffällig wie möglich durch die Straßen zu laufen. Den Kopf gesenkt und den Blick streng zu Boden gerichtet, lief sie die lange gerade Straße entlang.

"Sky?" Die dunkle, raue Stimme riss Sky aus ihren Überlegungen. Sie hob den Kopf und sah direkt in die dunklen Augen von Ty.

"Hey Ty. Wie geht's?"

"Gut. Hab schon gehört, dass du da bist. Was machst du hier?"

Wie zum Teufel kann ein Mensch so mundfaul sein? Hab gehört dass du da bist.. Was war das bitte für eine seltsame Aussage.

"Ich war mit ein paar Freunden in einer Bar und laufe jetzt nach Hause."

"Warum?" *Warum??*

"Nun, wir waren zu einem Quiz verabredet und das war jetzt vorbei." Guter Mensch oder nicht. Dieser Mann war einfach ein wenig seltsam.

"Wie bist du hin gekommen?" *Oh oh ...*

"Ein Freund hat mich mitgenommen."

"Warum nicht mit zurück?" Langsam, aber sicher wurde es Sky zu bunt. Sie war doch hier nicht im Verhör.

"Er wollte noch bleiben."

"Er hätte dich fahren und zurück gehen können." Gibt es in seiner Stimme überhaupt keinen anderen Tonfall?

"Ich wollte nicht. Ich muss weiter." Ohne ein weiteres Wort machte auch Ty kehrt und lief neben ihr her. Nach fünf Schritten blieb Sky wieder stehen und sah ihn an.

"Was machst du da?"

"Ich begleite dich."

"Warum?"

"Du solltest nicht alleine durch die Stadt gehen."

"Ich bin erwachsen, Ty. Ich kann machen, was ich will." Ty nickte. Doch als Sky sich wieder in Bewegung setzte, lief Ty wieder neben ihr her. Innerlich brodelnd blieb sie erneut stehen.

"Was soll das?"

"Sagte ich bereits", antwortete er, mit derselben ruhigen Stimme wie zuvor.

"Ich möchte nicht begleitet werden!", sagte Sky in ziemlich giftigem Ton. Wieder nickte Ty, doch Sky hatte nicht das Gefühl, dass er sie einfach gehen lassen würde. Also seufzte sie.

"Was muss ich machen, dass du mich nicht bis nach Hause verfolgst?"

"Lass dich von deinem Freund fahren oder ruf Ryan an, dass er dich abholt." Sky verzog angewidert das Gesicht. Wenn sie Brain Bescheid gab, würde er zu 100% Ärger von Ty bekommen. Und Ryan anzurufen, kam überhaupt nicht in Frage. Sie seufzte noch einmal und ging weiter. Ty natürlich neben ihr.

"Was machst du überhaupt hier?"

"Ich war auf dem Weg zum Training."

"Oh, du kommst zu spät. Ich will dich nicht aufhalten, sicher warten alle auf dich. Bye!", sagte Sky so schnell sie konnte und winkte ihm. Tys stoische Miene veränderte sich nicht. Hmm ... wie werde ich ihn nur los?

"Wie wär's damit. Ich schreibe meinem Freund, dass er mich abholen soll und du kannst schon mal zum Training gehen. Ich rühr mich derzeit nicht von der Stelle."

"Halt mich nicht für dumm, Sky. Ich sollte Ryan sowieso anrufen. Er sollte wissen, dass der Trottel, mit dem du unterwegs warst, dich alleine durch die Gegend laufen lässt." Sky wurde kalkweiß. Das war jetzt nicht sein Ernst, oder?

"Kitty! Hier bist du, ich hab dich überall gesucht! Du warst auf einmal weg ... ach.du.Scheiße!", beendete Brain seinen Satz.

"Hallo Brain." Ty musterte ihn intensiv.

"Mr. Moreno …", stammelte Brain und man sah ihm deutlich an, wie unwohl er sich fühlte.

"Sie waren für Ms. Alister verantwortlich?"

"Nein!", zischte Sky. "Niemand ist für mich verantwortlich, Ty! Lass den Scheiß! Brain kann nichts dafür. Ich hatte keine Lust mehr und bin gegangen. Fertig! Ich kann machen, was ich will, also lass Brain und mich in Ruhe. Verstanden?" Tys Augen blitzten ein wenig, ehe er sich zu Brain umdrehte.

"Wir sprechen uns morgen, Brain." Dann zückte er sein Handy und begann zu wählen.

"Wenn du das tust, Ty, dann war es das letzte Mal, dass ich mit einem von euch ein Wort gewechselt habe." Ty sah sie fassungslos an.

"Kitty? Können wir nicht einfach nach Hause fahren?", stammelte Brain und mied dabei immer noch jeden Augenkontakt zu Ty.

"Nein, Brain. Ich möchte weder von dir noch von Ty und schon gar nicht von Ryan bemuttert werden. Ich verspreche es euch, wenn das nicht augenblicklich aufhört, bin ich schneller weg, als ich hier aufgetaucht bin."

Neben ihnen hielt ein Auto.

"Hey Kitty, Probleme?", rief Bobby durch das geöffnete Fenster. *Gott sei Dank! Meine Rettung.*

"Ja. Bobby, kannst du mich heimfahren?"

"Klar, hüpf rein!" Und das tat Sky auch. Unter den verblüfften Blicken der beiden Männer huschte sie ins Auto und zischte sofort: "Schnell, fahr los!" Mit quietschenden Reifen fuhr Bobby an.

Bei JB-Industrials angekommen, bedankte Sky sich und lief in ihr Apartment. Auf einer Couch im Flur vor ihrer Eingangstür saß Ryan und musterte sie durchdringend.

"Hi Ryan", sagte Sky leise und sperrte ihre Wohnung auf. Er folgte ihr und setzte sich auf das Sofa, immer noch, ohne ein Wort gesprochen zu haben. Seufzend ließ sie sich ihm gegenüber nieder.

"Ty hat sich ziemlich Sorgen gemacht", sagte Ryan. Immer noch mit diesem Blick, der ihr durch Mark und Bein ging.

"Ty soll sich aber keine Sorgen um mich machen. Und auch sonst niemand!"

"Selbst du kannst niemandem vorschreiben, was er fühlt, Sky! Ob es dir nun passt oder nicht. Es gibt Menschen in deinem Leben, denen an deinem Wohlergehen liegt. Es geht verdammt nochmal nicht immer darum, was du möchtest. Ganz egal, was dich dazu gebracht hat, ein derartiges Verhalten an den Tag zu legen. Es ist inakzeptabel. Herrgott, Sky, sei doch nicht so verdammt egoistisch!"

Von Wort zu Wort wurde Sky kleiner. Er hatte Recht, das wusste sie. Aber in solchen Situationen handelte meist ihr Unterbewusstsein. Reiner Instinkt, der ihr sagte, ja nie wieder von irgendjemandem etwas vorgeschrieben zu bekommen. Sich ja nie wieder einsperren zu lassen. Ihr Verhalten aus Ryans Sicht zu sehen, schockierte sie ein wenig. Sie war eigentlich nicht der Typ, der nur an sich selbst dachte.

"Es tut mir leid", flüsterte sie.

"Es ist okay, Süße, denk das nächste Mal einfach ein wenig nach, bevor du um dich schlägst." Der sanfte Ton, mit dem er jetzt zu ihr sprach, brachte sie aus der Fassung. Sie wollte sich nur noch in seine starken Arme schmiegen und sich von ihm trösten lassen. Und das, obwohl ihr ja eigentlich niemand etwas getan hatte.

Als hätte er ihre Gedanken gelesen, streckte er die Arme nach ihr aus und Sky warf sich sofort hinein. Sie schlang ihre Arme um seinen Hals und vergrub ihre Nase in seiner Halsbeuge. Er hielt sie einfach nur fest und streichelte in trägem Rhythmus über ihren Rücken.

RYAN

Ihre Atmung wurde immer langsamer und schließlich schlief sie auf seinem Schoß ein. Sie sah so friedlich aus, weich und anschmiegsam. Das war es, was ihr Körper und ihr Geist brauchten. Jemanden, an dem sie sich anlehnen konnte. Jemanden, der sie beschützte. Tief in ihrem Inneren wusste sie es, da war Ryan sich sicher. Sie ließ es nur nicht zu. An diesen Punkt gebracht hatte sie Robert. Irgendwann würde er mit ihr darüber sprechen müssen. Um sie behalten zu können, musste sie dieses Misstrauen ablegen.

Moment mal! Behalten? Ryan zweifelte mittlerweile an seiner eigenen geistigen Gesundheit. Diese Frau brachte ihn völlig aus dem Konzept.

Er trug sie in das Schlafzimmer und legte sie vorsichtig auf dem Bett ab. Die Schuhe zog er ihr aus und entschied, den Rest besser anzulassen. Nicht, dass sie ihm morgen noch vorwerfen würde, er hätte die Situation ausgenutzt.

Dann kroch er dicht hinter sie und legte seinen Arm locker auf ihre Hüfte. Während er versuchte einzuschlafen, geisterte das Gespräch mit Shane und Ty heute Nachmittag durch seinen Kopf.

"Mach's dir doch nicht so schwer, Ryan. Wenn du sie willst, behalt sie einfach. Und wenn du dann in ein oder zwei Wochen die Schnauze endgültig voll hast, kannst du sie immer noch abschießen!", hatte Shane gesagt.

"Ich mag sie. Sie ist keine von diesen Schlampen, die sonst immer an dir hängen. Und du magst sie auch. Probier es einfach aus!"

Das war einer der längsten Sätze, die Ty je zu ihm gesagt hatte. Und wenn Ty sie mochte? Tja, dann musste sie wirklich etwas Besonderes sein.

Ty ließ nicht jeden an sich ran. Und dass Ty ihn sogar wegen ihr kontaktierte, hatte Ryan wirklich überrascht. Normalerweise wäre er einfach weiter gegangen, anstatt sich mit ihr anzulegen.

Ryan wusste, warum Ty sie mochte. Nun, eigentlich nicht direkt warum, aber ihm ging es ja genauso. Seit er Sky das erste Mal gesehen hatte, war sie ihm nicht mehr aus dem Kopf gegangen.

Sie war nicht nur wunderschön, sie war außerdem intelligent und hatte Charakter. Dass er sie nicht verstand, frustrierte ihn und trotzdem konnte er sich einfach nicht von ihr fernhalten.

So in seine Gedanken versunken, schlief er schließlich ein. Mit ihr in seinen Armen, fühlte er sich einfach wohl. Zufrieden und nicht so getrieben von all den Dingen, um die er sich noch kümmern musste.

17 REUE UND VERSTÄNDNIS

RYAN

Irgendetwas bewegte sich in seinem Bett. Nur langsam fand Ryan zurück in die Realität. Als er blinzelnd die Augen aufschlug, bemerkte er, wie Sky versuchte, sich unter seinem Arm hinauszuschlängeln.

"Hast du Spaß, Honey?", fragte er mit müder Stimme.

"Ich wollte dich nicht wecken", flüsterte sie.

"Was ist los, Babe?"

"Nichts." Wieder nur ein Flüstern.

"Sky", sagte er in mahnendem Tonfall, woraufhin Sky zusammen zuckte.

"Hey, hey, beruhige dich", sagte er in bewusst ruhigem Ton. Ryan zog sie an sich und drehte ihren Kopf zu ihm. Ihre Augen bewegten sich unruhig und sie versuchte, seinem Blick auszuweichen. Ihre Atmung war schnell und es kam Ryan so vor, als suche sie einen Fluchtweg. Er küsste sie federleicht auf die Lippen. Streichelte mit seinem Daumen über ihre Wange. Ganz langsam erwiderte sie den Kuss, während sie sich Stück für Stück entspannte. Als er sich sicher war, dass sie sich wieder beruhigt hatte, löste er sich langsam von ihr.

"Was war das gerade, Süße?", fragte er leise. Sky vergrub sofort ihren Kopf an seiner Brust.

"Flashback", murmelte sie an sein T-Shirt.

"Robert?", fragte Ryan und bemerkte im selben Moment, wie sie sich anspannte. Sie drückte ihn von sich weg und sprang mit weit aufgerissenen Augen aus dem Bett.

"Woher weißt du von ihm?", fragte sie nahezu hysterisch und atmete schnell und flach.

"Er war in Talin, Sky. Das weißt du, deshalb bist du doch gegangen."

"Du hast ihn gesehen?"

"Ja, ich habe auf Maya aufgepasst, wie du mich gebeten hast." Skys Miene wurde weicher.

Dann flüsterte sie: "Was ist passiert?"

"Nicht viel. Er hat ein wenig herum geschrieen. Als er versucht hat, mich zu schlagen, hat Ty ihn fertiggemacht. Dann ist er weggekrochen und ward nicht mehr gesehen."

"Ty?"

"Ja."

"Ich schulde ihm eine Entschuldigung wegen gestern und meinen Dank", sagte Sky aufrichtig.

"Ja, wir können ihn am Montag suchen, wenn du möchtest." Sky nickte.

"Kommst du zurück zu mir ins Bett, Sky?" Zögernd trat sie einige Schritte näher. Ryan hob einladend die Decke und Sky schlüpfte darunter.

Nach einigen Momenten murmelte Ryan in ihre Haare: "Ich weiß, dass du nicht über ihn reden möchtest, aber du solltest dir überlegen, ob du nicht eine Therapie oder so etwas machen möchtest. Du musst verstehen, dass wir nicht alle so sind, Sky." Sie war angespannt, nickte aber dann zögerlich.

"Warum bist du Brain davongelaufen?"

"Ich war genervt", sagte sie leise an seiner Brust.

"Warum?" Keine Antwort. Ryan seufzte, was sollte er nur mit diesem Weib tun?

"Frühstück?"

"Ja."

"Geh duschen, ich richte solang alles her."

"Okay."

Der Gedanke, dass Sky gerade nackt unter der Dusche stand, kostete Ryan den letzten Nerv. Was hatte er sich nur dabei gedacht, sie duschen zu schicken? Mit dem Rücken an die Arbeitsfläche gelehnt, trank er seinen Kaffee, als sie zur Tür herein kam. Sie war in ein altes, viel zu großes T-Shirt gehüllt und ihre wunderschönen Beine waren ab der Hälfte ihrer Oberschenkel frei. Auf den zweiten Blick sah er die Wunden, die sie sich am Freitag zugezogen hatte.

Die Arme ausgestreckt, sagte er: "Komm her, Süße." Prompt schmiegte sie sich in seine Arme. Ryan hob sie an und setzte sie auf die Ablage. "Lass mal sehen", sagte er und nahm eines ihrer Beine hoch. Nachdem er die Wunden untersucht hatte, sagte er zufrieden: "Sieht gut aus. Sie haben sich nicht entzündet."

Dann wanderte sein Blick an ihrem Bein empor. Das T-Shirt war ein Stück nach oben gerutscht und legte jetzt ihren kompletten Oberschenkel frei. Langsam folgte seine Hand seinem Blick und er atmete beinahe erleichtert auf, als er auf Höhe ihrer Hüfte auf einen schmalen Streifen Stoff traf. Als er seinen Blick hob, bemerkte er erst, dass sich ihre Atmung beschleunigt hatte. Mit geweiteten Pupillen und leicht geöffnetem Mund verfolgte sie seine Handlungen. Ryan legte seine freie Hand an ihre Wange und zeichnete mit dem Daumen die Umrisse ihrer Lippen nach.

"Küss mich", wisperte sie und Ryan tat es. Erst langsam und bedächtig, doch schnell wurde sein Kuss drängender. Sky öffnete ihre Schenkel und Ryan stellte sich zwischen sie. Er streichelte ihre nackten Oberschenkel, während Skys Hände in seinem Nacken zum Liegen kamen. An ihren Hüften zog er sie an den Rand der Arbeitsplatte und drückte seine Erektion an ihre heiße Mitte. Ihr Stöhnen war Musik in seinen Ohren.

"Ich will dich. Jetzt", murmelte er.

"Ja." Sie griff nach dem Verschluss seiner Hose und öffnete ihn mit zittrigen Fingern. Er zog ihren Slip beiseite und schob sich langsam in sie.

"Fuck. Du fühlst dich so wahnsinnig gut an, Baby. Ich hab dich vermisst, Süße!", murmelte er dicht an ihrem Ohr und bewegte sich mit harten Stößen in ihr. Keuchend klammerte sie sich an ihn. Krallte ihre Hände in seinen Nacken und bewegte sich ihm entgegen. Der Höhepunkt traf sie beide heftig. Ryan stöhnte ihren Namen, ehe sie zitternd aneinander gelehnt dastanden. Sky war so viel mehr, als er sich jemals erträumt hatte. Das Beste, was ihm jemals passiert war. In ihrer Gegenwart blendete er alles andere aus. Es gab nur noch sie. Wunderschön, klug und tiefgründig. Sie war perfekt.

Ich liebe dich. Sich das einzugestehen war gar nicht so schwer, wie Ryan gedacht hatte. So gern würde er diese Worte jetzt zu Sky sagen, wusste aber, dass er sie damit vertreiben würde. Und er hatte nicht vor, sie jemals wieder gehen zu lassen.

"Kaffee?" Auf ihr Nicken hin reichte Ryan ihr eine Tasse des duftenden Getränks. Eine Weile standen sie schweigend Arm in Arm da und genossen die Nähe des anderen.

"Diese Exklusivsache ... ähm ... die besteht noch, oder? Ich ... äh ... nur, weil wir ja ohne ...ähm ... Schutz und so ..."

Ryan musste sich zusammenreißen, um nicht jubelnd durch die Küche zu rennen. Ohne es zu wissen, hatte Sky ihm die Worte aus dem Mund genommen. Natürlich war sein Fokus eher darauf gelegen, Sky für sich alleine zu haben. Da er nie ohne Kondom mit Frauen schlief, mit Ausnahme von Sky, wäre er auf diese Idee gar nicht gekommen.

"Gern", raunte er leise und konnte nicht anders, als sie zärtlich zu küssen. Ihre kleinen Hände streichelten seine Brust, während sie seinen Kuss sanft erwiderte.

Beide waren köstlich befriedigt und träge vom morgendlichen Sex. Ein Zustand, den Ryan nur allzu gerne ausnutzte, um so viel Sky wie möglich abzubekommen. Nachdem sie sich zögerlich von einander gelöst hatten, fragte Ryan: "Wollen wir frühstücken und dann eine DVD ansehen? Es regnet und es sieht auch nicht so aus, als würde es heute noch besser werden."

Nach dem Frühstück setzte Sky sich auf das Sofa. Der Film, den Ryan auswählte, gefiel ihr wohl, denn sie nickte wohlwollend, als der Vorspann lief. Mit einer dünnen Wolldecke ausgestattet, setzte Ryan sich zu ihr aufs Sofa. Hinter ihr war noch Platz, sodass Ryan sich ohne Umwege hinlegte. Seinen Arm um ihre Mitte geschlungen, zog er sie mit einer raschen Bewegung an sich und ließ sie, sobald sie neben ihm lag, wieder los.

Überrumpelt, grinste er innerlich und machte sich einen weiteren Strich auf seiner Sky-überrumpelt-Strichliste. Jedes Mal, wenn er sie schneller wieder los ließ, als sie sich versteifen konnte, sah er das als eindeutigen Sieg an. Er hatte, was er wollte, ohne dass sie sich übermäßig unwohl fühlen musste. Ihren forschenden Blick ignorierend, schenkte er seine ganze Aufmerksamkeit der Decke, die er über sie beide ausbreitete.

"Ich mag es so kuschelig, wenn es draußen so eklig ist", sagte Ryan.

"Du kuschelst nicht gern", erinnerte sie ihn. *Jetzt oder nie!*

"Bei dir ist es anders", flüsterte Ryan und bemerkte sehr wohl, wie sie sich erst kurz anspannte, sich dann aber enger an ihn schmiegte.

Ja, so werde ich sie erobern. Schritt für Schritt werde ich sie daran gewöhnen, dass sie mehr für mich ist als ein Gelegenheitsfick. Er konnte nur hoffen, dass er für sie ebenfalls mehr war als ein guter Fick oder eine Freundschaft mit Sonderleistungen.

Zwei weitere DVDs später wurde Ryan bewusst, dass sie seit dem Frühstück nichts mehr gegessen hatten. Ihm war es egal, aber er wollte auf keinen Fall, dass Sky auch nur ein Gramm abnahm. Innerlich stritten sich zwei Teile seiner Persönlichkeit. Der Egoist: Jede Sekunde, in der sie so in deinen Armen liegt, genießen. *Tu bloß nichts, das sie zum Aufstehen animieren könnte.* Und der Beschützer: *Sie muss essen. Du musst auf sie aufpassen. Sehen, dass es ihr gut geht. Jetzt mach schon! Bring dieser Frau etwas zu Essen und zu Trinken!* Der Beschützer gewann ... wenn auch haarscharf.

"Hunger, Süße?" Ihr Magen antwortete für sie und grummelte lautstark. Die Röte, die ihre Wangen überzog, war entzückend. Leise lachend griff Ryan nach seinem Handy und bestellte Pizza.

30 Minuten später läutete es. Ryan musste seine Frau wohl oder übel loslassen. Die Pizza duftete. Als Sky den ersten Bissen machte, stöhnte sie leise auf. Auch der nächste Bissen wurde genauso gehuldigt. Unfähig, seine eigene Pizza zu essen, verfolgte Ryan das Schauspiel, das sich ihm bot. Ihr Stöhnen törnte ihn an und er bemerkte, wie seine Hose immer enger wurde. Schwer schluckend, beobachtete er jedes einzelne Stück, das ihre Lippen passierte, und malte sich aus, es wäre sein Schwanz, der von ihren Lippen liebkost wurde. Als sie ihr Stück zu Ende gegessen hatte, leckte sie sich genüsslich die Finger sauber und Ryan konnte sein Stöhnen nicht mehr unterdrücken. Sie öffnete die Augen und versuchte zu erforschen, was gerade passiert war, während sie in ihrem Pizzauniversum war.

"Hast du keinen Hunger?", fragte sie und blinzelte zwischen dem Karton und Ryan hin und her. "Doch", presste er rau hervor und konnte sich dabei gerade noch beherrschen, nicht über sie herzufallen. Falten bildeten sich auf ihrer Stirn, als sie die Augenbrauen verwirrt zusammen zog.

"Ich kann im Moment nur daran denken, wie mein Schwanz sich in deinem Mund anfühlen würde, so wie du stöhnst und dir die Finger leckst", presste er zwischen seinen Zähnen hervor.

Ihre Augen weiteten sich, dann verzog sie ihren süßen Mund zu einem schelmischen Grinsen und flüsterte: "Ein bisschen Nachtisch wäre bestimmt nicht schlecht." Stöhnen war das Einzige, zu dem Ryan fähig war. Keinen Bissen konnte er zu sich nehmen und nach weiteren 10 Minuten Höllenqualen schloss Sky ihren Pizzakarton und leckte sich über die Lippen.

"Fertig. Jetzt bitte Nachtisch", sagte sie mit funkelnden Augen. Sky kniete sich vor ihm auf den Boden. Ihre Hände strichen langsam aufwärts zu dem Verschluss seiner Hose. Sein Schwanz sprang ihr praktisch entgegen, als sie sie öffnete. Sie küsste vorsichtig seine Spitze, bevor sie ihren heißen Mund über ihn stülpte. Ryan stöhnte laut auf.

"Gott, du bist der Hammer, Baby!", stöhnte er und drängte ihr seine Hüften entgegen. Seine Hände gruben sich in ihre Haare, um noch tiefer in sie zu gelangen.

"Scheiße. Du treibst mich in den Wahnsinn!", fluchte er, als sie ihn fast bis zu Wurzel aufnahm.

"Pass auf, ich komme gleich, Süße", raunte er ihr schwer atmend zu. Sie nahm ihn noch einmal tief in sich auf und Ryan kam so gewaltig, dass bunte Lichter vor seinen Augen zuckten. Keuchend ließ er sich zurückfallen und strich dabei langsam durch Skys Haar.

"Komm zu mir", murmelte er und streckte seine Arme nach ihr aus. Auf seinem Schoß sitzend, schmiegte sie ihren Kopf in seine Halsbeuge, während Ryan über ihren Rücken strich. Die Stille genießend und völlig entspannt, kuschelten sie abermals zusammen auf dem Sofa.

"Sagst du mir morgen Bescheid, wenn Ty kurz Zeit hat?", flüsterte sie.

"Klar, Baby. Ich rufe dich an. Willst du morgen mit mir Shoppen gehen? Ich habe nachmittags Zeit, wenn du magst." Das Nicken an seinem Hals ließ ihn lächeln. Wieder ein Sieg.

"Sollen wir noch einen Film anschauen? Ich könnte meine Pizza essen und mir dann meinen Nachtisch holen", sagte er lüstern und spürte Skys Schmunzeln an seiner

Haut.

Der Plan war, sie so müde zu machen, dass sie einschlief und keine Möglichkeit mehr hatte, dagegen zu protestieren, dass er hier blieb. Genau so würde er es halten, bis er das Gefühl hatte, dass sie ihn auch von sich aus gern über Nacht da hatte. Er würde sich einfach klammheimlich und Schritt für Schritt in ihr Leben schleichen. Bis sie sich ihm ergab. Wenn sie erst einmal mehr Vertrauen zu ihm gefasst hatte, konnte er sie auch im Bett mehr kontrollieren. Nicht, dass ihm ihr Sexleben momentan nicht gefiel, aber zwischendurch mochte er einfach ein bisschen dominantere Spielweisen.

Ryan lächelte. Ja, sein Leben verlief gerade geradezu unglaublich gut!

Vom Klingeln seines Handys erwachte Ryan. Ein Gewicht auf seiner Brust hinderte ihn daran, sich aufzurichten. Ein warmes Gewicht. Nachdenklich runzelte er die Stirn, ehe sich ein Lächeln auf seinem Gesicht ausbreitete. Die Erinnerung an den vergangenen Abend versüßten seinen Morgen ungemein.

Zweimal hatte Ryan sein Mädchen mit dem Mund verwöhnt. Anschließend hatte er sie ins Bett gebracht und sie hatten sich geliebt. Es war langsam und sanft gewesen. Sie waren beide bereits gesättigt und konnten den Augenblick so viel intensiver genießen.

Ja, das Ganze hatte definitiv nichts mehr mit Vögeln zu tun gehabt. Rundum zufrieden waren sie aneinander gekuschelt eingeschlafen. Er könnte sich daran gewöhnen, so aufzuwachen. Mit ihr an seiner Seite ... wenn nur dieses dämliche Handyklingeln aufhören würde!

Sky regte sich in seinen Armen. "Mach den Wecker aus, Babe", murmelte sie. Erst dann schien ihr aufzufallen, dass sie sich an Ryan schmiegte. Langsam hob sie den Kopf und blinzelte ihn verschlafen an. Ihre Augen waren noch auf Halbmast und ihre Haare völlig durcheinander. Sie sah so unglaublich sexy aus, dass Ryan sich vornahm, den Tag mit ihr im Bett zu verbringen.

Noch ein Blinzeln, dann wandte sie den Kopf ab und blickte ihn gleich darauf wieder an. Verwirrt dieses Mal, die Augenbrauen zusammengezogen und den Kopf leicht schief geneigt, sagte sie: "Was machst du noch hier?"

Puff, aus der Traum vom perfekten Morgen. Natürlich war er sich bewusst gewesen, dass sie ihn nicht gleich heiraten würde, aber dass sie ihn so eiskalt abservierte, verletzte ihn. Sein Lächeln fiel in sich zusammen und er richtete sich auf.

"Alles klar, bin schon weg!", murmelte er und wollte schon aus dem Bett schlüpfen, als Sky ihre kleine, warme Hand auf seinen Rücken legte.

"Das mein ich doch nicht, Dummkopf!", sagte sie sanft, was ihn Hoffnung schöpfen ließ. In ihren Augen nach einer Antwort forschend, lehnte er sich an das Kopfende des Bettes.

Ein Lächeln umspielte ihre Lippen, als sie weiter sprach: "Naja, ich meinte, warum du noch hier bist, wo wir doch Montag haben und es immerhin schon neun Uhr ist ..."

Scheiße! Von Wort zu Wort wurden Ryans Augen größer. Als Sky bei neun Uhr ankam, machte er einen Satz aus dem Bett. Seine Augen wanderten panisch von links nach rechts. Wieder klingelte sein Telefon. Ja, das aufdringliche Geklingel machte jetzt auch Sinn... er hatte um halb zehn eine wichtige Besprechung mit einigen Investoren. Als er sein Handy endlich in dem Klamottenberg gefunden hatte, ging er ran.

"Black!" Da seine Assistentin zu stottern begann, wusste er, dass er zu wütend klang. Meistens konnte er sie nicht besonders beeindrucken, also musste sein Ton wirklich schlimm gewesen sein.

Er sammelte sich und begann von vorn: "Guten Morgen, Kelly. Ich habe leider verschlafen. Könnten Sie mir bitte Kleidung zum Wechseln in das Apartment 12 bringen lassen? Danke."

"Ähm ... guten Morgen, Mr. Black, Sir ... äh ... ja, natürlich, schon unterwegs." Ohne ein weiteres Wort legte er auf und ging rasch unter die Dusche. Ein Handtuch um die Hüften geschlungen, betrat er fünf Minuten später das Wohnzimmer. Sky kam in einem kurzen, weißen Morgenmantel aus der Küche und drückte ihm eine Tasse Kaffee in die Hand. Gerade wollte er protestieren, als sie sagte: "Trink erst mal, ich kümmere mich um deine Kleidung."

"Du bist ein Engel,!" Das Lächeln, mit dem sie ihn belohnte, ließ seine Laune wieder erheblich steigen. Mit geschickten Fingern öffnete sie die Knöpfe seines Hemds und reichte ihm anschließend seine Unterwäsche. Sie wirkte so routiniert in dem, was sie tat, und sprach während der ganzen Zeit kein Wort. Seinen letzten Schluck Kaffee trank er, während Sky ihm das Hemd zuknöpfte. Ryan sortierte sein Hemd und schloss seine Hose, während Sky seine Krawatte band. Sie arbeiteten Hand in Hand und als er schließlich fertig war, hatte er noch 10 Minuten, um zu seinem Meeting zu kommen.

Er legte seine Hände an Skys Wangen. Erst, als sie leicht zusammen zuckte, bemerkte er, wie angespannt sie war. Vorsichtig legte er seine Lippen auf ihre. Kostete, beruhigte und tröstete sie mit seinen Lippen. Nur wenige Millimeter löste er sich von ihr und murmelte: "Danke, Sky, ohne dich hätte ich es nicht geschafft."

Ihr Lächeln war so vorsichtig, dass Ryans Herz schmerzte. Was zum Teufel hatte dieser Wichser ihr nur angetan.

"Ich melde mich später wegen Ty und unserer Shoppingtour, okay?", flüsterte er. Wieder ergatterte er eines dieser Lächeln, für das er morden würde. Ein letzter Kuss, dann wandte Ryan sich der Tür zu. Auf in den Kampf!

SKY

Geistig erschöpft ließ Sky sich auf ihr Sofa fallen. Die letzten zwei Tage mit Ryan hatten sie völlig ausgelaugt. Ein ständiges Wechselbad der Gefühle tobte in ihr. Mal fühlte sie sich eingeengt und erdrückt, dann wieder geborgen und behütet. Lust, Frust, Angst, Freude. All das lag einfach viel zu nah beieinander. Und er hatte Recht. Ihr Verhalten am Samstag war wirklich sehr egoistisch gewesen. Sie wollte so nicht sein. Eigentlich war sie immer darauf bedacht, dass die Menschen um sie herum es so leicht wie möglich mit ihr hatten. Dass sie sich zu einem egoistischen Biest entwickelt hatte, gefiel ihr überhaupt nicht und beschämte sie tief. Sie musste sich bei Brain und Ty entschuldigen.

Ryan hatte ihr verziehen. Das hatte sie gleich Sonntag früh bemerkt, als sie in die Küche geschlichen war. Er war alles andere als nachtragend. Mit offenen Armen hatte er sie empfangen und ihr einen wundervollen Sonntag beschert. Sie hatte ein kleines bisschen Angst davor gehabt, am Abend wieder allein in der Wohnung sein zu müssen. Dass er über Nacht geblieben war, hatte sie unglaublich gefreut.

Zu wissen, dass er verschlafen hatte, hatte sie in ihre alte Panik versetzt. Robert hatte oft verschlafen und Sky war grundsätzlich die Schuldige gewesen. Dann wurde er laut und grob und an besonders schlechten Tagen sogar handgreiflich. Automatisch hatte Sky die altbewährte Methode angewandt: sich so unauffällig und hilfreich wie möglich verhalten. Still sein, nicht im Weg stehen und den Ablauf optimieren, um möglichst viel Zeit zu sparen.

Wieder einmal hatte Ryan sie verblüfft. Statt zornig zu sein, hatte er sich Sachen zum Anziehen bestellt und war duschen gegangen. Er hatte sich sogar für den Kaffee bedankt und dann noch einmal, kurz bevor er ging. Er schien ihr aufrichtig dankbar zu sein und keinerlei Schuld bei ihr zu suchen. Seine Küsse waren herrlich gewesen, so weich, so süß.

Kopfschüttelnd stand Sky auf, um sich ein Bad einzulassen. Über das Haustelefon wählte sie Brains Nummer.

"Secret Service, Brain", meldete er sich knapp.

"Hey", sagte Sky leise, weil sie nicht wusste, wie wütend er auf sie war.

"Kitty? Alles in Ordnung?"

"Auf einer Skala von 1 - 10, wie sauer bist du, Brain?" Es war immer noch kaum mehr als ein Flüstern.

"Herrgott, Sky, was ist los?", fragte Brain jetzt schon drängender.

"Nichts, alles okay. Ich wollte mich nur entschuldigen ... wegen Samstag, du weißt schon."

"Oh ja, ich weiß. Da hab ich einiges gut! Mr. Moreno hat mich wirklich zur Schnecke gemacht!"

"Es tut mir wirklich leid, Brain. Es hat mich nur alles so geärgert. Ich weiß jetzt, wie egoistisch es von mir war. Es tut mir wirklich leid. Ich mach's nicht mehr. Versprochen!"

"Wow, woher kommt der Sinneswandel?"

"Ryan hat mir den Kopf gewaschen", flüsterte sie kaum hörbar. Es war ihr peinlich, dass sie nicht von selbst darauf gekommen war, wie falsch ihr Verhalten in Wirklichkeit war.

"Geht's dir gut, Kitty? Was hat er gemacht? Brauchst du wa..."

"Nein, nein. Echt, alles in Ordnung. Wir haben geredet und ich hab verstanden, wie blöd ich war. Das ihr euch alle Sorgen machen musstet, nur weil ich meinen eigenen Kopf durchsetzen wollte. Ich wollte nicht, dass du Probleme mit Ty bekommst. Wirklich!"

"Passt schon, Kitty. Ich bin im Haus, ich komm auf einen Kaffee vorbei und dann ist wieder alles beim Alten. Okay?"

"Ähm ... wann?"

"Bin so gut wie da."

"Ich ... äh ... ich bin in der Badewanne, Brain"

"Oh ... äh ... scheiße. Gut, soll ich warten?"

"Gib mir fünf Minuten."

"Okay, bin dann vor der Tür."

In Windeseile sprang Sky aus der Wanne, trocknete sich flüchtig ab und schlüpfte in dunkelblaue Short und einem passenden Top. Auf dem Weg zur Tür schlang sie ihre nassen Haare zu einem unordentlichen Knoten und öffnete dann.

"Hi", sagte sie und lächelte offen. Brain lächelte auch, senkte aber, nach einem Blick auf ihre Haare, den hochroten Kopf.

"Komm rein. Es braucht dir nicht unangenehm sein."

Auf dem Weg zum Wohnzimmer murmelte er so leise, dass Sky es kaum verstand: "Weißt ja nix von meinem Kopfkino." Dass er sich für seine Gedanken schämte, belustigte Sky ungemein. Sie biss sich auf die Unterlippe, um das Lachen zu verbergen, und ging in die Küche.

"Ich werde mich nachher auch noch bei Ty entschuldigen. Dann sag ich ihm auch, dass du nichts dafür konntest", begann Sky das Gespräch.

"Es ist wirklich alles gut, Kitty. Mach dir keinen Kopf mehr und sag das nächste Mal einfach, wenn dir was nicht passt." Auf ihr Nicken hin nahm er sie kurz in den Arm. Sie redeten noch eine Weile, ehe Brain sich wieder an die Arbeit machen musste.

"Bis spätestens Donnerstag", erinnerte Brain sie noch und Sky nickte. Vielleicht würde sie Ryan ja mitnehmen, wenn er es noch einmal versuchen würde. Sie mochte ihn. Er war anders als die anderen Männer, die sie bislang kennengelernt hatte. Er gab ihr Sicherheit, ohne sie allzu sehr einzuengen. Und wenn er etwas von ihr verlangte, tat er es vor allem nicht ohne Grund. Nicht einfach nur, weil es ihm passte oder weil er es konnte. Er konnte es immer erklären, wenn er etwas wirklich wollte. Mitten in ihren Überlegungen klingelte ihr Telefon.

"Hallo?", meldete sie sich.

"Hey Süße, alles klar bei dir?", fragte Ryan fröhlich durch den Apparat.

"Hi Ryan. Ja, alles klar. Bist du schon fertig?"

"Ja, ich würde kurz mit Ty zu dir kommen."

"Super. Danke."

"Bis gleich." Schon war die Verbindung unterbrochen. Noch während sie auf ihr Telefon starrte, klingelte es bereits an ihrer Tür. Sie öffnete und trat gleich beiseite, um nicht im Weg zu stehen. Ein flaues Gefühl breitete sich in ihrem Magen aus.

Hoffentlich ist Ty nicht allzu wütend auf mich, betete sie innerlich. Ihn anzusehen, traute sie sich nicht. Als sie einen Finger unter ihrem Kinn spürte, erschrak sie. Sie war so in ihre Gedanken versunken, dass es ihr gar nicht aufgefallen war, dass Ryan näher gekommen war. Er hob ihr Kinn und forschte in ihren Augen. Sein Blick nahm sie gefangen und sie konnte nichts anderes, als ihn wahrnehmen.

"Was ist los, Honey?", flüsterte er sanft.

"Ist er mir sehr böse?", flüsterte Sky zurück. Ein kleines Lächeln breitete sich auf seinem Gesicht aus.

"Wenn du mir versprichst, sowas nicht wieder zu tun, dann nein, Sky, ich bin nicht sehr böse", beantwortete Ty die Frage. Endlich konnte sie ihren Blick von Ryan losreißen und zu Ty aufblicken.

"Es tut mir wirklich leid, Ty. Ich hab's verstanden. Ich wollte dir auch noch danken, wegen der Sache mit Robert", sagte sie leise. In Tys Gesicht blitzte kurz die Wut auf, die bei dem Gedanken an Robert in ihm hochkochte, doch er hatte sich gleich wieder im Griff.

"Kein Problem", sagte er knapp, aber für Sky war es sehr wohl eine große Sache. Sich Robert in den Weg zu stellen, war alles andere als ein Zuckerschlecken. Mit zwei Schritten schloss sie die Lücke zwischen ihnen und umarmte ihn kurz und fest.

"Danke!", sagte sie noch einmal mit Nachdruck an seiner Brust. Als er ihr den Rücken tätschelte, wirkte er ein bisschen steif und ungelenk. Dass ihm dabei nicht sonderlich wohl war, bemerkte man sofort und Sky löste sich von ihm.

"Brain kann nichts dafür, ich bin ihm davon gelaufen, als er auf der Toilette war."

"Dachte mir schon so was. Brain ist einer meiner besten", antwortete er mit seiner ruhigen, dunklen Stimme. Nach einiger Zeit belangloser Gespräche verabschiedete sich Ty. Er schien ihr wirklich nicht mehr allzu böse zu sein.

"Mittagessen und dann Shoppen?", fragte Ryan.

"Gern!"

RYAN

Wie sollte man aus einem Mädchen wie ihr schlau werden? Sky verwirrte ihn. Einmal war sie leise und schüchtern und dann schlug sie wieder um sich. Ryan musste wieder an den Vergleich mit einem verwundeten Tier denken, den Maya angestellt hatte. Er war wirklich treffend.

"Können wir Griechisch Essen gehen?", riss Sky ihn aus seinen Überlegungen.

"Natürlich. Wie du willst." Brain wartete bereits vor der Tür.

"Mr. Black. Kitty", begrüßte er sie und zuckte gleich zusammen, nachdem er Sky mit diesem dämlichen Namen angesprochen hatte. Ryan schlüpfte durch die Tür, als Brain sich korrigierte: "Ms. Alister."

Ein genervtes Schnauben drang in den Wagen.

"Brai-i-e-e-n!", jammerte Sky und dieser vergas sofort wieder Ryans Anwesenheit und jammerte: "Sk-y-y-y-y! Das ist mein Job!"

"Doofer Job! Ich kann meine Tür selber aufmachen und wenn du mich noch mal bei meinem Nachnamen nennst, trete ich dir gegen dein Schienbein!" Nach dieser Ansprache ließ sie sich seufzend in den Sitz fallen.

"Und du unterstützt diesen ganzen Blödsinn auch noch!", fauchte Sky sogleich in seine Richtung weiter.

"Er hat es doch schon gesagt. Es gehört nun mal zu

seiner Stellenbeschreibung."

"Dann ändere sie doch einfach! Ich kann meine Tür gut und gerne selber öffnen."

"Ich kann meine Papiere auch selber ablegen und doch tut es meine Assistentin. Ich kann mein Brot auch selber backen und trotzdem tut es der Bäcker. Es ist so, wie es ist, Sky. Ende der Diskussion." Sie nickte widerwillig.

"Guten Tag, die Herrschaften, was darf ich Ihnen zu trinken bringen?", fragte der Kellner, nachdem man ihnen einen Platz zugewiesen hatte.

"Cola Light, bitte", sagte Sky auf Ryans fragenden Blick. "Wasser. Danke", antwortete Ryan.

"Hast du dir etwas ausgesucht?", fragte er, nachdem Sky ihre Karte wieder zur Seite gelegt hatte.

"Ja ... Was macht Brain jetzt eigentlich?"

"Er wartet."

"Ich komme mir schlecht vor, wenn er da draußen sitzt, während wir hier drinnen essen." Ryan seufzte.

"Soll ich dir jetzt wieder einen Vortrag darüber halten, dass das nun mal zu seiner Arbeit gehört? Hast du Mitleid mit dem Kellner oder dem Koch?" Sie zog ihre kleine Nase kraus und schüttelte den Kopf. Während sie auf ihr Essen warteten, besprachen sie den weiteren Plan für den Nachmittag. Sky wollte Kleidung für die Arbeit besorgen und ein Handy, damit ihre Freunde sie erreichen konnten.

"Hmm ... das ist köstlich!"

"Ja, ich gehe jeden Dienstag mit Shane Mittagessen und hier landen wir sehr häufig. Du könntest dich uns anschließen. Shane würde sich freuen."

"Hört sich gut an. Morgen kann ich auf jeden Fall, nächste Woche auch, aber die Woche darauf, muss ich sehen, wie es mit der Arbeit klappt."

"Schön, aber lass uns doch morgen zu einem Italiener gehen. Wir können ja nächste Woche wieder hier her zurückkommen."

Oder jeden andern Tag, wenn du willst. Gott, ich

würde einfach alles für diese Frau tun.

Sie lächelte.

SKY

"Bitte Kitty, keine Diskussion, okay?" Brain sah Sky so flehentlich an, dass es ihr schwerfiel, ihm irgendetwas abzuschlagen. Vor allem vor dem Hintergrund, dass er gerade geschlagene 60 Minuten hatte warten müssen, bis Ryan und sie mit dem Essen fertig waren. Also lächelte sie nur süß und stieg brav in das Auto. Das erleichterte Aufseufzen ignorierte sie genauso wie die Tatsache, dass Ryan entschied, wo sie ihre Kleidung kaufen gehen würde. Der Boutique war sofort anzusehen, dass die Kleidung weit außerhalb ihres Budget liegen würde.

"Schau sie dir einfach mal an, okay? Ich bekomme es günstiger. Mach dir keine Sorgen!" Zögerlich nickte Sky.

"Mr. Black, wie schön sie zu sehen. Brauchen Sie einen neuen Anzug?" Inmitten der Bewegung erstarrte Sky. Wenn Ryan sich hier seine Anzüge anfertigen ließ, lag der Laden definitiv nicht in ihrem Preisniveau.

"Nein, Sissy. Ms. Alister ist eine unserer neuen Mitarbeiterinnen. Sie benötigt Garderobe fürs Büro und für geschäftliche Termine. Sowohl tagsüber, als auch abends." Die Augen der Kuh begannen zu glitzern.

"Ich glaube nicht, dass das der richtige Laden für mich ist, Ryan", sagte Sky schroff. Er sah sie forschend an, schien dann eine Entscheidung zu treffen und sagte: "Probier's einfach, okay? Los geht's, Sissy."

Die Kuh brachte ihr am laufenden Band Kleidung. Leider konnte sie nirgendwo Preisschilder erkennen und so auch nicht entscheiden, ob sie das eine oder andere Teil haben wollte. Gefallen hatte ihr vieles und die Entscheidung war eindeutig schwer. Dass Sissy ihr dann noch immer die passenden Accessoires und Schuhe brachte, machte die Entscheidungen nicht leichter.

Drei Stunden später war Sky vollkommen erschöpft.

Ihre Sklaventreiber unterhielten sich ein paar Meter von ihr entfernt. Sky wusste leider nicht mehr, welches der Outfits ihr am besten gefallen hatte und die Kuh hatte bereits alles wieder weg geräumt.

"Fertig, Mr. Black", sagte Brain, der soeben den Laden betreten hatte.

"Danke, Sissy. Es lohnt sich immer wieder, zu Ihnen zu kommen", sagte Ryan, ehe er sich Sky zuwandte.

"Kommst du? Wir brauchen noch ein Handy für dich." Am Ellenbogen wurde sie aus dem Geschäft und in das wartende Auto befördert. So müde, wie sie von dem Anprobier-Marathon war, hatte sie nicht einmal mehr die Kraft zu protestieren.

"Möchtest du etwas Bestimmtes oder soll ich dich einfach in den Rahmenvertrag von JB-Industrials aufnehmen lassen?" Mit großen Augen schüttelte sie den Kopf.

"Vorlieben beim Handy? Wir bevorzugen Blackberrys als Firmenhandy, da sich die Terminplanung und E-Mail-Bearbeitung sehr leicht gestalten." Sky nickte zustimmend.

"Mr. Thomson, hallo. Bitte richten Sie ein neues Konto in unserem Rahmenvertrag für Ms. Skyler Alister ein ... Blackberry ... Ja, mit Zubehör ... Danke, wir sind in ca. 10 Minuten bei Ihnen", sprach Ryan in sein Handy.

"Abendessen?", fragte er Sky, deren Magen zustimmend grummelte.

"Können wir was mitnehmen?", fragte sie leise.

"Natürlich, was immer du möchtest, Süße!"

RYAN

Stirnrunzelnd betrachtete Ryan sein Mädchen. Irgendetwas stimmte nicht. Von Minute zu Minute wurde sie stiller und in sich gekehrt. Er hatte mit einem großen Theater bei Sissy's Boutique gerechnet, aber Sky hatte kein Wort gesagt. Ohne Widerworte stimmte sie einem Firmenhandy zu und sprach im Allgemeinen sehr leise. Ihr

Kopf ruhte an der Fensterscheibe des Audis und ihr Blick schien ins Leere gerichtet. Sie war ihm ein wenig unheimlich.

"Chinesisch?" Wieder bekam er nur ein Nicken. Sie hielten beim Asiaten und Ryan bestellte verschiedene Gerichte. Als er wieder im Auto saß, hielt er die Spannung nicht mehr aus.

"Was ist los, Süße?"

"Nichts."

"Quatsch! Lüg mich nicht an, Sky", sagte er ernst.

"Ich bin erschöpft. Ich würde gern schlafen", antwortete sie immer noch viel zu leise.

"Okay, wir essen kurz etwas und dann hauen wir uns aufs Ohr, gut?" Wieder ein Nicken. Es machte ihn schier wahnsinnig.

Nach dem Essen ließ Sky ihn widerspruchslos mit in ihr Bett. Er zog sie mit ihrem Rücken an seine Brust und sie versteifte sich.

"Könntest du bitte mit mir reden, Honey?", flüsterte er.

"Ich habe nichts zum Anziehen gekauft", sagte sie traurig.

"Aber natürlich, Süße. Brain wird morgen alles vorbeibringen, wenn die Änderungen gemacht wurden."

"Ich habe mir nichts ausgesucht", sagte sie und wurde noch ein wenig steifer in seinen Armen.

"Haben dir die Sache nicht gefallen, die Sissy dir gebracht hatte?"

"Die meisten schon", gab sie zu.

"Na also, und wenn dir etwas davon nicht gefällt, gibst du es einfach Brain, der bringt es zurück."

"Ich weiß ja nicht mal, was das alles kostet!" Ihre Stimme war ein wenig lauter geworden.

"Das ist irrelevant, Sky. Du musst es nicht bezahlen."

"Ich will nicht, dass du meine Kleidung bezahlst!"

"Du brauchst sie für die Arbeit. Sieh es als Uniform. Brains Anzug hat auch die Firma bezahlt." Eine Antwort bekam er zwar nicht darauf, aber ihr Körper war immer noch angespannt.

Seine Lippen in ihrem Nacken, murmelte er: "Es ist nicht wichtig, Honey."

"Für mich schon", sagte sie leise, wurde aber ein wenig weicher in seinen Armen. Seine Hand beschrieb kleine Kreise auf ihrem Bauch und er bemerkte, wie ihr Atem immer ruhiger wurde.

18 ABLENKUNG

RYAN

"Hey Süße, Shane und ich holen dich in 30 Minuten ab, okay?", fragte Ryan betont fröhlich ins Telefon. Er hatte sich heute früh aus ihrem Bett geschlichen, um einer erneuten Konfrontation aus dem Weg zu gehen. Vor Shane würde sie ihm keine Szene machen und er hoffte, dass sie sich bis zum Abend beruhigt haben würde.

"Hallo, ähm ... ja klar. Ich komm runter", sagte sie merklich überrumpelt. Als sie aus dem Aufzug trat, stockte Ryan kurz der Atem. Hatte diese Frau denn überhaupt nichts anzuziehen, das auch nur ansatzweise ihre Beine bedeckte? Sie trug ein winziges, rotes Sommerkleid, das viel zu viel von ihren wunderschönen Beinen zeigte. Es war zwar ärmellos, aber oben herum sehr brav geschnitten. Hätte es nicht so knapp unter ihrem Po geendet, wäre es durchaus auch geschäftlich tragbar gewesen. Die roten Sandalen passten perfekt dazu und ihr blondes Haar schmiegte sich leicht gelockt an ihren Körper.

"Wow, Honey, ich hätte nicht gedacht, dass du noch besser aussehen kannst als in diesen eng geschnürten Kleidern", rief Shane aus, als er auf sie zu trat.

"Hey Shane, schön dich wiederzusehen!" Sie umarmten sich, wobei Shane seine Hände eindeutig zu nah an Skys Po legte. Fest davon überzeugt, dass das nicht nur ein Versehen war, beschloss Ryan, dem ein Ende zu setzen.

"Lasst uns gehen", sagte er etwas schärfer als nötig und Skys Augen verdunkelten sich prompt. Während sie zum Auto gingen und sich über die letzte Woche unterhielten, hakte sie sich bei Shane unter. Die ganze Fahrt zum Italiener brütete Ryan vor sich hin. Was soll das alles? In den zwei Wochen in Talin haben sie nicht halb so viel miteinander gesprochen! Die beiden waren immer noch in ihr Gespräch vertieft und lang würde es nicht mehr dauern, bis Ryans Geduldsfaden endgültig riss.

"Ich bin fest davon überzeugt, dass die Menschen im Mittelalter wirklich was verpasst haben", sagte Shane in dem Moment.

"Warum?"

"Na, es gab keine Minikleider und Beine wie deine sollten der Menschheit nicht vorenthalten werden!"

"Das reicht, Shane!", blaffte Ryan. *Scheiße, Eisblick!*

"Danke, Shane", zwitscherte Sky.

"Aber was hast du nur damit gemacht? Die sind ja total verkratzt!"

"Ein Unfall", sagte Sky etwas leiser und ihr Blick wanderte unwillkürlich zu Ryan.

"Was hast du mit ihr gemacht, Bro?", fragte Shane mit zusammen gezogenen Augenbrauen.

"Es war mein Glas, das zu Boden gefallen und in dem Sky schließlich gelandet ist", antwortete Ryan.

"Er kann nichts dafür. Wirklich. Außerdem ist doch gar nichts passiert. Lasst uns das Thema wechseln. Was macht die Liebe, Shane?"

"Müsste ich dich fragen. Was macht Maya denn so?"

"Dummkopf! Schlag sie dir aus dem Kopf. Das hast du dir versaut!", antwortete Ryan und Sky nickte zustimmend. Seufzend schüttelte Shane seinen Kopf.

"Ich krieg sie einfach nicht aus meinem Hirn. Sie ist

wie ein Virus und vergiftet jede andere Frau. Selbst, wenn ich mit ihnen schlafe, denke ich an Maya."

"Bäh, Shane! Davon will ich nichts wissen!"

"Du hast mit dem Thema angefangen, Sky. Ich hab dir doch nur geantwortet." Sie scherzten noch eine Weile und machten sich dann auf den Rückweg zum Büro.

"Ich hab noch zwei Meetings, Babe. Ich komm dann später zu dir", sagte Ryan und gab ihr einen kurzen Kuss auf die Stirn.

"Warum?" *Ist sie tatsächlich so dreist, mich das zu fragen? Na bitte, wenn sie es darauf reduzieren will.*

"Weil du mich gestern Abend um meinen Sex betrogen hast", raunte er ihr ins Ohr, ehe er in ihr Läppchen biss. Skys Atem stockte kurz. Ryan richtete sich auf und drückte seine Erektion an sie. Sie sollte sehen, was allein der Gedanke an sie bei ihm auslöste. Ihr Blick wurde leicht verhangen und Ryan konnte sich die Bilder in ihrem Kopf lebhaft vorstellen. Er ließ seine Fingerspitzen am Saum ihres Kleides entlang wandern und genoss, wie sehr sie erschauerte.

"Ryan, kein Sex in der Vorhalle!", scherzte Shane im Lehrerton.

"Nein, nicht hier. Nicht jetzt. Ich freu mich auf später, Babe", raunte Ryan. Dann löste er sich von ihr und folgte Shane zu den Besprechungsräumen.

"Hast du den Kopf frei für die Telco oder musst du dir erst noch einen runterholen?", fragte Shane. Ryan zog die Augenbrauen fragend nach oben.

"Dein Ständer ist so groß wie ein Haus. Die gute Frau vom Empfang wird nie wieder irgendwo anders hinsehen können, als in deinen Schritt." Ein Blick nach unten bestätigten seine Befürchtungen. Die enge Hose seines Dreiteilers kaschierte leider so rein gar nichts. Frustriert stöhnte Ryan auf und versuchte dann, seine Erektion so zu platzieren, dass sie ihm beim Sitzen wenigsten nicht schmerzen würde.

"Alles gut. Ist gleich wieder vorbei. Ich denk einfach

dran, wie beschissen du bei Maya verkackt hast, damit kann ich mich leicht ablenken!" Das stimmte zwar nicht, da Ryans Gedanken sofort von Maya zu Sky wanderten, aber wenigstens Shane hielt seine Klappe.

SKY

Die Lasagne war gerade fertig, als es klingelte. Als Sky die Tür öffnete, hätte sie das Essen fast vergessen. Ryan sah zum Anbeißen aus. Die Hände in den Hosentaschen vergraben, lehnte er an ihrer Tür. Sein Jackett hing über seinem Handgelenk, ebenso die Krawatte. Die oberen drei Knöpfe seines weißen Hemdes waren offen und die Ärmel hochgekrempelt. Er sah umwerfend aus, wenn auch ein wenig abgekämpft.

"Hey Honey, lässt du mich rein?", fragte er und klang mindestens so erschöpft, wie er aussah. Seine Haare waren ein wenig durcheinander, als wäre er häufig mit den Händen hindurch gefahren, und auf seinen Wangen war ein deutlicher Bartschatten zu sehen. Sky lächelte.

"Klar, komm rein. Essen ist gerade fertig."

"Du bist eine Göttin. Nichts brauche ich dringender, als etwas zu essen!" Während Ryan sich auf einen Stuhl fallen ließ, tat Sky ihm auf. Er aß drei Portionen und brummte dabei immer wieder zufrieden vor sich hin. Seine bedrückte Stimmung verunsicherte sie zusehends, und dass er kaum ein Wort sprach, förderte ihre Unruhe noch weiter.

"Noch was?", fragte Sky und deutete auf die fast leere Auflaufform.

"Ein Bier?" Sie nickte und brachte es ihm. Bevor sie wieder auf ihren eigenen Platz gehen konnte, schnappte Ryan ihr Handgelenk und zog sie auf seinen Schoß.

RYAN

Stocksteif saß sie da, als Ryan seine Nase in ihrem Haar vergrub.

"Danke, Honey! Du hast mir den Tag gerettet", murmelte er in ihren Haaren und bemerkte, wie sie sich entspannte. Sein Mädchen an sich gedrückt, konnte Ryan endlich abschalten. Er streichelte die weiche Haut ihrer Beine und küsste ihre Schläfe.

"Ich brauche dich", flüsterte er und meinte nicht nur jetzt, sondern in seinem Leben. Aber das konnte er ihr noch nicht sagen. Nach dem zermürbenden Telefonat mit seinen Anwälten wegen einer drohenden Klage gegen die Firma, wollte er nur noch zu Sky. Hier mit ihr sitzen, sie im Arm halten, war wie nach Hause kommen. Sie schob den Ärger einfach von ihm, da in ihrer Gegenwart nur für sie Platz war. Stück für Stück verdrängte sie jeden anderen Gedanken für ihn. Sanft strich sie mit ihren Lippen über seine und Ryan erwiderte den Kuss. Immer tiefer und intensiver küssten sie sich, bis er es nicht mehr aushielt, nicht in ihr sein zu können.

"Ich brauche dich", wiederholte er dicht an ihren Lippen und schob sie dann von seinem Schoß. Den winzigen Slip zog er über ihre Beine nach unten und schob dann seine eigene Hose, zusammen mit seinen Shorts, bis über die Knie. Sky stellte sich breitbeinig über ihn und griff mit einer Hand nach seinem Schwanz. Das Gefühl ihrer Hand ließ ihn aufstöhnen. Langsam senkte sie sich auf ihn und Ryan ließ den Kopf in den Nacken fallen, so überwältigt war er von ihrer heißen Nässe. Er streichelte ihre Beine und ihren Po, während sein Mund mit ihren Brüsten spielte. Seine Hände in ihre Pobacken vergraben, drängte er sie zu einem schnelleren Rhythmus.

Er braucht die Erlösung, die sie ihm versprach, wollte aber, dass sie mit ihm kam.

"Komm für mich, Kleines", befahl er in rauem Ton und biss ihr mit seinem nächsten Stoß in die Brustwarze.

Und sie tat es. Ihr Körper spannt sich an und die Muskelkontraktionen rissen auch Ryan mit über die Schwelle. Keuchend saßen sie auf dem Küchenstuhl und versuchten, Atem zu schöpfen.

Einige Zeit später murmelte er: "Lass uns Duschen gehen."

Sie seiften sich gegenseitig ein, wuschen sich die Haare und genossen das warme Wasser, das über sie lief. Sanft trocknete Ryan sie ab und schob sie dann zum Bett. Als sie endlich mit ihrem Kopf auf seiner Brust lag, fragte er: "Warum bist du immer so still, wenn ich gestresst bin, Sky?" Unwillig schüttelte sie ihren Kopf.

"Robert?", fragte er. Obwohl er es sich denken konnte, brauchte er doch ihre Bestätigung. Körperlich folgte sie prompt, aber Ryan wollte, dass sie begann, mit ihm zu sprechen. Und wenn es nur kleine Schritte sein würden.

"Sag nur ja oder nein und ich lasse dich in Ruhe", flüsterte er und küsste sie auf den Scheitel.

"Ja", ganz leise, fast gehaucht kam die Antwort, als wollte sie den schlafenden Dämon nicht wecken. Er küsste sie noch einmal auf ihr Haar und sagte dann: "Ich werde meinen Frust nie an dir auslassen, Honey. Und jetzt schlaf, Süße. Wir sind beide Game Over."

SKY

Wieder war Ryan bereits weg, als Sky erwachte. Sie räkelte sich und dachte an den gestrigen Tag zurück. Eigentlich war sie noch wütend auf Ryan gewesen, aber seine Laune hatte sie katapultartig zurück in alte Verhaltensmuster getrieben. Ryan hatte fabelhaft reagiert und sie Stück für Stück zurück aus ihrem Schneckenhaus gezogen.

Er tat ihr gut, das bemerkte sie sehr wohl. Seine Art, mit ihr umzugehen, gefiel Sky immer besser. Langsam fing sie an, ihm mehr und mehr zu vertrauen, war sich aber nicht sicher, ob sie das wirklich wollte. Sie wollte sich doch ein neues Leben aufbauen, ohne Männer. Um ihr Gedankenkarusell anzuhalten, verzog sie sich mit einem Buch auf ihren Balkon.

Das Telefon klingelte. Zunächst konnte sie das Geräusch nicht zuordnen, bis sie verstand, dass ihr neues Blackberry läutete.

"Hallo?", fragte sie, nachdem sie abgenommen hatte.

"Hey Süße! Ich schaff's heute Mittag nicht. Ich bin noch auf einem Auswärtstermin. Soll ich heute Abend was mitbringen?" Sie stutzte. Das war so ... normal.

"Ähm ... ja, gerne. Danke Ryan", sagte sie zögernd.

"Super. Wünsche?"

"Nein."

"Sehr schön, dann lass dich überraschen. Bye, Babe!" Und schon war die Leitung tot.

Nachmittags um vier Uhr rief Sky Maya an. "Hey Süße!"

"Aaaaa SKY!!", quietschte ihre beste Freundin.

"Wollte mich mal melden. Das ist meine neue Nummer."

"Wow, das ist alles soooo cool! Warte, ich schreib sie mir schnell ab. Wie geht's dir? Was machst du? Wie ist die Wohnung? Und die Leute?"

"Hey, hey, mach mal langsam, Süße! Ich weiß gar nicht, wo ich anfangen soll!"

"Okay, also erzähl, wie geht's?"

"Gut. Sehr gut! Boston, zumindest das, was ich davon gesehen habe, ist spitze! Alle sind super freundlich und bemühen sich wirklich darum, dass ich mich wohl fühle." Sky beschrieb Maya ihre Wohnung und was sie bisher alles gesehen hatte. Erzählte von Brain und seinen Freunden, druckste aber um das Thema Ryan ein wenig herum.

"Soll ich deine Nummer weitergeben?"

"Gerne. An die üblichen Verdächtigen", sagte Sky und meinte damit natürlich die Setarips.

"Ähm ... Ryan hatte mich darum gebeten, als du so

Hals über Kopf abgereist bist", sagte Maya leise.

"Äh ... ja .... Ryan braucht sie glaub ich nicht", stotterte Sky.

"Was ist los, Sky?"

"Nun ... äh ... lustiger Zufall. Ryan, also Ryan ... ihm gehört JB-Industrials."

"WAS????"

"Jup, so in etwa hab ich auch reagiert", sagte Sky lächelnd.

"Also ist er jetzt dein Boss?"

"NEIN", sagte Sky düster und fügte gleich etwas leiser hinzu: "Also, eher Shane, weißt du ..."

"Das wird ja immer besser. Wie hast du es rausgefunden? Was ist passiert? Erzähl mir alles!", forderte Maya. Ausführlich schilderte sie jedes noch so kleine Detail. Eine Stunde später sagte Maya: "Ich freue mich für dich, Süße! Lass dir diese Chance nicht durch die Lappen gehen."

"Ich weiß ja gar nicht, ob ich sie überhaupt will!"

"Doch, tust du, tief in dir drin weißt du es, sonst hättest du schon lange das Weite gesucht. Ich kenne dich, Schätzchen!"

"Vielleicht hast du Recht. Mal sehen, wie sich all das entwickelt. Ich vermisse dich!"

"Ich vermiss dich auch, Süße! Wir telefonieren in den nächsten Tagen, okay?"

"Ja, hab dich lieb!"

"Ich dich auch! Bussi!"

Sky dachte noch lange über das Gespräch mit Maya nach. Sie hatte Recht. Würde sie es nicht wollen, wäre sie doch schon längst über alle Berge geflüchtet. Und weil Ryan dem, was einem Traummann für sie entsprach, schon ziemlich nahe kam, entschied sie, sich erst einmal darauf einzulassen. Weglaufen würde sie immer noch können. Darin hatte sie ja mittlerweile Übung. Nachdem sie diese Entscheidung getroffen hatte, fiel es ihr leichter, sich wieder auf ihr Buch zu konzentrieren.

Das Klingeln der Türglocke ließ Sky aufschrecken. Eilig legte sie ihr Buch beiseite und lief zur Tür. Ryan sah fitter aus als am Vortag. Seine Krawatte hatte er zwar wieder abgelegt und die oberen Knöpfe seines Hemdes geöffnet, ansonsten sah er aber geordnet und gut gelaunt drein.

"Hey", sagte er sanft und küsste sie auf die Stirn, als er an ihr vorbei zur Küche ging.

"Ich hab was vom Mexikaner mitgebracht", rief er ihr zu und Sky hörte Teller klappern. Als sie in der Küche ankam, saugte sie das Bild, das sich ihr bot, in sich auf. Er bewegte sich effizient und elegant durch ihre Küche. Mit zielstrebigen Handgriffen suchte er alles zusammen, was sie für ein gemeinsames Abendessen benötigten. Der Tisch war gedeckt und Ryan zog einen Stuhl hervor.

"Komm, setz dich", forderte er sie auf. Dann drückte er ihr noch einen Kuss auf den Scheitel, ehe er sich selber setzte.

"Du hast noch kein Wort gesagt."

"Mir fehlen gerade die Worte", antwortete sie schlicht.

Verwirrt runzelte er die Stirn und fragte dann: "Wie war dein Tag?"

"Gut. Hab mit Maya telefoniert und gelesen. Und du?"

"Ich konnte einen wichtigen Deal abschließen. Es hat zwar ewig gebraucht, aber dieser Vertrag ist wichtig für die Firma." Wieder kehrte Stille ein.

"Findest du das nicht auch seltsam?", fragte Sky und deutete auf sie beide. Ryan legte den Kopf schief, er wusste wohl nicht, was sie meinte.

"Na, das hier. Das ist irgendwie, als wären wir ein Paar oder so", fuhr Sky ein wenig hilflos fort. Dass er nicht gedachte, ihr zu helfen, bemerkte Sky, als seine Mundwinkel verräterisch zu zucken begannen. Sky schnaubte genervt und wollte sich ins Wohnzimmer zurückziehen, doch Ryan packte sie einfach am Handgelenk und zog sie auf seinen Schoß.

Sein Lächeln war verflogen und er blickte Sky ernst an.

Dass seine Stimmung so schnell umgeschlagen war, gefiel Sky überhaupt nicht. Vorsichtig forschend sah sie ihm ins Gesicht.

"Ich mag dich, Sky. Ich mag es, meine Zeit mit dir zu verbringen. Ich mag es, mich mit dir zu unterhalten und ich mag eindeutig den Sex mit dir. Wenn sich das alles dann noch mit einem Essen verbinden lässt, umso besser. Es gibt keine weiteren Bedingungen. Nichts. Also zerbrich dir nicht dein hübsches Köpfchen und lass uns lieber unsere gemeinsame Zeit genießen. Okay?"

"Okay", stimmte Sky zu, wusste aber nicht, ob Ryans Worte sie wirklich freute oder ob sie sich mehr erhofft hatte. Mehr? *Was zum Teufel sollte ich denn mehr wollen?*

Eine Hand in ihrem Nacken, die andere um ihr Kinn gelegt, fixierte Ryan ihren Kopf und küsste sie. Nicht sanft, sondern ein bisschen wütend, so kam es ihr vor. Als er sich wieder von ihr löste, meinte sie, eine Mischung aus Resignation und Wut in seinen Augen funkeln zu sehen. Er ließ sie los und schob sie von seinem Schoß.

"Ab ins Schlafzimmer", sagte er und in seiner Stimme konnte sie die Verärgerung deutlich hören. Nur über was eigentlich? Ihre Gedanken rasten. Irgendetwas war gerade ziemlich schief gelaufen und ihr Instinkt sagte ihr, dass sie hier schleunigst weg sollte. Ihre Augen scannten den Raum und suchten nach der besten Fluchtmöglichkeit. Die Haustür wäre nicht weit entfernt. Ihr Körper spannte sich an und sie tat den ersten Schritt in diese Richtung.

"Das ist jetzt nicht dein verdammter Ernst, Sky! Sag, dass du nicht vorhast, was ich gerade denke!" Seine Stimme war ruhig und fest und seine Augen fixierten sie an Ort und Stelle. Als er die Wahrheit in ihren Augen sah, verschwand die Wut vollkommen und übrig blieb reine Resignation.

Seufzend ließ er sich aufs Sofa fallen, lehnte sich zurück und rieb sich mit den Händen über sein Gesicht. Als er nicht weiter reagierte, schlich Sky sich zu dem Sessel, der dem Sofa schräg gegenüber stand. Eine Zeit lang musterte er sie einfach nur.

Schließlich sagte er: "Was habe ich diesmal getan, Sky? Was zum Teufel habe ich getan, dass du denkst, du müsstest aus deiner eigenen Wohnung fliehen?" So, wie er jetzt da saß, konnte sie ihren eigenen Gedanken nicht mehr so richtig nachvollziehen. Er sah so gequält aus, dass es ihr peinlich war, die Wahrheit zu sagen. Daher zuckte sie nur mit den Schultern.

"Was soll das, Sky? Ich habe gesehen, wie dein Kopf gearbeitet hat. Sag mir, was es war. Wie soll ich es unterlassen, wenn ich gar nicht weiß, was es ist, das dich bedrückt?"

"Du warst wütend", sagte sie leise, zögernd, aus Angst, eben diese Wut aufs Neue zu entfachen.

"Jeder Mensch ist mal wütend, Sky. Komm zu mir", sagte er und streckte die Arme nach ihr aus.

"Ich werde keinen Sex mit dir haben, wenn du wütend bist, Ryan", sagte Sky so leise, dass sie sich nicht sicher war, ob er sie auch wirklich hören würde.

"Okay. Würdest du jetzt bitte zu mir kommen? Ich mag es nicht, wenn du dich so von mir fern hältst." Zögerlich stand Sky auf und ging auf ihn zu. Unschlüssig stand sie vor ihm. So schnell, dass Sky gar nicht realisieren konnte, was gerade geschah, hatte Ryan sie auf seinen Schoß gezogen.

Seinen Kopf in ihrer Halsbeuge vergraben, atmete er tief ein und murmelte: "Renn nicht immer von mir weg, Honey. Das macht mich wahnsinnig!"

Sky nickte. Sie saßen lange so aneinander gelehnt da. "Wie wär's mit einem Bad zur Entspannung?", fragte Ryan und küsste sie auf die Schläfe.

"Hört sich gut an." Ryan hob sie auf den Arm und ging ins Badezimmer. Vorsichtig setzte er Sky auf dem Waschtisch ab und drehte das Wasser in der Wanne auf. Er nahm ihr Gesicht in beide Hände und küsste sie zart.

"Ich werde dir nicht weh tun, Honey. Versprochen." Verlegen sah Sky zu Boden. Natürlich wusste sie, dass

Ryan ganz anders war als Robert. Und doch überkam es sie immer wieder und sie handelte, wie sie es die letzten zwei Jahre getan hatte. Es tat ihr unendlich leid, dass es Ryan so kränkte und sie hätte sich ihm nur zu gern erklärt, tat sich aber schwer, die richtigen Worte zu finden.

Tief ausatmend flüsterte sie: "Robert."

"Mhm", machte er und zog ihr vorsichtig das Top über den Kopf.

"Wie lange bist du bei ihm geblieben?", fragte Ryan, während er sie langsam weiter auszog.

"Etwas über zwei Jahre. Er war nicht nur so. Nur wenn er verärgert oder wütend war", antwortete Sky leise. Ryan hatte sich mittlerweile selbst ausgezogen und hob Sky nun in die Badewanne. Mit gespreizten Beinen setzte er sich hinter sie und zog sie mit ihrem Rücken an seine Brust.

"Warum bist du nicht eher gegangen?", flüsterte er in ihr Haar.

"Er hat mich aufgefangen, nach dem plötzlichen Tod meiner Eltern. Er hat mir alles abgenommen und alle Entscheidungen für mich getroffen. Zu diesem Zeitpunkt war ich mehr als glücklich darüber. Ich hatte keine Kraft, selbst Entscheidungen zu treffen. Allein die Frage, was ich zum Frühstück möchte, war zu viel für mich. Verstehst du?"

"Ja. Was hat sich verändert?"

"Wir waren zu diesem Zeitpunkt erst ungefähr drei Monate zusammen. Robert nahm mich mit zu sich, sperrte mich fast bei sich ein und übernahm mein komplettes Leben. Ein halbes Jahr später ging es mir besser und ich versuchte, mein Leben wieder in den Griff zu bekommen. Robert wollte das nicht. Ihm gefiel die Abhängigkeit, in der ich von ihm lebte. Er versuchte, mich so weit wie möglich von der Außenwelt abzuschotten. Wirklich begreifen konnte ich es nicht. Als wir schon über ein Jahr zusammen waren, hat Maya mir aufgezeigt, wie weit er mich bereits von all meinen Freunden abgeschnitten hatte. Ich hatte nur noch Kontakt zu Maya. Alles andere hatte er bereits unterbunden, ohne dass es mir wirklich bewusst geworden war." Zitternd holte Sky Luft. Ihn in ihrem Rücken zu spüren, seine streichelnden Bewegungen und die gehauchten Küsse in ihrem Nacken, erdeten Sky, sodass sie sich dazu in der Lage fühlte, weiter zu sprechen.

"Je mehr ich mich gegen ihn wehrte, desto schlimmer wurde es. An dem Tag, an dem ich beschloss, endgültig zu verschwinden, hat er mich an den Haaren ins Haus gezogen. Er hat mir die Klamotten vom Leib gerissen und mich vergewaltigt ..." Ihre Stimme brach.

"Schsch", murmelte Ryan, streichelte sie und küsste sie immer wieder auf ihr Haar. Es tat ihr gut, all das loszuwerden, auch wenn es sie große Überwindung gekostet hatte. Nun wusste er Bescheid, konnte sie vielleicht sogar verstehen, aber zumindest über das ein oder andere hinweg sehen, was sie tat. Sie war ihm dankbar, dass er nicht versuchte, über irgendetwas zu reden oder ihr sie mit Floskeln abspeiste. Es war schön, dass er sie noch genauso im Arm halten konnte wie zuvor.

Langsam wandte sie ihren Kopf zu ihm um und sah ihm in die Augen. Da war Mitgefühl, aber kein Mitleid. Er sah sie neugierig, aber auch vorsichtig an. Sky wandte sich ganz um, sodass sie Bauch an Bauch zum Liegen kamen. Ihre Hände ruhten auf seinen Schultern und ihre Lippen strichen leicht über seine. Ein wenig mehr Druck auf seinen weichen Mund genügte, um Ryans Lippen für sie zu öffnen. Sie küssten sich innig und immer heftiger. Seine Erregung spürte Sky an ihrem Bauch und auch sie selbst war mehr als bereit für ihn. Auf seine Schulter gestützt, setzte sie sich rittlings auf seinen Schoß.

Seine Augen waren von Lust vernebelt und sein Atem strömte durch den leicht geöffneten Mund. Das Bild, das er bot, war derart erotisch, dass Sky sich nicht an ihm satt sehen konnte. Langsam bewegte sie ihr Becken vor und zurück und entlockte Ryan damit ein heißeres Stöhnen. Seine Hände krallten sich fest in ihre Hüften und sein pulsierender Schwanz presste sich gegen ihre heiße Mitte.

Einige Sekunden hielt er diese Position und fixierte Sky dabei so fest, dass sie sich keinen Millimeter rühren konnte. Schließlich ließ er los, griff blitzschnell zwischen ihre Körper und positionierte sein Glied an ihrem Eingang. Dann packte er wieder ihre Hüfte und schob sich ganz langsam in sie. Als er sich komplett in ihr versenkt hatte, hielten beide inne und stöhnten unisono.

"Du fühlst dich so wahnsinnig gut an, Babe", murmelte Ryan und ließ seine Hände zu ihrem Po wandern. Sanft wippte er sie vor und zurück. Dieser leichte, weiche Rhythmus katapultierte Sky innerhalb weniger Minuten in einen gewaltigen Orgasmus. Als die Wellen ihres Höhepunkts langsam abebbten, bemerkte sie, dass Ryan immer noch in sie stieß und noch nicht seine Erfüllung gefunden hatte.

Sie lehnte sich nach hinten und nahm ihn so komplett in sich auf. Der veränderte Winkel verstärkte den Druck auf seinen Schwanz und Ryan stöhnte auf. Seine Stöße wurden hastiger und kräftiger, sodass das Wasser bereits über den Rand der Badewanne schwappte. Mit einem letzten Stoß versenkte er sich tief in ihr und murmelte ihren Namen, während er sich in mehreren Schüben in ihr ergoss.

Ryan zog Sky an seine Brust und hielt sie fest an sich gepresst. Das Wasser in der Wanne kühlte bereits merklich ab, ehe sie sich von einander lösten. Sie trockneten sich gegenseitig ab und schlüpften dann, nackt wie sie waren, ins Bett.

"Morgen ist Donnerstag", flüsterte Ryan. Sky lag mit dem Rücken an seine Brust gepresst da. Das Gefühl, so geborgen und beschützt zu sein, hatte sie nur, wenn Ryan sie in seinen Armen hielt. Hier konnte sie sich vollkommen entspannen.

"Ja."

"Werden wir uns sehen?"

"Warum nicht?"

"Du ... du gehst doch aus und ich weiß nicht wie lang

..."

"Ryan", unterbrach sie sein Gestammel.

"Ja?"

"Möchtest du mit kommen?"

"Gern! Aber du sagtest doch, dass es unpassend wäre, wegen Brain und seinen Freunden."

"Ich habe ihnen gesagt, dass ich dich mitnehmen würde, wenn sie nicht aufhören würden, mich zu nerven. Also ..." Mit einen leisen Lächeln ließ Sky den Satz in der Luft hängen und zuckte mit den Schultern.

Ryan lachte auf und drückte Sky noch ein wenig fester an sich. "Schlaf gut, Babe."

"Gute Nacht, Ryan."

19 ZU VIEL TESTOSTERON

RYAN

Aufzuwachen neben der Frau, in die er sich verliebt hatte, war für Ryan immer noch ein unfassbar gutes Gefühl. Vorsichtig, um Sky nicht zu wecken, schlüpfte er aus ihrem Bett. Leise sammelte er seine Kleidung zusammen und schlich sich ins Wohnzimmer. Es war erst sechs Uhr früh, aber Ryan hatte bereits um Acht ein Strategiemeeting mit der Führungsebene seines Konzerns.

Frisch geduscht betrat er um sieben Uhr sein Büro. Seine Sekretärin Kelly war bereits bei der Arbeit und brachte ihm nur zwei Minuten nach seiner Ankunft einen Kaffee an seinen Schreibtisch.

"Der Terminplan für heute, Sir."

"Danke, Kelly. Die Unterlagen für das Strategiemeeting?"

"Alle Unterlagen sind in der roten Mappe, Sir." Ryan nickte knapp und las sich die relevanten Informationen durch. Um halb acht schlenderte Shane in sein Büro.

"Guten Morgen, Bro", grüßte dieser ihn.

"Guten Morgen, Shane. Alles klar?"

"Klar. Wie geht's deiner Herzdame?"

"Gut, gut. Ist nicht immer leicht, aber sie ist es echt wert."

"Freut mich zu hören, Kumpel. Wäre Maya nicht so unbarmherzig, könnte ich vielleicht auch so im Glück schwelgen."

"Ich wiederhole mich nur ungern, Shane, aber du hast es dir echt selbst versaut."

"Ja, ja. Hast du die Einladung für das Musikfestival Anfang Oktober bekommen? Dachte, wir könnten vielleicht hin. Sky könnte ein paar Freunde einladen ..." Ryan stöhnte. Er wusste ganz genau, worauf Shane hinaus wollte. Maya. Aber alles in allem musste er sagen, gefiel ihm der Gedanke nicht schlecht. Fire&Ice hatte einen zusätzlichen Auftritt in diesem Jahr, was der Gruppendynamik bestimmt gut bekommen würde. Und sollten wirklich ein paar von Skys Freunden kommen, würde das ihr bestimmt sehr gut tun. Ein Lächeln breitete sich auf seinem Gesicht aus. Sehr gute Idee!

"Vereinbarst du, beziehungsweise deine Sekretärin, ein Fire&Ice Meeting? Irgendwann nächste Woche?"

"Ich schreib ihr sofort. Gute Idee, Ryan!" Der Tag wurde stressiger als geplant. Schon bei dem ersten Meeting verspäteten sie sich um eine halbe Stunde. Die Mittagspause wurde komplett gestrichen und Ryan erhaschte lediglich ein Sandwich auf dem Weg zu seinem 4 Uhr Termin mit einem neuen Investoren. Als er diesen grauenhaften Tag endlich abschließen konnte, war es sechs Uhr Abend und Ryan hatte absolut keine Lust, noch auszugehen.

Als er an Skys Tür klingelte, öffnete sie kurze Zeit später mit strahlenden Augen. Ihr Blick war noch nicht vollständig über ihn gehuscht, da hatten sich ihre Züge schon verfinstert und sie wirkte irgendwie kleiner.

Nach den Erklärungen vom Vorabend hätte Ryan sich am liebsten selbst in den Arsch getreten. Er hätte sie anrufen und sich erst eine Dusche und ein wenig Entspannung gönnen sollen, ehe er bei ihr aufschlug und sie verunsicherte.

So sanft wie möglich sagte er: "Hey Honey. Ich bin ein bisschen erledigt und brauche dringend eine Dusche. Kann ich rein kommen?"

Vorsichtig blickte sie zu ihm auf, nickte dann und machte ihm Platz, sodass er eintreten konnte. Im Vorbeigehen küsste er sie auf die Stirn und zog sich auf dem Weg ins Badezimmer aus. Absichtlich ging er über ihre Reaktion hinweg und versuchte, sich so normal wie möglich zu benehmen.

"Was brauche ich zum Anziehen, Süße?"

"Leger", antworte sie leise, wirkte aber dennoch ein bisschen beruhigter. Er bestellte die Kleidung und verschwand unter der Dusche.

Im Meets angekommen, starrten ihm lauter offene Münder entgegen. Es waren nur Männer. Eine Tatsache, die ihm bislang verschwiegen wurde. Ryan war nicht sonderlich glücklich darüber, dass Sky diese Gesellschaft genoss, aber da sie ihn mitnahm, konnte er bei jedem einzelnen ein für alle Mal klarstellen, zu wem Sky gehörte.

"Hi Jungs, das ist Ryan. Ryan das sind Jeromy, Cliff, Kyle, Bobby, Ray, Carl und Brain kennst du ja."

Ryan nickte in die Runde. "Gentleman."

Sie wirkten allesamt etwas verschüchtert. Stammelten Begrüßungen und sahen ihm nicht wirklich in die Augen. Sky schien das ganze Theater sichtlich zu genießen.

"Ich habe euch alle gewarnt!", kicherte sie in die Runde, als die Stimmung bedrückend wurde. Da Ryan sich nicht so recht zu helfen wusste, bestellte er erst einmal eine Runde Bier für alle.

"Wie geht's deinen Beinen, Kitty?", fragte Ray und zuckte sogleich zusammen, da Ryan ein tiefes Knurren ausstieß.

"Lass das, Ryan. Geht schon viel besser. Danke, Ray. Schau", antwortete sie auf Rays Frage und legte ihre nackten Beine auf den Tisch.

Beine, die für Ryans Geschmack in viel, viel zu kurzen Shorts steckten. Beine, die eigentlich niemand außer ihm sehen sollte. Da die Situation aber äußerst angespannt war, als sie das Appartement verlassen hatten, wollte Ryan keinen Streit provozieren. Denn das wäre es geworden. Sky mochte es einfach nicht, wenn er ihr irgendetwas vorschrieb. Dieser Charakterzug zerrte zeitweise ziemlich an Ryans Nervenkostüm.

Fünf Männer, die auf die Beine seiner Freundin starrten, waren eindeutig zu viel für ihn. Schwungvoll stand er auf, wobei sein Stuhl mit einem lautem Scharren nach hinten rutschte. Alle Blicke flogen zu ihm. Als die Männer sein Gesicht sahen, senkten sie sofort schuldbewusst die Blicke. Sky hingegen sah ihn mit gerunzelter Stirn an. Es sah nicht so aus, als wäre ihr bewusst, was sie gerade getan hatte.

Er wollte ihnen allen den Abend nicht verderben, also lächelte er und sagte: "Holst du mit mir noch eine Runde, Honey?"

"Klar", antwortete sie zögerlich und schien noch immer nicht zu verstehen, was gerade vor sich ging.

Als sie bei der Bar ankamen fragte sie: "Alles in Ordnung, Ryan?"

"Klar, Süße, alles bestens."

"Hmm ... okay ... und sonst, gefällt es dir?"

"Jup", antwortete Ryan, weit weniger überzeugend, als er es gerne getan hätte.

"Was passt denn nicht?" Er zog sie an sich und küsste sie auf die Stirn.

"Alles okay, Honey. Ich muss mich nur daran gewöhnen, dass sie dich alle ansehen, als würden sie dich mit den Augen ausziehen."

"Selbst wenn das so wäre, was ich aber absolut nicht finde, ist es doch völlig egal, wie sie schauen. Du bist es, der mich nachher auszieht ... ich hoffe zumindest, dass du das tun wirst", lächelte Sky zu ihm auf. Ryans Körper reagierte prompt. Beide Hände auf ihrem Po, drückte er

Sky fest an sich.

"Worauf du dich verlassen kannst, Babe!"

Sie küssten sich, gieriger, als es in der Öffentlichkeit schicklich war, bis ein dezentes Räuspern sie aus ihrer Welt riss. Der Barkeeper schob ihnen lächelnd die Getränke zu.

"Siehst du, was du aus mir machst? Ich bin ein erfolgreicher Geschäftsmann und wegen dir führe ich mich auf wie ein liebeskranker Teenager, der seine Hormone noch nicht im Griff hat", raunte Ryan ihr zu. Sky kicherte und huschte schnell zurück zu ihren Sitzplätzen. Sie verteilten die Getränke und Ryan platzierte Sky kurzerhand auf seinem Schoß. Mit gerunzelter Stirn sah Sky ihn an.

"Tu mir den Gefallen, Liebes, bitte", murmelte er. Ihr Gewicht auf seinem Schoß, ihr Geruch, das Gefühl ihrer Haut unter seinen Lippen. All das gab ihm die Möglichkeit, die gaffenden Männer in dieser Kneipe zu vergessen. Es schenkte seiner gepeinigten Seele ein wenig Frieden. Ein warmes Lächeln bildete sich auf Skys Gesicht.

Sie lehnte sich an ihn und flüsterte in sein Ohr: "So schlimm?"

Er nickte und streichelte ihren nackten Oberschenkel. Ihr Lächeln wurde noch ein wenig sanfter, bevor sie ihn federleicht auf die Wange küsste. Sie unterhielt sich angeregt mit ihren neuen Freunden. Über was, konnte Ryan nicht sagen. Er lenkte sich mit ihrem Körper ab. Schmiegte sich an sie, streichelte sie und küsste sie immer mal wieder auf die ein oder andere erreichbare Stelle. Nach geraumer Zeit begann Sky ein wenig zu zappeln. Erst ließ Ryan sie noch gewähren, da er davon ausging, dass sie sich anders hinsetzten wollte. Als sie aber nicht mehr damit aufhörte, krallte er sich in ihre Hüfte und ihren Oberschenkel.

"Dieses Thema hatten wir schon, Honey, erinnerst du dich?" Sie sah ihn erst verwirrt an, ehe sich ihre Augen zu Schlitzen verengten.

"Wer im Glashaus sitzt, soll nicht mit Steinen werfen, Ryan. Du hast mit dem hier angefangen", zischte sie ihm zu und begann abermals, sich zu winden.

"Lass das, Süße, du wirst es bereuen!" Das Lächeln, das sie ihm nun schenkte, war wirklich durchtrieben und äußerst herausfordernd.

"Versprochen?", säuselte sie, was Ryan ein Knurren entlockte. Wieder wand sie sich auf seinem Schoß.

Abrupt stand Ryan auf, warf Sky über seine Schulter und lächelte dem Rest der Gruppe zu, während Sky quiekte wie ein kleines Mädchen und sich in seinem kräftigen Griff wand.

"Wir müssen uns leider verabschieden", sagte er lächelnd.

Mit einem Klaps auf ihren Po fügte er hinzu: "Sky muss leider ins Bett." Sky erstarrte in seinen Armen.

"Das hast du nicht gesagt!" Der gesamte Tisch brach in Lachen aus.

"Doch, hat er!", rief Cliff und klopfte sich auf den Schenkel. Ryan winkte noch einmal in die Runde und trug sein Mädchen dann nach draußen. Der Fahrer ihres Audis sprang sofort auf und öffnete die Tür des Fonds. "Mr. Black, Ms. Alister", sagte er schmunzelnd.

"Guten Abend, Thomas. Bitte zu JB-Industrials."

"Du bist unmöglich Ryan. Was sollen denn die Leute denken?"

"Glaub mir, Honey, im Moment ist mir nichts so egal wie das!" Schwungvoll zog er sie auf seinen Schoß. "Diese Shorts rauben mir den Verstand, seit du heute Abend die Tür aufgemacht hast. Hast du denn überhaupt keine Ahnung, wie verdammt sexy deine Beine darin aussehen?" Sky biss sich auf die Lippe und sah dadurch nur noch unwiderstehlicher aus.

"Lass das, Süße, wenn du nicht willst, dass ich dich hier und jetzt nehme", raunte Ryan ihr ins Ohr und presste sie noch fester an sich. Sie küssten sich leidenschaftlich, sodass die Fahrt bis zur Firma wie im Flug verging.

"Sir, wir sind da", meldete sich Thomas zurück. Ryan musste sich mehrfach räuspern, um einen angemessenen

Ton heraus zu bekommen.

"Danke, Thomas. Sie haben dann Feierabend."

"Danke, Sir."

Ryan schob Sky in Rekordgeschwindigkeit durch die fast leere Lobby. Den Aufzug mussten sie sich leider mit einer Dame vom Reinigungspersonal teilen, sodass Ryan gezwungen war, noch einige Minuten zu warten.

"Du weißt gar nicht, wie schwer es für mich ist, meine Finger jetzt gerade bei mir zu behalten", murmelte er in Skys Ohr und küsste dann ihren Hals. Ihr Erschauern und das unterdrückte Stöhnen, das ihr entschlüpfte, fuhren direkt in seinen Schwanz.

"Gott, Baby, ich bin so verdammt hart, ich werde keine Sekunde mehr warten könne, wenn wir erst mal unter uns sind", flüsterte er so leise, dass nur Sky es hören konnte. Sie schwankte leicht und ihre Atemzüge waren deutlich flacher geworden.

"Ich hoffe, du bist feucht und bereit für mich, Süße", flüsterte er, um sie noch weiter zu provozieren. Dieser Zug ging aber leider nach hinten los, denn er hatte nicht mit ihrer Antwort gerechnet. "Klatschnass!"

Jetzt war es an Ryan aufzustöhnen. Leider gelang es ihm nicht allzu gut, sein Stöhnen zu unterdrücken.

Das leise Pling des Fahrstuhls rettete sie aus ihrer Situation. Sie stürmten quasi gleichzeitig aus dem Aufzug und hätten die arme Putzfrau beinahe umgerannt. Skys Finger zitterten, als sie versuchte, das Schloss zu öffnen. Als es ihr endlich gelang, drängte Ryan sie durch die Tür. Er schmiss sie sofort wieder zu und presste Sky an die Tür.

"Ich brauche dich, jetzt sofort!", presste er zwischen zwei Küssen hervor. Sky machte sich sofort daran, seine Jeans zu öffnen, während Ryan ihr die Short über die Hüften schob. Als er sich wieder aufrichtete, schlang Sky Arme und Beine um ihn und küsste ihn heftig. Schwer atmend presste Ryan sie gegen die Tür und stieß sich mit einem einzigen kräftigen Schub in sie.

"Fuck, Baby, ja ... du bist wirklich klatschnass für mich

und so verdammt eng, Honey!", presste er mühsam zwischen zusammen gebissenen Zähnen hervor.

"Fick mich", forderte Sky und ließ ihre Hüften leicht kreisen. Und er tat es. Er fickte sie mit schnellen, harten Stößen und beide erreichten in kürzester Zeit ihren Orgasmus.

"Das war ... wow", murmelte Sky, als Ryan sie immer noch keuchend ins Schlafzimmer trug.

"Mhm", gab er zurück und legte sie sanft auf dem Bett ab.

"Warte eine Minute, Liebes", sagte er und ging ins Badezimmer. Nachdem er sich selbst rasch gereinigt hatte, ging er mit einem Waschlappen zurück zu Sky. Sanft wusch er sie und zog sie dann vollständig aus. Anschließend entkleidete er sich selbst und schlüpfte zu ihr ins Bett.

Nachdem er sie an sich gezogen und ihren Kopf auf seiner Schulter gebettet hatte, sagte er: "Ich muss morgen erst später anfangen. Sollen wir zusammen frühstücken?"

"Gerne", gähnte Sky.

20 HOME SWEET HOME

SKY

Der Geruch von Eiern und Speck weckte sie. Nach einigen Minuten vor sich hin Dösens wälzte Sky sich schließlich aus dem Bett. Barfuß und in ein zu großes Schlafshirt gehüllt, tapste sie in die Küche.

Ryan stand mit dem Rücken zu ihr vor dem Herd. Ebenfalls barfuß und lediglich in die Jeans vom Vorabend gehüllt, brutzelte er das Frühstück. Die Jeans saß verboten tief auf seinen Hüften und enthüllte die zwei kleinen Grübchen knapp über seinem sexy Hinterteil.

Die Art, wie sich seine Muskeln wölbten, wenn er sich mit der Hand durch das unordentliche Haar fuhr, ließ Sky das Wasser im Mund zusammenlaufen. Der Wasserkocher auf der anderen Seite des Zimmers piepte und Ryan wandte sich zu ihm um. Dabei sah er, dass Sky im Türrahmen stand. Ein warmes Lächeln bildete sich auf seinem Gesicht.

"Guten Morgen, Honey. Wie lang stehst du schon da?" Automatisch musste Sky sein Lächeln erwidern.

"Eine Weile. Kochen steht dir", fügte sie dann noch hinzu.

"Komm, setz dich. Essen ist gleich fertig." Sky setzte sich auf einen der Hocker am Tresen. Es gab Tee, Kaffee, Saft, Toast, Eier, Speck, Marmelade. Alles, was das Herz begehrte. Ryan ließ sich nach einem Kuss auf ihre Schläfe neben ihr nieder.

"Danke", sagte Sky und bewunderte die Auswahl.

"Für dich gern. So oft komme ich auch nicht zu einem richtigen Frühstück, da muss ich es schon auskosten." Eine Zeitlang nahmen sie schweigend ihr Frühstück ein.

"Hast du Pläne für das Wochenende?", erkundigte Ryan sich beiläufig.

"Nein, warum?"

"Hast du Lust, mit mir in mein Wochenendhaus zu fahren? Es liegt etwas außerhalb, ist schön ruhig und ich würde es dir gerne zeigen." Er wirkte ein wenig schüchtern, fast als befürchtete er, sie würde ablehnen.

"Das ganze Wochenende?"

"Ja. Ich habe einen Pool und eine Sauna und eine große DVD Sammlung. Lust?" Sky lächelte.

"Auch Briefmarken?" Erst runzelte Ryan die Stirn, kurz darauf erschien ein schelmisches Lächeln auf seinen Lippen und seine Augen blitzten vor Vergnügen.

"Oh ja, eine sehr große Briefmarkensammlung, Ms. Alister." Sie scherzten noch ein wenig und beendeten ihr Frühstück. Während Sky die Küche aufräumte, tippte Ryan geschäftig auf seinem Blackberry.

"Ich werde so gegen drei Uhr fertig sein. Klappt das bei dir?", fragte Ryan und zog sich ein T-Shirt über.

"Ja, klappt. Soll ich etwas Besonderes einpacken?"

"Du brauchst nicht allzu viel. Wegen mir kannst du auch die ganze Zeit nackt sein", antwortete er mit funkelnden Augen. Sky lachte auf.

"Ja, ja, könnte dir so passen. Geh jetzt, du kommst bestimmt zu spät zur Arbeit." Lachend zog er sie an sich und küsste sie kurz auf die Lippen, bevor er zur Arbeit ging. Pünktlich um drei klingelte es an Skys Haustür.

Ryan sah zornig und abgekämpft aus, versuchte es aber

hinter einem Lächeln zu verbergen.

"Bereit?", fragte er. Sky betrachtete ihn eingehend.

"Du bist wütend", stellte sie fest und machte keine Anstalten, die Tür loszulassen. Ryan seufzte.

"Ja, aber auf mich selbst. Ich zeig's dir unterwegs, Süße. Komm schon." Er lächelte gezwungen. Ein bisschen musste sie mit sich ringen, bevor sie schließlich beschloss, ihm einen Vertrauensvorschuss zu gewähren.

Kurz presste er seine Lippen auf ihre Stirn uns flüsterte: "Danke, Honey."

Die kleine Reisetasche nahm er ihr ab und sie gingen Hand in Hand zu dem wartenden Auto. Thomas lud ihre Tasche in den Kofferraum und hielt ihr die Türe auf. Es störte Sky auch jetzt, aber nicht ganz so sehr, als würde Brain ihr die Türe öffnen. Instinktiv hatte sie sich möglichst klein gemacht, als sie sich an die Tür des Autos gesetzt hatte. Schon bevor das Auto losgefahren war, hatte Ryan sie an sich gezogen und seinen Kopf an ihrem gebettet.

"Es hat nichts mit dir zu tun, Honey. Es war einfach nur ein schrecklicher Tag. Hast du die Zeitung gelesen?"

"Nein, warum?", fragte Sky. Ryan verlagerte ein wenig sein Gewicht und zog ein Magazin aus seiner Jackettasche.

"Hier. Ein gutes Foto von uns beiden." Auf dem Cover der Boston Society waren sie und Ryan zu sehen, als er sie gerade auf der Schulter aus dem Pub trug. Die Headline lautete: "Wer ist die neue Frau an der Seite, oder auf der Schulter, unseres begehrten Junggesellen?"

Sky zuckte zusammen und wollte ein wenig von Ryan abrücken. Er zog sie zurück. "Bleib da, ich bin doch dir nicht böse! Wenn, dann mir selbst oder diesen blöden Paparazzos, die einem jeden Spaß verderben können. Meine PR Crew kümmert sich bereits darum. Ach übrigens, schöne Grüße von Logan. Er hat erst dadurch erfahren, dass du in Boston bist. Er ist mein PR Chef." Erstaunt hob Sky den Kopf. Noch ein Mitglied von Fire&Ice, das für Ryan arbeitete. Sie kannte Logan nicht.

Hatte gerade mal eine vage Ahnung von seinem Gesicht in ihrem Gedächtnis. Wenn sie sich an Fire&Ice im Gesamten zurück erinnerte, sah sie nur einen Haufen bildschöner Männer, die allesamt auf dem Cover der GQ hätten abgebildet werden können. Eine Vielzahl an muskulösen Körpern, gebräunter Haut und Gauklerhosen. Jeder von ihnen versprühte Sex pur.

"Danke", antwortete sie langsam. Ryan grinste.

"Du weißt nicht, wer er ist, oder?"

"Grob. Surfertyp, blond, blaue Augen, schön und muskulös." Bei jedem von ihren Worten verdüsterte sich sein Blick noch mehr.

"Danke. Das reicht." Sky lächelte verschmitzt.

"Aber nicht annähernd so sexy wie du, guter Zwilling." Das brachte Ryan wieder zum Lächeln.

"Shane hofft immer noch, dass Maya ihm verzeiht und er doch noch zum Zuge kommt. Ja genau, hätte ich beinahe vergessen. Fire&Ice hat einen Auftritt bei einem Musikfestival in Boston angeboten bekommen. Wir werden uns dafür anmelden und haben uns gedacht, die Setarips einzuladen, um gemeinsam mit uns die fünf Tage zu campen. Was hältst du davon? Ein bisschen mehr als zwei Monate und du siehst deine Freunde wieder?" Sky quiekte und fiel ihm um den Hals.

"Das ist der Wahnsinn! Vielen Dank, Ryan!"

"Shane vereinbart ein Treffen mit unserer Gruppe. Sobald wir die Anzahl derer haben, die teilnehmen können, werde ich die Anmeldung in die Wege leiten. Dann können wir deinen Freunden schreiben, okay?" Sky kuschelte sich fest an ihn. Vergessen waren alle anderen Probleme und Sorgen. Sogar seine schlechte Laune schien wie weggeblasen.

30 Minuten später hielten sie vor einem großen, weißen Haus. Riesige Marmorsäulen ragten links und rechts der massiven Eingangstür empor. Die Fenster waren bodentief und riesengroß. Sky stand vor Staunen der Mund offen.

"Danke, Thomas. Sie können uns Sonntag gegen sechs

Uhr am Abend wieder abholen."

"Danke, schönes Wochenende, Sir." Mit diesen Worten stellte Thomas Skys Tasche in die Auffahrt. Ryan grinste.

"Brauchst du noch eine Weile oder können wir rein gehen?", griente er.

"Das ist ... wow ... ich meine, wow", stammelte Sky.

"Ja. Alex hat es für mich entworfen. Es ist perfekt. Innen wie außen."

"Der Alex?"

"Genau. Ich will, dass er nach Amerika kommt und für mich arbeitet. Er ist so wahnsinnig talentiert. Aber er weigert sich. Er sagt, er liebt seine Arbeit und möchte nicht nach Übersee."

"Ist er nicht oft hier, um euch alle zu sehen und zu trainieren?"

"Er war seit Ewigkeiten nicht mehr hier. Ich weiß nicht warum, aber irgendwann hat er begonnen, nicht mehr hier herkommen zu wollen. Ich hoffe, dass er kommt, wenn Fire&Ice den Auftritt hat."

"Er kommt bestimmt. Zeigst du mir den Rest von deinem Traumschloss?" Ryan grinste stolz und bot ihr seinen Arm an.

Das Haus war atemberaubend. Sehr hell, dank all der riesigen Fenster. Schwarze, glänzende Marmorböden und weiße Wände. Die Möbel waren allesamt schwarz oder weiß mit Hochglanz-Oberflächen. Und in jedem Zimmer gab es kleinere oder größere, versteckte oder offensichtliche Farbtupfer.

Die Rückwand der Küche bestand aus einer zitronengelben Glasplatte. Die Schränke und Regale im Wohnzimmer wurden indirekt in lila beleuchtet. Nach der Führung durch das Erdgeschoss, das aus Eingangsbereich, Wohnzimmer, Esszimmer, Küche, Büro, Bibliothek und einem Spielzimmer bestand, nahmen sie die Treppe ins Kellergeschoss. Hier befand sich ein kleines Hallenbad, eine Sauna, ein Fitnessraum sowie ein kleiner Wellnessbereich. Sky kam aus dem Staunen gar nicht mehr heraus. Alles war elegant und großräumig. Gemeinsam gingen sie in den ersten Stock. Entlang des langen Flurs befanden sich sechs Gästezimmer, von denen sich immer zwei zusammen ein Bad teilten.

Das letzte Zimmer auf der rechten Seite war Ryans Schlafzimmer. Es war in Braun- und Beigetönen gehalten. Der Boden bestand aus Kirschbaumparkett, die Wände waren in einem weichen Sandton gestrichen und die Möbel waren allesamt aus dunklem Holz. Über dem Kingsize Bett lag eine beige Tagesdecke, die aufwändig mit goldenen Mustern bestickt war. Alles in allem war das Zimmer so warm, so einladend und kuschelig. Ein völliger Kontrast zu den Räumen im Erdgeschoss.

"Es ist ... wow ... aber total anders ..."

"Ja. Das stimmt. Alex hat das Haus so gestaltet, wie ich es wollte. Geradlinig und kühl. Meine Schwester war der Meinung, dass ein Schlafzimmer der Rückzugsort sein sollte. Er sollte Wärme ausstrahlen und Geborgenheit signalisieren. Zunächst war ich dagegen. Es war aber bereits zu spät, weil sie Alex diesen Floh ins Ohr gesetzt hatte und die beiden mich einfach übergingen. Im Nachhinein muss ich gestehen, dass sie Recht hatte. Ich liebe es, wie es jetzt ist."

"Du hast eine Schwester?", fragte Sky sichtlich schockiert darüber, wie wenig sie voneinander wussten.

"Ja, eine Halbschwester. Ihr Name ist Cat und sie ist sieben Jahre jünger als ich."

"Oh, okay, das wusste ich nicht."

"Ja, wir haben jetzt ja ein ganzes Wochenende Zeit, alles von einander zu erfahren. Jetzt, wo die keine Fragen Regel endlich nicht mehr besteht."

"Tut sie nicht?", fragte Sky verunsichert.

"Nein, warum? Sind die schlimmsten Dämonen deiner Vergangenheit nicht bereits aufgetaucht? Gibt es noch etwas, das du verbergen möchtest?" Sky dachte einen Moment lang nach. Nein, eigentlich kannte Ryan wirklich die schlimmsten Dinge ihrer Vergangenheit. Es gab nichts, das sie vor ihm geheimhalten musste, wenn er doch sogar für Robert Verständnis hatte.

"Nein, du hast Recht. Frag ruhig." Ein wunderschönes Lächeln breitete sich auf Ryan Gesicht aus. Er sah so jung und unbeschwert aus, wenn er so lächelte. Ganz anders als der Mann, der oft nach der Arbeit aus dem Büro zu ihr zurück kam. Es freute sie, dass sie ein Stückchen von dem war, das ihn seinen täglichen Kampf vergessen ließ.

"Was hältst du von Rigatoni Sicilia zum Abendessen?"

"Wird hieraus auch geliefert?" Ryan lachte laut auf.

"Ja, wird es. Aber ich hatte eigentlich vor, dich selbst zu bekochen."

"Du kannst kochen? Tütensoße?"

"Hey! Ich kann sehr wohl kochen. Lass es mich dir beweisen und du kommst mit, damit du mir nicht danach vorwirfst, ein Fertigprodukt für mein eigenes ausgegeben zu haben!" Mit diesen Worten warf Ryan sich Sky über die Schulter und trug sie in die Küche. Sky lachte immer noch vergnügt, als er sie auf dem Tresen absetzte.

Er sah beim Zubereiten des Abendessens genauso sexy aus, wie wenn er Frühstück machte. Immer wieder brachte er ihr einen Kuss, streichelte ihren nackten Oberschenkel oder knabberte kurz an ihrem Hals. Er war so vergnügt und unbeschwert, dass Sky immer wieder mit dem Gedanken spielte, wie einfach es wäre, diesen Mann zu lieben. Schnellstmöglich schob sie diesen Gedanken beiseite.

Das gesamte Wochenende schien wie im Flug zu vergehen. Ryan hatte für sie gekocht. Sie verbrachten endlos lange Stunden vor dem Fernseher und schauten eine DVD nach der anderen. Von Comedy über Drama zu Horror, alles war dabei gewesen. Sie waren zusammen geschwommen und hatten sich in seiner Sauna entspannt. Natürlich hatten sie auch viel Sex miteinander gehabt, aber seltsamerweise stand dieser nicht im Mittelpunkt des Wochenendes.

Sonntagnachmittag lagen sie zusammen unter eine

leichte Decke gekuschelt auf der Veranda des Hauses. "Ich will nicht zurück", gestand Sky leise.

"Ja, die letzten beiden Tage waren herrlich. Du kannst gerne hierbleiben, wenn du möchtest."

"Bleibst du auch?"

"Nein, aber ich könnte abends zurückkommen."

"Und ich soll hier alleine in diesem riesigen Schloss bleiben?"

"Warum nicht? Mach es dir gemütlich."

"Bestimmt nicht. Ich würde vor Langeweile eingehen." Ryan sah nicht allzu glücklich aus, glättete seine Gesichtszüge aber bald wieder und vergrub dann seine Nase an ihrem Hals.

"Ich liebe deinen Geruch", murmelte er.

RYAN

Fettnäpfchen elegant umschifft, dachte Ryan, als Sky sich seufzend in seine Arme schmiegte. Es hätte ihm ganz hervorragend gefallen, wenn Sky die ganze Woche in seinem Haus verbracht hätte. Sie wäre sicher aufgehoben, könnte keinen Blödsinn machen und sich auch nicht dauernd mit diesem Brain treffen. Dass dieser Wunsch sich nicht erfüllen würde, hatte er bereits geahnt, als er ihn aussprach. Dass sie auf dieses Thema allerdings so empfindlich reagieren könnte, hätte er nicht gedacht.

Sie küssten und streichelten sich eine Weile und Ryan plante gerade, die weiteren Aktivitäten nach drinnen zu verlegen, als es an der Haustür klingelte. Hektisch sprang Sky auf.

"Oh Gott, oh Gott, ich hab noch gar nicht gepackt!", rief sie aufgeregt.

"Gepackt?", antworte Ryan stirnrunzelnd.

"Es ist sechs Uhr. Thomas kommt, um uns zu holen!"

"Okay. Kein Grund zur Panik. Ich muss auch noch ein paar Dinge packen. Lass du bitte Thomas rein und sag ihm, dass wir noch einige Minuten brauchen."

"Aber ich brauche doch viel länger. Kannst du ihm nicht öffnen?" Ryan warf einen bedeutungsvollen Blick in seine Lendengegend.

"Oh!", rief Sky. Ryan nickte grinsend.

Die Heimfahrt verbrachten sie Arm im Arm und sprachen nichts. Beide hingen ihren Gedanken nach.

Ryan hatte Kleidung für eine ganze Woche eingepackt. Jeden Morgen zurück in sein Apartment zu gehen, verbrauchte eindeutig zu viel Zeit und er hatte nicht vor, auch nur eine einzige weitere Nacht ohne Sky zu verbringen.

"Sollen wir etwas zum Abendessen mitnehmen?"

"Gern. Lass uns etwas vom Chinesen holen."

Ryan verteilte den Inhalt der kleinen weißen Pappbehälter auf die Teller, während Sky ihnen beiden Wasser einschenkte.

"Musst du jedes Wochenende deinen Koffer für die Woche packen?", fragte sie ihn, als sie sich gesetzt hatten.

"Nein", antwortete er knapp.

"Warum dann heute?"

"Ich wollte nicht mehr zurück in mein Apartment." Skeptisch musterte sie den großen, blauen Koffer.

"Und wie lange hattest du vor, nicht mehr in dein Apartment zu gehen?", fragte sie vorsichtig.

VORSICHT!, rief ihm sein Unterbewusstsein extra laut zu.

Beton beiläufig sagte er: "Ich dachte, wir verbringen die Woche zusammen und fahren übers Wochenende wieder zu mir."

"Mit 'wir verbringen die Woche zusammen', meinst du, du willst die ganze Woche bei mir schlafen?"

"Hab ich letzte Woche ja auch und ich wollte nicht jeden Morgen wieder in mein Apartment hetzen, nur um mir frische Kleidung zu holen", sagte er ruhig.

"Du willst quasi über die Woche hier einziehen?" Langsam klang sie ein wenig panisch. Seine Gedanken rasten, um eine Lösung zu finden, dieses Chaos abzuwenden.

"Quatsch. Ich hab nur ein paar Sachen zum Wechseln dabei. So wie du übers Wochenende. Ich hab ja noch nicht mal eine Schublade oder ähnliches. Das kann man dann wohl wirklich nicht einziehen nennen. Es ist einfach viel praktischer für mich."

Ryan sprach so ruhig und beiläufig wie möglich. Obwohl Sky aufgehört hatte zu essen, aß er fröhlich weiter, um die Situation so entspannt wie möglich zu halten. Und tatsächlich, sie entspannte sich immer mehr. Seine Erläuterungen schienen ihr einzuleuchten.

Gemeinsam deckten sie den Tisch ab und Ryan trug unter ihren strengen Blicken seinen Koffer ins Schlafzimmer. Dann kramte er nach seinem Duschmittel.

"Gemeinsame Dusche?", fragte er mit verführerischem Tonfall, als er hinter sie getreten war, um ihr den Nacken zu küssen. Lächelnd nickte Sky.

Sie wuschen sich gegenseitig und Ryan war durch Skys Hände auf seiner Haut mehr als nur erregt. Er küsste sie zärtlich und neckte sie mit der Zunge, bis sie ihren Körper gegen ihn presste. Seine Hände glitten zu ihren Schultern und drehten sie so, dass sie mit dem Rücken zu ihm stand. Er ließ seine Hände zu ihren Handgelenken gleiten und legte ihre Hände schließlich an die Wand der Dusche.

"Lass sie da!", befahl er rau und strich dann über ihre Arme zurück zu ihren Schultern. Der Anblick, wie das Wasser über ihren perfekten Körper lief, ließ ihn leise aufstöhnen.

"Du siehst verdammt heiß aus, Babe!" Er ließ seine Hände nach vorne zu ihren Brüsten wandern. Neckend zupfte er an beiden Brustwarzen, bis sie steil empor ragten und nach mehr Aufmerksamkeit bettelten. Ryan tat ihnen den Gefallen und zwickte etwas heftiger in ihre Nippel. Sky stöhne auf und drückte ihren Rücken zu einem Hohlkreuz durch.

"Sag mir, was du willst!", forderte Ryan.

"Dich", antwortete sie leise.

"Genauer!", befahr er barsch und zwickte sie noch einmal in ihre Nippel. Wieder stöhnte sie auf, kehliger diesmal, und versuchte dabei, ihren Hintern an seinem Schwanz zu reiben. Ryan lächelte. *Kleine Hexe! Versucht mich doch glatt abzulenken, dieses Luder.*

"Fick mich!", raunte sie.

Ryan ließ seine Hand auf ihren Arsch nieder klatschen und sagte scharf: "Ich höre dich nicht!" Skys Kopf fiel zwischen ihren Schultern nach unten und sie stöhnte laut auf. Leicht zitternd und heftig atmend stieß sie schließlich hervor: "Fick mich, Ryan! Fick mich endlich!"

Leise lachend streichelte er ihren Po.

"Braves Mädchen." Dann ließ er seine Hand zwischen ihre Beine wandern und spürte die Feuchtigkeit, die eindeutig nicht von der Dusche kam.

"Das gefällt dir, Honey, ich spüre, wie nass du bist", raunte er, während er zwei Finger rein und raus gleiten ließ.

"Stütz dich gut ab, ich werde dich jetzt so hart ficken, wie du es brauchst, Babe", presste Ryan zwischen seinen zusammengebissenen Zähnen hervor. Er legte seine linke Hand an ihre Hüfte und führte mit der Rechten scinen steinharten Schwanz an ihren Eingang. Hart stieß er mit einem Ruck in sie, was beide laut aufstöhnen ließ. Nach einigen Momenten begann er, leicht sein Becken kreisen zu lassen, während er mit seiner rechten Hand ihren unteren Rücken streichelte.

"Alles okay, Süße? Du bist so scheiß nass, aber trotzdem so verdammt eng. Ich will dir nicht weh tun." Seine Stimme war rau und die Worte abgehackt. Zur Antwort bekam er nur ein kehliges Stöhnen und einen Hintern, der immer wieder gegen ihn stieß.

Antwort genug! Schnell und hart stieß er immer und immer wieder in sie hinein. Sein Hoden klatschte rhythmisch gegen sie. Sein Höhepunkt kam mit rasender Geschwindigkeit auf ihn zu, obwohl er versuchte, ihn zurückzuhalten. Sky sollte mit ihm kommen. Mit seiner rechten Hand begann er, sie zusätzlich an ihrer Klit zu stimulieren. Als ihre Atmung schneller wurde und ihr Stöhnen lauter, wusste er, dass sie nicht mehr weit entfernt war.

"Komm für mich, Babe! Jetzt!", befahl er streng und beinahe augenblicklich begannen die Kontraktionen. Noch einmal legte er an Tempo zu und kam gleichzeitig mit Sky zum Höhepunkt.

Schwer atmend lehnten beide an der Duschwand. Sanft drehte Ryan sein Mädchen zu sich um und küsste sie zärtlich. Als sie sich wieder ein wenig beruhigt hatten, begann Ryan erneut, Sky zu waschen. Als er zwischen ihren Beinen ankam zuckte sie leicht zurück.

Besorgt sah er sie an. "Alles in Ordnung? Hab ich dir weh getan?"

"Nein. Ist nur noch ein wenig empfindlich", antwortete sie leise lächelnd.

"Soll ich den Schmerz weg küssen?", fragte er schelmisch.

"Bloß nicht!", kicherte Sky und schlüpfte schnell aus der Dusche.

"Soll ich das Shampoo gleich wieder in den Koffer räumen, oder kann ich es auch die Woche über hier stehen lassen, Süße?"

"Mach dich ruhig über mich lustig!", rief Sky lachend und warf ein Handtuch nach ihm.

Nachdem sie sich abgetrocknet hatten, schlüpften sie beide ins Bett. Sky kuschelte sich, mit dem Rücken an seine Brust gepresst, an ihn. In großen Kreisen streichelte er ihren Bauch, küsste ihren Nacken und vergrub seine Nase in ihren Haaren.

"Ich mag es zwischendurch ein bisschen heftiger, Süße. Ist das okay für dich?"

"Ich ... es hat mir auch Spaß gemacht, nur ... ich mag es nicht, wenn der Schmerz in den Vordergrund tritt, verstehst du?"

"Ich glaube ja. Sollte ich jemals zu weit gehen, musst du

mir Bescheid sagen, Honey. Versprich es mir!"

"Versprochen", murmelte sie, ehe sie einschlief.

21 ES KÖNNTE SO EINFACH SEIN ...

SKY

Fast schon erschreckend normal verlief Skys zweite Woche in ihrem Leben 2.0.

An den Tagen, an denen Ryan erst später im Büro sein musste, hatten sie zusammen gefrühstückt. Morgens war er im Allgemeinen deutlich entspannter, seit er ein paar Kleidungsstücke bei ihr hatte und nicht jeden Tag in sein Apartment hetzen musste. Im Laufe des Vormittags hatte er sich stets einmal gemeldet und ihr gesagt, ob er es zu einem gemeinsamen Mittagessen schaffen würde oder nicht.

Am Dienstag waren sie, zusammen mit Shane, bei ihrem neuen Lieblingsgriechen gewesen und hatten die letzten Details für das Musikfestival im Oktober besprochen.

Auch die Jungs ihres Donnerstagsdates hatten sich an Ryans Anwesenheit gewöhnt und entspannten sich zusehends in seiner Gegenwart.

Es war bereits kurz nach vier am Freitagnachmittag und Sky wartete darauf, dass Ryan sie abholte. Sie wollten das Wochenende zusammen in Ryans Landsitz, wie Sky spaßeshalber zu sagen pflegte, verbringen.

Mit zehn Minuten Verspätung klingelte es an ihrer Tür.

"Sorry, Babe, konnte das Meeting nicht schneller abwürgen", sagte er entschuldigend und zog sie dann in seine Arme. Er roch gut, nach Ryan, seinem Parfüm, dem Waschmittel und einem harten Tag. Tief einatmend vergrub Sky ihre Nase in seinem Hemd.

"Wollen wir los?" Zwar nickte sie, war aber noch nicht bereit, ihre Nase von ihm zu nehmen. Seine Brust vibrierte leicht, als er zu lachen begann. Dann packte er ihre Beine und hob sie in seine Arme.

"Wo sind deine Sachen, Kleines?"

"Auf der Couch", antwortete sie, die Nase immer noch in seinem Hemd. Die Hand unter ihren Schultern, angelte er die kleine Reisetasche und dann trug er sie zum wartenden Auto. Aus den Augenwinkeln konnte Sky sehen, wie Thomas schmunzelte.

"Soll ich Ihnen etwas abnehmen, Sir?"

"Ja, bitte. Danke, Thomas." Dann lachte auch Ryan auf und sagte glucksend: "Nein, danke, die Tasche reicht!"

Schnell rutschte er mit Sky zusammen auf den Rücksitz und sie hörte das unterdrückte Lachen ihres Fahrers.

"Als würde ich dich aus der Hand geben", murmelte Ryan in ihre Haare und küsste sie dann auf den Scheitel.

"Nun ja, du hast mich immerhin 10 Minuten warten lassen", stichelte Sky und lächelte dabei liebevoll zu ihm hoch.

"Ich werde alles tun, damit du mir verzeihst. Angefangen mit deinem geliebten Fastfood! Thomas zum BK-Drive-in, bitte. Sky braucht dringend einen Chicken Burger, um sie gnädig zu stimmen." Sky lachte leise los.

"Oh, das wird ein tolles Wochenende. Ich sollte alle deine Freunde anrufen, damit sie dich immer extra lang aufhalten, wenn das solch positive Auswirkungen auf dich hat", scherzte sie und auch Ryan lachte.

Mit vollem Magen kamen sie an Ryans Haus an. Es war immer noch atemberaubend, aber Sky konnte sich diesmal von dem Anblick losreißen, bevor Ryan sie damit aufziehen konnte.

Am Abend lagen sie gemeinsam bei einem Glas Wein auf dem Sofa.

"Freust du dich auf deine neue Arbeit am Montag?"

"Sehr sogar! Die Stellenbeschreibung und die Vorstellungsgespräche via Skype waren hervorragend. Ich bin total gespannt!"

"Schön. Wenn du irgendwelche Probleme haben solltest, komm bitte zu mir, okay?"

"Warum sollte ich Probleme haben?"

"Ich weiß nicht, aber ich möchte auf jeden Fall, dass du weiter für JB-Industrials arbeitetest, also komm, wenn etwas nicht stimmt, dann kann ich das in Ordnung bringen oder dir einen anderen Job innerhalb des Konzerns beschaffen. Versprich es mir, bitte!"

"Versprochen. Ich sage dir sofort Bescheid." Ryan zog sie noch enger in seine Arme.

"Gut. Und nun … was sollen wir mit dem angefangen Abend anfangen?", fragte er in anzüglichem Ton.

"Ich kann nicht, hab meine Tage. Sorry", antwortete Sky reumütig, denn sie selber hätte auch Lust auf den Mann in ihren Armen. Ryan stöhnte und schloss gequält die Augen. Um zu sehen, wie sehr es ihn quälte, schob Sky ihre Hand in seinen Schritt. Er war bereits steinhart.

"Es ist mir egal, Süße!"

"Mir aber nicht!"

"Dann quäl mich nicht noch mehr, Honey!"

"Doch habe ich vor", antwortete Sky und ließ sich vor ihm auf die Knie fallen.

22 NEUE AUFGABEN

SKY

"Guten Morgen. Mein Name ist Skyler Alister. Ich habe einen Termin mit Ms. Miller."

"Ach ja, Ms. Alister. Mein Name ist Tina. Bitte setzen Sie sich einen Moment hier drüben hin, ich sage Ms. Miller Bescheid, dass Sie da sind."

Ein wenig nervös setzte Sky sich auf den ihr zugewiesen Platz. Heute sollte also ihr erster Arbeitstag in ihrem neuen Leben sein. Sie war zusammen mit Ryan aufgestanden. Wie ein Paar, das seit Jahren nichts anderes tat, hatten sie sich zusammen fertig gemacht. Sie hatten zusammen Kaffee getrunken und sich die Kleidung gerichtet. Wieder einmal, so seltsam normal.

Manchmal kam es Sky so vor, als würde sich Ryan Stück für Stück in ihr Leben schleichen. Es waren Kleinigkeiten, die an und für sich überhaupt nicht schlimm waren. Natürlich war es Blödsinn, zu verlangen, dass er sein Shampoo jeden Tag wieder in seinen Koffer tat. Genauso wie es unnütz wäre, zu verlangen, dass er jeden Morgen nach Hause ging, um sich für den Tag zu richten. Und dass sie ihn in den Nächten nur zu gern um sich hatte, stand völlig außer Frage. Natürlich ging es dabei rein um den Sex. Das versuchte sie sich zumindest selbst einzureden. Dass danach zwei starke Arme da waren, in denen sie ihre Nächte verbringen konnte, war nur eine nette Dreingabe, mehr nicht.

"Ms. Alister? Ms. Miller erwartet Sie jetzt, bitte folgen Sie mir", wurden ihre Gedanken durch Tinas Stimme unterbrochen. Sky erhob sich und folgte ihr.

"Bitte nennen Sie mich Sky, Tina", sagte sie, da sie sich komisch vorkam, jemanden mit dem Vornamen anzusprechen, wenn derjenige sie mit dem Nachnamen ansprach.

"Gerne, Sky. Ich bin hier übrigens das Mädchen für alles. Wenn Sie irgendetwas benötigen, melden Sie sich bitte bei mir. Ich helfe Ihnen gerne."

"Danke, Tina."

"So, hier wären wir", sagte die kleine, blonde Frau und klopfte an eine graue Tür, ehe sie eintrat.

"Hallo Sindy, Sky ist hier. Bis später", sagte sie noch und war schon wieder durch die Tür verschwunden.

"Hallo, ich bin Sindy. Ich bin Ihre Patin."

"Hi. Ich bin Sky. Es freut mich, Sie kennen zu lernen."

"Am besten zeig ich Ihnen erst mal alles und erkläre Ihnen dann, was zu tun ist." Sindy führte Sky durch die gesamte Abteilung. Sie wurde sämtlichen Kollegen vorgestellt und bekam eine Einweisung in ihr Tätigkeitsfeld. Ihr Büro teilte sie mit drei netten jungen Männern. Fin, Craig und Cole waren ebenso wie Sky selbst als Juniormanager angestellt.

"Falls Sie noch irgendwelche Fragen haben, können Sie sich jederzeit an mich wenden, Sky. Montags gehen wir immer alle zusammen essen. So eine Art Teambuilding. Ich hoffe, Sie werden teilnehmen."

"Natürlich! Gern!"

"Okay, dann lass ich Sie jetzt erst mal arbeiten und wir sehen uns dann in zwei Stunden. Wir treffen uns immer pünktlich um halb 12 vor dem Haupteingang. Aber die

Jungs werden Sie bestimmt mitnehmen", lächelte Sindy. Etwas erschlagen saß Sky an ihrem Schreibtisch.

"Ein bisschen viel auf einmal, oder?", fragte Craig.

Erschöpft lächelte Sky ihn an und nickte. Etwa eine Stunde später, Sky war gerade dabei, die Unterlagen zur Marketingstrategie des Unternehmens zu lesen, klopfte es an der Tür.

"Die wurden für Sie abgegeben, Sky", flötete Tina fröhlich, als sie den Raum mit einem großen Blumenstrauß aus weißen Rosen betrat. Mit offenem Mund starrte Sky den Strauß an, während Tina auf den Fersen vor und zurück wippend neben ihr wartete.

"Wo kommen die denn her?", fragte Sky mit wenig Begeisterung in der Stimme.

"Ich weiß es nicht, aber da ist eine Karte", antwortete die kleine Empfangsdame eifrig.

Einen wunderschönen ersten Arbeitstag, Honey!
Ich hoffe, es gefällt dir und melde dich, wenn du etwas brauchst.
Leider kann ich dich heute Mittag nicht zum Essen begleiten,
Shane holt dich dafür ab.
Ryan

Sky wusste nicht, ob sie sich freuen sollte oder nicht. Sie mochte keine Blumen. Geschlechtsorgane von Pflanzen, mehr waren sie nicht für sie. Zudem war es ihr wirklich peinlich, vor ihren neuen Kollegen so überrumpelt zu werden. Und dass er einfach bestimmen wollte, mit wem sie zu Mittag aß, war absolut indiskutabel.

"Gefallen sie Ihnen, Tina?"

"Natürlich! Sie sind wunderschön!"

"Dann schenke ich sie Ihnen!"

"Aber warum?"

"Ich mag keine Blumen." Für Tinas Gesichtsausdruck hätte Sky auch Geld bezahlt. Dass sie so zwei Fliegen mit einer Klappe schlagen konnte, war natürlich noch besser.

"Danke!"

Erst, nachdem Tina mit zufriedener Miene das Zimmer verlassen hatte, bemerkte Sky die Blicke ihrer Kollegen.

"Was ist?"

"Du magst keine Blumen?", fragte Fin mit einem Gesichtsausdruck, den Sky schon fast als schockiert bezeichnen würde.

"Nein, mag ich nicht." Die drei sahen sie immer noch fassungslos an. Einer nach dem anderen schüttelte den Kopf und versuchte, sich wieder an die Arbeit zu machen.

Es verging wieder eine halbe Stunde, bis es an der Tür klopfte. Mit einem breiten Grinsen betrat Shane das Büro. Ehe er auch nur ein Wort sagen konnte, waren die drei Männer bereits auf den Füßen und begrüßten ihn überschwänglich. Nach mehreren Minuten wurde Shane es wohl leid, denn er unterbrach die Unterhaltung, indem er sich Sky zuwandte.

"Hey Honey, wir gehen essen?", sagte Shane und gab ihr einen Kuss auf jede Wange.

"Hey Shane, tut mir leid, aber ich kann nicht. Montags geht hier wohl die komplette Abteilung zusammen zum Essen und ich möchte mich ins Team einfügen. Sorry", antwortete Sky ein wenig zerknirscht, da Shane sich extra Zeit für sie genommen hatte.

"Oh, okay, dann hab ich wohl was falsch verstanden."

"Nein, ich denke nicht. Ryan hat nur über meinen Kopf hinweg bestimmt. Es tut mir wirklich leid, aber wir gehen ja morgen zusammen."

"Klar Süße. Wie kommt ihr denn zum Restaurant?"

"Ich weiß nicht. Jungs?"

"Ähm, wir bilden meistens Fahrgemeinschaften", stotterte Fin sichtlich schockiert von der Vertrautheit zwischen Shane und ihr.

"Okay, wie wär's, wenn ihr vier mit Brain fahrt?"

"Ich weiß nicht ..."

"Willst du mit mir essen oder mit Brain zum Abteilungsessen fahren, Sky?" Shanes Tonfall war deutlich schärfer geworden.

"Shane, was soll das? Ich kann ihn auch anrufen und ..."

"Nein, kannst du nicht. Er ist den ganzen Tag unterwegs in einem Kundengespräch. Ich habe keine Lust, deswegen mit ihm zu streiten. Ich hab dir die für mich möglichen Alternativen gesagt, also entscheide!", unterbrach Shane sie scharf. So langsam wurde auch Sky wütend.

"Du bist nicht mein Babysitter, Shane!", zischte sie gefährlich leise.

"Heute wurde ich dafür engagiert, Sky. Finde dich damit ab!" Shanes Stimme hatte einen völlig ungewohnten autoritären Klang angenommen. Sie blinzelte zweimal, verschränkte die Arme vor der Brust und murmelte trotzig: "Brain."

"Geht doch, Süße! Sei mir nicht böse, aber du verzeihst mir einfach schneller als er", sagte Shane sanft und mit seinem unwiderstehlichen Lächeln im Gesicht. Tatsächlich musste Sky sich sehr anstrengen, dass das Zucken ihrer Mundwinkel nicht zu einem Lächeln wurde.

Shane küsste sie erneut auf beide Wangen und war mit einem: "Bis morgen!" aus der Tür verschwunden.

Wieder wurde sie von drei Männern mit offenen Mündern angestarrt.

"Was ist jetzt schon wieder?", zischte sie in die Runde, langsam wurde es ihr doch zu bunt.

"Das war Shane Carter", stammelte Cole.

"Jup", war Skys einzige Antwort, da ihr dieses Gespräch verdächtig bekannt vorkam.

"Mr. Carter wollte mit dir Mittagessen und du hast ihm gerade einen Korb gegeben", führte Craig die Anklage weiter. Sky stöhnte laut auf. Bevor auch Fin seinen Senf zu alldem geben konnte, klopfte es erneut an der Tür.

"Hey Kitty!", rief Brain fröhlich, als er das Zimmer betrat. Wieder drei sprachlose Männer. Craig erholte sich als erstes.

"Wir werden vom Sicherheitsdienst begleitet?"

"Jawohl, meine Herren. Ich bin Brain Cruise und ich werde Sie heute begleiten. Was ist los, Kitty? Du siehst aus, als würdest du gleich durch die Decke gehen", wandte sich Brain dann wieder an sie.

"Erinnerst du dich an das Drama mit deinen Jungs, als ich Ryan nicht mitbringen wollte?"

Als Brain nickte, fuhr Sky fort: "Das gleiche passiert hier gerade mit Shane."

"Oh. Tut mir leid, Kitty. Aber hau nicht wieder ab, okay? Ich bekomm nur wieder den Ärger ab." Skys Blick wurde weicher.

"Keine Sorge, Brain. Lass uns einfach nur gehen, bevor ich jemanden umbringen muss. Bevorzugt Ryan, der hat mir diesen ganzen Schlamassel schließlich eingebrockt."

"Okay. Los geht's!"

Brain hielt wie üblich die Tür des Wagens auf.

"Nachdem wir zu fünft sind, muss einer bei dir vorne sitzen. Das mach ich!", rief Sky begeistert und wollte schon nach dem Griff greifen.

"Ts ts ts, bestimmt nicht, Kitty. Wir wollen doch nicht, dass du alles, was du in den letzten zwei Wochen so mühsam gelernt hast, wieder vergisst. Rein mit dir!" Alles Schmollen half nichts, sodass Sky schließlich doch auf die Rückbank rutschte.

"Wieso nennt er dich Kitty?"

"Oh! Das ist eine tolle Geschichte!", sagte Brain, während er sich in den Verkehr einfädelte, und erzählte ihren neuen Kollegen die Story. Leider waren die sich schon jetzt einig, dass der Name ganz hervorragend zu ihr passte und weit weniger Verwirrung stiften würde als der Name Sky.

Das Essen war lecker und Sky fühlte sich in ihrem neuen Team sehr wohl.

"Wollen wir heute Abend etwas zusammen unternehmen, Sky?", fragte Sindy.

"Ich hab leider schon etwas vor. Hätten Sie ein anderes

Mal für mich Zeit?"

"Natürlich, kein Problem. Haben Sie denn schon Anschluss gefunden?"

"Ja, mit dem Chef", feixte Cole. Sindy zog eine ihrer perfekt gezupften Augenbrauen nach oben.

"Ich kenne Shane privat. Ich wusste aber nicht, dass er etwas mit dieser Firma zu tun hat, als ich mich beworben habe. Wirklich!"

"Aber das weiß ich doch. Hätte er da in irgendeiner Weise seine Finger im Spiel gehabt, hätte ich das mitbekommen. Machen Sie sich keine Sorgen, Sky!"

"Danke!" Sky war ehrlich erleichtert, das ihre Patin ihr so uneingeschränkt glaubte.

"Wir könnten morgen zusammen Mittagessen und dann planen, wie wir Sie weiter integrieren können", schlug Sindy vor.

Fin lachte und sagte dann: "Morgen Mittag geht sie mit Mr. Carter essen."

Sindy zog wieder eine Augenbraue nach oben, sagte aber nichts weiter dazu.

"Nun, Dienstag und Mittwochabend ist bei mir diese Woche schlecht. Donnerstagabend?"

Sky wurde rot. Schon wieder ein Termin, an dem sie nicht konnte. "Ich gehe jeden Donnerstag mit Brain und seinen Freunden in einen Pub in der Nähe. Möchten Sie nicht mitkommen? Es ist eine wirklich lustige Runde."

"Ah, Brain. Netter Mann. Aber nein, danke. Mein Ex ist in dieser Runde immer dabei und ich möchte ihm ungern begegnen."

"Wirklich? Wer?"

"Ray."

"Oh, ja, verstehe ich. Wirklich süß", feixte Sky und Sindy bekam einen schwärmerischen Ausdruck.

"Ja, super süß und super sexy. Leider noch nicht Manns genug für etwas Dauerhaftes, wenn Sie verstehen, was ich meine", antwortete Sindy mit einem schelmischen Grinsen.

Fin hielt sich bereits die Ohren zu und sagte: "Ich will

nichts mehr hören! Behaltet euren Frauenklatsch für euch, ihr Lästerweiber!"

Die gesamte Runde lachte ausgiebig. Sindy und Sky verabredeten sich schließlich für Freitag zum Mittagessen, ehe sie alle wieder in Richtung Büro aufbrachen.

Vollkommen fertig von all den Ereignissen und Informationen ihres ersten Arbeitstages sank Sky auf ihrem Sofa zusammen. Nur fünf Minuten wollte sie ihre Augen schließen, ehe sie sich für ihr Date mit Ryan fertig machte. Sekunden später, zumindest fühlte es sich so an, spürte sie, wie sie angehoben wurde.

"Was?", murmelte sie noch im Aufwachen und versuchte, sich von dem festen Griff freizumachen.

"Schsch, Honey. Alles gut. Ich hab dich. Ich bring dich nur kurz ins Schlafzimmer", flüsterte Ryan an ihr Ohr.

Hm, ja Ryan. Es war alles okay, Ryan würde ihr nichts tun. Mit diesen Gedanken entspannte sie sich und ließ ihren Kopf an seine Schulter sinken.

"Mhm", hörte sie ihn noch zufrieden in ihr Ohr brummen, ehe sie wieder in den Schlaf driftete.

Als sie das nächste Mal erwachte, spürte sie zunächst die Hitze eines großen Körpers in ihrem Rücken. Dann einen Arm und ein Bein, die schwer auf ihr ruhten. Als nächstes nahm sie den großen, harten Schwanz wahr, der mit leichtem Druck an ihrer Pospalte ruhte.

Sky liebte es, mit Ryan in ihrem Rücken aufzuwachen. Warm, behütet, sicher. Besser konnte Frau einfach nicht in den Tag starten. Für gewöhnlich waren sie beide nackt, doch während ihrer Periode ging Sky nie ohne String zu Bett. Ryan hatte daran gedacht, als er sie, bis auf eben diesen, auszog. So war er, stets aufmerksam und liebevoll.

Sie drehte sich vorsichtig um. Versuchte es zumindest, aber Ryan drückte sie nur fester an sich.

"Ryan?", fragte sie in die Dunkelheit und versuchte erneut, sich freizumachen. Chancenlos. Er hielt sie so fest umklammert, dass sie beinahe keine Luft mehr bekam. Seltsamerweise verspürte sie kaum Panik. Tief in ihrem Inneren war sie sich zu 100% sicher, dass, würde sie ihn aufwecken und bitten, sie gehen zu lassen, er keine Sekunde zögern würde. Das machte ihre Beziehung, sofern man es so nennen konnte, so besonders. Sie passten so wunderbar zusammen. Nicht nur sexuell, sondern auch in den alltäglichen Dingen.

Und doch, Ryan würde sie niemals zu etwas zwingen, nur weil er es so wollte. Sie liebte diese ruhige bestimmte Art, die er hatte, wenn er sich etwas wünschte. Er wurde bestimmend, ohne sie zu zwingen. Sie hatte das Gefühl, dass sie jederzeit nein sagen konnte, wollte es aber gar nicht, allein, um ihm zu geben, was auch immer er sich wünschte. Nicht aus Angst vor ihm oder den Konsequenzen ihren Entscheidungen, wie es bei Rob war. Nein, nur für diesen leisen, zustimmenden und zugleich lobenden Laut, den er so brummend von sich gab, würde sie nahezu alles tun.

Sie versuchte erneut, sich in seinen Armen zu drehen.

"Lass das, Süße. Ich will, dass du bleibst", murmelte er im Schlaf in ihr Ohr.

"Natürlich bleibe ich. Lass mich nur umdrehen", flüsterte sie und sein Griff wurde sogar im Schlaf ein wenig weicher. Sky drehte sich und schmiegte ihren Kopf unter sein Kinn.

"Mhm", brummelte er und Sky musste lächeln. Da war er ja wieder. Nase und Mund an seiner Haut, atmete sie tief seinen berauschenden Duft ein. Sie liebte seinen Geruch und das Gefühl seiner Haut an ihrer. Als ihre Lippen seinen Hals berührten, stöhnte er leise und drückte seine Erektion fester an ihren Schenkel.

"Ich liebe dich, Sky", murmelte Ryan in ihre Haare. Sky erstarrte augenblicklich. Hatte er das gerade wirklich gesagt? Das war ... das war nicht richtig. Das war nicht Teil ihrer Abmachung. Sie waren doch nur Freunde mit Zusatzleistungen ... oder so ... also auf jeden Fall nichts

Festes!

Mitten in ihrem Gedankenkarusell bemerkte sie, dass Ryan sich leicht an ihr rieb. Seine rechte Hand lag mittlerweile auf ihrem Po und presste sie an sich.

"Oh Gott, ich brauchte dich, Honey", murmelte er wohl immer noch schlafend, da seine Augen geschlossen waren, als Sky ihren Kopf ein Stück zurück zog um ihn anzusehen.

Völlig überfordert mit der Situation, konnte sie ihn nur anstarren. Erst gestand er ihr im Schlaf seine Liebe und jetzt lebte er anscheinend einen seiner feuchten Träume an ihr aus. Seine Hand wanderte von hinten zwischen ihre Beine und streichelte ihre Spalte durch den Stoff. Das war zu viel. Immerhin hatte sie noch immer ihre Periode und das kam für sie überhaupt nicht in Frage.

"Ryan!", sagte sie scharf und drückte gegen seine Brust.

"Ich will dich, Süße!", immer noch schlafend und mit noch mehr Druck an ihrem Unterleib.

"Ryan!", lauter jetzt, beinahe scharf. Sein Griff löste sich ein wenig und seine Augenlieder flatterten leicht.

"Baby?", sagte er rau, fragend und schlaftrunken. Sky wand sich ein wenig in seinem Griff, um seine Hand zwischen ihren Schenkeln loszuwerden. Auch er begriff wohl, um was es ihr ging und zog seine Hand zurück auf ihren Po.

"Was ist los, Babe?", fragte er, noch immer verschlafen und gähnte dann herzhaft. Langsam rollte er sich auf den Rücken und entblößte so seine nackte Brust. Die linke Hand lag noch immer unter Skys Kopf während er seine rechte auf seinen nackten Schwanz legte. Genüsslich strich er einige Male auf und ab, ehe ihm bewusst zu werden schien, was er da gerade tat. Er blickte an sich hinab, stutze kurz und sah dann zu Sky.

Diese war noch immer mit ihrem Gefühlschaos beschäftigt und mittlerweile eher ein wenig wütend, da dieser Mann ihre ganze Welt auf den Kopf stellte. Und das alles auch noch im Schlaf!

"Ja genau, Mister! Ich hätte gerade beinahe Sex mit einem schlafenden Mann gehabt!", fauchte sie ihn an. Zwischen seinen Augenbrauen bildete sich eine steile Falte.

"Tut mir leid, Honey. Ich bin nun mal gerade nicht so wirklich ausgelastet. Und warum bist du wirklich wütend?", schob er dann einfach so hinterher, als wüsste er ganz genau, dass das nicht der Grund war. Er versuchte, sie wieder an sich zu ziehen, doch Sky wollte ganz bestimmt nicht zurück in seine Arme.

"Nein, Nein, Nein!", rief sie und trommelte mit ihren kleinen Fäusten gegen seinen Brustkorb.

"Lass mich! Ich will nicht!", zischte sie und traktierte ihn immer weiter. Sein Stirnrunzeln vertiefte sich und der Griff um ihre Oberarme wurde fester. Eigentlich sollte sie spätestens jetzt Panik bekommen, doch im Gegensatz zu jedem anderen, schüchterte Ryans Demonstration seiner körperlichen Überlegenheit sie nicht ein, sondern machte sie nur noch wütender.

"Hör auf! Du tust mir weh, Sky. Was ist nur los mit dir?" Während er sich aufsetzte, zog er sie so an sich, dass ihre Arme kaum noch Platz hatten, um nach ihm auszuholen.

"Lass mich los, du Arsch! Sofort! Hast du mich nicht verstanden, du Spinner?" Immer weiter verfluchte und beschimpfte sie ihn, während er sie einfach anhob und ins Bad trug. So in Rage bemerkte sie erst, was er vor hatte, als das eiskalte Wasser der Dusche auf sie niederprasselte.

"Ahh! Was soll der Scheiß?", fluchte sie und sah zu Ryan auf. Seine Augen fixierten sie und schienen etwas in ihren zu suchen.

"Wir brauchten beide eine kalte Dusche. Du, um wieder von diesem Trip runter zu kommen, was auch immer ihn ausgelöst hat und ich, weil ich immer noch einen steinharten Schwanz habe und nicht glaube, dass du dem in nächster Zeit Abhilfe verschaffen wirst." Seine Antwort, so ruhig und trocken vorgebracht, obwohl sie ihn die letzten zehn Minuten aufs Übelste beleidigt hatte, nahm ihr jeglichen Wind aus den Segeln.

Verwirrt und ein wenig verletzt sah er auf sie hinab. Skys Wut verrauchte beinahe so schnell, wie sie gekommen war. Ihr Körper entspannte sich erst, doch dann zitterte sie, da ihr bewusst wurde, wie kalt das Wasser wirklich war. Ryans Miene wurde sanfter.

"Ah ja, da ist ja mein Mädchen wieder!" Er stellte das Wasser wieder warm und zog sie dann in seine Arme. Einige Minuten standen sie eng umschlungen da. Ryan streichelte ihren Rücken in großen Kreisen.

"Was ist los?", fragte Ryan ernst, doch Sky wusste nicht, was sie ihm antworten sollte. Sollte sie ihm von dem Liebesgeständnis erzählen? Vielleicht war es gar nicht so gemeint gewesen und sie steigerte sich gerade in etwas hinein? Sie musste erst nachdenken, sich Zeit verschaffen, ehe sie dieses Thema ansprach. Um ihn abzulenken, griff sie zwischen ihre Körper. Ihre Hand umschloss seinen nur geringfügig weicher gewordenen Schaft und pumpte einige lange, langsame Züge auf und ab.

"Was soll das, Sky? Gerade hast du mich noch beschimpft und geschlagen und jetzt?", fragte er, doch seine Stimme klang gepresst.

"Jetzt ... helfe ich dir erst mal bei diesem Problem, nachdem du schon auf deine kalte Dusche verzichten musstest", gurrte sie und streichelte weiter über seine härter werdende Erektion.

"Ah, Baby, lass das ... wir müssen reden", stöhnte er, war aber eindeutig mehr an dem interessiert, was da unten vor sich ging. Sky erhöhte Druck und Tempo, ohne auf seine Worte zu achten. Ihre andere Hand schob sie zwischen seine Beine und spielte sanft mit seinen Hoden. Sein Stöhnen wurde lauter und seine Hände stützten sich links und rechts von ihrem Kopf an der Wand ab.

"Hör auf, Babe. Ich komme gleich ...", protestierte er schwach. Sky beugte sich ein wenig vor und knabberte an seiner Brustwarze.

"Ja, komm für mich, Babe! Ich will deinen Samen auf mir fühlen, Ryan", schnurrte Sky und versuchte, ihn mit ihren Worten ebenso verrückt zu machen, wie er es immer tat, wenn sie so kurz davor war zu kommen. Das Stöhnen, mit dem Ryan sie belohnte, zeigte ihr eindeutig, dass sie auf dem richtigen Weg war.

"Komm jetzt, Ryan. Spritz auf meinen Bauch!", forderte sie und Ryan pumpte mit einem lauten Stöhnen in ihre Hand.

"Fuck, Baby, das war verdammt gut", murmelte Ryan und atmete schwer.

Zurück im Bett zog Ryan sie ohne Umwege in seine Arme. Um ihm gar nicht erst die Möglichkeit zu einem neuen Gesprächs zu geben, knabberte Sky sich von seinem Hals zu seinen Brustwarzen.

"Sky ...", protestierte er stöhnend.

"Sch. Genieß es einfach, ich kann doch nicht verantworten, dass du nicht mehr schlafen kannst", sagte sie zwischen den Küssen. Ihre Zunge spielte ein wenig mit den Härchen, die von seinem Bauchnabel zu seinen Lenden führte, ehe sie einmal der Länge nach über seinen schon wieder größer werdenden Schwanz leckte. Sein Atem wurde flacher, während sein Schwanz sich zu voller Größe aufrichtete. Als sie schließlich seine Eichel mit ihren Lippen umschloss und an ihm saugte, stöhnte er laut auf und reckte ihr sein Becken entgegen. So weit wie möglich nahm sie ihn in ihrem Mund auf, löste dann ihre Kehle und schob ihn noch einmal einige Zentimeter in sich.

"Fuck, Baby, du bringst mich um!", stöhnte er laut und kehlig. Die Hände in ihren Haaren vergraben, hielt er sie an Ort und Stelle. Sein Atem ging schnell und flach. Die Muskeln seines Körpers waren aufs äußerste angespannt, als sie mit seinem Hoden spielte. Einen Finger ließ sie dabei immer wieder in Richtung seines Anus wandern, ohne ihn tatsächlich dort zu berühren. Langsam gab er ihr ein wenig mehr Spiel, sodass sie ihren Kopf leicht auf und ab bewegen konnte. Jedes Mal kam er ihr mit seinem

Becken entgegen. Schließlich wurden seine Stöße härter und folgten in immer kürzeren Abständen. Als Sky bemerkte, wie sich sein Hoden zusammenzog und der erste salzige Tropfen ihren Gaumen benetzte, schob sie ihn noch ein letztes Mal ganz tief in sich und berührte ihn gleichzeitig an seinem Anus. Die Kombination all der Reize, die sie ihm bot, katapultierte ihn in einen gewaltigen Orgasmus. Sky saugte und schluckte weiter, bis kein Tropfen mehr aus ihm kam.

Langsam krabbelte sie zu ihm hinauf. Fest zog er sie in seine Arme und bettete ihren Kopf auf seinem heftig schlagenden Herzen. Jeglichen Gedanken an ein Gespräch hatte sie wohl aus ihm gesaugt, denn er schlief wenige Sekunden später ein.

Auch Sky driftete bald darauf ins Land der Träume ab. In einen konfusen Traum von Ryan, Rob, Sky, Sex, Gewalt und den drei Worten, die ihre nahezu perfekte Welt auf den Kopf gestellt hatten.

Ich liebe dich.

23 EIN BISSCHEN MEHR?

RYAN

Als Ryan erwachte, schlief seine Herzdame noch. Wie ein Engel sah sie aus, wenn sie so tief und fest schlief. Ein Trugbild, dass wusste er nur allzu gut. Der Engel konnte innerhalb von Sekunden zur Furie werden. Und das völlig ohne ersichtlichen Grund.

Alles in allem war sein Leben im Moment ziemlich perfekt. Es wäre natürlich noch perfekter, wenn Sky endlich einsehen würde, dass sie zu ihm gehörte. Dass sie an seiner Seite sicher war und sich ihm völlig hingeben konnte. Er würde sich um sie kümmern, sie beschützen und umsorgen. Jeden Wunsch wollte er ihr von den Augen ablesen. Er wollte sie an seiner Seite. Sie konnte ihm alles geben, was er sich jemals erträumt hatte.

Und doch war die Situation gestern Nacht aus ihm völlig unerklärlichen Gründen wieder gekippt. Daran, dass er erregt gewesen war, konnte es nicht gelegen haben. Das war letzte Woche mehr als einmal passiert und sie war jedes Mal erfreut gewesen, wenn er sie so geweckt hatte.

Das Einzige, das ihm an der ganzen Misere gefallen hatte, war, dass sie keine Sekunde Angst oder Panik gehabt hatte. Ja, sie war wütend, beinahe außer sich gewesen. Aber zum ersten Mal hatte sie keine Angst, als er sie festhielt. Ein kleines Lächeln schlich sich auf sein Gesicht, als er sich an die Vorkommnisse in der Dusche und danach im Bett erinnerte. Erneut hatte ihre Stimmung innerhalb von Sekunden umgeschlagen.

Und nun lag sie vor ihm, ihr Gesicht an seiner Brust, ihre Beine mit seinen verschlungen. Als sie sich zu regen begann, spannte Ryan sich leicht an. Er wusste nicht, in was für einer Stimmung sie sein würde. Flatternd öffnete sie ihre Augenlider.

"Hey Darling", flüsterte er, woraufhin sie ihre Augen wieder schloss und ihr Gesicht an seine Brust drückte.

"Wir müssen aufstehen, Süße. Arbeiten."

"Neieeen!", jammerte sie mit den Lippen an seiner Haut. Mit viel Willenskraft ignorierte Ryan die Empfindungen, die diese Berührung auslöste, und sagte: "Dein zweiter Arbeitstag und du willst schon zu spät kommen?"

Das wirkte. Ruckartig setzt sie sich auf und sah sich um. "Wie spät ist es?"

"Alles im grünen Bereich, Süße. Wir müssen nur langsam los." Als ihre Augen den Wecker fanden, entspannte sie sich sichtlich. Dann wurde sie wieder steif und mied entschieden seinen Blick. Als die Stille zwischen ihnen unangenehm zu werden drohte, schwang Ryan seine Beine aus dem Bett und tapste zur Kommode.

"Ich geh dann mal Kaffee aufsetzten", sagte er, während er in eine Boxershort schlüpfte. Auf dem Weg zu Tür hörte er das Rascheln der Bettdecke und ihr zustimmenden Murmeln. Er musste dieses Thema ansprechen, so viel war sicher. Nur das Wie war noch eine Frage.

Heute Abend, entschied er, sei ein passender Zeitpunkt. Jetzt, kurz bevor sie beide zur Arbeit mussten, würde die Zeit nicht reichen. Als der Kaffee durch die Maschine lief, begab er sich ebenfalls ins Bad.

Wie üblich hatte Sky bereits den großen weißen Bademantel übergezogen und putzte sich die Zähne. Wie jeden Tag, trat Ryan hinter sie und tat es ihr gleich. Er zog sie an seine Brust, sodass sie sich wie es in der letzten Woche zur Gewohnheit geworden war, an ihn lehnte, während sie sich stumm im Spiegel beobachteten.

Es entging ihm nicht, dass sie sich zunächst verspannte, daher freute es ihn ungemein, als sie wieder los ließ und die Berührung zu genießen schien. Während sie sich schminkte, rasierte er sich. Anschließend begaben sie sich gemeinsam und immer noch schweigend ins Ankleidezimmer. Wortlos band Sky ihm die Krawatte, während er seine Manschetten schloss. Auch den obligatorischen Kuss zum Dank bekam Sky auf ihre Stirn. Nach ihrem Kaffee begaben sie sich zum Aufzug. Sky wirkte unsicher, als sie auf den Aufzug warteten.

"Wir sehen uns dann heute Mittag, zum Griechen, okay Babe?" Ein klitzekleines Lächeln erhellte ihre Züge und sie nickte leicht.

"Schön. Dann viel Spaß und bis später, Süße", sagte Ryan, nun ebenfalls mit einem Lächeln. Er küsste sie ganz sanft auf ihre weichen, vollen Lippen und gab ihr beim Hinausgehen noch einen Klaps auf ihr süßes Hinterteil.

Er war froh, dass er heute Morgen keine Termine hatte. So setzte er sich erst einmal auf seinen Stuhl und ließ die letzten 12 Stunden Revue passieren. Er lächelte, da ihm das Ganze ein bisschen wie das Spiel "Finde den Fehler im rechten Bild" vorkam. Eigentlich wollte er zusammen mit Sky auf ihren ersten Arbeitstag anstoßen. Als er nach Hause kam ... *wie schön sich das anhört,* dachte er mit einem Lächeln. Jedenfalls lag da Sky tief und fest schlafend auf dem Sofa. Er hatte es nicht übers Herz gebracht, sie zu wecken. Diese völlige Ruhe in ihren schönen Gesichtszügen gefiel ihm so gut, dass er sie stundenlang betrachten könnte. Genau das hatte er auch getan, nachdem er sie entkleidet auf ihr Bett gelegt hatte.

Nach ein oder zwei Stunden hatte er sich ebenfalls ausgezogen und sich zu ihr gelegt. Er hatte sich an sie gekuschelt. Etwas, das er immer tat, seit er sie kannte. Also konnte auch das nicht Stein des Anstoßes gewesen sein.

Das Nächste, was er wusste, war, dass sie so zornig auf ihn eingeschlagen hatte. Nein, so kam er definitiv nicht weiter. Diese Sache musste heute Abend bereinigt werden! Dieses umeinander herum Schleichen am Morgen war grauenhaft gewesen. Sie hatte ihm nicht ein einziges Mal in die Augen gesehen und war seinen Berührungen immer erst einmal ausgewichen. Absolut untragbar. Es kratzte schwer an seiner Selbstbeherrschung, nicht auf der Stelle zu ihr zu gehen und die Sache zu klären.

Mit Shane verabredete er sich um kurz nach halb 12 am Haupteingang. Ryan wollte Sky persönlich abholen und ihre Kolleginnen einmal kennenlernen.

Als er um 11.25 Uhr im Empfangszimmer der Marketingabteilung ankam, lächelte ihm eine hübsche blonde Frau entgegen. Auf dem Schreibtisch ebendieser standen die Blumen, die er Sky gestern hatte zukommen lassen. Argwöhnisch zog er die Augenbrauen zusammen. Blondie erkannte ihn wohl, als er näher trat, denn auf einmal kam Bewegung in die junge Frau.

"Oh, ähm ... Mr. Black, Sir, wie schön, Sie hier begrüßen zu dürfen, Sir. Kann ich Ihnen behilflich sein?"

"Danke. Ich möchte zu Ms. Alister", antwortete Ryan knapp, aber freundlich. Verwirrt zog die junge Dame die Brauen zusammen, folgte aber prompt.

"Hier entlang, Sir." Warum die Gute so verwirrt war, leuchtete Ryan nicht ein. Er war schließlich Eigentümer dieser Firma, da würde er ja wohl noch seine Freundin besuchen dürfen! Blondie klopfte an eine graue Tür und öffnete dann.

"Mr. Black für dich, Sky", sagte sie mit ängstlicher Stimme. Ryan wartete nicht weiter, sondern schritt einfach an Blondie vorbei in den Raum. Sky stand gerade von ihrem Schreibtisch auf, ebenso wie die drei jungen Männer, die ebenfalls in ihrem Büro saßen. Keiner der drei war älter als 25. Sonst arbeitete hier niemand. Die Erkenntnis traf ihn hart. Seine Freundin arbeitete mit drei attraktiven, jungen Männern zusammen, die alle drei so aussahen, als würden sie nur allzu gern mehr als nur Skys Kollegen sein.

Ryans Laune sank schlagartig noch weiter, als er sah, dass Skys Lächeln, das bei einem Gespräch mit ihrem Tischnachbar in ihrem Gesicht gewesen war, schlagartig in sich zusammenfiel, als sie ihn bemerkte.

Sie zog die Augenbrauen zusammen und sagte dann ein wenig schroff: "Was tust du hier?" Was sollte das?

"Dich zum Essen abholen. Was sonst?" Als ihm die drei Männer wieder einfielen, die ebenfalls in diesem Raum waren, entsann er sich seiner Manieren. Mit viel Mühe kleisterte er sich ein kaltes Lächeln ins Gesicht und wandte sich ihnen zu.

"Gentleman, guten Tag." Er nickte ihnen knapp zu und nahm die höflichen Begrüßungen entgegen. Dann wandte er sich wieder an sein Mädchen, das deutlich verstimmt wirkte.

"Können wir los, Honey? Shane wartet unten." Ihre Miene verfinsterte sich erneut, als er zu ihr ging und ihr einen Arm um ihre Mitte schlang. Das Grinsen, das jetzt so vollkommen falsch auf ihrem Gesicht erschien, gefiel ihm überhaupt nicht. Es beängstigte ihn eher.

"Sag ihm doch, dass wir uns beim Griechen treffen. Wir beide müssen unterwegs noch etwas besprechen", sagte sie in einem so klebrig süßen Ton, dass nicht nur Ryan, sondern auch die anderen drei Männer im Büro zusammenzuckten. *Oh, oh!* Wenn Frauen diesen Ton anschlugen, steckte Mann definitiv in der Klemme.

Als sie nach ihrer Tasche griff, entwand sie sich dabei so geschickt seinem Griff, dass man hätte meinen können, es wäre unabsichtlich passiert. Ryan wusste es besser. Auf dem Weg nach draußen fiel ihm auch der Blumenstrauß wieder auf, den er ihr geschenkt hatte. Auf seinem Handy drückte er die Kurzwahl für Shane und teilte ihm mit, dass sie getrennt fahren würden.

Thomas stand natürlich für ihn bereit und Ryan ließ sofort nach dem Einsteigen die Trennwand nach oben gleiten.

"Was zum Teufel ist los mit dir?", verlangte er in scharfem Ton zu wissen.

"Was mit mir los ist? Was ist mit dir los? Erst dieser überdimensionale Blumenstrauß, dann Shane als mein Wachhund und heute spazierst du höchst persönlich wie ein Platzhirsch in mein Büro!"

"Jetzt mach aber mal halblang, Sky! Ich werde ja wohl noch meiner Freundin Blumen schenken dürfen oder sie zum Essen abholen!"

"Ich bin nicht deine Freundin! Ich hasse Blumen und ich will nicht, dass die ganze Abteilung denkt, dass ich mich durch die gesamte Geschäftsetage schlafe!" Skys Ton war mittlerweile fast hysterisch. Den ersten Teil ihrer Bemerkung ließ er vorerst unkommentiert.

"Keine Frau hasst Blumen! Und was soll das überhaupt: ganze Chefetage?"

"Ich bin nicht wie andere Frauen. Mann, Ryan, kapier es doch endlich. Ich will keine Blumen und ich will vor allem keine verdammte Beziehung!"

"Jetzt mach erst mal langsam. Wir waren uns doch bereits darüber einig. Alles ist gut so wie es ist."

"Nichts ist gut. Warum verstehst du das nicht? Wir sitzen hier und schreien uns an. Das ist kein Part von: Freunde mit Zusatzleistungen!"

"Okay. Das hier wird länger als 15 Minuten dauern", sagte Ryan und wählte bereits Shanes Nummer. "Shane, wir kommen leider nicht zum Essen. Sky und ich haben noch einiges miteinander zu besprechen. Sorry. Wir sehen uns morgen zum 9 Uhr Meeting." Shane murmelte seine Zustimmung und legte auf.

"Ich muss etwas zu Mittag essen, Ryan. Ich kann jetzt nicht die ganze Pause mit dir streiten."

"Erstens, streiten wir nicht …"

"Doch, das tun wir!"

"Zweitens, werden wir dir unterwegs etwas besorgen."

"Wohin?"

"Zu mir", antwortete Ryan, während er auf seinem Handy tippte.

"Ich muss zur Arbeit!" Skys Ton kam einem Kreischen mittlerweile sehr nahe.

"Nein, musst du nicht. Meine Assistentin wird dich für heute Nachmittag abmelden. Ich habe es soeben in die Wege geleitet."

"Das kannst du nicht machen! Heute ist mein zweiter Arbeitstag. Das geht nicht!"

"Natürlich geht das. Es ist meine Firma, ich entscheide, was passiert und was nicht!" Als Ryan die Panik sah, die in ihr aufstieg, ruderte er vorsichtig zurück.

"Das hier ist eine absolute Ausnahme, Sky. Aber wir müssen das hier ein für alle Mal klären. Irgendetwas ist seit gestern gewaltig schief gelaufen und ich bin nicht gewillt, das so stehen zu lassen." Seine Stimme hielt er extra ruhig und er machte auch keinerlei Versuch, sie anzufassen. Und trotzdem waren ihre Augen riesengroß und ihre Atmung deutlich beschleunigt.

Um sie zu beruhigen, redete er sanft weiter: "Nach diesem Streit, nein, eigentlich schon nach dem Streit letzte Nacht, kann ich nicht arbeiten, Süße. Verstehst du? Wir müssen das klären!" Ihre Hände waren zu Fäusten geballt und ihre Knöchel traten weiß hervor. Seufzend ließ Ryan sich in seinen Sitz sinken.

"Halten Sie den Wagen an, Thomas", sagte Ryan in einem resignierten Ton durch die Sprechanlage. Als der Wagen stand, sah er sie auffordernd an.

"Du kannst gehen, wenn du willst, Honey. Ich zwinge dich nicht dazu, mit mir zu kommen. Ich bitte dich darum. Mein Tag war bislang die Hölle und ich habe nicht die geringste Hoffnung auf Besserung, ehe du nicht mit mir gesprochen hast." Skys Blick glitt immer wieder zwischen seinen Augen und der Tür hin und her. Unsicher nickte sie, doch Ryan sah, wie sie sich immer mehr entspannte. Um ihr den letzten Rest Unsicherheit zu nehmen, sagte er in die Gegensprechanlage: "Wir fahren zu mir nach Hause, Thomas. Ab sofort, bis zu unserer Rückkehr zu JB-Industrials unterstehen Sie direkt Miss Alister."

"Verstanden, Sir", gab Thomas durch die Anlage zurück.

"Besser?", fragte er Sky. Ihr vorsichtiges Lächeln war Antwort genug.

"Gut. Dann lass uns nochmal ganz in Ruhe beginnen. Wann genau hat unser Problem begonnen?", fragte Ryan sanft.

"In Talin?", gab Sky leise, aber mit ein wenig Frotzelei in der Stimme zurück. Leise lachte Ryan auf.

"Ja, dass stimmt. Aber ehrlich, Sky. Was ist dein Problem? Die Blumen?"

"Ich mag keine Blumen."

"Jede Frau mag Blumen!"

"Ich nicht. Und zudem sind sie auch völlig unpassend am Arbeitsplatz. Jetzt bin ich nicht nur die Neue, sondern auch die Neue mit dem exzentrischen Liebhaber." Sky schmollte.

"Über das Liebhaber sprechen wir noch. Aber von mir aus, du magst keine Blumen geschenkt bekommen. Okay. Sonst noch was?"

"Keine Pralinen. Die Hälfte davon schmeckt dann sowieso nicht. Ach, was rede ich, ich möchte überhaupt keine Geschenke. Das passt nicht zu unserem Arrangement."

"Okay. Keine Pralinen. Vermerkt." Den Rest ignorierte er geflissentlich. Zu diesem Teil der Unterhaltung würden sie früher oder später noch kommen. Doch Ryan hoffte einfach, ihr bis daheim das ein oder andere Gläschen Wein eingeflößt zu haben. Ihm war bewusst, wie bizarr das alles war. Andere Männer versuchen, Frauen für eine Runde unverbindlichen Sex durch Alkohol zu lockern. Er versuchte, seine Freundin zu einer Beziehung zu überreden und wollte sie deshalb vorher betrunken machen! Ohne Worte!

"Gut, aber das war wohl nicht der Grund, weswegen du so unglaublich böse auf mich warst", tastete Ryan sich weiter vor.

Den Blick abwendend, antwortete Sky: "Nein."

"Sondern?" Nachdem er keine Antwort bekam, versuchte er, den Tag weiter zu rekonstruieren. "Ich konnte dich nicht wie vereinbart zum Mittagessen treffen. Ist es das?"

"Nein, ich hätte sowieso keine Zeit gehabt. Aber dass du Shane geschickt hast, war wirklich bodenlos!"

"Warum? Ich wollte doch nur nicht, dass du dich langweilst oder ganz allein zu Mittag essen musst, falls es am ersten Tag noch nicht so richtig klappt mit deinen Kollegen." Beim Gedanken an die drei Modelkandidaten in ihrem Büro verfinsterte sich seine Miene sofort wieder.

"Warum schaust du denn jetzt so schlecht gelaunt? Es ist nun mal absolut peinlich, wenn der Chef persönlich einen am ersten Tag zum Mittagessen abholt. Dass er so eine Szene gemacht hat, als ich sagte, dass ich mit meinen Kollegen gehe, war nicht gerade besser und dann auch noch dieses Drama mit Brain ... harrr!" Ihr Aufstöhnen war eindeutig frustriert und ihr Ton schon wieder deutlich schärfer. Besser so, als Panik!, ermahnte er sich.

"Ja, ja. Ich kann mir vorstellen, wie gern du mit diesen Kerlen Essen gegangen bist. Außerdem bin ich nicht für Shanes Verhalten verantwortlich!"

"Ich war nicht mit den dreien Essen, sondern mit der gesamten Abteilung und vor allem mit meiner Patin! Und das mit Brain ist also nicht auf deinem Mist gewachsen?" Ryans Miene wurde ein wenig sanfter. Dass sie nicht allein mit ihren Kollegen weg gegangen war, entspannte ihn ein wenig.

"Ich möchte, dass du in Sicherheit bist. Ist das denn so verwerflich?"

"Du willst mich nur kontrollieren!", warf sie ihm scharf

vor.

"Wie zum Teufel soll ich dich kontrollieren, wenn ich die ganze Zeit in einem Meeting bin? Ich bin besorgt. Ich bin nicht Robert!" Auch Ryan Stimme war wieder deutlich schärfer geworden. Er hatte absolut keine Lust mit diesem Arsch verglichen zu werden.

"Du hast Recht. Es tut mir leid, Ryan." Leise, zögernd kam dieses Eingeständnis. Aber immerhin!

"Wir sind da. Das Essen können wir auch bestellen, oder du sagst Thomas, von wo er etwas besorgen soll." Blinzelnd sah Sky sich um.

"Ähm ... Pizza, bitte", sagte sie schließlich.

"Soll ich sie bestellen oder soll Thomas sie holen?", fragte Ryan provokativ, da er es ihr immer noch krumm nahm, dass sie ihm solch kranken Charakterzüge unterstellte.

"Bestellst du? Schinken, bitte", antwortete Sky und hatte den Seitenhieb eindeutig verstanden. Im Wohnzimmer angekommen, schenkte er ihnen beiden einen Weißwein ein.

"Es ist noch ein bisschen früh für Alkohol, findest du nicht?"

"Nein. Ich denke, dass das hier ein ziemlich heikles Gespräch wird und der Wein wird unsere Gemüter ein wenig beruhigen", gab Ryan zurück.

"Also, wo waren wir stehengeblieben? Pizza ... Brain. Sind wir mit dem Thema Brain durch?", fragte er dann.

"Er ist nur zu meiner Sicherheit da und fährt mich, wenn ich irgendwo hin will. Aber ich kann dann, wenn ich am Ziel angekommen bin, alleine sein. Ich möchte ihn nicht non Stopp um mich!"

"Ja, er wartet vor dem jeweiligen Gebäude und du rufst ihn sofort an, wenn dir etwas nicht geheuer ist." Auf Skys Nicken hin atmete er aus. Irgendwie hatte er mit ein wenig mehr Widerstand bei diesem Thema gerechnet.

"Okay. Dann also weiter. Shane?"

"Ich mag ihn, aber so, wie er sich benommen hat ... das

war absolut daneben. Was sollen meine neuen Kollegen denn denken? Ich glaube, ich konnte das beim Essen gerade rücken, aber was meinst du, wie es aussieht, wenn die Neue von beiden Chefs mit Honey und Süße angesprochen wird?" Leicht zuckte Ryan zusammen.

"Ja, du hast recht. Aber du hast das mit Shane ja korrigiert und bei mir ist es ja die Wahrheit, daher ..." Ryan zuckte mit den Schultern.

"Nein, es ist nicht okay! Die Leute denken, ich hätte den Job nur bekommen, weil du mit mir schläfst!"

"Mir ist egal, was die Leute denken. Aber wenn es dir lieber ist, kann ich auch eine Presseerklärung schreiben lassen."

"Bloß nicht!", stöhnte Sky und dann: "Mach es einfach nur ein wenig unauffälliger!"

"Bestimmt nicht! Die drei hätten dich ja beinahe mit Blicken verschlungen! Ihnen soll klar sein, dass du ..." Ryan unterbrach sich. Dass du mir gehörst, hatte er sagen wollen, und gerade noch einmal die Kurve bekommen. So eine Aussage wäre definitiv sein Todesurteil gewesen.

"... keinen Bedarf an Liebhabern hast", beendete er den Satz. Ihre zusammengezogenen Augenbrauen verrieten ihm, dass sie genau bemerkt hatte, dass er eigentlich etwas anderes hatte sagen wollen.

Das Klingeln der Türglocke rettete ihn. Hastig wandte er sich um und öffnete. Der Rest des Gesprächs wurde auf nach dem Essen verschoben. Die Pizza war lecker. Saftig mit dünnen Boden und reichlich Belag. Zwar kam sie nicht an das geplante Gyros heran, war aber doch ein würdiger Ersatz. Möglichst unauffällig versuchte Ryan, Skys Glas immer voll zu halten. Ihr schien nicht bewusst zu sein, wie viel sie während ihrer hitzigen Diskussion bereits getrunken hatten. Die Flasche war bereits halb leer. Ryan hatte Sky immer noch nicht berührt. Auf keinen Fall wollte er sie körperlich bedrängen. Er stritt sich zwar nicht gern mit ihr, war aber dennoch froh, dass sie nicht in Panik verfiel, sondern lieber selbst austeilte. Wenn er jetzt noch herausfand, wo genau ihr Problem lag, wäre er ein glücklicher Mann.

"Nun gut. Weiter im Text. Blumen, Brain und Shane sind abgehandelt. Ich kam nach Hause und du hast geschlafen. Ich gehe davon aus, dass es dich weder gestört hat, dass ich dich nicht geweckt habe, noch das ich dich ins Bett gebracht habe. Was genau war also dein Problem?" Abrupt stand Sky auf und lief zum Fenster.

"Sky, wie sollen wir unsere Probleme lösen, wenn du nicht mit mir sprichst?" Noch einmal nahm sie einen großen Schluck von ihrem Wein.

"Das alles ist einfach keine gute Idee, Ryan. Wir verstricken uns viel zu sehr in etwas, was wir gar nicht wollen."

"Wie willst du urteilen, was ich möchte und was nicht, Sky?"

"Ich kann dir nicht geben, was du von mir willst!"

"Nochmal: Wie willst du urteilen, was ich möchte und was nicht, Babe?" Noch ein kräftiger Schluck.

"Du ... du hast gesagt ..." Wieder stockte sie.

"Was habe ich gesagt, Süße? Was hat dich so aus der Bahn geworfen?"

"Das ... du ... mich liebst." Die letzten Worte waren kaum noch zu hören, so leise war ihre Stimme geworden.

Tief atmete Ryan durch. Okay, jetzt war es also raus. Er hatte es sich bewusst versagt, sie damit zu konfrontieren, um eben genau dieses Verhalten zu umgehen. Wenn er noch ein oder zwei Monate wie bisher weiter gemacht hätte, wäre ihr all das gar nicht mehr so schlimm vorgekommen. Da war er sich sicher! Sein Unterbewusstsein hatte ihm einfach einen Strich durch die Rechnung gemacht und ausgeplaudert, was noch geheim hätte bleiben sollen.

Noch einmal atmete er tief durch, ehe er mit ruhiger Stimme sagte: "Ja, Sky. Ich liebe dich."

Eine ganze Minute lang sah sie ihm ungläubig in die Augen. Als habe er ihr gerade jegliche Hoffnung genommen, sie könne sich doch verhört haben. Dann irrte ihr Blick durch das Zimmer, als würde sie eine Waffe oder einen Fluchtweg suchen. Schließlich ließ sie sich einfach an Ort und Stelle auf dem Boden nieder und murmelte: "Scheiße!"

Nicht gerade die Reaktion, die er sich von der ersten Frau, der er jemals gesagt hatte, dass er sie liebe, gewünscht hätte. Nun ja. Vielleicht verdient. Hört man nicht immer wieder von den Trotteln, die einer Frau bereits nach wenigen Wochen ihre Liebe gestanden? *Willkommen im Club, du Vollidiot!*, dachte Ryan.

Nach einigen Minuten Schweigens ging Ryan schließlich auf Sky zu und füllte ihr Glas erneut. Im Schneidersitz ließ er sich ihr gegenüber auf dem Boden nieder.

"Weißt du, eigentlich ist das ja etwas Schönes. Etwas, worüber man sich freuen sollte", sagte er leise und versuchte, ihr in die Augen zu sehen. Als sie weiter starr auf den Boden sah, legte er ihr einen Finger unter das Kinn und hob mit sanftem Druck ihren Blick.

"Mhm", brummte er zufrieden und erntete dafür ein klitzekleines Lächeln.

"Eigentlich macht es doch alles nur besser, oder? Nichts hat sich verändert, Süße. Dieses Gefühl ist ja nicht erst seit diesen Worten da. Ich weiß schon länger, dass ich dich liebe, Honey. Es ändert also gar nichts."

"Doch, es ist wie eine Rechtfertigung", antwortete Sky leise und wollte erneut seinem Blick ausweichen.

"Für was? Alles, was ich will, ist Zeit mit dir zu verbringen und in der Zeit, in der ich nicht da bin, dich in Sicherheit wissen. Also sag mir, für was soll meine Liebe eine Rechtfertigung sein?"

"Du wirst mich einsperren, mich unterdrücken, mich ..."

"Sky!", unterbrach Ryan sie scharf. "Ich habe nichts dergleichen jemals getan und werde es auch nicht tun. Wenn ich einmal übers Ziel hinaus geschossen bin, hast du mich jedes Mal zurechtgewiesen und ich habe auf dich gehört, oder nicht?"

"Ja, aber jetzt wirst du sagen, dass es nur zu meinem Besten ist, weil du mich liebst und ..."

"Nein! Es ändert absolut nichts, Sky. Und ich werde dich niemals mit meiner Liebe erpressen! Ich bin nicht ER!" Schuldbewusst zuckte sie ein weiteres Mal zusammen.

Ryans Puls raste. Dieses Gespräch war schwieriger, als er gedacht hatte. Aber er liebte sie nun einmal und hatte gewusst, dass es nicht einfach werden würde. Nach einer gefühlten Ewigkeit sah sie vorsichtig zu ihm auf.

"Es ändert nichts." Es war eine Aussage, klag aber trotzdem ein bisschen wie eine Frage. Also bestätigte Ryan es ihr noch einmal.

"Ja, Süße. Es ändert nichts. Ich liebe dich, aber alles bleibt beim Alten. Nur du und ich. Unser Alltag, unsere Leidenschaft und unsere Gefühle." Er sprach behutsam, wie mit einem verwundeten Tier und bemerkte, wie Sky sich Stück für Stück entspannte.

"Ich liebe dich, Süße, und ich erwarte auch nicht, dass du es auch sagst. Ich weiß, dass du gerne in meiner Nähe bist und das reicht mir vorerst. Okay?", fragte Ryan mit einem sanften Lächeln.

Zögerlich nickte Sky und als er seine Arme ausbreitete, krabbelte sie sofort auf ihn zu, rollte sich auf seinem Schoß zusammen und schmiegte sich in seine Arme.

"Du bist mir wichtig", murmelte sie an seine Brust. "Ich weiß, Honey, sonst würden wir dieses Gespräch doch gar nicht führen." Ryan küsste ihren Scheitel. Eine ganze Weile saßen sie einfach nur da und genossen die Nähe des anderen. Sanft wiegte Ryan sie vor und zurück und küsste sie von Zeit zu Zeit auf Scheitel, Stirn oder Schläfe. Als sie schließlich begann, seinen Hals zu küssen, regte sich etwas in seinem Schoß.

"Hör auf, Liebes. Außer du sagst mir, dass wir nicht wieder aufhören müssen", gab er gepresst von sich. Ihr

Lächeln sah er nicht, fühlte es aber an seiner Haut.

"Naja, es ist so gut wie vorbei … wenn du willst, können wir ja gemeinsam Duschen gehen?" Ohne ein weiteres Wort stand Ryan auf und trug sie raschen Schrittes die Treppe hinauf.

"Gib mir eine Minute Vorsprung, okay?" Äußerst widerwillig ließ Ryan seine Frau vor der Badezimmertür herunter.

"Beeil dich!", sagte er in ungeduldigem Ton und entkleidete sich. Als er nackt war, entschied er, dass sie genug Zeit gehabt hatte, und öffnete die Badezimmertür. Die Dusche lief bereits und Sky öffnete ihre Haare vor dem schon beschlagenen Spiegel. Auch sie war nackt und lächelte ihm verführerisch entgegen. Er trat hinter sie, presste seine Lenden an ihren Po und ließ sie sein Verlangen spüren.

"Ich hab dich so vermisst, Honey", flüsterte er rau, während er ihren Zopf löste.

"Ich war doch nie weg", antwortete sie mit verhangenem Blick.

"Aber ich konnte dich nicht vollends haben", entgegnete Ryan und ließ zur Verdeutlichung seine Finger langsam über ihre Spalte gleiten.

"Dann komm endlich!"

"Oh, keine Sorge, das werde ich noch früh genug, so heiß wie ich auf dich bin", antwortete er lachend, während er sie auf seine Arme hob und in die Dusche trug.

Als sie schließlich beide unter dem warmen Strahl der Dusche standen, küssten sie sich innig. Zuerst war der Kuss grob und voller ungezügelter Leidenschaft, doch von Sekunde zu Sekunde wurde er weicher, zarter, süßer und drückte all ihre Gefühle für einander aus. Ryans Hände lagen an ihren Wangen, als er seine Lippen schließlich ein kleines Stück von ihr löste.

Eindringlich sah er ihr in die Augen, da er wollte, dass sie wirklich verstand, wie viel sie ihm bedeutete. "Ich liebe dich", raunte er und seine Lippen streiften ihre. Der

Ausdruck in ihren Augen wurde weich und Ryan verschloss ihre Lippen erneut. Seine Hände wanderten über ihren Hals zu ihren Brüsten. Sie spielten kurze Zeit mit ihren Knospen, ehe sie ihren Weg zu ihrer Mitte fortsetzten. Beide atmeten bereits heftig und Ryans Puls raste. Als er endlich an ihrer nassen Öffnung ankam, stöhnte er in ihren offenen Mund.

"Fuck, bist du bereit für mich. So nass, so weich ..." Der Rest des Satzes verlor sich in seinem Stöhnen.

Als seine Hände schließlich zu ihrem Po wanderten, legte Sky Arme und Beine um ihn. Beinahe mühelos hob er sie hoch und platzierte sie über seinem prallen Schaft. Ganz langsam senkte sie sich auf ihn herab und beide stöhnten laut auf. Die Penetration ihrer engen Scheidenwände und die Kontraktionen ihrer Muskulatur trieben ihn bereits beim ersten Eindringen an den Rand des Wahnsinns. Langsam begannen beide, sich zu bewegen. Von Stoß zu Stoß wurden seine Bewegungen heftiger, drängender und kraftvoller.

"Ich halte es nicht mehr lange aus, Babe. Du fühlst dich einfach zu gut an", stöhnte er in ihr Ohr und knabberte dann sanft an ihrem Läppchen.

"Komm, ich bin bei dir", flüsterte sie heiser und abgehackt. Noch einmal beschleunigte er sein Tempo. Er hörte und spürte, wie sie kam, und folgte ihr auf die Sekunde. Schwer atmend glitt sie von ihm herunter, lehnte sich aber sogleich an ihn.

Als sie wieder zu Atem gekommen waren, wuschen sie sich gegenseitig liebevoll. Während des Abtrocknens fragte Ryan: "Was möchtest du mit dem Rest des Tages anfangen, Darling?"

"Film und Kuscheln?", schlug sie schüchtern vor, aber Ryan hatte überhaupt nichts dagegen einzuwenden. Im Gegenteil, er konnte sich nichts Besseres Vorstellen.

24 DER VERSUCH

SKY

"Guten Morgen, Kitty. Alles klar?"

"Guten Morgen, Jungs. Ja, alles bestens. Tut mir leid wegen gestern", antwortete Sky kleinlaut, als sie ihr Büro betrat.

"Ich glaube, wir haben uns langsam die komplette Story verdient, oder? Wo wir doch die Hälfte immer live mitbekommen", sagte Fin. Cole und Craig nickten zustimmend, ehe letzterer sagte: "Wir haben schon 9 Uhr, lass uns einen Kaffee trinken gehen."

"Oh ja, Frühstück in Netti's Diner!", rief Fin.

"Wo ist das?", fragte Sky vorsichtig, da sich nur allzu gut an das lange Gespräch bezüglich ihrer Sicherheit erinnerte.

"Ach, nur zwei Straßen weiter. In nicht mal 10 Minuten sind wir da", antwortete Cole. Verlegen trat Sky von einem Fuß auf den anderen. Ryan wollte wirklich nicht viel von ihr, also konnte sie ihm doch diesen Gefallen tun.

Sie fasste sich ein Herz und sagte: "Hättet ihr etwas dagegen, wenn wir fahren?"

"Bekommen wir auch dafür eine Erklärung?" Zögernd

nickte Sky, woraufhin auch die Männer zustimmten. Sky zog ihr Handy aus der Tasche und rief Brain an.

"Hey mein Lieblingsmädchen! Wie kann ich dir zu Diensten sein?", rief er so laut ins Telefon, dass Sky den Hörer einen halben Meter von ihrem Ohr weghielt. Fin, Cole und Craig, die die Begrüßung mitbekommen hatten, kicherten leise vor sich hin.

"Nicht so laut, Brain. Mir fällt ja ein Ohr ab bei deinem Gebrüll. Könntest du meine Kollegen und mich bitte zum Frühstücken fahren?"

"Klar, Kitty. Wann?"

"Jetzt?"

"Ja, kommt einfach in die Garage, wir treffen uns vor meinem Wagen."

"Danke, Brain!" Ihre Kollegen waren irgendwo zwischen Lachen und Staunen gefangen. Da ihr die ganze Situation furchtbar unangenehm war, schnappte sie sich wortlos ihre Tasche und flüchtete zu den Aufzügen.

"Hallo, hallo, meine Damen und Herren. Kitty sitzt hinten, der Rest ist mir egal", begrüßte Brain sie mit bereits offener Autotür. Genervt seufzte Sky auf, verzog sich aber ohne weiteren Kommentar auf den Rücksitz.

"Ärger dich nicht, Kitty. Ich stehe ab sofort 24 Stunden am Tag zu deiner freien Verfügung. Damit hast du dir auf immer und ewig jegliches Recht auf einen Platz an der Beifahrerseite verwirkt."

"Was soll das heißen?"

"Oh, du weißt es noch gar nicht? Ich bin zu deinem persönlichen Bodyguard aufgestiegen. Personenschutz, solange du nicht in Blackville Castle oder innerhalb von JB-Industrials bist", antwortete Brain und sah dabei sogar noch vergnügt aus.

"Oh Gott, wie furchtbar! Ich gehe sofort zu ihm, wenn wir zurück sind!", rief Sky panisch aus und schmiedete insgeheim schon Mordpläne für Ryan. Als sie sich wieder gefasst hatte und aufsah, bemerkte sie die vier starrenden Männer.

"Euch erkläre ich gleich alles, habe ich gesagt", fauchte sie ihre Kollegen an und wandte sich dann an Brain: "Und warum zum Teufel schaust du so drein, als hätte ich einen Welpen getreten?"

"Du sagst mir gerade, dass du meine Beförderung rückgängig machen willst. Wie soll ich deiner Meinung nach reagieren? Oh, vielen Dank, eure Eminenz. Natürlich bin ich weiterhin gern Chauffeur bei JB-Industrials. Danke, Ms. Alister!" Brains Stimme troff vor Sarkasmus. Natürlich, aus diesem Blickwinkel hatte sie das noch nicht gesehen ... Scheiße! Wahrscheinlich war das genau Ryans Plan gewesen. Entnervt stöhnte Sky. Brains Funk meldete sich, als sie das Gebäude verließen.

"Wohin fährst du, Brain?", drang es aus der Anlage.

Abrupt setzte Sky sich auf und fauchte: "Wenn du ein Wort sagst, verspreche ich dir, dass du deinen Job wirklich los bist! Stell ihn auf Lautsprecher."

Ihre Mitfahrer sahen allesamt etwas verängstigt aus aufgrund des bedrohlichen Untertons in ihrer Stimme. Da Sky wusste, dass dieser Mist nicht Tys Entscheidung war und weil der große Bär noch so viel bei ihr gut hatte, versuchte sie, ihre Stimme so lieb wie möglich zu halten.

"Hi Ty, Sky hier!", rief sie betont fröhlich in das Mikrofon.

"Hey Kleines, wie geht's dir?"

"Gut, danke. Selber?"

"Auch gut. Wo wollt ihr hin?"

"Geht niemanden etwas an, Ty", antwortete Sky immer noch in ruhigem Ton.

"Natürlich geht mich das etwas an. Es ist mein Mitarbeiter und mein Auto, das du da gerade entführst." Er klang wieder ein wenig ruppiger. Eher wie der Ty, den sie gewöhnt war.

"Ich dachte, er ist jetzt mein Bodyguard. Und wenn es dir lieber ist, können wir das nächste Mal auch laufen." Sky freute sich diebisch darüber, den Hünen so elegant in die Ecke treiben zu können. Auch wenn sie klar im Vorteil war, da Ty nicht gerade mit Worten um sich schmiss. Würden sie sich persönlich gegenüberstehen, hätte er sie wahrscheinlich schon über die Schulter geworfen und zu Ryan gebracht, damit er die Diskussion übernahm.

"Sky ...", knurrte Ty warnend.

"Ty!", äffte Sky ihn nach. "Ich habe das gestern schon mit Ryan diskutiert. Er soll sich bei mir melden, wenn er ein Problem damit hat. Brain ist bei mir, alles gut. Danke, Ty!", rief sie wieder betont fröhlich, bevor sie das Gerät abstellte. Schweigen im Wagen.

"Wo soll ich überhaupt hin?", fragte Brain dann kleinlaut und alle brachen in Lachen aus.

Brain ging zusammen mit ihnen zum Frühstücken in Netti's Diner. Ein süßes, kleines Lokal im 50er Jahre Stil. Musikbox, karierte Tischdecken und alles, was dazu gehörte. Auch die Bedienung passte perfekt ins Ambiente. Füllig und ein bisschen mütterlich. Sky fühlte sich sofort wohl in dem urigen Diner.

Alle bestellten das Frühstücksmenü Original. Kaffee, O-Saft, Toast, Eier und Speck. Während des Essens erzählte Sky die ganze Geschichte und Brain warf hin und wieder Teile aus seiner Sicht mit ein.

Es war bereits über eine Stunde vergangen, als ihr Handy klingelte. Ryan.

"Hey Honey. Bin gerade aus meinem ersten Meeting für heute gekommen. Wie sauer bist du?" Tief atmete sie einmal ein und aus.

"Mittlerweile geht es wieder. Über die Details sprechen wir heute Abend."

"Okay, gut. Ich hab was für dich. Eine kleine Überraschung, um dich gnädig zu stimmen. Keine Blumen. Versprochen!", sagte er mit einem Lächeln in der Stimme, bei dem Sky ganz warm wurde.

"Okay, bye", sagte sie leise.

"Bye, Babe", sagte er mindestens genauso sanft.

Wieder wurde sie mit Argusaugen beobachtet, bis Brain sagte: "Ich sagte doch, sie fressen ihr alle aus der Hand!"

Sie waren gerade zurück an ihrem Arbeitsplatz, als ihre Bürotür aufging. Shane spazierte zur Tür hinein, als wäre es das Normalste der Welt. Hinter ihm Ty und zum Schluss der ein wenig bedrückt wirkende Brain.

"Hey Süße", begrüßte Shane sie und gab ihr Küsschen auf die Wange. Ty nickte ihr wortlos zu.

"Hey ihr, was ist los?"

"Wir müssen das ein für alle Mal klären", begann Shane. Er richtete sich im Chef-Modus auf und sah einschüchternd auf Fin, Cole und Craig hinab.

"Sie haben zwei Stunden Ihrer regulären Arbeitszeit gefehlt. Ich hoffe doch stark, Sie gedenken diese heute Abend nachzuholen." Eifriges Nicken der drei. "Es kann nicht sein, dass vier von vier Junior-Marketing-Managern auf einmal verschwinden!"

"Shane!", unterbrach Sky ihn scharf. Er legte seine drohende Haltung nicht ab, als er sich ihr zuwandte. Doch sie ließ sich davon nicht beeindrucken.

"Wenn du es schön reden möchtest, nenn es Teambuilding. Ansonsten nennst du es beim Namen. Schadensbegrenzung! So, wie ihr euch alle aufführt, brodelt die Gerüchteküche schon gewaltig! Heilige Mutter Gottes! Weiß Ryan, dass ihr hier seid?" Er fuhr fort:

"Nein! Aber das geht so nicht! Ty hat uns angerufen, dass du weg bist, und niemand wusste wohin. Ryan ist die ganze Zeit wie ein Tiger im Käfig durch die Gegend geschlichen. Wir können so nicht arbeiten, Honey!" Sky hatte sich schon längst von ihm abgewandt und wählte Ryans Nummer. Ohne Umwege schaltete sie das Gespräch direkt auf Lautsprecher.

"Was soll das, Sky? Mach es ihm doch nicht so schwer!", appellierte Ty an ihre Vernunft ... oder an was auch immer, denn was die Männer hier aufführten, war alles andere als normal.

"Kelly Lincon, Mr. Blacks Büro", meldete sich seine Sekretärin.

"Sky Alister, ich möchte bitte Ryan sprechen."

"Mr. Black nimmt im Moment keine Anrufe entgegen", erwiderte die Sekretärin schnippisch. Sky seufzte.

"Shane", sagte sie auffordernd, doch der schüttelte nur den Kopf, nicht bereit, hier nachzugeben.

"Ty?", fragte sie mit wenig Hoffnung auf Unterstützung. Zu ihrer Überraschung glitt so etwas wie ein diabolisches Lächeln über seine Züge.

"Sofort, Kelly", blaffte er in einem Ton und einer Lautstärke, die jeden im Raum, außer Shane und ihr, strammstehen ließ.

"N-n-n-a-t-t-türlich, Sir", stotterte Kelly und schon spielte die Verbindungsmusik.

"Ich hasse diese Schnepfe", brummelte Ty und zuckte entschuldigend die Schultern. Sky dankte es ihm mit einem Lächeln.

"Ty?", klang Ryans fragende Stimme aus dem Lautsprecher.

"Nicht nur, Ryan. Ty, Shane, Brain, Fin, Cole, Craig und meine Wenigkeit. Alle versammelt, weil du armer Mann nicht mehr arbeiten kannst. Hast du uns was zu sagen?" Sein Stöhnen klang sehr gequält.

"Sorry, Honey. Wir sprechen heute Abend, okay?"Auf ihr zustimmendes Brummen fuhr er fort: "Shane, Ty, kommt ihr hoch?" Er klang ein wenig genervt. Aber auch Shane und Ty sahen aus, als würde ihnen jeden Moment der Kragen platzen. Mit zwei wütenden Schritten war Shane bei ihr, blaffte: "Bis gleich!" ins Telefon und legte auf.

Dann wandte er sich an Sky. Alles Weiche war aus seiner Miene gewichten.

"Treib es nicht zu weit!", sagte er leise, aber in einem Ton, der keinen Widerspruch duldete. Als Sky einen Schritt zurückwich, packte Ty Shane an der Schulter.

"Das reicht. Lass uns hoch gehen", bestimmte er und ohne ein weiteres Wort, dafür mit einem mächtigen Türschlagen, verließen die beiden das Büro. Als hätte jemand sämtliche Luft aus ihnen gelassen, sackten die verbliebenen Personen im Büro in sich zusammen.

"Das war ... wow." Fin fand als Erster seine Worte wieder.

"Yeah. Gegen die drei hast du keine Chance, Sky", sagte Cole ernst.

"Muss ich auch nicht. Ich muss mich nur mit Ryan auseinandersetzten. Das war's."

"Mal sehen", war Brains kryptische Antwort, ehe er leise das Büro verließ.

Die Art, wie Brain das Büro verlassen hat, machte sie nervös. Sky wusste nicht, was er damit meinte, und entschied, vorsorglich Lasagne zu kochen. Dass Ryan immer super glücklich war, wenn er nach der Arbeit zu ihr kam und sofort etwas zu essen fand, war kein Geheimnis.

Als es gegen fünf schließlich klingelte, schwankten Skys Gefühle zwischen Nervosität, wie Ryans Laune nach dem Gespräch mit Ty und Shane wohl sein würde, und Wut darüber, dass sie sich schon wieder so von einem Mann aus dem Konzept bringen ließ. Vorsichtig öffnete sie die Tür. Ryan trug in etwa die gleiche Miene zur Schau wie sie selbst.

Als er schließlich erschöpft ausatmete und sagte: "Lass uns zurück nach Talin fahren", musste Sky unwillkürlich lächeln. Ja, ihre Tage in Talin waren in vielerlei Hinsicht leichter gewesen. Aber auch Boston hatte seine Vorzüge.

Daher antwortete sie lächelnd: "Lasagne?" Seine Augen leuchteten, dann packte er sie, warf sie sich über die Schulter, schubste mit dem Fuß die Haustür zu und trug sie in die Küche. Auf dem Weg dorthin tätschelte er ihren Hintern und sagte: "Du bist die beste Frau der Welt!" Zu einer Antwort war Sky nicht fähig. Sie lachte aus vollem Hals, bis er sie schließlich auf der Küchenablage absetzte und stürmisch küsste. Nach wenigen Minuten löste sich Sky von ihm.

"Komm, das Essen wird kalt!" Einander gegenübersitzend begannen sie, ihr Abendessen zu genießen. Genießen traf es bei Ryan ziemlich gut, denn er machte spätestens bei jedem zweiten Bissen "Mhm", in seinem brummenden zufriedenen Ton.

Nachdem er seinen ersten Hunger gestillt hatte, sagte er: "Ich habe mit den beiden gesprochen und sie ein wenig zurückgepfiffen."

"Bis wohin war es denn deine Schnapsidee?"

"Ich habe dafür gesorgt, dass Brain dein Buddy wird."

"Buddy?"

"Unser Kürzel für Personenschützer."

"Okay, und weiter? Das war ja nicht das, was wir gestern Abend vereinbart hatten."

"Nun ja, eigentlich schon. Du warst damit einverstanden, nicht ohne ihn durch Boston zu streifen, und mehr soll er ja auch gar nicht tun."

"24 Stunden?"

"Nur, damit du immer jemanden zur Verfügung hast. Wenn du ihn nicht anrufst, wird er nicht da sein ... alles wie immer, nur dass ihn dir niemand vor der Nase wegschnappen kann." Skys Lächeln wurde sanft.

"Hmm ... gar nicht schlecht." Daraufhin entspannte Ryan sich sichtlich.

"Ich habe niemals gesagt, dass Brain melden soll, wohin ihr fahrt. Es ist wohl üblich bei allen anderen Sicherheitsleuten, damit Ty den Überblick nicht verliert und die Aufträge besser koordinieren kann. Ich habe das mit ihm geklärt. Da Brain sowieso nur für dich zuständig ist, muss er keine Meldung machen."

"Danke ... du weißt ja, wie wichtig das für mich ist."

"Alles, Honey, alles!" Sky war froh, dass es sich um ein Missverständnis handelte. Einen weiteren Punkt gab es aber noch zu klären.

"Und was war das heute Nachmittag?"

"Hör mal, Ty war ziemlich in Sorge. Dass du gerade erst an meiner Seite gesichtet worden bist, macht dich in mancher Hinsicht zur Zielscheibe. Ich bin der Meinung, er übertreibt gewaltig, aber Ty ist einfach ein sehr guter

Freund und er würde alles tun, damit es mir gut geht. Nachdem du ihn also einfach hast auflaufen lassen, hat er unsere Besprechung gesprengt und mir alle möglichen Horrorszenarien in den Kopf gesetzt. Ich war völlig durch den Wind und konnte gar nicht mehr klar denken. Ich sah dich schon tot in irgendeinem Graben liegen ... Die Idee, dich anzurufen kam ein wenig zu spät, hat mir aber eindeutig den Verstand gerettet", sagte er mit einem verschmitzten Grinsen.

"Und Shane ... was soll ich sagen, ich glaube er ist ein wenig eifersüchtig", sagte er mittlerweile mit einem breiten Lächeln im Gesicht.

"Eifersüchtig?", fragte Sky mit verwirrt zusammen gezogenen Augenbrauen. Ryan stand auf und zog sie in seine Arme.

"Naja, zum Einen bist du eine wahnsinnig tolle Frau, aber ich denke, es liegt daran, dass ich so unglaublich glücklich bin. Um so vieles glücklicher, als ich ohne dich je war." Ebenfalls mehr als glücklich, schmiegte sich Sky fest in seine Arme.

"Dann hast du deine Wadenbeisser also zurückgepfiffen?" Sky spürte das Rumpeln in seiner Brust, schon bevor sie ihn lachen hörte.

"Ich hab's versucht. Aber du gehörst jetzt sozusagen zu mir und damit werden sie dich genauso im Auge behalten wie mich. Wenn sie zu anstrengend werden, ruf mich an!"

"Mach ich. Bett?"

"Solange du nicht müde bist", sagte Ryan mit einem anzüglichen Grinsen.

Sie drückte sich fest an ihn und antwortete gedehnt: "Nein!" Bis auf die Unterwäsche hatte Sky sich bereits ausgezogen. Als sie dann im Bad vor dem Spiegel stand, trat Ryan hinter sie. Seine Arme um ihre Taille geschlungen küsste er sich von ihrer Schulter, ihren Hals hinauf bis zu ihrem Ohr.

"Ich habe dir noch eine Überraschung versprochen." Sky sah, wie ihre Augen im Spiegel aufleuchteten.

"Oh ja!"

"Augen zu." Sie tat es. Dann fühlte sie etwas Kaltes an ihrem Hals und Ryans Finger in ihrem Nacken.

"Augen auf", flüsterte er.

"Oh Ryan! Wo hast du die denn her? Woher weißt du überhaupt davon?" Sky konnte ihre Augen gar nicht von der Kette nehmen, die Ryan ihr geschenkt hatte. Es war die wunderschöne Silberkette mit den kleinen Aquamarinen darin. Sie hatte die Kette in Talin gesehen und einfach wunderschön gefunden. Leider lag sie weit außerhalb ihres Budgets.

"Ich habe gesehen, dass sie dir gefallen hatte. Und die Aquamarine haben genau die gleiche Farbe wie deine Augen. Erinnerst du dich an den Tag? Wir haben kurz miteinander gesprochen, vor dem Stand. Du warst dort mit Maya und hast mich bei diesem furchtbaren Weib zurückgelassen." Sky grinste.

"Ich dachte, sie würde dir vielleicht gefallen. Aber warum hast du die Kette gekauft?"

Ein wenig zerknirscht senkte Ryan den Blick und sagte dann leise: "Ich dachte, sie wäre ein gutes Geschenk zum Abschied. Damit du es nicht so schwer nimmst, wenn wir uns nicht wiedersehen." Sky lachte aus vollem Hals.

"Du kaufst eine so teure Kette als Abschiedsgeschenk für eine Frau, die du noch nicht einmal erobert hast? Gott, Ryan, dass du und dein Ego überhaupt zusammen in einen Raum passen, ist fast schon ein Wunder!"

Blitzschnell packte er sie und drehte sie herum. Er beugte Sky weit nach hinten und knurrte spielerisch: "Ich bekomme immer, was ich will, Honey. Du bist hier, oder etwa nicht?"

Ein wenig atemlos, aber immer noch lächelnd antwortete Sky: "Ja, und dann sollte ich jetzt wohl schnell und ohne Drama gehen, nachdem du mir mein Abschiedsgeschenk überreicht hast."

"Hexe!", rief Ryan, hob sie hoch und warf sie auf das Bett. "Du gehst nirgendwo hin. Und um das zu vermeiden, werde ich dir zu allererst deine Unterwäsche entwenden. Anschließend werde ich dich einfach so lange beschäftigt halten, bis du schließlich eingeschlafen bist", antwortete Ryan mit einem diabolischen Grinsen.

Die Küsse, die sie dann tauschten, waren so ganz anders als die Neckereien zuvor. Sanft und voller Hingabe. Genauso gestaltete sich auch ihr Liebesspiel. Zärtlich, ganz ohne Extravaganzen. Sie sahen sich die ganze Zeit über in die Augen und Sky konnte die Liebe in seinem Blick deutlich sehen. Ja, auch sie liebte ihn, aber sie war sich nicht sicher, ob sie es ihm bereits gestehen konnte. Ob ihr Vertrauen tatsächlich reichte, um ihm diese gefährliche Waffe in die Hand zu geben? Der Höhepunkt erfasste sie beide zur gleichen Zeit.

Kurz bevor sie einschlief, hörte sie noch Ryans geflüstertes: "Ich liebe dich."

25 ALTER SCHRECKEN-NEUES GLÜCK

SKY

Ihr Morgen lief in der bereits üblichen Routine. Auf dem Weg zum Aufzug legte Ryan besitzergreifend seinen Arm um ihre Taille. Als sie sich in ihrem Stock verabschieden wollte, schüttelte er entschieden den Kopf.

"Ich begleite dich. Ich sollte mich wohl auch bei deinen Kollegen noch entschuldigen." Sky zog die Augenbrauen zusammen. Er konnte noch so unschuldig tun, irgendetwas ging in seinem hübschen Köpfchen vor sich. Im Vorzimmer trafen sie auf Tina.

"Guten Morgen Mr. Black ... Sky?" Die Arme klang so furchtbar unsicher.

"Guten Morgen, Tina", antwortete Sky und schenkte ihr ein hoffentlich beruhigendes Lächeln. Ryan ließ sein charmantestes Lächeln sehen.

"Guten Morgen, Tina. Ich hoffe, Ihnen gefallen die Blumen. Leider werden Sie in Zukunft von mir keine mehr bekommen, da ich jetzt über die Abneigung meiner Freundin Bescheid weiß." Er betonte das "meiner Freundin". Die Gerüchteküche würde überbrodeln, da war Sky sich sicher. Tina errötete und lächelte schüchtern und schon zog Ryan sie weiter in ihr Büro.

"Guten Morgen, die Herren. Ich muss mich für die Vorkommnisse gestern Nachmittag bei Ihnen entschuldigen. Der ein oder andere ist ein wenig über sein Ziel hinaus geschossen. Ich bin mir sicher, dass meine Freundin", wieder diese Betonung, "bei Ihnen bestens aufgehoben ist." Bei den letzten Worten wirkte sein Lächeln ein wenig gezwungen und Sky bemerkte sehr wohl, wie er die Männer taxierte.

Im Anschluss an seine Rede drehte er sich zu ihr um und sagte: "Dann einen schönen Arbeitstag, Darling, wir sehen uns dann heute Abend." Ein äußerst besitzergreifender Kuss folgte. Eigentlich absolut unpassend in diesem Rahmen und doch auf seine Art süß.

Mit einem Seufzen ließ Sky sich auf ihren Bürostuhl sinken, als er den Raum verlassen hatte.

"Ja, da hat dann wohl jemand erfolgreich jeden Zentimeter an dir markiert", lachte Fin auf.

"Ja, das war eindeutig ein sehr schwacher Versuch, seine Ansprüche auf dich subtil auszurücken", stimmte Cole ebenfalls lachend zu.

"Ja, ja, lacht ihr nur", sagte sie gespielt ernst. Dabei war es wirklich süß gewesen, wie sehr Ryan sich bemüht hatte, ihr nicht auf die Füße zu treten.

"Immerhin ist er nicht auf der Brust trommelnd durchs Zimmer gerannt und hat dabei MEINS MEINS geschrieen", musste nun auch Craig seinen Kommentar dazu abgeben. Sky vergrub ihr Gesicht gespielt entnervt in den Händen. Ihr eigentliches Ziel dabei war aber, ihr Lächeln zu verbergen.

Auch bei dem wöchentlichen Treffen mit Brain und seinen Freunden fuhr Ryan "Meins!" nicht runter. Sky war sich sicher, dass es wirklich niemanden im Meets gab, der nun nicht ganz sicher wusste, an wessen Seite sie gehörte. Ryan nannte sie bei jeder Gelegenheit seine Freundin. Warum das so war, erfuhr sie am Freitag bei ihrem

Mittagessen mit ihrer Patin. Sindy behauptete steif und fest, dass Ryan Black noch nie eine feste Freundin gehabt hatte. Alles in allem verstand sie sich zwar sehr gut mit Sindy, ihre Interessen waren aber einfach zu verschieden, um eine wirkliche Freundschaft aufzubauen. Sky fand es wirklich schade, aber Ryans Versprechen, die Setarips im Herbst bereits wieder zu sehen, munterte sie auf.

Vielleicht würde sie auch einmal etwas mit Tina unternehmen. Die junge Frau schien jedenfalls auf ihrer Wellenlänge zu sein.

Auf der Fahrt zu ihrem Wochenendziel, Blackville Castle oder Ryans Landsitz, je nachdem ob man Skys oder Brains Wortwitz bevorzugte, hatte Sky ihn auf das Thema Frauen angesprochen. Zunächst hatte er noch versucht, auszuweichen. Schließlich und endlich aber doch zugegeben, dass er bisher immer nur Affären gehabt hatte. Bevor sie jedoch weiter über dieses Thema reden konnte, hatte er sie einfach so lange geküsst, bis sie keinen Gedanken mehr daran verschwendet hatte.

Es war herrlich, die Wochenenden in trauter Zweisamkeit zu verbringen. Vor allem nach all der Aufmerksamkeit, die ihr zuteil wurde, seit man darüber spekulierte, wie sie zu Ryan stand. Dass er jetzt jedem, der es hören wollte, oder auch nicht, darüber berichtete, dass sie ein Paar waren, schmälerte das Interesse am Klatsch und Tratsch jedoch nicht.

Die zwei Tage Ruhe konnten sie wirklich gut gebrauchen. Sie verbrachten das Wochenende sehr ruhig. Pendelten lediglich zwischen Sofa und Bett hin und her. Kleinere Umwege über Küche und Bad auf ein Minimum reduziert. Die erste Arbeitswoche in ihrem neuen Job hing Sky noch ein wenig in den Knochen, da kam das Faul sein gerade recht.

Der Start in die vierte Woche in ihrem Leben 2.0 - wohl doch nicht ohne Männer - verlief ebenfalls reibungslos. Ihr Job gefiel ihr ausnehmend gut und sie bekam bereits ihre erste Chance, sich zu beweisen, indem sie ein Marketingkonzept für einen Cocktail aus der Dose entwickeln sollte. Nachdem sie viel Zeit in Recherchen gesteckt hatte, beschloss sie am Mittwochnachmittag, ein wenig Feldforschung zu betreiben. Nachdem sie alle nötigen Vorkehrungen innerhalb ihrer Abteilung getroffen hatte, verabredete sie sich mit Brain in der Garage von JB-Industrials.

"Hi, Brain", grüßte sie ihn bereits von weitem und steuerte auf seinen Wagen zu.

"Hey Kitty, bitte sehr", sagte er und hielt ihr die Tür auf.

"Gott Brain, wenn ich schon hinten sitzen muss, kann ich doch zumindest die Türe selber auf und zu machen!"

"Das ist mein Job, Sky. Willst du mir meinen Job schon wieder streitig machen? Ich hatte noch nie so viel Ärger mit meinen Vorgesetzten wie in dem Zeitraum, seit ich dich kenne!"

"Ja, ja, schon gut. Vielleicht können wir ja irgendwann einen Kompromiss schließen."

"Sky!"

"Jup." Schnell schlüpfte sie in den Wagen, bevor Brain ernsthaft sauer sein würde. Sie würde seine Geduld heute noch brauchen und wollte nicht alles mit dieser dämlichen Türfrage verprassen.

Der Weg zu dem von ihr auserkorenen Einkaufszentrums dauerte wegen des Verkehrs über eine halbe Stunde. Sie parkten im Parkhaus und stürzten sich dann gemeinsam ins Getümmel. Es war wahnsinnig viel los, sodass sie auf den Gängen Ellenbogen an Ellenbogen mit den anderen Passanten liefen. Sie streiften durch die Ladenpassagen und Sky machte sich viele Notizen über aktuelle Trends, Kleidung, Stil und Farben der Zielgruppe.

"Ich muss kurz mal meine Unterlagen sortieren, Brain. Lass uns irgendwo einen Kaffee trinken gehen."

"Okay, in der dritten Etage gab es ein kleines Café, wenn ich mich richtig erinnere."

"Na dann los." Kleines Café traf es ziemlich gut. Die Terrasse beherbergte lediglich vier Tische für maximal vier Personen.

"Setzt dich doch schon mal, ich geh rein und besorg uns was", sagte Brain und deutete auf den freien Tisch am rechten Ende der Terrasse.

"Danke. Einen Kaffee und ein Sandwich, bitte."

"Gern", antwortete Brain mit einem kleinen Lächeln. Sky setzte sich und begann, ihre Unterlagen zu bearbeiten. Allzu behaglich fühlte sie sich seit einer Weile nicht mehr. Sie schob es auf die viele Bewegung heute Nachmittag und darauf, ihr Mittagessen zu Gunsten einer besseren Vorbereitung verschoben zu haben. Als Brain schließlich mit ihrem Tablett zum Tisch zurückkam, fühlte sie sich eindeutig wieder wohler. Kaffee hatte ihr schon immer gut getan.

"Ich möchte gern noch eine weitere Stunde Informationen sammeln. Du musst aber nicht bei mir bleiben, Brain. Ich rufe dich einfach an, wenn ich zurück möchte."

"Es ist alles in Ordnung, Kitty. Ich muss selber noch ein paar Erledigungen machen. Du könntest deine nächsten Forschungen doch einfach in der Parfümerie im zweiten Stock machen, dann kann ich ein Geschenk für meine Mum aussuchen." Sky verkniff sich ein Grinsen. Brain war einfach nicht der Typ Mann, den man sich in einer Parfümerie vorstellte.

"Okay", stimmte sie schließlich zu, allein, um sich diese Bild nicht entgehen zu lassen. Und ja, der Anblick war mindestens so lustig wie Sky ihn sich vorgestellt hatte. Brain war sichtlich überfordert und die drei Verkäuferinnen, die wie Geier um ihn schwebten, trugen nicht unbedingt zur Linderung bei.

"Brain", rief sie nach einer halben Stunde.

"Ich bin so gut wie fertig, Kitty", antwortete dieser sofort.

"Nein, nein, kein Stress. Ich geh nur kurz nach

nebenan auf die Toilette und komm dann gleich wieder."

Der Gedanke schien ihm nicht zu behagen, deshalb sagte Sky schnell: "Du kannst sowieso nicht mit hineinkommen, Brain. Also kannst du die Zeit doch auch sinnvoll nutzen. Es sind doch nur fünf Meter." Dass sie genervt klang, fiel ihr selbst auf, aber es ging Ryan ja nur darum, dass sie sich nicht allein auf der Straße bewegte. Ein wenig unsicher nickte er schließlich und Sky beeilte sich, aus dem Laden zu kommen, ehe er es sich anders überlegen konnte.

Sie machte sich daran, aus dem Gedränge in das angrenzende Treppenhaus zu gelangen. Hier war es nicht nur deutlich kühler als in den Menschenmassen, hier hatte sie auch wieder ein wenig Platz, sich zu bewegen. Sie wollte gerade die fünf Stufen hinauf zu den Toiletten zurücklegen, als die Tür hinter ihr erneut auf und zuging.

"Skyler." Der Klang der Stimme ließ ihr das Blut in den Adern gefrieren. Augenblicklich hielt sie mitten in der Bewegung inne. Sie hoffte so sehr, dass ihre Ohren ihr einen Streich gespielt hatten. Es konnte nicht anders sein. Er konnte nicht hier sein. Niemand wusste, wo sie war! ER wusste nicht, wo sie war!

Die nur allzu bekannte Berührung seiner Hände auf ihren Schultern raubte ihr den Atem. Nicht im positiven Sinne. Nein. Ihre Lungen zogen sich innerhalb von Sekunden zusammen, während ihr Herz zu rasen begann, als würde sie um ihr Leben laufen. Dabei bewegte sie sich keinen Millimeter.

Sie starrte geradeaus. Wie ein Strauß, fest glaubend, dass, wenn sie ihn nicht sah, er auch nicht da sein würde. Auch wenn seine Stimme, seine Berührung und sein Geruch etwas anderes sagten.

"So lange habe ich dich gesucht, Puppe. Endlich gefunden! Sieh dich nur an, du zitterst ja am ganzen Körper, aber wen wundert es, du hast ja auch kaum etwas an. Siehst du, wenn ich mich nicht um dich kümmere, kommst du nicht klar."

Gott, wie sehr sie den Klang von Roberts Stimme und die Bedeutung seiner Worte hasste. Er schob sie, eine Hand in ihrem Nacken, die anderen an ihrem Arm, die Treppen hinunter in Richtung Tiefgarage. Ihre Beine bewegten sich automatisch, während ihr Körper unter seiner Berührung völlig steif wurde.

Er setzte sie auf den Beifahrersitz eines schwarzen Wagens mit getönten Scheiben. Wie damals schnallte er sie an. Sky hatte keine Zweifel daran, dass sich die Tür des Wagens von innen nicht öffnen ließ. Auf solche Details hatte Robert schon immer geachtet. Ihre Atmung ging hektisch und flach, während er den Wagen durch den Bostoner Stadtverkehr lenkte.

"Gut, dass du wieder bei mir bist, Puppe. Ich werde auf dich aufpassen. Keine Sorge. Alles wird gut werden", sagte er in demselben hypnotischen Tonfall, in dem er immer zu ihr gesprochen hatte, wenn er versuchte, ihr etwas einzureden.

Als sie im Augenwinkel das Meets entdeckte, klärte sich ihr Verstand Stück für Stück. Sie war in Boston. Sie war hier, weil sie vor ihm geflohen war. Nichts war gut, wenn er hier war. Als er ihr Knie tätschelte, musste sie ein Würgen unterdrücken. Wenn sie am Meets waren, mussten sie mittlerweile ca. eine viertel Stunde unterwegs sein. Brain musste sie bereits suchen. Und tatsächlich klingelte ihr Handy in diesem Moment. Roberts Hand auf ihrem Knie verspannte sich ein wenig.

"Das wird dein blonder Freund sein, nicht wahr? Sag ihm, dass du nicht zurückkommen wirst. Dass er sich keine Sorgen machen muss, weil du dich lediglich dazu entschieden hast, wieder mit mir zusammen zu sein. Und dann entsorgst du dieses schreckliche Gerät, Puppe. Verstanden? Handys sind nichts für dich. Die Strahlen machen dich krank, weißt du noch? Wir haben das bereits einmal besprochen. Los jetzt. Über deine Strafe wegen dieses Verstoßes sprechen wir später."

Skys Stimme zitterte, als sie das Telefonat entgegen

nahm. "Hallo Brain. Hör mir gut zu und sag es bitte auch jetzt gleich meinem Chef. Ich bin jetzt wieder bei Robert. Er hat mich abgeholt und ich werde nicht wieder kommen. Er kümmert sich jetzt wieder um mich. Das Handy werde ich auch gleich entsorgen."

"Kitty, was soll der Scheiß. Wo zum Teufel steckst du? Was ist passiert? Wer verdammt noch mal ist Robert?"

"Könntest du es meinem Chef bitte gleich ausrichten?"

"Kitty, was ist los?"

"Leg jetzt auf, Skyler. Das muss dem Jungen reichen." Sie hörte Brain noch ins Telefon rufen, als Robert es ihr bereits wegnahm und das Gespräch beendete. Er warf es einfach aus dem Fenster, als wäre es Müll, den er so schnell wie möglich loswerden wollte.

"So ist es brav!", sagte er dann, genauso, wie er es immer getan hatte, und streichelte dabei ihren Nacken. Die Übelkeit war kaum noch zu bewältigen und jede seiner Berührungen machte es noch schlimmer.

"Ich muss noch kurz tanken, dann können wir ins Hotel fahren und alles für unsere Rückreise vorbereiten. Hätte ich gewusst, dass du heute zu mir zurückkommst, wäre ich bereits besser vorbereitet gewesen", sagte Robert in einem Tonfall, als wäre Sky rein freiwillig zum Tee vorbei gekommen. Aber Sky wusste es besser. Ein falsches Wort und er würde all die Wut der letzten Wochen an ihr auslassen.

Als Robert tankte, wühlte sie in ihrer Handtasche nach etwas, dass ihr helfen könnte. Sie fand eine Visitenkarte von Ryan und schrieb rasch auf die Rückseite: "Bitte rufen Sie Ryan an! Ich benötige Hilfe! Robert hält mich gegen meinen Willen hier gefangen. Bitte helfen Sie mir!!" Sky hoffte, die Karte im Hotel so fallen lassen zu können, dass es einer der Mitarbeiter mitbekam. Gerade noch rechtzeitig konnte sie die Karte in ihrem rechten Ärmel verstauen. Als er wieder neben ihr Platz nahm, war ihr Blick wieder bewegungslos ins Leere gerichtet.

Am Bostoner Stadtrand angekommen, hielt Robert auf

ein schickes, großes Hotel zu. Skys Hoffnung sank rapide. In einem kleinen Hotel wäre ihre Lage eher aufgefallen als in einem Hotel, das mehrere hundert Gäste beherbergte. Trotzdem wollte sie es zumindest versuchen. Robert ging zur Rezeption und meldete Sky als weiteren Gast an. Da er in einem Einzelzimmer geschlafen hatte, musste er die Zimmer erst umbuchen. Während er die Unterlagen ausfüllte, ließ Sky die Karte in ihre Handfläche gleiten.

"Ich benötige von Ihnen hier ebenfalls noch eine Unterschrift, Miss", sagte die Dame an der Rezeption freundlich. Robert sah sich unruhig in der Lobby um. Die Menschenmengen waren ihm wohl unangenehm.

Als Sky nach dem Stift griff, drehte er sich ein weiteres Mal um. Sie ergriff sofort diese Gelegenheit und ließ die Karte hinter den Tresen fallen. Mit dem Stift gab sie der Dame ein Zeichen, auf jeden Fall zu schweigen. Diese nickte unmerklich und schob ein Blatt über die Karte. Sky wusste nicht, wieso die Frau so viel Gefühl für ihre Situation besaß, aber sie war ihr mehr als dankbar.

Schnellen Schrittes zerrte Robert sie zu den Aufzügen und war sichtlich erleichtert, als sie in dem neuen Zimmer ankamen.

"Setzt dich auf das Bett, Puppe", sagte er und kramte derweil in der Innentasche seiner Jacke.

"Ich muss noch meine Sachen aus dem anderen Zimmer holen. Wie gesagt, ich war nicht darauf vorbereitet, dich heute schon wieder zu haben." Er fixierte ihre Hände mit einem Paar Handschellen am Rahmen des Bettes. Dass sie dabei nur äußerst unbequem und mit gebeugten Rücken sitzen konnte, interessierte ihn herzlich wenig. Er knebelte sie mit seinem Gürtel und den Worten: "Es tut mir leid, Püppchen, aber du hast mein Vertrauen missbraucht. Jetzt muss ich zu ein wenig härteren Mitteln greifen. Du möchtest nicht wissen, was passiert, wenn ich dich Schreien hören sollte." Dann küsste er sie so grotesk zart auf die Stirn, dass die Übelkeit sofort wieder auf ein Maximum anstieg.

Es dauerte mindestens eine halbe Stunde, bis Robert mit seinen Koffern zurückkam. Er löste ihre Hände, nur um sie sogleich hinter ihrem Rücken wieder zusammen zu fesseln. Dann zwang er sie mit der Hand in ihren Haaren vor ihm auf die Knie.

"Und jetzt reden wir über all deine Verfehlungen! Es handelt sich um ein ganz schön langes Register." Skys Panik stieg ins Endlose. Sie wünschte sich nichts sehnlicher, als sicher in Ryans Armen zu liegen. Dann kam der erste Schlag.

RYAN

"Was zum Teufel meinen Sie damit, sie ist verschwunden?", brüllte Ryan in sein Telefon. Skys Buddy stammelte wirres Zeug, von dem er nur die Hälfte verstand.

"Sie sagte irgendwas von ich solle ihrem Chef ausrichten, dass Robert sie abgeholt habe und sie jetzt wieder bei ihm ist."

"Robert?", rief Ryan. Ihm wurde speiübel. Schon während des Telefonats schrieb er eine E-Mail mit den wichtigsten Informationen an Shane und Ty, die sein Büro bereits betraten, als er noch gar nicht aufgelegt hatte.

"Besorgen Sie sich die Überwachungsbänder vom Kaufhaus, Brain, und melden Sie sich bei mir, sobald Sie zurück in der Firma sind." Ohne weitere Worte legte er auf und schaute in die entsetzten Gesichter seiner Freunde.

"Und nun?"

"Hast du bereits die Polizei alarmiert?", fragte Ty, sachlich wie immer.

"Nein."

"Okay, dann übernehme ich das", sagte sein Freund und wandte sich seinem Handy zu. Just in dem Moment klingelte Ryans Handy. Cat, seine Schwester.

"Ich habe jetzt keine Zeit, Cat. Sorry."

"Es ist wichtig, Ryan", antwortete diese, aber er hatte

bei Gott keine Nerven für Cats Problemchen.

"Ich habe gerade verdammt noch mal Wichtigeres zu tun, Cat. Ich melde mich!", blaffte er ins Telefon.

"Ryan!" Diesen Ton kannte er von seiner stets beherrschten Schwester nicht.

"Ich hab hier den Hilferuf einer Frau liegen, auf dem steht, ich soll dich anrufen. Was soll ich deiner Meinung nach tun, verdammte Scheiße!" Seine Schwester war wirklich mit den Nerven runter. Nur langsam sickerte die Information, die sie ihm soeben gegeben hatte, zu ihm durch. Eine Frau, die um seine Hilfe bat. Sky.

"Wir haben das gleiche Problem, Cat. Erzähl mir alles!"

"Sie ist bei mir im Hotel, mit einem Mann namens Robert."

"Ich bin unterwegs! Erzähl schon!" Während seine Schwester ihm alle relevanten Informationen weitergab, stiegen die drei Freunde bereits in den Wagen. Ryan wiederholte alles, was Ty an die Polizei weiter geben sollte.

Er hoffte, dass er sie unversehrt wieder bekommen würde. Er würde sie nie wieder aus den Augen lassen, wenn er sie nur an einem Stück zurückbekam.

Als sie endlich am Hotel ankamen, konnte Ryan sich kaum noch beherrschen. Das Auto hatte noch nicht ganz gehalten, da sprang er bereits hinaus. Er rannte zum Büro seiner Schwester, das sich in eine Art Kommandozentrale verwandelt hatte. Die Polizei, Cat, die Security und einige Mitarbeiter hatten sich versammelt und diskutierten über den besten Weg, sein Mädchen da raus zu bekommen.

Am liebsten würde er ohne groß nachzudenken in das Hotelzimmer stürmen und sie herausholen. Der Plan, den die Beamten entwickelt hatten, war aber weitaus eleganter und weniger gefährlich für alle Beteiligten. Einer der Polizisten würde sich als Empfangsmitarbeiter ausgeben und Robert zurück in die Lobby locken, wo er dann festgenommen werden konnte, während Ryan und zwei weitere Polizisten Sky befreiten.

Ungeduldig verlagerte er sein Gewicht von einem Bein

auf das andere. Die Vorbereitungen dauerten für seinen Geschmack viel zu lang. Jede Sekunde, die Sky mit diesem Monster verbringen musste, war eine zu viel.

Endlich brachte der Agent sich in Position und wählte die Nummer des Zimmers. Es klingelte viel zu oft und als Robert schließlich abnahm, klang seine Stimme atemlos. Scheiße!

"Guten Tag, Mr. Gabler. Mein Name ist Gerald Thomson, von der Rezeption. Wir haben ein Problem mit Ihrer Kreditkarte, Sir. Können Sie sie bitte noch einmal vorbei bringen?"

"Kann das noch warten? Ich bin gerade beschäftigt!"

"Es tut mir aufrichtig leid, Sir. Aber leider können wir in diesem Fall keinen Aufschub gewähren. Wir müssen Ihre Identität prüfen, da die Karte von Ihrem Kreditinstitut als gestohlen gemeldet worden ist. Bitte, Mr. Gabler, wir möchten nur unerwünschte Aufmerksamkeit vermeiden."

"Ja ... ja, natürlich. Ich bin in fünf Minuten bei Ihnen", stimmte Robert schließlich schlecht gelaunt zu. Ryan verfolgte auf dem Monitor , wie Robert das Zimmer verließ. Diese Minuten kamen ihm wie Stunden vor. Die Aufzugtüren hatten sich noch nicht ganz hinter Robert geschlossen, da wollte Ryan schon los stürmen. Ty hielt ihn am Arm zurück.

"Warte noch kurz, bis er in der Lobby ankommt. Am Schluss dreht er noch um und du machst damit alles kaputt."

In dem Moment, als Roberts Gestalt auf dem Lobbymonitor erschien, lief Ryan los. Ty und die beiden Polizisten folgten ihm auf dem Fuße. Kurz vor der Zimmertür wurde er erneut von Ty zurückgehalten.

"Sie gehen vor", sagte er im Flüsterton und deutete auf die Uniformierten. Widerstrebend nickte Ryan, ließ aber keinen Zentimeter Platz zwischen seinen Vordermännern und ihm. Leise öffneten sie die Tür und verschafften sich einen Überblick über die Situation. Als einer der Männer

"Save" rief, gab es für Ryan kein Halten mehr.

Er stürmte in den Raum und erfasste die Situation mit einem Blick. Sky sah grauenhaft aus. Auf dem Boden knieend. Gefesselt und geknebelt. Ihr linkes Auge war bereits dunkelrot und deutlich zugeschwollen. Blut tropfte aus Nase und Mund. Die Bluse war aufgerissen und auch an ihrem Oberkörper konnte er Stellen wahrnehmen, die sich bereits verfärbten.

Was ihn allerdings am schlimmsten traf, war ihr Blick. Es schien, als würde sie gar nicht wahrnehmen, dass jemand den Raum betreten hatte. Trübe Augen, die ins Nichts starrten. Nach wenigen Sekunden hatte er sich wieder gefangen und rannte auf sie zu.

"Sky! Oh Gott! Scheiße!", rief er und ließ sich vor ihr auf die Knie fallen. Sofort machte er sich daran, den Gürtel, der als Knebel verwendet worden war zu entfernen.

"Sky, Süße, hörst du mich? Hey, sieh mich an, Baby, bitte!", flehte er unaufhörlich, während er auch die Handschellen löste. Er zog sich das Hemd aus und hüllte sie damit ein. Dann nahm er ihr Gesicht in seine Hände und betrachtete, was dieses Monster ihr angetan hatte.

"Ich bring dich zum Arzt, Honey. Keine Angst. Alles wird gut", sprach er immer weiter mit sanfter Stimme auf sie ein.

"Ryan?", kam es leise über ihre aufgeplatzten Lippen.

"Ja, Baby. Ich bin es. Ich trag dich jetzt zum Krankenwagen."

"Robert", flüsterte sie wieder.

"Die Polizei hat ihn festgenommen. Er kommt nicht wieder." Das schien sie zu beruhigen, denn sie ließ ihren Kopf an seine nackte Schulter sinken und schloss ihre Augen.

Sie flüsterte: "Ich liebe dich."

"Oh Darling, ich liebe dich auch!", raunte er in ihr Haar und hob sie behutsam auf die Arme. Schnellen Schrittes ging er zum Aufzug. Ty hielt sich an seiner Seite.

"Die Polizisten nehmen gleich die Beweise auf. Der Krankenwagen wartet mit Cat und Shane vor dem Hintereingang."

Zu mehr als einem Nicken war Ryan nicht mehr fähig. Er zitterte vor Angst und Wut. Angst um die Frau in seinen Armen und Wut auf den Mann, der ihr das angetan hatte. Als der Fahrstuhl endlich das Erdgeschoss erreicht hatte, war Ryan bereits außer sich vor Sorge. Sky hatte die Augen nicht mehr geöffnet und das Atmen wurde immer langsamer. Ryan war sich nicht sicher, ob es gut oder schlecht war, dass sie schlief, und wollte einfach nur noch schnell ins Krankenhaus.

"Legen Sie sie hier ab", wies ihn ein Sanitäter an und deutete auf die Bahre.

"Ich bleibe mit Cat hier und mache die vorläufigen Aussagen. Shane fährt dir hinterher." Gut, dass Ty immer alles im Blick behielt. Ryan wäre einfach Hals über Kopf verschwunden. An seine Schwester, seine Freunde und die Polizei hatte er überhaupt nicht gedacht. Gerade in dem Moment wurde Sky in den Krankenwagen verladen.

"Sind sie verwandt mit ihr, Sir? Sonst können Sie leider nicht mitfahren", sagte der Sanitäter, als Ryan auf den Wagen zusteuerte.

"Wir sind verlobt", sagte er mit so energischer Stimme, dass niemand je daran gezweifelt hätte.

Sky fand noch während der Fahrt ins Krankenhaus ihr Bewusstsein wieder. Sie bekam Schmerzmittel und ihre Wunden wurden versorgt. Ryan ließ ihre Hand nur dann los, wenn es absolut nicht anders ging.

Er wollte bei ihr sein, sie unterstützen. Shane brachte ihm schließlich ein neues T-Shirt und für beide einen starken Kaffee. Einige Stunden später hatten sie auch die Aussage bei der Polizei hinter sich. Sky durfte auf ihre Bitte hin nach Hause. Auch wenn sie keine Probleme beim Laufen hatte, Ryan trug sie lieber ins Auto.

Er platzierte sich mit ihr auf dem Schoß im Fond des Wagens und umklammerte sie so fest, dass sie zu protestieren begann. Ryan atmete einmal tief durch und löste dann seinen Griff ein klein wenig.

"Können wir ... können wir für ein verlängertes Wochenende nach Hause fahren?", fragte Ryan ein wenig unsicher. Sky schmiegte sich wieder ein bisschen fester in seine Arme und antwortete: "Gern."

SKY

Ryan verwöhnte sie sehr. Er trug sie von A nach B, brachte ihr Frühstück ans Bett und las ihr jeden Wunsch von den Augen ab. Cat, Ty und Shane besuchten sie einmal, doch Ryan warf die drei sehr schnell wieder vor die Tür.

"Sky braucht Ruhe", hatte er gesagt. Cat und Sky hatten ihre Telefonnummern ausgetauscht, da die beiden Frauen einander gern näher kennenlernen wollten. Anfangs hatte Cat sie angesehen, als hätte sie drei Augen oder sechs Arme. Als die beiden dann für kurze Zeit unter vier Augen waren, gestand die junge Frau ihr, wie fasziniert sie darüber war, endlich einmal eine Frau an Ryans Seite zu sehen.

Sky skypte mit jedem einzelnen Setarip Mitglied, denn Shane und Ryan hatten die Neuigkeit über Roberts Verhaftung sofort an alle Setarips und an die komplette Fire&Ice Gruppe weitergeleitet. Für das Festival im Herbst bekam sie bereits die ein oder andere Zusage. Leider konnten weder Maya noch Fabio teilnehmen. Auch einige andere Mitglieder konnten es noch nicht mit Gewissheit sagen.

Brain hatte sich telefonisch bei ihr gemeldet und sich unentwegt entschuldigt. Ihre Versuche, ihn zu beruhigen, ignorierte er vollkommen. Irgendwann hatte sie einfach aufgelegt und ihn nach einer Minute zurück gerufen. Diese drastische Maßnahme brachte ihn wohl zur Besinnung. Er richtete ihr die Grüße ihrer Donnerstagsgruppe aus und versicherte sich, dass sie nächste Woche wieder dabei sein konnte.

"Wir sollten langsam zurückfahren", sagte Sky am Sonntagmittag, als sie in Ryans Büro tappte.

"Warum bist du aufgestanden? Du solltest im Bett bleiben oder mich rufen!", sagte Ryan aufgebracht und kam sofort an ihre Seite. Ehe sie sich versah, hatte er sie hochgehoben und auf das Sofa gelegt.

"Was soll das, Ryan, meine Füße funktionieren einwandfrei!"

"Dir könnte schwindelig werden! Kannst du nicht einfach liegen bleiben, bis du vollständig genesen bist?"

"Es geht mir gut, Ryan! Ich gehe morgen wieder zur Arbeit, da trägt mich auch keiner durch die Gegend."

"Auf keinen Fall" Ryans Stimme war knallhart.

"Ryan", begann sie warnend.

"Nein. Du bist noch nicht gesund! Du musst im Bett bleiben und dich ausruhen!"

"Nein. Der Arzt sagte, den Rest der Woche. Die Woche ist heute zu Ende."

"Dann soll er dich noch mal ansehen. Wenn er sagt, du bist gesund, dann ja, sonst NEIN."

"Gut", antwortete Sky schlicht, weil das ein wirklich vernünftiger Vorschlag war. Ryan war schon auf dem Weg zum Telefon, als sie ihn murmeln hörte: "Gut ... ja, ja, sie sagt einfach gut. Diese Frau kostet mich meinen letzten Nerv. Sie wird mich in die Psychiatrie bringen ... Nein, Ryan! Nein, wenn du das sagst kann das nicht sein. Jedem anderen glaube ich, nur dir nicht, Ryan ... " Sky unterbrach ihn.

"Hör auf, dich selbst zu bemitleiden, Ryan. Komm her. Bitte!" Mit finsterer Miene kam er zu ihr zurück und setzte sich neben sie auf das Sofa. Sky krabbelte rittlings auf seinen Schoß und begann, mit ihren Fingern Muster auf seine Brust zu malen. Nach kurzer Zeit fasste sie sich ein Herz und begann zu sprechen:

"Das wird nicht leicht für uns beide, das ist mir durchaus klar. Du bist es gewöhnt, dass jeder nach deiner Pfeife tanzt und ich wehre mich automatisch gegen jede

Art von Bevormundung. Aber ich möchte versuchen, Kompromisse zu schließen. Ich möchte kämpfen. Ich will, dass das mit uns beiden funktioniert. Wie sieht's mit dir aus, Ryan?"

"Natürlich, Sky. Wie kannst du nur daran zweifeln? Ich lege dir meine Welt zu Füßen, wenn es das ist, was du willst. Alles, solange es dir gut geht. Aber bei deiner Sicherheit oder deiner Gesundheit kenne ich keine Kompromisse, Babe. Ich mach mir doch nur Sorgen um dich. Ich liebe dich, Honey."

"Okay. Ich liebe dich auch, Ryan." Das Lächeln, das auf seinem Gesicht erschien, ließ ihr Herz höher schlagen. Schließlich seufzte sie. Er meinte es ja nur gut mit ihr. Es war einfach schwierig, ihrem Unterbewusstsein das klar zu machen.

"Gut, also ich bleibe noch eine Woche zu Hause. Aber wir bleiben in meinem Apartment und fahren erst am Wochenende wieder hier her."

"Du könntest doch zu mir ins Penthouse ziehen."

"Nein", antwortete Sky entschieden, was Ryans Lächeln in sich zusammen fallen ließ.

Mit sanfterer Stimme fügte sie hinzu: "Gib mir noch ein bisschen, Ryan. Wir kennen uns doch gerade erst einen Monat." Er nickte, aber Sky sah ihm an, dass er mit dieser Lösung nicht sehr zufrieden war.

"Du bekommst deine Schubladen bei mir und ich ziehe bis spätestens zum Musikfestival im Herbst zu dir, Deal?"

"Deal! Und jetzt küss mich endlich!"

--ENDE--

Ich danke dir C., weil du mich liebst,
wie ich bin.

Rechtliches, oder was keiner lesen will und trotzdem drin stehen muss ...

Impressum: Herausgeberin Allie Kinsley, allie.kinsley@web.de. Ladungsfähige Adresse für Deutschland: Jennifer Beck, Rotkreuzstr. 8, 87488 Betzigau.

3370998R00198

Printed in Germany
by Amazon Distribution
GmbH, Leipzig